HARLAN COBEN

In ewiger Schuld

Harlan Coben im Goldmann Verlag:

Kein Sterbenswort. Thriller
Kein Lebenszeichen. Thriller
Keine zweite Chance. Thriller
Kein böser Traum. Thriller
Kein Friede den Toten. Thriller
Das Grab im Wald. Thriller
Sie sehen dich. Thriller
In seinen Händen. Thriller
Wer einmal lügt. Thriller
Ich vermisse dich. Thriller
Ich schweige für dich. Thriller
In ewiger Schuld. Thriller
In deinem Namen. Thriller

Die Thriller mit Myron Bolitar:

Das Spiel seines Lebens · Schlag auf Schlag · Der Insider · Preisgeld Abgeblockt · Böses Spiel · Seine dunkelste Stunde · Ein verhängnisvolles Versprechen · Von meinem Blut · Sein letzter Wille · Der Preis der Lüge

(alle auch als E-Book erhältlich)

HARLAN COBEN

In ewiger Schuld

Thriller

Deutsch von
Gunnar Kwisinski

GOLDMANN

Die Originalausgabe erschien 2016
unter dem Titel »Fool me once« bei Dutton,
a member of Penguin Random House LLC, New York.

Dieses Buch ist auch als E-Book erhältlich.

Verlagsgruppe Random House FSC® N001967

1. Auflage
Taschenbuchausgabe März 2019

Redaktion: Anja Lademacher
Umschlaggestaltung: UNO Werbeagentur, München
Umschlagmotiv: Arcangel/Edward Fielding, FinePic®, München
TH · Herstellung: kw
Satz: Uhl + Massopust, Aalen
Druck und Bindung: GGP Media GmbH, Pößneck
Printed in Germany
ISBN: 978-3-442-48466-9
www.goldmann-verlag.de

Besuchen Sie den Goldmann Verlag im Netz

Für Charlotte
Ganz egal, wie alt du wirst,
du bleibst immer mein kleines Mädchen.

EINS

Sie begruben Joe drei Tage nach seiner Ermordung.

Maya trug schwarz, wie es sich für eine trauernde Witwe gehörte. Die wütende Sonne brannte unermüdlich auf sie herab und erinnerte sie an die Monate, die sie in der Wüste verbracht hatte. Der Pastor der Familie spulte die üblichen Klischees ab, aber Maya hörte nicht zu. Ihr Blick wanderte zum Schulhof auf der gegenüberliegenden Straßenseite.

Ja, vom Friedhof aus überblickte man den Hof einer Grundschule.

Maya war hier unzählige Male vorbeigefahren, links der Friedhof, die Grundschule rechts, doch die seltsame, wenn nicht sogar obszöne Anordnung war ihr nie aufgefallen. Was war zuerst da gewesen, fragte sie sich, der Schulhof oder der Friedhof? Wer hatte die Entscheidung getroffen, eine Schule neben den Friedhof zu bauen – oder umgekehrt? War dieses Nebeneinander von Lebensende und Lebensanfang überhaupt wichtig, oder war es nur irgendwie rührend? Der Tod war so nah – immer, nur einen Atemzug entfernt –, vielleicht war es also klug, den Kindern diesen Gedanken schon früh nahezubringen.

Mit diesen Nichtigkeiten beschäftigte sich Maya, während sie zusah, wie Joes Sarg in der Erde verschwand. Lenk dich ab. Das war der Schlüssel. Bring's hinter dich.

Das schwarze Kleid juckte. Im letzten Jahrzehnt war Maya bei über hundert Begräbnissen gewesen, dies war jedoch das erste Mal, dass sie Schwarz tragen musste. Sie hasste es.

Rechts neben ihr verging Joes engste Familie – seine Mutter Judith, sein Bruder Neil, seine Schwester Caroline – vor Hitze und tiefer Trauer. Links neben ihr wurde ihre (und Joes) zweijährige Tochter Lily unruhig und fing an, Mayas Arm als Seilschaukel zu benutzen. Man sagte, dass zu Kindern keine Gebrauchsanweisung mitgeliefert wurde. Das schien nie zutreffender gewesen zu sein als heute. Wie, fragte Maya sich, lautete die Etikette für eine Situation wie diese? Ließ man seine zweijährige Tochter zu Hause, oder nahm man sie mit auf die Beerdigung ihres Vaters? Solche Themen wurden auf den allgegenwärtigen, ansonsten scheinbar allwissenden Mami-Websites nicht behandelt. In einem Anfall zornigen Selbstmitleids hätte Maya die Frage fast gepostet: »Hi, ihr Lieben, mein Mann wurde vor Kurzem ermordet. Soll ich meine zweijährige Tochter zur Beerdigung mitnehmen oder sie zu Hause lassen? Oh, und hättet ihr vielleicht ein paar Kleidungstipps? Danke.«

Auf der Beerdigung waren hunderte Menschen, und aus einer tief verborgenen Hirnwindung wurde ihr signalisiert, dass Joe das gefallen hätte. Joe hatte Menschen gemocht. Und die Menschen hatten Joe gemocht. Aber natürlich waren die vielen Leute nicht nur gekommen, weil er so beliebt gewesen war. Auch der morbide Reiz der Tragödie hatte die Trauergäste angelockt: Ein junger Mann, der charmante Spross der wohlhabenden Burkett-Familie – und Ehemann einer in einen internationalen Skandal verwickelten Frau –, war kaltblütig erschossen worden.

Lily legte beide Arme um das Bein ihrer Mutter. Maya beugte sich hinunter und flüsterte: »Es dauert nicht mehr lange, Mäuschen, okay?«

Lily nickte, umklammerte sie aber nur noch fester.

Maya nahm wieder Habtachtstellung ein und strich mit beiden Händen das kratzige schwarze Kleid glatt, das sie sich von Eileen geliehen hatte. Joe hätte nicht gewollt, dass sie Schwarz trug. Er hatte sie lieber in der Ausgehuniform gesehen, die sie früher getragen hatte, als sie noch Army Captain Maya Stern war. Als sie sich damals bei einer von den Burketts organisierten Wohltätigkeitsgala zum ersten Mal begegneten, war Joe im Frack direkt auf sie zugekommen, hatte sie dreist angelächelt (Maya hatte den Begriff dreist erst wirklich verstanden, als sie dieses Lächeln gesehen hatte) und gesagt: »Wow, ich dachte, *Männer* in Uniform würden die Leute antörnen.«

Ein lahmer Anmachspruch, so lahm, dass er sie zum Lachen gebracht hatte, was Joe den Auftakt verschaffte, den er brauchte. Er war aber auch verdammt attraktiv. Selbst in dieser Situation, in dieser drückenden Schwüle, nur ein paar Schritte von seiner Leiche entfernt, konnte sie sich ein schwaches Lächeln nicht verkneifen. Ein Jahr später waren Maya und Joe verheiratet. Nicht viel später kam Lily. Und jetzt, als hätte jemand bei einem Video den Schnellvorlauf gedrückt, stand sie hier beim Begräbnis ihres Ehemanns und des Vaters ihres einzigen Kindes.

»Alle Liebesgeschichten«, hatte Mayas Vater ihr vor vielen Jahren verkündet, »enden in einer Tragödie.«

Maya hatte den Kopf geschüttelt und gesagt: »Mein Gott, Dad, das ist gruselig.«

»Ja, aber so ist es: Entweder vergeht die Liebe, oder man hat das seltene Glück, dass sie ewig dauert, sodass man dazu verdammt ist, die Liebe seines Lebens sterben zu sehen.«

Maya hatte das Bild ihres Vaters vor Augen, der ihr in ihrem Haus in Brooklyn am vergilbten Resopal-Küchentisch gegenübersaß. Dad hatte die Strickjacke an, die er immer trug (alle Berufsgruppen, nicht nur das Militär, hatten irgendeine Art Uniform). Um ihn herum stapelten sich die College-Essays, die er benoten musste. Mom und er waren schon vor Jahren gestorben, nur ein paar Monate nacheinander. Ehrlich gesagt konnte Maya immer noch nicht genau beurteilen, in welcher Art von Tragödie ihre Liebe geendet hatte. Während der Pfarrer weiter salbaderte, umfasste Judith Burkett, Joes Mutter, Mayas Hände im Todesgriff der Trauernden.

»Das«, murmelte die alte Frau, »übertrifft es noch.«

Maya fragte nicht, was sie damit meinte. Es war nicht nötig. Judith Burkett trug schon das zweite Kind zu Grabe: Zwei ihrer drei Söhne waren verstorben, einer angeblich bei einem tragischen Unfall, einer war ermordet worden. Maya blickte auf ihr eigenes Kind hinunter und überlegte, wie eine Mutter mit diesem Schmerz weiterleben konnte.

Als hätte sie ihre Gedanken gelesen, flüsterte die alte Frau: »Es wird nie wieder gut.« Die schlichten Worte zerteilten die Luft wie die Sense des Schnitters. »Niemals.«

»Es war meine Schuld«, sagte Maya.

Das hatte sie nicht sagen wollen. Judith hob den Blick und sah sie an.

»Ich hätte …«

»Du hättest nichts tun können«, sagte Judith. Es wirkte wenig überzeugend. Maya verstand das, weil die anderen vermutlich etwas Ähnliches dachten. Maya Stern hatte früher viele Menschen gerettet … warum hatte sie ihren eigenen Mann nicht retten können?

»Asche zu Asche …«

Wow, bemühte der Pfarrer wirklich diese abgedroschene Floskel, oder bildete Maya sich das ein? Sie hatte nicht aufgepasst. Das tat sie nie auf Beerdigungen. Sie war dem Tod schon zu oft zu nahe gewesen. Sie kannte das Geheimnis, wie man eine solche Zeremonie überstand: Betäub dich. Konzentrier dich auf gar nichts. Lass alle Geräusche und Eindrücke bis zur Unkenntlichkeit verschwimmen. Joes Sarg prallte mit einem dumpfen Geräusch auf den Boden. Es klang in der stillen Luft zu lange nach. Judith taumelte, stöhnte und stützte sich auf Maya. Maya verharrte in militärischer Haltung – hoch erhobener Kopf, kerzengerader Rücken, die Schultern nach hinten. Sie hatte kürzlich einen dieser Selbsthilfe-Artikel gelesen, die die Leute so gerne per Mail weiterleiteten. Es ging um »Power-Posing«, das angeblich der Leistungssteigerung diente. Das Militär hatte den Nutzen dieses Leckerbissens der Küchenpsychologie schon lange für sich entdeckt. Soldaten präsentierten sich nicht in Habtachtstellung, weil es gut aussah, sondern weil es ihnen Kraft gab oder – was ebenso wichtig war – weil es Freund und Feind gegenüber so wirkte, als sei man stärker. Kurz hatte Maya einen Flashback – das glänzende Metall, das Geräusch der Schüsse, Joes Sturz, Mayas blutverschmierte Bluse, während sie durch den dunklen Park stolperte, ferne Straßenlaternen von dunstigen Heiligenscheinen gekrönt…

»Hilfe… bitte… helfen Sie mir… mein Mann wurde…«

Sie schloss die Augen und schob das Bild beiseite.

Halt durch, sagte sie sich. *Bring's einfach hinter dich.*

Und das tat sie.

Dann die Kondolenzbekundungen.

Es gab nur zwei Gelegenheiten, bei denen man sich anstellen musste, um jemandem die Hand zu geben. Begräbnisse und Hochzeiten. Diese Tatsache hatte sicher etwas Rührendes an sich, Maya kam nur nicht darauf, was genau das war.

Sie hatte keine Ahnung, wie viele Leute an ihr vorbeigingen, aber es dauerte Stunden. Trauergäste schlurften vorwärts wie in einem Zombiefilm – es würde nicht helfen, einen zu erschlagen, es wurden immer mehr. Nur nicht aufgeben.

Die meisten begnügten sich mit einem leisen: »Mein herzliches Beileid«, was die perfekte Wahl war. Andere redeten zu viel. Darüber, wie tragisch das alles sei, was für ein Verlust, wie die Stadt vor die Hunde gehe, dass sie fast schon mal mit vorgehaltener Pistole beraubt worden wären (Regel Nr. 1: Wenn du kondolieren willst, sprich nicht über dich selbst), dass sie hofften, die Polizei werde die Bestien, die das getan hatten, auf den elektrischen Stuhl schicken, was für ein Glück Maya gehabt habe, dass Gott über sie gewacht habe (was wohl implizierte, dass Gott sich für Joe nicht so sehr interessiert hatte), dass hinter allem ein höherer Plan stecke, dass nichts ohne Grund geschehe (ein Wunder, dass sie diesen Leuten nicht direkt ins Gesicht schlug).

Joes Familie wurde müde, sie mussten sich zwischendurch setzen. Maya nicht. Sie blieb die ganze Zeit stehen, sah den Trauergästen in die Augen und begrüßte jeden mit einem festen Händedruck. Durch mehr oder weniger dezente Körpersprache ließ sie diejenigen abblitzen, die ihrer Trauer durch Umarmungen oder Wangenküsse Ausdruck verleihen wollten. So substanzlos ihre Worte auch sein mochten, Maya lauschte ihnen aufmerksam, nickte, sagte im stets gleichen Tonfall gespielter Aufrichtigkeit »Vielen Dank, dass Sie sich Zeit genommen haben« und begrüßte die nächste Person in der Reihe. Hier noch ein paar weitere allgemeingültige Regeln für Kondolenzbekundungen: Reden Sie nicht zu viel. Knapp gehaltene Plattitüden sind am besten, unverfänglich ist besser als anstößig. Wenn Sie das Bedürfnis haben, mehr zu sagen, geben Sie eine nette, kurze Erinnerung an den Verstorbenen zum Besten. Aber tun Sie nicht das, was zum Beispiel Joes Tante Edith getan hat: Fangen Sie nicht an, hysterisch zu weinen, um sich als Trauergast in der Rolle »seht mich an, wie ich leide« zu ergehen – und sagen Sie nie etwas so hanebüchen

Dummes zur trauernden Witwe wie: »Sie Ärmste, erst Ihre Schwester, dann Ihr Mann.«

Die Welt stand für einen Moment still, als Tante Edith das aussprach, was so viele andere dachten, besonders weil Mayas junger Neffe Daniel und ihre noch jüngere Nichte Alexa in Hörweite waren. Das Blut rauschte durch Mayas Adern, und sie musste sich extrem zusammennehmen, um nicht die Hand auszustrecken, Tante Edith bei der Kehle zu packen und ihr die Stimmbänder herauszureißen.

Stattdessen sagte Maya im stets gleichen Tonfall gespielter Aufrichtigkeit: »Danke, dass du dir Zeit genommen hast.«

Sechs Army-Angehörige aus Mayas früherer Einheit, darunter auch Shane, blieben im Hintergrund und behielten sie im Auge. Das machten sie, ob es ihr gefiel oder nicht. Der Wachdienst schien nie zu enden, wenn sie zusammen waren. Sie stellten sich nicht in die Reihe. So dumm waren sie nicht. Sie waren ihre stummen Wächter, stets zur Stelle. Ihre Anwesenheit bot ihr an diesem schrecklichen Tag den einzigen echten Trost. Gelegentlich meinte Maya, in der Ferne ihre Tochter juchzen zu hören – Eileen Finn, ihre älteste Freundin, war mit Lily zum Spielplatz der Grundschule gegenüber gegangen. Kinderlachen kam ihr in dieser Situation gleichermaßen obszön wie wohltuend lebensbejahend vor: Einerseits sehnte sie sich danach, andererseits ertrug sie es kaum.

Daniel und Alexa, Claires Kinder, standen als Letzte in der Schlange. Maya umarmte sie, wollte sie wie immer vor allem Bösen beschützen, das ihnen widerfahren könnte. Eddie, ihr Schwager – war er das? Wie bezeichnete man den Mann, der mit der Schwester verheiratet gewesen war, bevor sie ermordet wurde? »Exschwager« sagte man wohl eher, wenn sie geschieden waren. Nannte man ihn »*ehemaliger* Schwager«? Oder blieb man einfach bei »Schwager«?

Weitere Nichtigkeiten, mit denen man sich ablenken konnte.

Eddie näherte sich vorsichtiger. Kleine Haarbüschel, die er beim Rasieren übersehen hatte, ragten an ein paar Stellen aus seinem Gesicht. Eddie küsste Maya auf die Wange. Der Geruch von Mundwasser und Minzpastillen war so stark, dass er alles überdeckte, was man sonst womöglich riechen könnte – aber das war ja auch der Sinn der Sache.

»Joe wird mir fehlen«, murmelte Eddie.

»Ich weiß. Er mochte dich wirklich gern, Eddie.«

»Wenn ich dir irgendwie helfen kann …« *Kümmer dich ordentlicher um deine Kinder,* dachte Maya, aber die Wut, die sie normalerweise in seiner Gegenwart verspürte, war heute verschwunden, sie war verpufft wie durch ein Loch in einem Schlauchboot.

»Danke, wir schaffen das schon.«

Eddie ging schweigend davon, als hätte auch er ihre Gedanken gelesen, was vermutlich sogar zutraf.

»Entschuldige, dass ich dein letztes Spiel verpasst habe«, sagte Maya zu Alexa, »aber morgen bin ich da.«

Plötzlich sahen alle drei leicht beklommen aus.

»Ach, brauchst du aber nicht«, sagte Eddie.

»Schon okay. Ist eine nette Ablenkung.«

Eddie nickte und ging mit Daniel und Alexa zum Wagen. Alexa drehte sich auf dem Weg noch einmal um. Maya lächelte ihr beruhigend zu. *Es hat sich nichts verändert,* besagte das Lächeln. *Ich werde immer für dich da sein, so wie ich es deiner Mutter versprochen habe.*

Maya sah zu, wie Claires Familie in ihren Wagen stieg. Daniel, der kontaktfreudige Vierzehnjährige, setzte sich auf den Beifahrersitz. Alexa, die erst zwölf war, saß allein hinten. Seit ihre Mutter gestorben war, schien sie ständig zusammenzuzucken, als wartete sie auf den nächsten Tiefschlag. Eddie winkte noch einmal, lächelte Maya erschöpft zu und fuhr los.

Maya beobachtete, wie sich das Auto langsam entfernte. Dabei fiel ihr Blick auf Roger Kierce, den Detective von der Mordkommission des NYPD, der an einem Baum lehnte. Selbst heute. Selbst jetzt. Sie überlegte, ob sie zu ihm gehen, ihn zur Rede stellen und Antworten verlangen sollte, aber wieder ergriff Judith ihre Hand.

»Ich würde mich freuen, wenn du und Lily mit uns nach Farnwood kommen würdet.«

Wenn sie von ihrem Haus sprachen, benutzten sie immer seinen Namen. Wahrscheinlich hätte das ein Hinweis darauf sein müssen, was aus ihr werden würde, wenn sie in eine solche Familie einheiratete.

»Danke«, sagte Maya, »aber ich denke, Lily muss nach Hause.«

»Sie muss bei ihrer Familie sein. Ihr beide müsst das.«

»Ich weiß das Angebot zu schätzen.«

»Das ist mein Ernst. Lily ist und bleibt unsere Enkelin. Und du bist und bleibst unsere Tochter.«

Judith presste ihre Hand noch etwas fester, um ihren Worten Nachdruck zu verleihen. Es war nett von Judith, das zu sagen, fast so, als würde sie es wie bei ihren Wohltätigkeits-Galas von einem Teleprompter ablesen, trotzdem stimmte es nicht – zumindest was Maya betraf. Niemand, der einen Burkett heiratete, war mehr als ein Außenseiter, der bestenfalls toleriert wurde.

»Ein andermal«, sagte Maya. »Du wirst das sicher verstehen.«

Judith nickte und umarmte sie flüchtig. Das taten auch Joes Bruder und seine Schwester. Maya musterte ihre bestürzten

Mienen, als sie in Richtung der Stretch-Limousinen taumelten, die sie zum Burkett-Anwesen bringen würden.

Ihre früheren Army-Kameraden waren noch da. Sie sah Shane an und nickte ihm kurz zu. Sie verstanden es. Es war nicht so, dass sie »wegtraten«, vielmehr schienen sie sich langsam und fast unmerklich zurückzuziehen, ohne irgendwelche Wellen zu schlagen oder etwas durcheinanderzubringen. Die meisten von ihnen waren noch im Militärdienst. Nach den Ereignissen an der syrisch-irakischen Grenze hatte man Maya dazu angehalten, einer ehrenhaften Entlassung zuzustimmen. Sie hatte keine andere realistische Möglichkeit gesehen und zugestimmt. Statt also ein Kommando zu führen oder zumindest Rekruten auszubilden, gab sie die Soldatin im Ruhestand: Captain Maya Stern, für kurze Zeit das Gesicht der neuen Army, gab jetzt auf dem Teterboro Airport im nördlichen New Jersey Flugstunden. Manchmal war es ganz okay, aber meistens fehlte ihr die Army mehr, als sie es sich je hätte vorstellen können.

Endlich stand Maya allein vor dem Erdhaufen, der bald ihren Ehemann bedecken würde.

»Ach, Joe«, sagte sie laut.

Sie versuchte, die Gegenwart des Verstorbenen zu erspüren. Das hatte sie schon öfter versucht, in unzähligen Abschiedssituationen. Sie hatte versucht, eine Art Lebenskraft nach dem Tod ausfindig zu machen – aber da war nichts. Manche Menschen glaubten, dass zumindest ein Hauch fortbestehen müsste – dass Energie und Bewegung nie ganz verschwanden, dass die Seele ewig bestand, dass man Materie nie dauerhaft zerstören konnte und so weiter. Vielleicht stimmte das, aber je mehr Zeit Maya in der Nähe von Verstorbenen verbrachte, desto mehr erschien es ihr, als ob nichts, absolut gar nichts, zurückbleiben würde.

Sie blieb am Grab stehen, bis Eileen mit Lily vom Spielplatz zurückkam.

»Fertig?«, fragte Eileen.

Maya warf noch einen Blick auf das Loch im Boden. Sie wollte Joe noch etwas Bedeutsames sagen, etwas, das für beide eine Art … tja … Schlussstrich sein könnte, ihr fiel aber nichts ein.

Eileen fuhr sie nach Hause. Lily schlief sofort ein in ihrem Kindersitz, der aussah, als hätte die NASA ihn konstruiert. Maya saß auf dem Beifahrersitz und starrte aus dem Fenster. Als sie ihr Haus erreichten – Joe hatte doch tatsächlich auch ihm einen Namen geben wollen, doch sie hatte mit der Faust auf den Tisch gehauen –, gelang es Maya irgendwie, den komplizierten Gurtmechanismus zu öffnen und Lily behutsam aus dem Auto zu heben, ohne sie zu wecken.

»Danke fürs Bringen«, flüsterte Maya.

Eileen machte den Motor aus. »Was dagegen, wenn ich noch einen Moment mit reinkomme?«

»Wir schaffen das schon.«

»Zweifelsohne.« Eileen öffnete ihren Sicherheitsgurt. »Ich wollte dir aber noch etwas schenken. Dauert nur zwei Minuten.«

Maya hielt ihn in der Hand. »Ein digitaler Bilderrahmen?«

Eileen war erdbeerblond mit Sommersprossen und einem breiten Lächeln. Sie hatte ein Gesicht, das den Raum erleuchtete, sobald sie ihn betrat, und das die darunterliegende Qual ausgezeichnet verbarg.

»Nein, es ist eine als digitaler Bilderrahmen getarnte Überwachungskamera für das Kindermädchen. Eine Nanny-Cam.«

»Wie bitte?«

»Wenn du die Vollzeitstelle annimmst, musst du das alles besser im Auge behalten, stimmt's?«

»Schon möglich.«

»Wo spielt Isabella meistens mit Lily?«

Maya deutete nach rechts. »Im Wohnzimmer.«

»Komm, ich zeig's dir.«

»Eileen …«

Sie nahm Maya den Bilderrahmen aus der Hand. »Komm einfach mit.«

Das Wohnzimmer lag direkt neben der Küche. Es war in hellem Holz gehalten, hatte eine Decke wie eine Kathedrale, die bis unter den Dachfirst reichte. An der Wand hing ein Großbildfernseher, und auf dem Boden standen zwei randvolle Körbe mit pädagogisch wertvollem Spielzeug für Lily. Den Platz des wunderschönen Mahagoni-Couchtischs hatte ein »Pack 'n Play«-Laufstall eingenommen. Der Tisch war leider nicht kinderfreundlich gewesen und hatte daher ausgedient.

Eileen ging zum Bücherregal. Sie wählte einen Platz für den Bilderrahmen und steckte den Stecker in die nächste Steckdose. »Ich hab schon ein paar Fotos von deiner Familie draufgeladen. Der digitale Bilderrahmen wird sie einfach in zufälliger Reihenfolge zeigen. Spielen Isabella und Lily normalerweise an der Couch?«

»Ja.«

»Gut.«

Eileen drehte den Rahmen in die Richtung. »Da ist ein Weitwinkelobjektiv eingebaut, also siehst du das ganze Zimmer.«

»Eileen …«

»Ich habe sie bei der Beerdigung gesehen.«

»Wen?«

»Dein Kindermädchen.«

»Isabellas und Joes Familie kennen sich schon ewig. Ihre Mutter war Joes Kindermädchen. Und ihr Bruder ist der Hausgärtner.«

»Ehrlich?«

Maya zuckte die Achseln. »Die Reichen.«

»Sie sind anders.«

»Das sind sie.«

»Und du vertraust ihr?«

»Wem, Isabella?«

»Ja.«

Maya zuckte die Achseln. »Du kennst mich.«

»Genau.« Eileen war ursprünglich eine Freundin von Claire gewesen – die beiden waren in ihrem ersten Studienjahr am Vassar College Zimmergenossinnen im Studentenwohnheim gewesen –, und schon nach kurzer Zeit waren alle drei Frauen eng befreundet. »Du vertraust niemandem, Maya.«

»So würde ich das nicht sagen.«

»Okay. Aber nicht, wenn es um dein Kind geht.«

»Wenn es um mein Kind geht«, sagte Maya, »ja, gut, dann vertraue ich niemandem.«

Eileen lächelte. »Deshalb geb ich dir den. Hör zu, ich glaub ja nicht, dass du etwas herausfindest. Isabella scheint toll zu sein.«

»Aber sicher ist sicher.«

»Genau. Ich kann dir gar nicht sagen, wie sehr es mich beruhigt hat, wenn Kyle und Missy mit dem Kindermädchen allein waren.«

Maya kam ein anderer Gedanke – hatte Eileen den Rahmen nur für das Kindermädchen benutzt, oder hatte sie Beweismaterial gegen jemand anders zusammengetragen. Aber sie fragte nicht nach.

»Hat dein Rechner einen SD-Slot?«, fragte Eileen.

»Keine Ahnung.«

»Ist auch egal. Ich hab dir einen SD-Karten-Reader mit USB-Anschluss besorgt. Du brauchst ihn nur in deinen Laptop oder Computer zu stecken. Einfacher geht's nicht. Am Abend nimmst du einfach die SD-Karte aus dem Bilderrahmen – die ist hier hinten, siehst du?«

Maya nickte.

»Dann steckst du die Karte in den Reader. Das Video erscheint auf dem Monitor. Auf die SD-Karte passen 32 Gigabyte, das müsste für einige Tage reichen. Außerdem ist ein Bewegungsmelder in den Rahmen eingebaut, wenn keiner im Zimmer ist, wird also auch nichts aufgenommen.«

Maya konnte sich ein Lächeln nicht verkneifen. »Na sieh mal einer an.«

»Was? Hast du Probleme mit dem Rollentausch?«

»Ein bisschen. Ich hätte selbst daran denken müssen.«

»Ich bin überrascht, dass du das nicht getan hast.«

Maya senkte den Blick und sah ihrer Freundin in die Augen. Eileen war knapp eins sechzig groß, Maya gut eins achtzig, wirkte aber dank ihrer militärischen Haltung noch größer. »Hast du auf deiner Nanny-Cam etwas gesehen?«

»Du meinst etwas, das ich nicht hätte sehen sollen?«

»Ja.«

»Nein«, sagte Eileen. »Und ich weiß, was du denkst. Nein, er war nicht wieder da. Und nein, ich hab ihn nicht gesehen.«

»Ich sag ja gar nichts.«

»Gar nichts?«

»Was für eine Freundin wäre ich, wenn ich gar nichts sagen würde?«

Eileen trat zu ihr und umarmte Maya. Maya erwiderte die Umarmung. Eileen, nicht irgendeine Fremde, die ihre Aufwartung machte. Maya war ein Jahr nach Claire aufs Vassar College gegangen. Und seit die drei Frauen in jenen friedlichen Tagen, bevor Maya auf die Army Aviation School in Fort

Rucker, Alabama, gegangen war, zusammengewohnt hatten, gehörte Eileen zu ihren besten Freunden – genau wie Shane.

»Ich liebe dich, das weißt du doch.«

Maya nickte. »Ja, ich weiß.«

»Bist du sicher, dass ich heute Nacht nicht bei euch bleiben soll?«

»Du musst dich um deine eigene Familie kümmern.«

»Das ist kein Problem«, sagte Eileen und deutete mit dem Daumen auf den digitalen Bilderrahmen. »Ich hab ja alles im Blick.«

»Witzig.«

»Eigentlich nicht. Aber ich weiß, dass du eine Pause brauchst. Ruf an, wenn ich dir helfen kann. Oh, und ums Abendessen brauchst du dich nicht zu kümmern. Ich hab dir was beim Chinesen bestellt. Bei *Look See*. Müsste in zwanzig Minuten kommen.«

»Ich liebe dich, das weißt du doch.«

»Ja«, sagte Eileen und ging zur Tür. »Ich weiß.« Dann blieb sie stehen. »Holla.«

»Was ist?«

»Du hast Besuch.«

ZWEI

Ihr Besuch manifestierte sich in der Gestalt von Roger Kierce. Der kleine, stark behaarte Detective der NYPD-Mordkommission gab alles, um cool und relaxed zu wirken. Kierce trat durch die Tür, sah sich um, wie Polizisten sich eben umsehen, und sagte: »Hübsches Haus.«

Maya runzelte die Stirn und gab sich keinerlei Mühe, ihren Ärger zu verstecken.

Kierce hatte etwas von einem Höhlenmenschen. Er war stämmig, breit, und seine Arme wirkten zu kurz für seinen Körper. Er hatte eins dieser Gesichter, die auch direkt nach dem Rasieren noch unrasiert aussahen. Seine buschigen Augenbrauen erinnerten an Raupen kurz vor der Verpuppung, und die Haare auf seinem Handrücken hätte man mit einem Lockenstab bearbeiten können.

»Ist hoffentlich in Ordnung, dass ich mal vorbeischaue.«

»Was sollte dagegen sprechen?«, fragte Maya. »Ach ja, vielleicht die Tatsache, dass ich gerade meinen Mann beerdigt habe.«

Kierce täuschte Reue vor. »Ach richtig, mein Timing ist nicht das beste.«

»Meinen Sie?«

»Aber morgen arbeiten Sie ja wieder, und, sind wir doch ehrlich, den richtigen Zeitpunkt gibt es nicht, oder?«

»Guter Einwand. Was kann ich für Sie tun, Detective?«

»Hätten Sie etwas dagegen, wenn ich mich kurz setze?«

Maya deutete auf die Couch im Wohnzimmer. Ein unheimlicher Gedanke kam ihr: Dieses Treffen – jedes Treffen in diesem Zimmer – würde ab sofort von der Nanny-Cam aufgezeichnet werden. Was für ein seltsamer Gedanke. Sie konnte sie natürlich von Hand ein- und ausschalten, aber wer dachte schon daran – und wer wollte sich dauernd darum kümmern? Sie war sich nicht sicher, ob die Kamera auch den Ton aufnahm. Sie musste Eileen fragen. Oder einfach abwarten, bis sie sich eine Aufnahme ansah.

»Hübsches Haus«, sagte Kierce.

»Ja, das sagten Sie bereits.«

»Wann wurde es gebaut?«

»Um 1920.«

»Das Haus gehört der Familie Ihres verstorbenen Ehemannes, richtig?«

»Ja.«

Kierce setzte sich. Sie blieb stehen.

»Was kann ich für Sie tun, Detective?«

»Nur eine kleine Nachbetrachtung.«

»Nachbetrachtung?«

»Haben Sie einen Moment Geduld, ja?« Kierce präsentierte etwas, das er wohl für ein entwaffnendes Lächeln hielt. Maya kaufte es ihm nicht ab. »Wo hab ich denn …?« Er suchte in der Innentasche seiner Jacke und zog ein abgewetztes Notizbuch heraus. »Hätten Sie etwas dagegen, dass wir die Sache noch einmal durchgehen?«

Maya wusste nicht, was sie von ihm halten sollte, und genau das war vermutlich Kierce' Absicht. »Was wollen Sie wissen?«

»Fangen wir doch noch einmal ganz vorne an, okay?«

Sie setzte sich und breitete die Arme aus, als wollte sie sagen: *Schießen Sie los.*

»Warum haben Sie sich mit Joe im Central Park getroffen?«

»Er hat den Vorschlag gemacht, dass wir uns da treffen.«

»Telefonisch, richtig?«

»Ja.«

»War das normal?«

»Wir haben uns da öfter getroffen, ja.«

»Wann?«

»Das kann ich nicht mehr sagen. Mehrmals. Das habe ich Ihnen doch schon gesagt. Ist eine hübsche Ecke. Wir haben eine Decke ausgebreitet und am Bootshaus Mittag gegessen …« Sie setzte an, unterbrach sich wieder, schluckte. »Es war einfach ein netter Ort, weiter nichts.«

»Tagsüber bestimmt. Aber nachts ist es doch etwas abgelegen, finden Sie nicht?«

»Wir haben uns da immer sicher gefühlt.«

Er lächelte sie an. »Ich wette, Sie fühlen sich fast überall sicher.«

»Soll heißen?«

»Wenn man da war, wo Sie waren … also … in puncto Gefährlichkeit ist der Central Park vermutlich wirklich relativ sicher.« Kierce hustete in seine Hand. »Na, jedenfalls hat Ihr Mann Sie angerufen und gesagt: ›Wollen wir uns da treffen?‹, und Sie sind hingegangen.«

»Genau.«

»Nur …«, Kierce sah in sein Notizbuch, leckte den Zeigefinger an und begann, darin zu blättern, »… dass er Sie nicht angerufen hat.«

Er sah sie an.

»Wie bitte?«

»Sie sagten, Joe hätte Sie angerufen und Ihnen vorgeschlagen, sich dort zu treffen.«

»Nein, das haben Sie gesagt. Ich habe gesagt, er hat mir am Telefon vorgeschlagen, dass wir uns dort treffen.«

»Aber dann habe ich gesagt: ›Er hat Sie angerufen‹, und Sie sagten ›Genau‹.«

»Das ist doch Wortklauberei, Detective. Sie haben die Verbindungsdaten von dem Abend, richtig?«

»Die habe ich, ja.«

»Und dort findet sich ein Telefonat zwischen meinem Mann und mir?«

»Ja.«

»Ich erinnere mich nicht, ob er mich oder ich ihn angerufen habe. Auf jeden Fall hat er vorgeschlagen, dass wir uns an unserem Lieblingsort im Park treffen. Ich hätte diesen Vorschlag auch machen können – ich verstehe nicht, warum das wichtig ist –, und vielleicht hätte ich das sogar, wenn er mir nicht zuvorgekommen wäre.«

»Kann irgendjemand bestätigen, dass Sie und Joe sich häufiger dort getroffen haben?«

»Ich glaube nicht, weiß aber auch nicht, warum das eine Rolle spielen sollte.«

Kierce reagierte mit einem aufgesetzten Lächeln. »Ich auch nicht, aber fahren wir doch einfach fort, ja?«

Sie schlug die Beine übereinander und wartete.

»Sie haben geschildert, wie zwei Männer sich aus Richtung Westen näherten. Ist das richtig?«

»Ja.«

»Und sie trugen Sturmhauben?«

Sie hatten das schon zigmal besprochen. »Ja.«

»Schwarze Sturmhauben, richtig?«

»Ja.«

»Und Sie sagten, einer sei ungefähr eins achtzig gewesen – wie groß sind Sie, Mrs Burkett?«

Fast hätte sie gefaucht, er solle sie »Captain« nennen – sie konnte es nicht ausstehen, wenn man sie »Missus« nannte –, aber sie hatte diesen Dienstgrad nicht mehr. »Bitte nennen Sie mich Maya. Und ich bin ungefähr eins achtzig groß.«

»Einer der Männer war also so groß wie Sie?«

Sie bemühte sich, nicht die Augen zu verdrehen. »Äh, so ist es.«

»Sie haben die Angreifer sehr genau beschrieben.« Kierce begann, aus seinem Notizbuch vorzulesen. »Ein Mann war eins achtzig groß. Den anderen haben Sie auf eins fünfundsiebzig geschätzt. Einer trug einen schwarzen Kapuzenpullover und rote Chucks. Der andere trug ein hellblaues T-Shirt ohne Logo, einen beigen Rucksack und schwarze Laufschuhe, an die Marke konnten Sie sich nicht erinnern.«

»Das ist korrekt.«

»Der Mann mit den roten Chucks – das war derjenige, der Ihren Mann erschossen hat?«

»Ja.«

»Und dann haben Sie die Flucht ergriffen.«

Maya sagte nichts.

»Laut Ihrer Aussage wollten sie Sie berauben. Sie sagten, Joe habe ziemlich lange gebraucht, um ihnen sein Portemonnaie zu geben. Außerdem trug Ihr Mann eine sehr teure Uhr. Eine Hublot, glaube ich.«

Ihre Kehle war trocken. »Ja, das ist richtig.«

»Warum hat er sie ihnen nicht einfach gegeben?«

»Ich glaube ... ich glaube, das hätte er.«

»Aber?«

Sie schüttelte den Kopf.

»Maya?«

»Hat Ihnen schon mal jemand eine Pistole direkt vors Gesicht gehalten, Detective?«

»Nein.«

»Dann verstehen Sie es womöglich nicht.«

»Was verstehe ich nicht?«

»Der Lauf. Die Mündung. Wenn jemand eine Waffe auf Sie richtet, wenn jemand Ihnen damit droht abzudrücken, wird dieses schwarze Loch unglaublich groß, fast so, als wollte es Sie mit Haut und Haaren verschlingen. Manche Menschen erstarren bei diesem Anblick.«

Kierce sprach jetzt leise: »Und Joe … gehörte zu diesen Menschen.«

»In diesem Moment schon.«

»Und das dauerte zu lange?«

»Ja, offensichtlich.«

Sie saßen einen Moment lang schweigend da.

»Kann sich der Schuss aus Versehen gelöst haben?«, fragte Kierce.

»Das bezweifle ich.«

»Wieso sagen Sie das?«

»Aus zwei Gründen. Erstens war es ein Revolver. Kennen Sie sich mit Revolvern aus?«

»Nicht sehr gut.«

»Da die Trommel sich dreht, muss man entweder den Hahn spannen oder sehr kräftig am Abzug ziehen. Man schießt nicht versehentlich.«

»Verstehe. Und der zweite Grund?«

»Der ist noch naheliegender«, sagte sie. »Der Schütze hat danach noch zweimal geschossen. Man gibt nicht versehentlich drei Schüsse ab.«

Kierce nickte und sah wieder in sein Notizbuch. *»Die erste Kugel traf die linke Schulter Ihres Mannes, die zweite streifte das Schlüsselbein.«*

Maya schloss die Augen.

»Wie weit war der Schütze entfernt, als er die Schüsse abgab?«

»Drei Meter.«

»Der Gerichtsmediziner sagte, beide Schüsse seien nicht tödlich gewesen.«

»Ja, das hatten Sie mir schon gesagt.«

»Und was ist dann passiert?«

»Ich habe versucht, ihn zu stützen.«

»Joe?«

»Ja, Joe«, fauchte sie. »Wen denn sonst?«

»Entschuldigung. Was ist dann passiert?«

»Ich ... Joe ist zusammengesackt, auf die Knie.«

»Und dann hat der Gangster den dritten Schuss abgegeben?«

Maya sagte nichts.

»Den dritten Schuss«, wiederholte Kierce. »Den Schuss, der ihn umgebracht hat.«

»Das habe ich Ihnen schon erzählt.«

»Was haben Sie mir erzählt?«

Maya hob den Blick und sah ihm in die Augen. »Ich habe nicht gesehen, wie zum dritten Mal geschossen wurde.«

Kierce nickte. »Das ist wahr«, sagte er sehr langsam. »Weil Sie da schon weggerannt waren.«

»Hilfe ... bitte ... helfen Sie mir ... mein Mann wurde ...«

Ihre Brust begann zu zucken. Die Geräusche ... Schüsse, das Surren von Hubschrauberrotoren, die Schmerzensschreie – alles stürzte gleichzeitig auf sie ein. Sie schloss die Augen, atmete ein paarmal tief durch, achtete darauf, dass ihr das alles nicht anzusehen war.

»Maya?«

»Ja, ich bin weggerannt. Okay? Zwei Männer mit Pistolen. Ich bin geflohen. Ich bin weggerannt und habe meinen

Mann zurückgelassen, und irgendwann, ich weiß es nicht, fünf oder zehn Sekunden später, habe ich hinter mir den Knall gehört, und ja, aufgrund dessen, was Sie mir erzählt haben, weiß ich, dass dieser Räuber, als ich weg war, meinem Mann, der noch kniete, den Revolver an den Kopf gehalten und abgedrückt …«

Sie sprach nicht weiter.

»Niemand gibt Ihnen irgendeine Schuld, Maya.«

»Ich habe nicht gefragt, ob das jemand tut, Detective«, stieß sie zwischen zusammengebissenen Zähnen hervor. »Was wollen Sie?«

Kierce blätterte in seinen Notizen. »Neben den sehr detaillierten Beschreibungen der Täter konnten Sie uns sagen, dass der in den roten Chucks mit einem Smith and Wesson 686 bewaffnet war, während sein Partner eine Beretta M9 trug.« Kierce hob den Blick. »Das ist ziemlich beeindruckend.«

»Gehört zur Ausbildung.«

»Zur militärischen Ausbildung, richtig?«

»Sagen wir einfach, dass ich eine gute Beobachterin bin.«

»Oh, das ist sehr bescheiden, Maya. Wir wissen alle von Ihren Heldentaten im Ausland.«

Und von meinem Absturz, hätte sie fast ergänzt.

»Dieser Teil des Parks ist nicht besonders gut beleuchtet. Es gibt nur ein paar Straßenlaternen weiter entfernt.«

»Das reicht.«

»Das reicht, um das Fabrikat zu erkennen?«

»Mit Schusswaffen kenne ich mich aus.«

»Ja, natürlich. Sie sind sogar ein erfahrener Scharfschütze, ist das richtig?«

»Scharfschützin.« Sie korrigierte ihn ebenso automatisch, wie er herablassend lächelte.

»Mein Fehler. Trotzdem, in der Dunkelheit …«

»Der Smith and Wesson war aus Edelstahl und daher in der Dunkelheit gut zu erkennen. Ich habe auch gehört, wie er den Hahn gespannt hat. Bei einem Revolver macht man das, bei einer Halbautomatik nicht.«

»Und die Beretta?«

»Was den Hersteller betrifft, bin ich mir nicht sicher, aber sie hatte einen beweglichen Lauf, so wie eine Beretta.«

»Wie Sie wissen, konnten wir aus der Leiche Ihres Mannes drei Kugeln sichern. Kaliber .38, was zum Smith and Wesson passen würde.« Er rieb sich das Gesicht, als wäre er tief in Gedanken versunken. »Sie haben doch Schusswaffen, richtig, Maya?«

»Hab ich.«

»Ist eine davon zufällig ein Smith and Wesson 686?«

»Sie kennen die Antwort«, sagte sie.

»Woher sollte ich die kennen?«

»In New Jersey bin ich gesetzlich dazu verpflichtet, alle im Bundesstaat gekauften Waffen registrieren zu lassen. Daher wissen Sie das alles. Es sei denn, Sie wären vollkommen inkompetent, Detective Kierce, was Sie definitiv nicht sind. Sie haben sofort überprüft, was für Waffen ich registriert habe. Es wäre nett, wenn wir mit den Spielchen aufhören und zur Sache kommen könnten.«

»Wie weit ist es Ihrer Meinung nach von der Stelle, wo Ihr Mann zu Boden gegangen ist, bis zum Bethesda-Brunnen?«

Der plötzliche Themenwechsel brachte sie aus dem Konzept. »Ich bin mir sicher, dass Sie das ausgemessen haben.«

»Stimmt, das haben wir. Es sind knapp 300 Meter, wenn man alle Wegbiegungen mit einrechnet. Ich bin die Strecke abgelaufen. Ich bin längst nicht so fit wie Sie, aber ich habe dafür etwa eine Minute gebraucht.«

»Okay.«

»Es geht dabei um Folgendes. Wir haben mehrere Zeugen, die einen Schuss gehört haben. Diese Zeugen sagen auch, dass Sie erst eine, eher zwei Minuten später erschienen sind. Wie würden Sie das erklären?«

»Warum sollte ich das erklären müssen?«

»Das ist eine berechtigte Frage.«

Sie blinzelte nicht einmal. »Glauben Sie, dass ich meinen Mann erschossen habe, Detective?«

»Haben Sie das?«

»Nein. Und wissen Sie, wie ich das beweisen kann?«

»Wie?«

»Kommen Sie mit mir auf den Schießstand.«

»Wieso?«

»Wie Sie schon sagten, bin ich eine erfahrene Scharfschützin.«

»Darüber wurden wir informiert.«

»Dann wissen Sie es ja.«

»Was wissen wir?«

Maya beugte sich vor und sah ihm in die Augen. »Selbst mit verbundenen Augen hätte ich keine drei Schüsse gebraucht, um jemanden aus dieser Entfernung zu töten.«

Kierce lächelte tatsächlich über die Antwort. »Touché. Und ich möchte mich dafür entschuldigen, dass ich in diese Richtung ermittle, weil ich eigentlich nicht glaube, dass Sie Ihren Mann erschossen haben. Und ich kann auch mehr oder weniger beweisen, dass Sie es nicht getan haben.«

»Wie meinen Sie das?«

Kierce stand auf. »Haben Sie Ihre Waffen hier im Haus?«

»Ja.«

»Würden Sie sie mir zeigen?«

Zuerst ging sie mit ihm zum Waffentresor im Keller.

»Ich gehe davon aus, dass Sie ein glühender Anhänger des Zweiten Zusatzartikels zur Verfassung sind, wenn es um den Besitz von Waffen geht«, sagte Kierce.

»Aus der Politik halte ich mich raus.«

»Aber Sie mögen Waffen.« Er betrachtete den Waffentresor. »Ich sehe kein Zahlenschloss. Öffnet man ihn mit einem Schlüssel?«

»Nein, man bekommt ihn nur mit einem Daumenabdruck auf.«

»Ah, verstehe. Damit ist sichergestellt, dass nur Sie ihn öffnen können.«

Maya schluckte. »Inzwischen schon.«

»Oh«, sagte Kierce, als er sein Missgeschick erkannte. »Ihr Mann.«

Sie nickte.

»Hat noch jemand außer Ihnen beiden Zugriff?«

»Niemand.« Sie drückte ihren Daumen auf den Sensor. Mit einem hörbaren Ploppen öffnete sich die Tür. Sie trat zur Seite.

Kierce sah hinein und stieß einen leisen Pfiff aus. »Wozu brauchen Sie die alle?«

»Ich brauche keine davon. Ich schieße einfach gern. Es ist mein Hobby. Die meisten Menschen mögen das nicht. Oder sie verstehen es nicht. Damit komme ich klar.«

»Und wo ist Ihr Smith and Wesson 686?«

Sie deutete in den Tresor. »Hier.«

Er kniff die Augen zusammen. »Darf ich ihn mitnehmen?«

»Den Smith and Wesson?«

»Ja, wenn das okay ist.«

»Ich dachte, Sie glauben nicht, dass ich es getan habe.«

»Tu ich auch nicht. Aber wie wäre es, wenn wir nicht nur Sie, sondern auch Ihren Revolver ausschließen.«

Maya nahm den Revolver heraus. Wie die meisten guten Schützen war sie fast zwangsneurotisch, wenn es um die Reinigung und das Laden/Entladen ihrer Waffen ging. Also checkte sie auch diesmal, dass er ungeladen war. Das war er.

»Ich gebe Ihnen dafür eine Quittung.«

»Ich könnte natürlich eine gerichtliche Anordnung verlangen.«

»Und ich würde wahrscheinlich eine bekommen«, sagte er.

Auch wieder wahr. Sie gab ihm die Waffe.

»Detective?«

»Was ist?«

»Sie verschweigen mir etwas.«

Kierce lächelte. »Ich melde mich.«

DREI

Isabella, Lilys Kindermädchen, kam am nächsten Morgen um sieben.

Beim Begräbnis hatte Isabellas Familie zu den aufgewühltesten Gästen gehört. Ihre Mutter Rosa, Joes früheres Kindermädchen, war völlig aufgelöst gewesen, hatte ihr Taschentuch fest umklammert und musste immer wieder von ihren Kindern Isabella und Hector gestützt werden. Und selbst jetzt waren Isabellas Augen von den gestrigen Tränen noch leicht gerötet.

»Es tut mir so leid für Sie, Mrs Burkett.«

Maya hatte sie mehrmals gebeten, sie mit dem Vornamen anzusprechen statt mit Mrs Burkett, aber Isabella hatte nur genickt und sie weiter Mrs Burkett genannt, also hatte Maya es auf sich beruhen lassen. Wenn Isabella sich in einem förmlichen Arbeitsumfeld wohler fühlte, wieso sollte Maya sie zwingen, es zu ändern?

»Danke, Isabella.«

Den Mund noch voller Frühstücksflocken, hüpfte Lily von ihrem Küchenstuhl und rannte auf sie zu. »Isabella!«

Isabellas Miene leuchtete, als sie das kleine Mädchen hochhob und lange umarmte. Für einen Moment verspürte Maya den typischen Neid berufstätiger Mütter: Sie war froh, dass ihre Tochter das Kindermädchen so gern mochte, aber auch eifersüchtig, weil ihre Tochter das Kindermädchen so gern mochte.

Vertraute sie Isabella?

Wie sie Eileen gestern schon gesagt hatte, lautete die Antwort auf diese Frage, ja – soweit sie einer »Fremden« in so einer Situation vertrauen konnte. Natürlich war es Joes Idee gewesen, Isabella einzustellen. Maya war damals nicht hundertprozentig überzeugt gewesen – es gab da diesen neuen Kindergarten an der Porter Street, der sich *Growin' Up* nannte, was Maya als kleine Hommage an den Song von Bruce Springsteen gedeutet hatte. Ein hübsches, freundlich lächelndes junges Ding namens Kitty Shum (»Nennen Sie mich Miss Kitty!«) hatte Maya durch die sauberen, gepflegten, farbenfrohen Räume geführt, in denen überall Überwachungskameras hingen. Sie hatte weitere freundlich lächelnde junge Dinger getroffen und natürlich andere Kinder, mit denen Lily spielen konnte. Joe hatte trotzdem auf dem Kindermädchen bestanden. Er hatte Maya daran erinnert, dass Isabellas Mutter ihn »praktisch großgezogen« hatte, und Maya hatte im Scherz entgegnet: »Bist du sicher, dass das eine Empfehlung ist?« Da Maya damals allerdings auf dem Sprung zu einem sechsmonatigen Auslandseinsatz war, hatte sie bei dieser Entscheidung nur eingeschränktes Stimmrecht – und eigentlich keinen Grund, nicht froh darüber zu sein.

Maya küsste Lily auf den Kopf und machte sich auf den Weg zur Arbeit. Sie hätte sich noch ein paar Tage Zeit lassen und bei ihrer Tochter zu Hause bleiben können. Auf das Geld war sie gewiss nicht angewiesen – trotz des Ehevertrags würde sie eine wohlhabende Witwe sein –, die klassische Rolle der hingebungsvollen Mutter, die alles aufgab, um ganz für ihr Kind da zu sein, lag ihr aber nicht. Maya hatte versucht, in diese ganze »Mami-Welt« einzutauchen, Kaffeeklatsch mit den Mit-Müttern, bei dem man sich über die Sauberkeitserziehung, die besten Vorschulen oder Sicherheitstests von Kinderwagen unterhielt und ausführlich und mit echtem Interesse über die banalsten Fortschritte der eigenen Kinder berichtete. Maya hatte zwar lächelnd bei den Moms gesessen, aber innerlich war sie im Irak, hatte sie Flashbacks, die sich meist um eine bestimmte blutige Erinnerung drehten – häufig ging es um Jake Evans, einen Neunzehnjährigen aus Fayetteville, Arkansas, dem die untere Körperhälfte weggesprengt worden war, was er aber irgendwie überlebt hatte. Und sie bemühte sich, mit der für sie unergründlichen Tatsache zurechtzukommen, dass dieser banale Kaffeeklatsch auf demselben Planeten stattfand wie diese blutige Schlacht.

In Gesellschaft anderer Mütter nahm sie die Rotorengeräusche oft deutlicher wahr als die schaurigen Bilder. Schon komisch, dachte sie, dass diese überfürsorglichen Eltern, die nie etwas auf sich beruhen lassen konnten, als »Helikopter-Eltern« bezeichnet wurden.

Die Leute hatten einfach keine Ahnung.

Auf dem Weg zum Auto, das in ihrer eigenen Einfahrt stand, prüfte Maya die Umgebung, checkte die Stellen, an denen sich Feinde verstecken konnten, um sie anzugreifen. Das hatte einen einfachen Grund: Alte Gewohnheiten wurde man nicht los. Einmal Soldatin, immer Soldatin.

Keine Feinde in der Nähe, weder imaginäre noch reale.

Maya wusste, dass sie von ihrem Einsatz dort drüben eine Psychose wie aus dem Lehrbuch mitgebracht hatte, aber niemand kehrte von dort ohne Narben zurück. Sie betrachtete ihre psychische Störung eher als eine Art Erkenntnisgewinn: Im Gegensatz zu den meisten anderen Menschen hatte sie die Welt gesehen und sie verstanden.

In der Army hatte Maya Kampfhubschrauber geflogen, häufig, um anderen Deckung zu geben oder um für vorrückende Bodentruppen freie Bahn zu schaffen. Angefangen hatte sie in Fort Campbell in *UH-60 Black Hawks*, bis sie genug Flugstunden zusammenhatte, um sich für das renommierte *160th Special Operations Aviation Regiment* (SOAR) im Nahen Osten zu bewerben. Soldaten bezeichneten Hubschrauber üblicherweise als »Birds«, was okay war, aber es war unglaublich nervig, wenn Zivilisten das taten. Eigentlich war es ihr Plan gewesen, in der Army zu bleiben – im Prinzip für den Rest ihres Lebens –, aber mit der Veröffentlichung des Videos auf der Website von *CoreyTheWhistle* war ihr dieser Plan um die Ohren geflogen, als wäre auch sie, wie Jake Evans, auf eine Mine getreten.

Die heutigen Flugstunden würde sie in einer Cessna 172 geben, einer einmotorigen, viersitzigen Maschine, die, nebenbei gesagt, das meistverkaufte Flugzeug aller Zeiten war. Der Unterricht verlief meistens so, dass der Flugschüler stundenlang flog. Mayas Job bestand dann weniger darin, Anweisungen zu geben, als ein Auge auf alles zu haben.

Fliegen oder einfach nur während des Flugs im Cockpit sitzen war für Maya eine Art Meditation. Sie spürte, wie sich die angespannte Schulter- und Nackenmuskulatur lockerte. Nein, es war nicht der Thrill oder der Kick, den man beim Flug über Bagdad in einem UH-60 Black Hawk verspürte, und sie vermisste auch die Euphorie, die sie empfunden hatte, als sie als eine der ersten Frauen einen Boeing MH-6 Little Bird Kampfhubschrauber steuerte. Niemand sprach über diese grausige Euphorie während der Kampfhandlungen, den Adrenalinschub, den manche Leute mit einem Drogenrausch verglichen. Es gehörte sich nicht, den Kampfeinsatz zu genießen, dieses Kribbeln zu verspüren und dabei zu realisieren, dass nichts im Leben mit diesem Gefühl mithalten konnte. Das war das schreckliche Geheimnis, über das man niemals sprechen durfte. Ja, der Krieg war schrecklich, und kein Mensch sollte diese Erfahrung machen müssen. Maya würde ihr Leben dafür geben, dass er niemals in Lilys Nähe kam. Die unausgesprochene Wahrheit lautete aber, dass man süchtig nach Gefahr war. Und das wollte man nicht. Man wurde in einem seltsamen Licht gesehen. Denn wer dieses Gefühl mochte, war vermutlich von Geburt an gewalttätig, hatte kein Mitgefühl, oder ihm wurde sonst irgendwelcher Unsinn unterstellt. Aber Angst machte süchtig. Zu Hause lebte man ein relativ ruhiges, friedliches, prosaisches Leben. Dann ging man rüber in die Wüste, lebte eine Weile mit Schüben von Todesangst, und wenn man zurückkam, sollte man wieder so ruhig, friedlich und prosaisch leben wie vorher. So funktionierten Menschen aber nicht. Während ihrer Flugstunden ließ Maya das Handy immer im Spind, um sich nicht ablenken zu lassen. In Notsituationen war sie über Funk erreichbar. Doch als sie in der Mittagspause auf ihr Handy sah, fand sie eine seltsame SMS von ihrem Neffen Daniel:

Alexa will nicht, dass du zu ihrem Fußballspiel kommst.

Maya wählte seine Nummer. Daniel meldete sich beim ersten Klingelton.

»Hallo?«, sagte er.

»Was ist da los?«

Als Maya Alexas Fußballtrainer auf die Schulter tippte, drehte der kräftig gebaute Mann sich so schnell um, dass ihr die Trillerpfeife, die er um den Hals trug, fast ins Gesicht schlug.

»Was ist?«, schrie er.

Der Trainer – er hieß Phil und hatte eine Tochter namens Patty, eine unausstehliche Tyrannin – war während des ganzen Spiels schreiend auf und ab gelaufen, und nur der ein oder andere Wutanfall hatte ihn zum Stillstehen bewegt. Maya kannte Drill-Sergeants, die so ein Benehmen bei abgehärteten Rekruten für übertrieben gehalten hätten, von zwölfjährigen Mädchen ganz zu schweigen.

»Ich bin Maya Stern.«

»Oh, ich weiß, wer Sie sind, aber ...«, Coach Phil deutete mit einer dramatischen Geste aufs Feld, »... ich bin hier mitten in einem Spiel. Sie sollten das respektieren, Soldatin.«

Soldatin? »Ich habe nur eine kurze Frage.«

»Ich hab jetzt keine Zeit für Fragen. Kommen Sie nach dem Spiel zu mir. Zuschauer müssen sich auf der anderen Seite des Feldes aufhalten.«

»Liga-Regel?«

»Genau.«

Coach Phil entließ Maya, indem er sich umdrehte, sodass sie jetzt auf seinen breiten Rücken blickte. Maya rührte sich nicht von der Stelle.

»Das ist die zweite Halbzeit«, sagte Maya.

»Was?«

»In den Liga-Regeln steht, dass die Mädchen mindestens die Hälfte der Spielzeit auf dem Platz sein müssen«, sagte Maya. »Die zweite Halbzeit läuft, und drei Mädchen waren noch nicht auf dem Platz. Selbst wenn Sie sie noch für den Rest des Spiels einwechseln, ist das nicht mehr die Hälfte der Spielzeit.«

Mit zehn bis fünfzehn Kilo weniger hätten Coach Phil seine Shorts wahrscheinlich ganz gut gepasst. Sein rotes Polohemd mit dem aufgestickten »Coach« auf der linken Brust war so eng, dass es als Wurstpelle durchgegangen wäre. Er sah aus wie eine heruntergekommene Exsportskanone, was er, wie Maya annahm, wahrscheinlich auch war. Er war groß und kräftig und wirkte bedrohlich auf andere.

Ohne sich umzudrehen, sagte Coach Phil aus dem Mundwinkel: »Zu Ihrer Information, dies ist das Halbfinale der Liga-Meisterschaft.«

»Ich weiß.«

»Wir führen nur mit einem Tor.«

»Ich habe die Liga-Regeln gelesen«, sagte Maya. »Ich habe da keine Ausnahme für Halbfinalspiele gefunden. Und im Viertelfinale haben Sie auch nicht alle vier Ersatzspielerinnen eingesetzt.«

Er drehte sich um und stellte sich breitbeinig vor sie. Er rückte den Schirm seiner Kappe zurecht und trat in Mayas Distanzzone. Sie wich nicht zurück. In der ersten Halbzeit, als sie bei den Eltern gesessen hatte und die ewigen Tiraden sowohl gegen die Mädchen als auch gegen die Schiedsrichter ertragen musste, hatte Maya mit ansehen müssen, wie er die Kappe zweimal vor sich auf den Boden schleuderte. Es sah aus wie ein Wutanfall eines Zweijährigen.

»Wenn ich die Mädchen letzte Woche eingesetzt hätte«, sagte Coach Phil in einem Ton, als würde er Glassplitter ausspucken, »wären wir gar nicht ins Halbfinale gekommen.«

»Das heißt, Sie hätten das Spiel verloren, weil Sie sich an die Regeln gehalten hätten?«

Patty, die Tochter des Trainers, fing an zu lachen. »Das heißt, wir hätten das Spiel verloren, weil die scheiße sind.«

»Okay, Patty, das reicht. Geh für Amanda rein.«

Patty grinste, bis sie beim Schiedsrichterassistenten an der Mittellinie war.

»Ihre Tochter«, sagte Maya.

»Was ist mit ihr?«

»Sie hackt auf den anderen Mädchen rum.«

Er verzog angewidert das Gesicht. »Hat Alice Ihnen das gesagt?«

»Alexa«, korrigierte sie ihn. »Und nein, hat sie nicht.«

Daniel hatte es ihr erzählt.

Er beugte sich so weit zu ihr vor, dass sie eine unangenehme Duftwolke vom Thunfisch-Sandwich abbekam. »Hören Sie, Soldatin …«

»Soldatin?«

»Sie sind doch Soldatin, oder? Oder Sie waren es zumindest.« Er grinste. »Wie man hört, haben Sie auch ein paar Regeln gebrochen.«

Ihre Finger beugten und streckten sich, beugen und strecken.

»Als ehemalige Soldatin«, fuhr er fort, »müssten Sie das eigentlich verstehen.«

»Wieso?«

Coach Phil zog seine Shorts hoch. »Das …«, er deutete auf den Platz, »… ist ein Schlachtfeld. Ich bin der General, das sind meine Soldaten. Sie würden auch keinen blöden Landser hinter den Steuerknüppel einer F-16 setzen oder so, stimmt's?«

Maya spürte, wie ihr Blut in Wallung geriet. »Nur um das klarzustellen«, sagte sie, wobei es ihr irgendwie gelang, das mit ruhiger Stimme zu tun, »wollen Sie dieses Fußballspiel etwa mit den Kriegen vergleichen, die unsere Soldaten in Afghanistan und im Irak führen?«

»Begreifen Sie das etwa nicht?«

Beugen, strecken, beugen, strecken, beugen, strecken. Ruhiger Atem, langsam und gleichmäßig.

»Das ist Sport«, sagte Coach Phil und deutete wieder auf den Platz. »Ernsthafter Wettkampfsport – und ja, es ist ein bisschen wie Krieg. Ich verhätschele diese Mädchen nicht. Sie sind schließlich nicht mehr in der fünften Klasse, wo alles eitel Sonnenschein ist. Dies ist die Sechste. Das wahre Leben. Haben Sie mich verstanden?«

»Die Liga-Regeln auf der Website …«

Er beugte sich so weit vor, dass der Schirm seiner Kappe ihren Kopf berührte. »Es ist mir scheißegal, was auf der Website steht. Wenn Ihnen etwas nicht passt, schicken Sie eine offizielle Beschwerde an den Liga-Vorstand.«

»Dessen Präsident Sie sind.«

Coach Phil lächelte breit. »Ich muss jetzt meine Mädchen coachen. Also tschüssikowski.« Er winkte ihr noch einmal mit den Fingern zu, drehte sich langsam um und blickte wieder auf den Platz.

»Sie sollten mir nicht den Rücken zuwenden«, sagte Maya.

»Und was wollen Sie dagegen tun?«

Sie sollte es nicht tun. Das war ihr vollkommen klar. Sie musste die Sache einfach auf sich beruhen lassen. Sie durfte Alexas Situation nicht noch verschlimmern.

Beugen, strecken, beugen …

Doch noch während Maya diese versöhnlichen Gedanken durch den Kopf gingen, verfolgten ihre Hände einen anderen Plan. Blitzschnell beugte sie sich vor, packte seine Shorts – und betete, dass er eine Unterhose trug –, dann zog sie sie bis zu den Knöcheln hinunter.

Danach geschahen mehrere Dinge sehr schnell hintereinander.

Die Menge schnappte kollektiv nach Luft. Der Coach, der eine enge Feinripp-Unterhose präsentierte, reagierte in Lichtgeschwindigkeit, beugte sich nach unten, um die Shorts wieder hochzuziehen. Dabei geriet er jedoch ins Stolpern und stürzte.

Dann setzte das Gelächter ein.

Maya wartete.

Coach Phil gewann schnell das Gleichgewicht wieder. Beim Aufspringen zog er sich die Shorts hoch und stürzte sich auf sie. Sein Gesicht war so rot vor Wut und Scham wie die Lampe vor dem Arbeitszimmer einer Prostituierten.

»Miststück.«

Maya bereitete sich innerlich vor, rührte sich aber nicht.

Coach Phil ballte eine Faust.

»Nur zu«, sagte Maya. »Geben Sie mir einen Vorwand, Sie niederzuschlagen.«

Der Trainer hielt inne, blickte Maya in die Augen, sah etwas darin und senkte die Hand. »Ach, Sie sind es nicht wert.«

Schluss jetzt, dachte Maya.

Sie bereute ihr Vorgehen bereits, vor allem weil sie ihrer Nichte die falsche Lektion über Gewalt als Lösungsweg erteilt hatte. Gerade sie hätte es besser wissen müssen. Aber als sie zu Alexa hinüberblickte, in der Erwartung, ihre stille Nichte würde verängstigt oder gedemütigt wirken, sah sie ein schwaches Lächeln in ihrem Gesicht. In diesem Lächeln lag keine Genugtuung oder gar Freude über die Demütigung des Trainers. Das Lächeln besagte etwas anderes.

Jetzt weiß sie es, dachte Maya.

Maya hatte es beim Militär gelernt, aber natürlich galt das auch im wahren Leben. Deine Kameraden mussten wissen, dass du ihnen den Rücken freihieltst. Das war die erste Regel, die erste Lektion, die über allen anderen stand. Wenn der Feind es auf dich abgesehen hat, bekommt er es auch mit mir zu tun.

Vielleicht hatte Maya überreagiert, vielleicht aber auch nicht, auf jeden Fall wusste Alexa jetzt, dass ihre Tante an ihrer Seite sein und für sie kämpfen würde, ganz egal, was geschah.

Daniel hatte sich auf den Weg zu ihr gemacht, als der Tumult ausbrach, versuchte auf seine Art irgendwie zu helfen. Auch er nickte Maya zu. Auch er hatte es verstanden.

Ihre Mutter war tot. Ihr Vater war ein Trinker.

Aber Maya hielt ihnen den Rücken frei.

Maya hatte ihren Verfolger entdeckt.

Sie fuhr Daniel und Alexa nach Hause und beobachtete wie üblich ihre Umgebung, ließ den Blick schweifen und suchte nach Gegenständen und Personen, die nicht dorthin gehörten, als sie den roten Buick Verano im Rückspiegel sah.

Der Buick selbst hatte eigentlich nichts Verdächtiges an sich. Sie war noch keine zwei Kilometer gefahren, aber der Wagen war ihr schon aufgefallen, als sie nach dem Fußballspiel vom Parkplatz auf die Straße bog. Musste nichts zu bedeuten haben. Hatte wahrscheinlich nichts zu bedeuten. Shane hatte von einem sechsten Sinn gesprochen, den man als Soldat entwickelte, sodass man manchmal irgendwie einfach wusste, was los war. Das war Unsinn. Maya hatte ihm dieses Gewäsch abgekauft, bis ihnen allen auf schreckliche Art bewiesen wurde, dass sie falschlagen.

»Tante Maya?«

Das war Alexa.

»Was ist, Schatz?«

»Danke, dass du zum Spiel gekommen bist.«

»Hat Spaß gemacht. Ich finde, du hast toll gespielt.«

»Nee, Patty hat recht. Ich bin scheiße.«

Daniel lachte. Alexa auch.

»Hör auf damit. Du spielst gern Fußball, oder?«

»Ja, das ist aber mein letztes Jahr.«

»Wieso?«

»Ich bin nicht gut genug, um nächstes Jahr noch weiterzuspielen.«

Maya schüttelte den Kopf. »Darum geht's doch nicht.«

»Hä?«

»Sport soll Spaß machen und fit halten.«

»Meinst du das ernst?«, fragte Alexa.

»Ja.«

»Tante Maya?«

»Ja, Daniel.«

»Glaubst du zufällig auch an den Osterhasen?«

Daniel und Alexa lachten wieder. Maya schüttelte den Kopf und lächelte. Sie sah in den Rückspiegel.

Der rote Buick Verano war noch da.

Sie überlegte, ob Coach Phil zu einer zweiten Runde antreten wollte. Die Autofarbe passte – rot –, aber nein, der Prachtbursche fuhr sicher einen Penisersatz-Sportwagen, einen Hummer oder etwas in der Art.

Als sie am Straßenrand vor Claires Haus hielt – selbst so lange nach dem Mord betrachtete Maya es noch als das Haus ihrer Schwester –, fuhr der rote Buick ohne zu zögern an ihr vorbei. Also vielleicht doch kein Verfolger. Vielleicht war es einfach eine andere Familie aus der Umgebung, die auch beim Fußballspiel gewesen war. Das wäre plausibel.

Maya musste daran denken, wie Claire ihr und Eileen das Haus zum ersten Mal gezeigt hatte. Damals hatte es ein bisschen ausgesehen wie jetzt: ungepflegter Rasen, abblätternde Farbe, aufgeplatzte Wege und Blumen mit hängenden Köpfen.

»Was haltet ihr davon?«, hatte Claire sie gefragt.

»Das ist eine Bruchbude.«

Claire hatte gelächelt. »Genau, danke. Wartet mal ab.«

Maya ging die Kreativität für solche Dinge ab. Sie sah das Potenzial nicht. Claire schon. Sie hatte ein Händchen für so etwas. Schon bald gingen einem Begriffe wie heiter und heimelig durch den Kopf, wenn man bei ihr vorfuhr. Schließlich sah es fast aus wie die Buntstiftzeichnung eines glücklichen Kindes, auf der die Sonne immer schien und die Blumen größer waren als die Haustür.

Davon war inzwischen nichts mehr zu sehen.

Eddie empfing sie an der Haustür. Seine Entwicklung war

parallel zu der des Hauses verlaufen – nach Claires Tod war er ergraut und welk geworden. »Wie ist's gelaufen?«, fragte er seine Tochter.

»Wir haben verloren«, sagte Alexa.

»Oh, wie schade.«

Sie gab ihrem Vater einen Kuss auf die Wange, als sie und Daniel ins Haus eilten. Eddie sah Maya etwas misstrauisch an, trat aber zur Seite und ließ sie herein. Er trug eine Jeans und ein rotes Flanellhemd, und wieder stand Maya in einer Duftwolke aus zu viel Mundwasser.

»Ich hätte sie sonst abgeholt«, rechtfertigte er sich.

»Nein«, sagte Maya. »Hättest du nicht.«

»Ich wollte nicht… Ich hab was getrunken, als klar war, dass du sie abholst.«

Sie sagte nichts. Die Kartons standen noch gestapelt in der Ecke. Claires Sachen. Eddie hatte sie noch nicht in den Keller oder die Garage gebracht. Sie lagen einfach wie bei einem Messie im Wohnzimmer.

»Das mein ich ernst«, sagte er. »Ich fahr nicht, wenn ich was getrunken habe.«

»Du bist ein Engel, Eddie.«

»So herablassend.«

»Wohl kaum.«

»Maya?«

»Was ist?«

Die Haarbüschel auf dem Kinn und der rechten Wange waren immer noch da – Stellen, die er zu rasieren vergessen hatte. Claire hätte sie gesehen, ihn darauf hingewiesen und ihn aufgefordert, darauf zu achten, dass er so nicht aus dem Haus geht.

Leise sagte er: »Als sie noch lebte, habe ich nicht getrunken.«

Maya wusste nicht, was sie dazu sagen sollte, also hielt sie den Mund.

»Na ja, ich hab schon mal gelegentlich ein Bier getrunken oder so, aber …«

»Ich weiß, was du meinst«, unterbrach Maya ihn. »Ich muss aber los. Kümmer dich um die Kids.«

»Der örtliche Fußballverband hat angerufen.«

»Aha?«

»Offenbar hast du da eine ziemliche Szene gemacht.«

Maya zuckte die Achseln. »Ich hab mit dem Trainer die Regeln diskutiert.«

»Mit welchem Recht?«

»Dein Sohn, Eddie. Er hat mich angerufen, damit ich deiner Tochter helfe.«

»Und du glaubst, dass du ihr damit geholfen hast?«

Maya sagte nichts.

»Du glaubst, ein Arschloch wie Coach Phil vergisst so etwas? Du glaubst, er findet keine Möglichkeit, seinen Frust an Alexa auszulassen?«

»Das sollte er lieber lassen.«

»Oder was?«, fauchte Eddie. »Kümmerst du dich auch in Zukunft darum?«

»Ja, Eddie. Wenn sie das braucht. Ich werde für sie einstehen, bis sie für sich selbst einstehen kann.«

»Indem du dem Trainer die Hose herunterziehst?«

»Indem ich tue, was nötig ist.«

»Hörst du eigentlich, was du da sagst?«

»Laut und deutlich. Ich habe gesagt, ich werde für sie einstehen. Und weißt du, warum ich das mache? Weil es sonst niemand tut.«

Er zuckte zurück, als hätte sie ihm eine Ohrfeige gegeben. »Mach, dass du aus meinem Haus kommst.«

»Gut.« Maya ging in Richtung Tür, blieb aber noch einmal stehen und drehte sich zu ihm um. »Dein Haus ist übrigens eine Müllhalde. Bring es in Schuss.«

»Ich habe gesagt, du sollst machen, dass du hier rauskommst. Und vielleicht solltest du lieber erst einmal eine Weile nicht wieder herkommen.«

Sie erstarrte. »Wie bitte?«

»Ich will dich nicht in der Nähe meiner Kinder sehen.«

»Deiner …?« Maya trat näher an ihn heran. »Würdest du mir bitte sagen, warum?«

Der Zorn, der in seinen Augen lag, schien sich aufzulösen. Eddie schluckte, wandte den Blick ab und sagte: »Du verstehst das nicht.«

»Was versteh ich nicht?«

»Du warst diejenige, die in den Kampf gezogen ist, damit wir anderen es nicht tun mussten. Du hast dafür gesorgt, dass wir uns sicher fühlen.«

»Ich *war* diejenige?«

»Ja.«

»Das versteh ich nicht.«

Schließlich sah er ihr in die Augen. »Der Tod verfolgt dich, Maya.«

Sie stand nur da. Irgendwo in der Umgebung stellte jemand einen Fernseher an. Sie hörte gedämpfte Schreie.

Eddie begann, an den Fingern abzuzählen. »Erst der Krieg. Dann Claire. Jetzt Joe.«

»Du gibst mir die Schuld?«

Er öffnete den Mund, schloss ihn wieder, versuchte es noch einmal. »Vielleicht. Ich weiß nicht. Vielleicht hat der Tod dich in irgendeinem Dreckskaff in der Wüste gefunden. Vielleicht hast du ihn aber auch schon immer in dir getragen und irgendwie freigelassen … oder er hat dich nach Hause verfolgt.«

»Du laberst eine gewaltige Scheiße, Eddie.«

»Möglich. Verdammt, ich mochte Joe. Joe war ein guter Mensch. Und jetzt ist er auch tot.« Eddie sah zu ihr auf. »Ich will nicht, dass es als Nächstes jemanden trifft, den ich liebe.«

»Du weißt, dass ich niemals zulassen würde, dass jemand Daniel oder Alexa etwas tut.«

»Und du glaubst, das liegt in deiner Macht, Maya?«

Sie antwortete nicht.

»Du hättest auch nicht zugelassen, dass jemand Claire oder Joe etwas tut. Und was ist passiert?«

Beugen, strecken.

»Du laberst Scheiße, Eddie.«

»Mach, dass du hier rauskommst. Verschwinde und komm nicht zurück.«

VIER

Eine Woche später tauchte der rote Buick Verano wieder auf.

Maya war nach einem langen Arbeitstag mit zu vielen Flugstunden auf dem Heimweg. Sie war müde, hatte Hunger und wollte nur noch nach Hause und Isabella erlösen. Und jetzt war der verdammte rote Buick wieder da.

Wie sollte sie damit umgehen?

Sie ging gerade die möglichen Optionen durch, als der Buick abbog. Wieder Zufall? Oder hatte der Fahrer gemerkt, dass sie nach Hause fuhr? Maya hätte auf Letzteres gewettet.

Als sie ihr Haus erreichte, wartete Hector, Isabellas Bruder, schon neben seinem Pick-up. Er holte Isabella normalerweise ab, wenn er mit dem Gärtnern fertig war.

»Hallo, Mrs Burkett.«

»Hi, Hector.«

»Ich habe nur eben die Blumenbeete fertig gemacht.« Er zog den Reißverschluss seines Kapuzenpullovers bis zum Hals hoch. Eine seltsame Kleiderwahl bei der Hitze. »Gefällt's Ihnen?«

»Sie sehen toll aus. Darf ich Sie um einen Gefallen bitten?«

»Natürlich.«

»Der Garten meiner Schwester bräuchte etwas Pflege. Wenn ich Ihnen die Stunden extra bezahle, könnten Sie da vielleicht mal den Rasen mähen und etwas Ordnung schaffen?«

Hector wirkte etwas unsicher, als er den Vorschlag hörte. Seine Familie arbeitete ausschließlich für die Burketts. Sie bezahlten ihn.

»Ich kläre das vorher noch mit Judith«, sagte Maya.

»Klar, dann kann ich das gerne machen.«

Als Maya zum Haus ging, surrte ihr Handy. Eine SMS von Alexa.

Samstag ist Soccer Day. Kommst du?

In der letzten Woche hatte sie sich rausgeredet, weil sie nach dem Vorfall mit Coach Phil nicht bei ihnen vorbeikommen wollte. So sicher sie auch war, dass er unrecht hatte, machte Eddies Vorwurf ihr doch zu schaffen. Sie wusste, dass sein »Der Tod verfolgt dich«-Geschwafel völlig irrational war. Aber vielleicht musste man einem Vater Irrationalität zubilligen, wenn es um seine Kinder ging – eine Zeitlang zumindest.

Vor vielen Jahren, nach Daniels Geburt, hatten Claire und Eddie Maya für den unwahrscheinlichen Fall, dass beiden Eltern etwas zustieß, zum Vormund zuerst für Daniel, dann für ihre beiden Kinder gemacht. Aber schon damals, schon bevor Claire wissen konnte, wie sehr die ganze Geschichte aus dem Ruder laufen würde, hatte sie Maya zur Seite genommen und gesagt: »Wenn mir etwas zustößt, kommt Eddie nicht allein zurecht.«

»Wie kommst du darauf?«

»Er ist ein guter Mensch. Aber er ist nicht wirklich gefestigt oder stark. Du musst für sie da sein, ganz egal, was passiert.«

Sie brauchte kein »Versprich mir das« oder so etwas hinzuzufügen. Claire wusste Bescheid. Maya wusste Bescheid. Maya nahm ihre Verantwortung und die Besorgnis ihrer Schwester ernst, und wenngleich sie Eddies Wunsch für eine kurze Zeit

Folge leisten mochte, wusste er ebenso gut wie sie, dass sie nicht ewig auf Abstand bleiben würde.

Sie antwortete auf die SMS: Mist, kann nicht. Irre viel Arbeit. Bis demnächst? LG

Als Maya zur Hintertür ging, hatte sie einen Flashback zu diesem Tag im Camp Arifjan in Kuwait: Es war am Mittag gewesen – zu Hause also fünf Uhr morgens –, als der Anruf sie erreichte.

»Ich bin's«, sagte Joe mit zittriger Stimme. »Ich habe schlechte Neuigkeiten.«

Seltsam, dachte sie in der kurzen Pause, bevor ihre Welt unterging, eigentlich hatte sie damit gerechnet, gewissermaßen am anderen Ende der Leitung zu stehen. Diese schrecklichen Anrufe waren praktisch immer in die andere Richtung gegangen – die schlechten Nachrichten aus dem Nahen Osten wurden Richtung Westen in die Vereinigten Staaten übermittelt. Natürlich hatte sie selbst nie angerufen. Es gab Protokolle, die befolgt werden mussten. Ein »Bevollmächtigter für die Übermittlung von Todesmeldungen« – ja, das gab es – teilte es der Familie persönlich mit. Was für eine Aufgabe. Niemand meldete sich dafür freiwillig – die Leute wurden zu Freiwilligen erklärt. Der »Bevollmächtigte für die Übermittlung von Todesnachrichten« legte seine blaue Ausgehuniform an, stieg mit einem Geistlichen in einen Wagen, klopfte bei den nächsten Angehörigen an die Tür und überbrachte die auswendig gelernte Todesnachricht.

»Was ist passiert?«, hatte sie Joe gefragt.

Schweigen. Das schlimmste Schweigen, das sie je erlebt hatte.

»Joe?«

»Es geht um Claire«, hatte er gesagt, und Maya hatte gespürt, wie etwas in ihr zu Staub zerfiel.

Sie öffnete die Hintertür. Lily saß auf der Couch und malte mit einem grünen Buntstift. Sie blickte nicht auf, als ihre Mutter hereinkam, aber das war in Ordnung. Lily gehörte zu den Kindern, die sich hervorragend konzentrieren konnten. Und jetzt konzentrierte sie sich ganz aufs Malen. Isabella stand langsam auf, als fürchtete sie, sie aus ihrer Trance zu wecken, und durchquerte das Zimmer.

»Danke, dass Sie so lange geblieben sind«, sagte Maya.

»Das ist kein Problem.«

Lily hob den Blick und lächelte ihnen zu. Beide lächelten zurück und winkten.

»Wie war sie heute?«

»Der reinste Sonnenschein.« Isabella sah Lily mit trister Miene an. »Sie versteht es nicht.«

Das oder etwas Ähnliches sagte Isabella jeden Tag.

»Wir sehen uns morgen früh«, sagte Maya.

»Ja, Mrs Burkett.«

Als Maya sich neben ihre Tochter setzte, hörte sie Hectors Pick-up wegfahren. Sie betrachtete die wechselnden Bilder auf dem digitalen Bilderrahmen – beziehungsweise der Nanny-Cam – und war sich der Tatsache bewusst, dass alles, was sie tat, aufgezeichnet wurde. Sie hatte sich die Aufnahmen fast täglich angeguckt, nur um sicherzugehen, dass Isabella nicht… na ja, was eigentlich? Die Videos waren jedenfalls immer ziemlich ereignislos. Maya sah sich nie die Stellen an, auf denen sie mit ihrem Kind spielte. Das kam ihr seltsam vor. Eine Überwachungskamera im Zimmer zu haben kam ihr allerdings auch seltsam vor. Es gab ihr das Gefühl, sie müsste sich anders verhalten. Veränderte die Kamera Mayas Umgang mit Lily? Ja, wahrscheinlich schon.

»Was malst du?«, fragte Maya.

»Siehst du das nicht?«

Es sah aus wie Schlangenlinien. »Nein.«

Lily wirkte beleidigt.

Maya zuckte die Achseln. »Verrätst du es mir?«

»Zwei Kühe und eine Raupe.«

»Die Kuh ist grün?«

»Das ist doch die Raupe.«

Glücklicherweise klingelte Mayas Handy. Ein Blick aufs Display verriet ihr, dass es Shane war.

»Wie hältst du dich?«, fragte Shane.

»Gut.«

Stille. Drei Sekunden vergingen, bevor Shane weitersprach.

»Ich fahr voll ab auf dieses peinliche Schweigen«, sagte Shane. »Du auch?«

»Es ist wunderbar. Also, was gibt's?«

Für solche »Wie hältst du dich«-Fragen standen sie sich zu nahe. Das war einfach nicht Teil ihrer Freundschaft.

»Wir müssen reden«, sagte er.

»Dann rede.«

»Ich komm vorbei. Hast du Hunger?«

»Eigentlich nicht.«

»Ich kann eine Pizza mit Chicken Wings von *Best of Everything* mitbringen.«

»Dann sieh zu, dass du damit herkommst, verdammt noch mal.«

Sie legte auf. In Camp Arifjan konnte man zu fast jeder Mahlzeit Pizza bekommen, der Belag schmeckte aber wie sauer gewordener Ketchup, und der Teig hatte die Konsistenz von Zahnpasta. Seit sie wieder zurück war, wollte sie nur noch Pizza aus dünnem, knusprigem Teig, und die machte niemand besser als *Best of Everything*.

Als Shane ankam, setzten sich alle an den Küchentisch und verschlangen die Pizza. Lily liebte Shane. Alle Kinder liebten

Shane. Mit Erwachsenen kam er nicht ganz so gut zurecht. Er wirkte etwas unbeholfen, etwas stoisch, was die meisten Menschen nicht mochten, da sie auf Äußerlichkeiten und falsches Lächeln Wert legten. Shane kam mit Small Talk und der übertriebenen Dummschwätzerei der modernen Gesellschaft nicht zurecht.

Als sie die Pizza aufgegessen hatten, bestand Lily darauf, dass Shane sie ins Bett brachte, nicht Maya.

Shane zog eine Schnute. »Dir vorzulesen ist aber so schrecklich langweilig.«

Lily lachte sich schlapp. Sie ergriff seine Hand und fing an, ihn zur Treppe zu ziehen. »Nein, nicht!«, jammerte Shane und ließ sich auf den Boden fallen. Lily lachte noch lauter und zog weiter. Shane protestierte den ganzen Weg über. Lily brauchte zehn Minuten, um ihn die Treppe hinaufzubekommen.

Als sie im Schlafzimmer waren, las Shane ihr eine Geschichte vor, und Lily schlief so schnell ein, dass Maya sich fragte, ob er ihr eine Valium untergeschoben hatte.

»Das ging aber schnell«, sagte sie, als er wieder runterkam.

»War Teil meines Plans.«

»Welcher Plan?«

»Sie müde zu machen, indem ich mich die Treppe raufzerren lasse.«

»Clever.«

»Na ja.«

Sie nahmen sich zwei kalte Bier aus dem Kühlschrank und setzten sich in den Garten. Es war dunkel geworden. Die Schwüle drückte etwas, aber wenn man in der Wüstenhitze mit einem zwanzig Kilo schweren Rucksack unterwegs gewesen war, machte einem Hitze, welcher Art auch immer, nicht mehr viel aus.

»Angenehme Nacht«, sagte Shane.

Sie setzten sich an den Swimmingpool und tranken etwas von ihrem Bier. Zwischen ihnen hatte sich eine Kluft aufgetan, und das gefiel Maya ganz und gar nicht.

»Hör auf damit«, sagte sie.

»Womit?«

»Du behandelst mich wie …«

»Wie was?«

»Wie eine Witwe. Lass das.«

Shane nickte. »Ja, okay. Mein Fehler.«

»Also, worüber wolltest du mit mir reden?«, fragte sie.

Er trank noch einen Schluck Bier. »Vielleicht ist es nichts.«

»Aber?«

»Es ist ein Geheimdienstbericht im Umlauf.« Shane war noch beim Militär. Er leitete die örtliche Einheit der Militärpolizei. »Wie's aussieht, könnte Corey Rudzinski wieder im Lande sein.«

Shane wartete auf ihre Reaktion. Maya trank einen langen, kräftigen Schluck Bier und sagte nichts.

»Wir vermuten, dass er vor zwei Wochen aus Kanada über die Grenze gekommen ist.«

»Gibt es einen Haftbefehl gegen ihn?«

»Eigentlich nicht.«

Corey Rudzinski war der Gründer von *CoreyTheWhistle*, einer Website, auf der Whistleblower sicher vertrauliche Informationen ins Internet stellen konnten. Illegalen Aktivitäten von Regierungen und Großkonzernen sollte ein Riegel vorgeschoben werden. Erinnern Sie sich noch an die Story über ein südamerikanisches Regierungsmitglied, das Schmiergelder von den Ölgesellschaften angenommen hat? Wie hat die Öffentlichkeit davon erfahren? Durch einen Tipp an *CoreyTheWhistle*. An den Korruptionsskandal bei der Polizei und die rassistischen E-Mails? *CoreyTheWhistle*. An die Misshandlungen von Gefängnisinsassen in Idaho, den vertuschten Atomunfall in Asien, den Sicherheitsdienst, der sich einen Hostessenservice bestellt hatte? Alles herausgekommen via *CoreyTheWhistle*.

Und dann war da natürlich die Sache mit den Todesopfern unter Zivilisten aufgrund einer übereifrigen Helikopter-Pilotin der Army?

Ja, erraten.

Auch dieser Knüller war freundlicherweise von Coreys anonymen Whistleblowern zur Verfügung gestellt worden.

»Maya?«

»Er kann mir nichts mehr tun.«

Shane legte den Kopf auf die Seite.

»Was ist?«

»Nichts.«

»Er kann mir nichts mehr anhaben«, sagte sie. »Er hat das Video doch schon veröffentlicht.«

»Nicht alles.«

Sie trank einen Schluck Bier. »Ist mir egal, Shane.«

Er lehnte sich zurück. »Okay.« Dann: »Was glaubst du, warum hat er es nicht getan?«

»Was nicht getan?«

»Die Tonspur veröffentlicht.«

Diese Frage machte ihr mehr zu schaffen, als Shane je erfahren würde.

»Er ist ein Whistleblower«, sagte Shane. »Warum hat er sie nicht auch veröffentlicht?«

»Keine Ahnung.«

Shane richtete seinen Blick ins Nichts. Maya kannte diesen Blick.

»Ich geh mal davon aus, dass du eine Theorie hast«, sagte sie.

»Habe ich.«

»Lass hören.«

»Corey wartet auf den richtigen Zeitpunkt«, sagte Shane.

Maya runzelte die Stirn.

»Zuerst hatte er den Medienrummel bei der Erstveröffentlichung. Und jetzt wartet er, bis er wieder neue Publicity braucht, um den Rest zu veröffentlichen.«

Sie schüttelte den Kopf.

»Er ist ein Raubtier«, sagte Shane. »Raubtiere brauchen immer neues Futter.«

»Soll heißen?«

»Um mit seinem Projekt Erfolg zu haben, muss Corey Rudzinski nicht nur die Leute ausschalten, die er für korrupt hält, sondern er muss es so machen, dass es ihm die größtmögliche Publicity garantiert.«

»Shane?«

»Ja.«

»Es ist mir im Prinzip egal. Ich bin raus aus der Army. Ich bin sogar – keuch – eine Witwe. Von mir aus kann er machen, was er will.«

Sie fragte sich, ob Shane ihr den Fatalismus abkaufte, aber schließlich kannte auch er nicht die ganze Wahrheit, oder?

»Okeydokey.« Shane trank sein Bier aus. »Erzählst du mir, was hier wirklich vorgeht?«

»Wie meinst du das?«

»Ich hab den Test für dich gemacht, ohne Fragen zu stellen.«

Sie nickte. »Danke.«

»Ich erwarte keine Dankbarkeit von dir, das weißt du.«

Das stimmte.

»Mit der Durchführung dieses Tests habe ich gegen meinen Diensteid verstoßen. Die Sache war, um es ohne Umschweife zu sagen, gesetzeswidrig. Das ist dir klar, oder?«

»Lass gut sein, Shane.«

»Hast du gewusst, dass Joe in Gefahr war?«

»Shane …«

»Oder hatten sie es eigentlich auf dich abgesehen?«

Maya schloss einen Moment die Augen. Die Geräusche donnerten auf sie ein.

»Maya?«

Sie öffnete die Augen und drehte sich langsam zu ihm um. »Vertraust du mir?«

»Jetzt beleidige mich nicht. Du hast mir das Leben gerettet. Du bist der beste und tapferste Soldat, unter Frauen wie Männern, der mir je begegnet ist.«

Sie schüttelte den Kopf. »Die besten und tapfersten sind in Pappkartons zurückgekommen.«

»Nein, Maya, das sind sie nicht. Die haben den höchsten Preis bezahlt, das ist wahr. Sie waren diejenigen, die das größte Pech hatten. Das weißt du ebenso gut wie ich. Sie standen zur falschen Zeit am falschen Ort.«

Das stimmte. Es war nicht so, dass die kompetenteren Soldaten bessere Überlebenschancen hatten. Es war ein Glücksspiel. Für die Opfer war ein Krieg keine Leistungsgesellschaft.

Mit leiser Stimme sagte Shane in die Dunkelheit hinein: »Du wirst versuchen, die Sache alleine hinzubiegen, richtig?«

Sie antwortete nicht.

»Du willst Joes Mörder allein zur Strecke bringen.«

Das war keine Frage. Die Stille hing noch eine Weile in der Luft, genau wie die Schwüle.

»Ich bin da, wenn du Hilfe brauchst. Das weißt du doch, oder?«

»Ich weiß.« Dann: »Vertraust du mir, Shane?«

»Ich würde mein Leben in deine Hände legen.«

»Dann halt dich da raus.«

Shane trank sein Bier aus und ging zur Tür.

»Ich brauche noch etwas«, sagte Maya.

Sie reichte ihm einen Zettel.

»Was ist das?«

»Das Kennzeichen eines roten Buick Verano. Ich muss wissen, wem der Wagen gehört.«

Shane verzog das Gesicht. »Ich werde keinen von uns durch die Frage in Verlegenheit bringen, wieso du das wissen musst«, sagte er. »Dann musst du mir aber erst mal entgegenkommen.«

Er küsste sie väterlich auf den Kopf und ging.

Maya sah noch einmal nach ihrer schlafenden Tochter. Dann tappte sie den Flur entlang zum Hightech-Fitnessraum, den Joe bei ihrem Einzug hatte einbauen lassen. Sie nahm ein paar leichte Gewichte – Kniebeugen, Kreuzheben, Bankdrücken –, dann ging sie aufs Laufband. Das Haus war ihr schon immer zu groß vorgekommen. Und zu schick. Ihre Familie war keineswegs arm gewesen, aber dieser Reichtum passte nicht zu ihr. Maya fühlte sich hier nicht wohl, das war von Anfang an so gewesen. Aber so waren die Burketts nun einmal. Die Familie entließ niemanden aus ihrer Umklammerung – ihr Einflussbereich dehnte sich einfach immer weiter aus.

Sie geriet ordentlich ins Schwitzen. Das Training tat ihr gut. Als sie fertig war, legte Maya sich ein Handtuch über die Schultern und nahm sich ein eiskaltes Bier aus dem Kühlschrank. Sie drückte die Flasche gegen ihre Stirn. Schön kalt.

Sie bewegte die Maus, um den Computer aus dem Standby zu wecken, und ging ins Internet. Dann gab sie die URL von *CoreyTheWhistle* ein und wartete, bis die Seite geladen war. Andere vergleichbare Seiten wie WikiLeaks waren sehr schlicht und sachlich aufgebaut – schematisch, schwarz-weiß, informativ. Corey hatte sich für eine anregendere Optik entschieden.

Das Motto, das in verschiedenen Schriftarten am oberen Rand stand, war einfach und geschmacklos. »Wir haben die Pfeife. Sie müssen nur noch, äh, blasen.«

Darunter die reinste Farbexplosion. Es gab Thumbnails zu den verschiedensten Videos. Und während konkurrierende Websites Übertreibungen mieden, fand man bei Coreys die erfolgversprechendsten und geschmacklosesten Schlagzeilen als Anreißer: »Die Top-Ten-Überwachungsmethoden, mit denen die Regierung uns ausspioniert – Nummer 7 wird Sie umhauen.« »Die Wall-Street will Ihr Geld … und Sie werden nicht glauben, was als Nächstes kommt.« »Sie denken, die Polizei ist da, um Sie zu schützen? Denken Sie noch mal drüber nach.« »Wir töten Zivilisten. Warum die Vier-Sterne-Generäle uns hassen.« »Zwanzig Anzeichen dafür, dass Ihre Bank Sie ausnimmt.« »Die reichsten Männer der Welt zahlen keine Steuern. Wie Sie das auch hinkriegen.« »Welchem Despoten sind Sie am ähnlichsten? Dieser Test verrät es Ihnen.«

Sie klickte auf *Archiv* und fand das alte Video. Sie wusste nicht genau, warum sie auf Coreys Website ging, um es sich anzusehen. Auch auf YouTube konnte man es in diversen Varianten finden. Sie hätte es sich ebenso gut dort angucken können, aber irgendwie erschien es ihr richtiger, direkt zur Quelle zu gehen.

Irgendjemand hatte das, was als Rettungsmission begonnen hatte, an Corey Rudzinski weitergegeben. Vier Soldaten, von denen Maya drei kannte und mochte, waren bei al-Qa'im, also im Grenzgebiet zwischen Syrien und dem Irak, in einen Hinterhalt geraten. Zwei waren noch am Leben, saßen durch Feindbeschuss aber in der Falle. Ein schwarzer SUV näherte sich, um sie fertigzumachen. Maya und Shane, die mit Höchstgeschwindigkeit in einem Boeing MH-6 Little Bird Kampfhubschrauber zu Hilfe eilten, hatten die angstvollen

Hilfeschreie der beiden überlebenden Soldaten gehört. Sie klangen so jung, so verdammt jung, und sie wusste, dass die zwei, die schon tot waren, genauso geklungen hätten.

Als das Ziel in Sicht kam, warteten sie auf die Bestätigung, obwohl die meisten Leute glauben, dass Militärtechnik nie versagt, hatte das Funksignal vom *Joint Operations Command* in Al Asad starke Aussetzer. Ganz anders als das der beiden Soldaten, die um Rettung flehten. Maya und Shane warteten. Beide fluchten über Funk, forderten eine Antwort vom JOC, während sie die Schreie der beiden Überlebenden mithörten. Das war der Moment, in dem Mayas MH-6 den schwarzen SUV mit einer AGM-Hellfire-Rakete außer Gefecht setzte. Der SUV explodierte. Die Infanterie rückte nach und rettete die Soldaten. Beide hatten Schussverletzungen, aber sie überlebten.

Damals hatte das Ganze nach einer gelungenen Rettungsaktion ausgesehen.

Mayas Handy klingelte. Schnell schloss sie den Browser, als hätte man sie beim Pornogucken erwischt. Auf dem Display erschien FARNWOOD, der Name des Familienanwesens der Burketts.

»Hallo?«

»Maya, hier ist Judith.«

Joes Mutter. Seit Joes Tod war mehr als eine Woche vergangen, aber ihre Stimme klang immer noch bleiern, als müsste sie sich jedes Wort mühsam abringen.

»Oh, hi, Judith.«

»Ich wollte mich erkundigen, wie es dir und Lily geht.«

»Sehr aufmerksam von dir. Uns geht es so gut, wie man es unter diesen Umständen erwarten kann.«

»Freut mich, das zu hören«, sagte Judith. »Außerdem wollte ich dich daran erinnern, dass Heather Howell morgen um Punkt neun in der Farnwood-Bibliothek Joes Testament verlesen wird.«

Die Reichen gaben sogar ihren Zimmern Namen.

»Ich werde da sein, danke.«

»Sollen wir dir einen Wagen schicken?«

»Nicht nötig, das krieg ich schon hin.«

»Warum bringst du Lily nicht mit? Wir würden uns freuen, sie zu sehen.«

»Das entscheide ich, wenn's so weit ist, okay?«

»Natürlich. Ich ... Sie fehlt mir wirklich sehr. Sie sieht fast aus wie ... Also, dann sehen wir uns morgen früh.«

Es gelang Judith offenbar, die Tränen so lange zurückzuhalten, bis sie aufgelegt hatte.

Maya saß einen Moment lang ganz still. Vielleicht würde sie Lily mitnehmen. Und Isabella. Dabei fiel ihr ein, dass sie die SD-Karte der Nanny-Cam seit zwei Tagen nicht überprüft hatte. Warum auch? Sie war müde. Das hatte bis morgen früh Zeit.

Maya zog sich um und ging ins Schlafzimmer. Dort setzte sie sich in den großen Sessel – Joes Sessel – und schlug ein Buch auf. Eine neue Biografie der Gebrüder Wright. Sie versuchte, sich zu konzentrieren, aber ihre Gedanken fanden keine Ruhe.

Corey Rudzinski war wieder in den USA. War das ein Zufall?

Du wirst versuchen, die Sache alleine hinzubiegen, richtig?

Sie spürte die Warnsignale. Maya klappte das Buch zu und schlüpfte schnell ins Bett. Sie schaltete das Licht aus und wartete.

Zuerst kam der Schweiß, dann Visionen – aber am meisten machten ihr die Geräusche zu schaffen. Die Geräusche. Der pausenlose Lärm, die ständige Kakofonie aus Hubschrauberrotoren, Störgeräuschen im Funkgerät, Schüssen – und natürlich die menschlichen Geräusche, das Lachen, der Hohn, die Panik, die Schreie.

Maya zog sich das Kissen über die Ohren, aber das machte es nur noch schlimmer. Die Geräusche umgaben sie nicht einfach, sie waren nicht nur ein Widerhall in ihrem Kopf. Sie zerschnitten das Innere ihres Kopfes. Zerfetzten ihr Hirn, ihre Träume und Gedanken wie heißes Schrapnell.

Maya unterdrückte einen Schrei. Die Nacht würde übel werden. Sie würde Hilfe brauchen. Also öffnete sie ihre Nachttischschublade. Sie nahm die Flasche heraus und schluckte zwei Clonazepam.

Die Pillen beendeten die Geräusche nicht, aber nachdem Maya sie noch eine Weile ertragen hatte, dämpften sie sie so stark, dass sie einschlafen konnte.

FÜNF

Mayas erster Gedanke beim Aufwachen: Guck dir das Nanny-Cam-Video an.

Maya wachte immer genau um 4:58 Uhr auf. Manche Leute behaupteten, dass sie einen inneren Wecker hatte, aber wenn das zutraf, war er defekt, denn er ließ sich nur auf 4:58 Uhr stellen und selbst dann nicht ausschalten, wenn sie lange aufgeblieben war und sich nach zusätzlichem Schlaf sehnte. Wenn sie versuchte, ihn ein paar Minuten früher oder später zu stellen, wechselte er sofort wieder zur Standardzeit 4:58 Uhr.

Angefangen hatte das während ihrer Grundausbildung. Ihr Drill-Sergeant weckte sie um 5:00 Uhr, und während die meisten anderen Rekruten stöhnten und sich quälten, war Maya schon zwei volle Minuten wach und auf das Erscheinen des Sergeants vorbereitet.

Nachdem Maya am Abend vorher eingeschlafen (sprich: ohnmächtig geworden) war, hatte sie gut geschlafen. Seltsamerweise suchten ihre Dämonen sie nur selten im Schlaf heim – sie hatte keine Albträume, zerwühlte die Laken nicht, wachte nicht schweißgebadet auf. Maya erinnerte sich nie an ihre Träume, was entweder bedeutete, dass sie friedlich schlief, oder, dass ihr Unterbewusstsein gnädigerweise dafür sorgte, dass sie ihre Träume vergaß.

Sie nahm das Haargummi vom Nachttisch und band sich die Haare zu einem Pferdeschwanz. Joe hatte den Pferdeschwanz gemocht. »Ich steh auf deine Knochenstruktur«, hatte er gesagt. »Ich will so viel wie möglich von deinem Gesicht sehen.« Außerdem hatte er gern mit dem Pferdeschwanz gespielt und sogar, bei einigen Gelegenheiten, sanft daran gezogen, aber das war eine ganz andere Sache.

Sie wurde rot bei der Erinnerung.

Maya checkte ihr Handy. Nichts Wichtiges. Sie schwang ihre Beine aus dem Bett und tappte den Flur entlang. Lily schlief noch. Das war keine Überraschung. Was den inneren Wecker betraf, kam Lily eher nach ihrem Vater: Schlaf so lange, bis du wirklich unbedingt aufstehen musst.

Draußen war es noch dunkel. In der Küche roch es nach Gebackenem. Isabellas Werk. Maya kochte und backte nicht und engagierte sich auch sonst nicht im kulinarischen Bereich, wenn sie nicht dazu gezwungen war. Viele ihrer Freundinnen kochten mit großer Begeisterung, was Maya komisch fand, da das Kochen seit Generationen oder eigentlich während der gesamten Menschheitsgeschichte als lästige und aufreibende Arbeit angesehen wurde, die man zu vermeiden suchte. In Geschichtsbüchern fand man kaum Berichte über Monarchen, Adelige oder irgendjemanden, der einer erweiterten Elite angehörte, der seine Zeit in der Küche verbracht hätte. Essen? Klar. Edle Speisen und gute Weine? Natürlich. Aber Mahlzeiten zubereiten? Das war eine niedere Tätigkeit, die den Dienstboten überlassen wurde.

Maya überlegte kurz, ob sie sich Rührei mit Bacon machen sollte, aber etwas Milch über ein paar Frühstücksflocken zu gießen sprach sie doch mehr an. Sie setzte sich an den Tisch und versuchte, nicht an die bevorstehende Verlesung von Joes Testament zu denken. Sie glaubte nicht, dass es irgendwelche Überraschungen geben würde. Maya hatte einen Ehevertrag unterschrieben (Joe: »Ist eine Familientradition – ein Burkett, der keinen hat, wird sofort enterbt.«), und als Lily geboren wurde, hatte Joe ihn so formuliert, dass sein gesamter Besitz im Falle seines Todes treuhänderisch für seine Tochter verwaltet wurde. Damit war Maya vollkommen zufrieden.

Im Schrank waren keine Frühstücksflocken. Mist. Isabella hatte sich über den vielen Zucker darin beschwert, aber war sie wirklich so weit gegangen, sie wegzuwerfen? Maya ging zum Kühlschrank, dann blieb sie stehen.

Isabella.

Die Nanny-Cam.

Sie war mit diesem Gedanken aufgewacht, was seltsam war. Natürlich hatte sie sich die meisten Videos angesehen, aber nicht täglich. Sie fand es nicht unbedingt nötig. Es war nichts passiert, was ihr auch nur im Entferntesten fragwürdig vorkam. Normalerweise sah Maya sich alles im Schnellvorlauf an. Isabella war auf dem Video immer heiter und fröhlich, was Maya etwas seltsam vorkam, da es nicht Isabellas üblichem Gemütszustand entsprach. In Lilys Nähe hatte sie gute Laune, ansonsten erinnerte ihr Gesicht aber an einen Totempfahl. Sie war keine große Lächlerin.

Aber auf den Videos lächelte sie immer. Sie war das perfekte Kindermädchen, ständig. Und seien wir ehrlich: Das war niemand. Absolut niemand. Wir alle hatten unsere schwachen Momente, richtig?

Wusste Isabella von der Nanny-Cam?

Mayas Laptop und der SD-Karten-Reader, den Eileen ihr geschenkt hatte, steckten in ihrem Rucksack. Eine Weile hatte Maya noch ihren Militär-Rucksack benutzt – ein beigefarbenes Nylonding mit vielen Fächern und Taschen –, aber dann hatten sich zu viele Möchtegern-Soldaten das Modell im Internet bestellt, sodass ihr das irgendwie zu angeberisch vorgekommen war. Joe hatte ihr einen schwarzen Kevlar-Laptop-Rucksack von Tumi gekauft. Sie hatte ihn für überteuert gehalten, bis sie sah, was die Möchtegern-Soldaten im Internet für ihre Rucksäcke bezahlten.

Sie nahm den Bilderrahmen aus dem Regal, drückte den Knopf an der Seite und zog die SD-Karte heraus. Was war, wenn Isabella es gemerkt hatte? Wäre das überhaupt so unwahrscheinlich? Eigentlich doch nicht. Wenn man ein aufmerksamer Mensch war – und das war Isabella –, überlegte man vielleicht, warum die Arbeitgeberin plötzlich einen neuen digitalen Bilderrahmen kaufte. Wenn man aufmerksam war – und, wie schon erwähnt, war Isabella das –, überlegte man vielleicht, warum dieser neue Bilderrahmen ausgerechnet an dem Tag auftauchte, an dem die Arbeitgeberin ihren ermordeten Ehemann beerdigt hatte. Wenn man aufmerksam war, tat man das alles womöglich oder auch nicht. Wer konnte das schon so genau sagen?

Maya steckte die SD-Karte in den Reader und hängte den Reader an die USB-Buchse. Warum war sie dabei so nervös? Wenn ihr Verdacht zutraf, wenn Isabella gemerkt hatte, dass der Bilderrahmen mehr konnte, als ein paar Familienfotos wiederzugeben, würde Isabella sich natürlich nur von ihrer besten Seite zeigen. Sie wäre nicht so dumm, irgendetwas Verdächtiges zu tun. Eine geheime Nanny-Cam zeichnete sich dadurch aus, dass sie *geheim* war. Sobald das Kindermädchen davon wusste, war die ganze Übung bestenfalls überflüssig.

Sie klickte auf den Play-Button. Die Aufnahmefunktion wurde über einen Bewegungsmelder gesteuert, daher startete das Video, als Isabella mit einem Kaffee in der Hand vorbeiging – natürlich mit einer Tasse mit Schutzdeckel, sodass keine Gefahr bestand, dass etwas von der heißen Flüssigkeit auf die zarte Haut des jungen Mädchens tropfte. Isabella hob Lilys ausgestopfte Giraffe vom Fußboden auf und ging damit zurück in Richtung Küche und dann aus dem Bild.

»Mommy?«

Die Kamera zeichnete keinen Ton auf, daher blickte Maya zur Treppe hinüber, wo ihre Tochter stand. Wärme durchströmte sie. Sie mochte vielem im Erziehungsprozess mit Zynismus begegnen, aber das Gefühl, das einen erfasste, wenn man sein Kind ansah, wenn der Rest der Welt dahinter verblasste, wenn alles außer diesem kleinen Gesicht zur Kulisse wurde – das kannte Maya.

»Hey, mein Schatz.«

Maya hatte irgendwo gelesen, dass das Vokabular eines zweijährigen Kindes durchschnittlich etwa fünfzig Worte umfasste. Das schien ungefähr hinzukommen. »Mehr« stand ganz oben auf der Liste. Maya eilte die Treppe hoch, griff über das Kindergeländer und nahm Lily auf den Arm. Lily hielt eins der unzerstörbaren Papp-Bücher in den Händen, in diesem Fall eine gekürzte Version von Dr. Seuss' Klassiker *One Fish Two Fish Red Fish Blue Fish.* Sie hatte dieses Buch in letzter Zeit mit sich herumgetragen, wie manche Kinder einen Teddybären. Ein Buch statt eines Stofftiers – Maya freute das unglaublich.

»Soll Mommy dir daraus vorlesen?«

Lily nickte.

Maya trug Lily nach unten und setzte sie an den Küchentisch. Das Video lief noch. Eins hatte Maya gelernt: Kleine Kinder lieben Wiederholungen. Neue Erfahrungen sind ihnen nicht geheuer. Lily hatte einen ganzen Haufen Pappbücher. Maya mochte die Bücher von P.D. Eastman wie *Are You My Mother?* oder *A Fish Out of Water* mit ihren unheimlichen Elementen und dem überraschenden Schluss. Lily hörte zu – jedes Buch war besser als kein Buch –, kehrte dann aber immer wieder zu den Bildern und Reimen von Dr. Seuss zurück – und wer wollte ihr das verdenken?

Maya sah zum Computer-Bildschirm, wo das Video aus der

Nanny-Cam weiterlief. Dort saßen Lily und Isabella auf der Couch. Isabella reichte Lily einen Goldfish-Cracker nach dem anderen, als würde sie einen Seelöwen für einen gelungenen Trick mit Heringen belohnen. Maya folgte dem Vorbild und holte die Cracker aus dem Schrank. Ein paar schüttete sie auf den Tisch. Lily fing an, einen nach dem anderen zu essen.

»Willst du noch etwas anderes?«

Lily schüttelte den Kopf und zeigte auf das Buch. »Lesen.«

»Nicht ›Lesen‹. Sag: ›Mommy, liest du mir bitte etwas …«

Maya hielt inne. Schluss jetzt. Sie nahm das Buch, schlug die erste Seite auf, fing an mit *»one fish, two fish«* und blätterte um. Sie hatte gerade den *»fat fish«* mit dem gelben Hut erreicht, als ihr auf dem Computer-Bildschirm etwas ins Auge stach.

Maya hörte auf zu lesen.

»Mehr«, verlangte Lily.

Maya rückte näher an den Bildschirm heran.

Die Kamera hatte sich wieder eingeschaltet, aber es war nichts zu sehen. Wieso …? Maya nahm an, dass sie Isabellas Rücken sah. Vermutlich stand Isabella direkt vor dem Bilderrahmen, sodass Maya nichts sehen konnte.

Falsch.

Isabella war zu klein. Ihr Kopf könnte die Sicht versperren, aber ihr Rücken? Unmöglich. Außerdem sah Maya die Farbe. Isabella hatte gestern eine rote Bluse getragen. Dieses Hemd war grün.

Waldgrün.

»Mommy?«

»Sekunde, Schatz.«

Wer immer es war, entfernte sich vom Bilderrahmen und aus dem Sichtfeld der Kamera. Maya hatte jetzt einen freien Blick auf die Couch. Lily saß alleine dort. Sie hatte dasselbe

Buch wie jetzt in der Hand, blätterte alleine darin und tat so, als würde sie es lesen.

Maya wartete.

Von links – aus der Küche – kam jemand ins Bild. Und es war nicht Isabella.

Es war ein Mann.

Zumindest wirkte die Person wie ein Mann. Er stand nah an der Kamera, sodass sein Gesicht nicht zu sehen war. Einen Moment lang dachte Maya, es könnte Hector sein, der für eine kurze Pause ins Haus gekommen war, um sich ein Glas Wasser zu holen oder so etwas, aber Hector trug einen Overall und ein Sweatshirt. Dieser Kerl trug Jeans und ein grünes …

… waldgrünes …

Hemd …

Auf dem Bildschirm blickte Lily zu dem vermeintlichen Mann auf. Als sie ihm breit zulächelte, spürte Maya, wie sich ein Felsbrocken auf ihren Brustkorb legte. Lily war sehr zurückhaltend gegenüber Fremden. Wer immer das also war, wer immer dieses wohlbekannte waldgrüne Hemd trug …

Der Mann ging zur Couch. Sein der Kamera zugewandter Rücken versperrte Maya den Blick auf ihre Tochter. Maya geriet kurz in Panik, als ihre Tochter außer Sicht war, bewegte tatsächlich den Kopf nach links und rechts, als könnte sie so an dem Mann vorbeigucken und sich vergewissern, dass Lily noch da, noch auf der Couch war, mit demselben Dr.-Seuss-Buch. Sie hatte das Gefühl, ihre Tochter wäre in Gefahr und diese Gefahr würde zumindest so lange andauern, bis Maya sie wieder sehen konnte. Das war natürlich Unsinn. Maya wusste das. Sie betrachtete etwas, das in der Vergangenheit lag, keinen Livestream, und ihre Tochter saß gesund und allem Anschein nach glücklich und zufrieden neben ihr – zumindest war sie glücklich gewesen, bis ihre Mommy so still geworden war und nur noch auf den Bildschirm starrte.

»Mommy?«

»Eine Sekunde noch, Schatz, ja?«

Der Mann in der wohlbekannten Jeans und dem waldgrünen Hemd – so hatte er es immer beschrieben, nicht einfach grün, dunkelgrün oder leuchtend grün, sondern waldgrün – hatte ihrer Tochter offensichtlich nichts angetan, sie nicht entführt oder irgendetwas in der Art, daher war die Angst, die Maya jetzt verspürte, nicht nur überzogen, sondern vollkommen unangebracht.

Auf dem Bildschirm trat der Mann zur Seite.

Maya sah Lily wieder. Sie ging davon aus, dass die Angst nachlassen würde. Aber das passierte nicht. Der Mann drehte sich um und setzte sich neben Lily auf die Couch. Er sah in die Kamera und lächelte.

Irgendwie gelang es Maya, nicht zu schreien.

Beugen, strecken, beugen …

Maya, die im Kampf immer Ruhe bewahrt hatte, der es immer gelungen war, sich an einen Ort in sich selbst zurückzuziehen, sodass ihr Puls ruhig blieb und die Adrenalinschübe sie nicht lähmten, suchte jetzt verzweifelt nach diesem Ort. Die bekannten Kleidungsstücke, die Jeans und besonders das waldgrüne Hemd, hätten sie auf die Möglichkeit – und mit »Möglichkeit« meinte sie »Unmöglichkeit« – dessen, was sie gerade sah, vorbereiten müssen. Sie schrie nicht. Sie schnappte nicht nach Luft.

Stattdessen breitete sich etwas in ihrer Brust aus, das das Atmen erschwerte. Das Blut schien in ihren Adern zu gefrieren. Ihre Lippen zitterten.

Dort, auf dem Computer-Monitor, sah Maya Lily auf den Schoß ihres toten Ehemanns klettern.

SECHS

Es war nur ein kurzes Video.

Kaum saß Lily auf »Joes« Schoß, da nahm er sie auf den Arm und ging mit ihr aus dem Sichtfeld der Kamera. Dreißig Sekunden später war die Aufnahme zu Ende, der Bewegungsmelder hatte die Nanny-Cam ausgeschaltet.

Das war's.

Als die Kamera sich erneut einschaltete, kamen Isabella und Lily aus der Küche und fingen an zu spielen, so wie etliche Male zuvor. Maya schaltete in den Schnellvorlauf, aber der Rest des Tages verlief ähnlich wie alle anderen. Sie sah nur Isabella und Lily. Keine toten Ehemänner und auch sonst niemanden.

Maya spulte zurück und sah sich das Video ein zweites Mal an, dann ein drittes.

»Buch!«

Lily wurde ungeduldig. Maya drehte sich zu ihrer Tochter um und überlegte, wie sie fragen sollte. »Liebling«, sagte sie langsam, »hast du Daddy gesehen?«

»Daddy?«

»Ja, Lily. Hast du Daddy gesehen?«

Lily sah plötzlich traurig aus. »Daddy wo?«

Maya wollte ihre Tochter nicht verunsichern, aber die Ereignisse hatten eine ziemlich überraschende Wendung genommen. Wie ging man damit um? Maya sah keine andere Möglichkeit. Sie schaltete das Video noch einmal ein und zeigte es

Lily. Lily sah wie gebannt zu. Als Joe erschien, jauchzte sie vor Freude. »Daddy!«

»Ja«, sagte Maya und ignorierte den Stich, den die Begeisterung ihrer Tochter ihr versetzte. »Hast du Daddy gesehen?«

Lily deutete auf den Bildschirm. »Daddy!«

»Ja, das ist Daddy. War er gestern hier?«

Lily starrte sie nur an.

»Gestern«, sagte Maya. Sie stand auf und ging zur Couch. Sie setzte sich genau auf die Stelle, auf der »Joe« – sie konnte seinen Namen nur in Anführungszeichen denken – gesessen hatte. »War Daddy gestern hier?«

Lily begriff nicht, was sie von ihr wollte. Maya versuchte, fröhlich zu wirken, damit es wie ein Spiel und nicht so verzweifelt aussah, aber entweder haperte es an ihrer Körpersprache, oder ihre kleine Tochter besaß eine bessere Intuition, als Maya erwartet hatte.

»Mommy, stopp.«

Du verunsicherst sie.

Maya setzte ein breites, falsches Lächeln auf und nahm ihre Tochter auf den Arm. Kichernd tanzte sie mit Lily den ganzen Weg die Treppe hinauf, bis Lilys Miene sich wieder aufhellte. Sie legte ihre Tochter aufs Bett und schaltete den Fernseher ein. Auf *Nick Jr.* lief *Bubble Guppies*, eine von Lilys Lieblingssendungen, und ja, Maya hatte sich geschworen, den Fernseher nicht als Babysitter zu nutzen – alle Eltern schworen sich das und scheiterten daran –, aber vielleicht war es in Ordnung, ihn kurz zur Baby-Ablenkung einzusetzen.

Maya ging zu Joes Wandschrank und blieb unschlüssig davor stehen. Seit er tot war, hatte sie ihn nicht ein einziges Mal geöffnet. Es war noch zu früh. Aber jetzt war für solche Rücksichtnahmen natürlich keine Zeit. Während Lilys Blick am Fernsehbild hing, öffnete Maya die Tür und machte das Licht an.

Joe achtete sehr auf seine Kleidung, und er ging sehr pfleglich mit ihr um, ähnlich wie Maya, tja… mit ihren Waffen umging. Seine Anzüge waren ordentlich auf Bügel gehängt, und jeder Bügel hing genau acht Zentimeter vom nächsten entfernt. Seine Anzughemden waren nach Farben sortiert. Die Hosen hingen umgekehrt an diesen Bügeln, bei denen die Beine eingeklemmt wurden, nie an solchen, bei denen sie durchgezogen wurden, dabei konnten schließlich Falten entstehen.

Joe kaufte sich seine Kleidung gerne selbst. Fast alles, was Maya ihm geschenkt hatte, konnte er nicht ausstehen. Eine Ausnahme gab es jedoch: ein waldgrünes Twill-Hemd mit Button-down-Kragen, das sie bei einer Firma namens *Moods of Norway* bestellt hatte. Und dieses Hemd hatte der »Joe« im Video getragen – falls ihre Augen ihr keinen Streich gespielt hatten, was nicht auszuschließen war. Sie wusste genau, wo er es aufbewahrt hatte.

Und da war es nicht. Auch dieses Mal schrie sie nicht, schnappte nicht nach Luft. Aber jetzt war sie sich sicher.

Jemand war im Haus gewesen. Irgendjemand hatte Joes Wandschrank durchsucht.

Zehn Minuten später beobachtete Maya die Ankunft der einzigen Person, die schnelle Antworten auf ihre Fragen liefern konnte.

Isabella.

Isabella war gestern hier gewesen und hatte angeblich auf Lily aufgepasst, daher müsste es ihr, zumindest theoretisch, aufgefallen sein, dass Mayas verstorbener Ehemann etwas aus seinem Wandschrank geholt oder mit ihrer Tochter gespielt hatte.

Durchs Schlafzimmerfenster beobachtete Maya, wie Isabella den Weg zum Haus entlangging. Sie versuchte sich ein Bild von dem sich nähernden Kindermädchen zu machen, wie sie es auch bei einem sich nähernden Feind getan hätte. Isabella schien unbewaffnet zu sein, wenn man von ihrer Handtasche absah, in der allerdings eine Pistole Platz finden könnte. Sie drückte die Handtasche fest an den Körper, als fürchtete sie, jemand könnte versuchen, sie ihr zu entreißen – aber so hielt Isabella ihre Tasche immer. Sie war kein besonders herzlicher Mensch – außer wenn es wirklich wichtig war. Mit Lily. Sie hatte Joe auf die Art geliebt, wie treue Angestellte einen Gönner liebten. Maya hatte sie bestenfalls als Anhängsel akzeptiert. Bei loyalen Angestellten kam so etwas gelegentlich vor: Sie waren empfindlicher und hochnäsiger als ihre reichen Chefs.

Wirkte Isabella heute noch misstrauischer als sonst?

Schwer zu sagen. Mit ihrem unruhigen Blick, der unbeweglichen Miene und der abweisenden Körpersprache wirkte Isabella immer misstrauisch. Aber war sie heute misstrauischer als sonst, oder trübte Mayas Fantasie, die sowieso gerade auf Hochtouren lief, ihr Urteilsvermögen?

Isabella kam mit ihrem Schlüssel durch die Hintertür herein. Maya wartete oben.

»Mrs Burkett?«

Schweigen.

»Mrs Burkett.«

»Wir sind gleich unten.«

Maya nahm die Fernbedienung und schaltete den Fernseher aus. Sie rechnete mit Lilys Protest, aber nichts geschah. Lily hatte Isabellas Stimme gehört und wollte schnell zu ihr. Maya nahm Lily auf den Arm und ging die Treppe hinunter.

Isabella stand an der Spüle und wusch eine Kaffeetasse ab. Als sie die Schritte hörte, drehte sie sich um. Ihr Blick fiel auf

Lily, nur auf Lily, und ihre unbewegliche Miene verwandelte sich in ein Lächeln. Ein freundliches Lächeln, dachte Maya, aber fehlte nicht etwas von dem sonst vorhandenen Strahlen?

Schluss jetzt.

Lily streckte die Arme aus. Isabella stellte den Wasserhahn aus, trocknete sich die Hände ab und kam auf sie zu. Auch Isabella streckte die Arme aus, fing an zu gurren und wackelte in einer »Haben-will«-Geste mit den Fingern.

»Wie geht's Ihnen, Isabella?«, fragte Maya.

»Gut, Mrs Burkett, danke.«

Wieder griff Isabella nach Lily, und für einen kurzen Augenblick dachte Maya daran, ihr Kind einfach wegzuziehen. Eileen hatte gefragt, ob sie dieser Frau vertraute. So sehr sie irgendjemandem vertrauen konnte, wenn es um ihr Kind ging, hatte sie geantwortet. Aber nachdem sie die Aufzeichnungen der Nanny-Cam gesehen hatte …

Isabella riss Lily fast aus ihren Händen. Maya ließ es zu. Und ohne ein weiteres Wort ging Isabella mit Lily ins Wohnzimmer. Sie setzten sich auf die Couch.

»Isabella?«

Isabella blickte auf, sie wirkte erschrocken. Ein Lächeln war auf ihrem Gesicht eingefroren. »Ja, Mrs Burkett?«

»Kann ich Sie kurz sprechen?«

Lily saß auf ihrem Schoß.

»Jetzt?«

»Ja, bitte«, sagte Maya. Sie hatte plötzlich den Eindruck, dass ihre Stimme seltsam klang. »Ich möchte Ihnen etwas zeigen.«

Isabella setzte Lily sanft aufs Sofakissen neben sich. Sie reichte ihr ein Pappbuch, stand auf und strich sich den Rock glatt. Dann kam sie langsam auf Maya zu, fast so, als erwartete sie eine Ohrfeige.

»Ja, Mrs Burkett.«

»War gestern jemand hier?«

»Ich weiß nicht, was Sie meinen.«

»Ich meine«, sagte Maya mit gleichmütiger Stimme, »ob gestern außer Ihnen und Lily noch jemand hier im Haus war?«

»Nein, Mrs Burkett.« Die unbewegliche Miene war wieder da. »Wen meinen Sie?«

»Ich meine irgendjemand. Ist Hector zum Beispiel zwischendurch mal reingekommen?«

»Nein, Mrs Burkett.«

»Dann war also niemand hier.«

»Niemand.«

Maya blickte kurz zum Computer, dann sah sie Isabella wieder an. »Sind Sie zwischendurch weg gewesen?«

»Ob wir das Haus verlassen haben?«

»Ja.«

»Lily und ich waren auf dem Spielplatz. Wie jeden Tag.«

»Haben Sie das Haus noch zu einem anderen Zeitpunkt verlassen?«

Isabella sah nach oben, als versuche sie sich zu erinnern. »Nein, Mrs Burkett.«

»Haben Sie das Haus irgendwann alleine verlassen?«

»Ohne Lily?«, fragte sie und saugte dabei scharf Luft ein, als wäre es das Anstößigste, was sie sich vorstellen könnte. »Nein, Mrs Burkett, natürlich nicht.«

»Haben Sie sie irgendwann zwischendurch einmal allein gelassen?«

»Ich verstehe nicht.«

»Das ist eine einfache Frage, Isabella.«

»Ich verstehe das alles nicht«, sagte Isabella. »Warum stellen Sie mir diese Fragen? Sind Sie mit meiner Arbeit nicht zufrieden?«

»Das habe ich nicht gesagt.«

»Ich lasse Lily nie alleine. Nie. Nur wenn sie oben schläft, komme ich manchmal runter und mache ein bisschen sauber …«

»Das meine ich nicht.«

Isabella betrachtete Mayas Gesicht. »Was meinen Sie dann?«

Es gab keinen Grund, das noch länger fortzusetzen. »Ich möchte Ihnen etwas zeigen.«

Der Laptop stand auf der Kücheninsel. Maya griff danach, als Isabella näher kam. »Ich habe im Wohnzimmer eine Kamera«, begann sie.

Isabella wirkte verwirrt.

»Ich habe sie von einer Freundin geschenkt bekommen«, erläuterte Maya. Aber musste sie ihr Vorgehen wirklich erklären? »Sie nimmt auf, was passiert, wenn ich nicht hier bin.«

»Eine Kamera?«

»Ja.«

»Aber ich habe keine Kamera gesehen, Mrs Burkett.«

»Das sollten Sie auch nicht. Sie ist versteckt.«

Isabella sah kurz nach hinten zum Wohnzimmer.

»Eine Nanny-Cam«, fuhr Maya fort. »Sie haben doch den digitalen Bilderrahmen im Regal gesehen.«

Sie sah, wie Isabellas Blick das Bücherregal erfasste. »Ja, Mrs Burkett.«

»Das ist eine Kamera.«

Isabella drehte sich zu ihr um. »Dann haben Sie mir nachspioniert?«

»Ich habe mein Kind beschützt«, sagte Maya.

»Aber Sie haben mir nichts davon gesagt.«

»Nein, das habe ich nicht.«

»Warum nicht?«

»Es gibt keinen Grund, aggressiv zu werden.«

»Nein?« Isabellas Ton wurde schärfer. »Sie haben mir nicht vertraut.«

»Würden Sie das?«

»Was?«

»Es geht nicht um Sie, Isabella. Lily ist mein Kind. Ich bin für ihr Wohlergehen verantwortlich.«

»Und Sie glauben, es ist das Beste für Lily, wenn Sie mir nachspionieren?«

Maya stellte auf Vollbild und startete die Stelle im Video. »Bis heute Morgen dachte ich, es könne nicht schaden.«

»Und jetzt?«

Maya drehte den Laptop um, sodass Isabella den Bildschirm sehen konnte. »Sehen Sie das.«

Maya guckte sich das Video nicht noch einmal an. Sie hatte es oft genug gesehen. Stattdessen konzentrierte sie sich auf Isabellas Gesicht und achtete auf Anzeichen für Stress und Unehrlichkeit.

»Worauf soll ich achten?«

Maya sah auf den Bildschirm. Der falsche Joe war gerade aus dem Bild verschwunden, nachdem er kurz die Kamera verdeckt hatte. »Sehen Sie es sich einfach an.«

Isabella kniff die Augen zusammen. Maya versuchte ruhig zu atmen. Es hieß, man wusste nie, wie jemand reagieren würde, wenn eine Granate auf einen zuflog. Da entschied sich, ob man die Leute richtig eingeschätzt hatte: Man stand mit seinen Kameraden irgendwo, und eine Handgranate landete direkt vor deinen Füßen. Wer floh? Wer duckte sich? Wer warf sich auf die Granate und opferte sein Leben? Man konnte versuchen, es vorherzusagen, aber erst wenn tatsächlich eine Handgranate geworfen wurde, bekam man eine Antwort.

Maya hatte sich ihren Kameraden gegenüber wiederholt

bewiesen. Sie wussten, dass sie im Gefecht dem Druck standhielt, dass sie in solchen Situationen cool, ruhig und gefasst reagierte. Sie war eine Anführerin, die diese Eigenschaft immer wieder unter Beweis gestellt hatte.

Das Eigenartige war, dass sich diese Führungsstärke und Gelassenheit nicht in ihr Leben zu Hause hatten übertragen lassen. Eileen hatte ihr von ihrem kleinen Sohn Kyle erzählt, der in der Montessori-Vorschule organisiert und ordentlich war – und zu Hause ein totaler Chaot. So ähnlich war es auch bei Maya.

Als sie neben Isabella stand, während »Joe« ins Bild kam und Lily auf seinen Schoß setzte, und Isabellas Gesichtsausdruck sich nicht veränderte, spürte Maya, wie etwas in ihr nachzugeben drohte.

»Und?«, fragte Maya.

Isabella sah sie an. »Was und?«

In ihrem Kopf zersplitterte etwas. »Was soll das heißen: ›Was und?‹«

Isabella zuckte zusammen.

»Wie erklären Sie sich das?«

»Was meinen Sie?«

»Hören Sie auf, mit mir zu spielen, Isabella.«

Isabella trat einen Schritt zurück. »Ich verstehe nicht, was Sie von mir wollen.«

»Haben Sie sich das Video angesehen?«

»Natürlich.«

»Dann haben Sie doch den Mann gesehen?«

Isabella antwortete nicht.

»Sie haben doch den Mann gesehen, oder?«

Isabella sagte immer noch nichts.

»Ich habe Sie etwas gefragt, Isabella.«

»Ich weiß nicht, was Sie meinen.«

»Sie haben ihn gesehen, ja?«

»Wen?«

»Wieso ›Wen?‹ Joe natürlich!« Maya streckte die Hand aus und packte Isabella am Kragen. »Wie zum Teufel ist er ins Haus gekommen?«

»Bitte, Mrs Burkett! Sie machen mir Angst!«

Maya zog Isabella zu sich heran. »Sie haben Joe nicht gesehen?«

Isabella sah ihr in die Augen. »Haben Sie ihn gesehen?« Sie flüsterte, war kaum zu hören. »Wollen Sie behaupten, Sie hätten Joe in dem Video gesehen?«

»Sie … Sie nicht?«

»Bitte, Mrs Burkett«, sagte Isabella. »Sie tun mir weh.«

»Moment, wollen Sie etwa sagen …«

»Lassen Sie mich los!«

»Mommy …«

Das war Lily. Maya sah zu ihrer Tochter hinüber. Isabella nutzte die Ablenkung, um sich ein Stück von ihr zu entfernen und sich die Hand an die Kehle zu legen, als wäre sie gewürgt worden.

»Alles in Ordnung, mein Schatz«, sagte Maya zu Lily. »Hier ist alles okay.«

Isabella, die so tat, als müsste sie nach Luft schnappen, sagte: »Mommy und ich haben nur gespielt, Lily.«

Lily sah beide an.

Mit der rechten Hand rieb Isabella sich immer noch viel zu theatralisch den Hals. Maya drehte sich zu ihr um. Schnell hob Isabella die geöffnete linke Hand und bedeutete Maya so, dass sie aufhören sollte.

»Ich will Antworten«, sagte Maya.

Es gelang Isabella zu nicken. »Okay«, sagte sie, »aber ich brauch erst einen Schluck Wasser.«

Maya zögerte, dann sah sie zur Spüle. Sie stellte das Wasser an, öffnete einen Schrank, nahm ein Glas heraus. Ein Gedanke schoss ihr durch den Kopf.

Eileen hatte ihr die Nanny-Cam geschenkt.

Maya dachte darüber nach, als sie das Glas unter den Strahl hielt. Sie ließ es halbvoll laufen, wandte sich Isabella zu. Dann hörte sie ein seltsames Zischen.

Maya schrie, als der Schmerz – weißer, heißer Schmerz – ihr Gesicht verbrannte.

Es fühlte sich an, als würde ihr jemand winzige Glassplitter in die Augäpfel drücken. Mayas Knie gaben nach. Sie sank zu Boden.

Das Zischen.

Irgendwo in weiter Ferne, hinter dem brennenden Schmerz, wurde ihr bewusst, was es war.

Isabella hatte ihr etwas ins Gesicht gesprüht.

Pfefferspray.

Pfefferspray brannte nicht nur in den Augen, es wirkte auch auf die Schleimhäute in der Nase, im Mund und in der Lunge. Maya versuchte, die Luft anzuhalten, damit nichts in ihre Lunge geriet, dann versuchte sie, schnell und kräftig zu blinzeln, damit die Tränenflüssigkeit das Gas wegspülte. Aber vorerst gab es keine Erlösung, kein Entkommen.

Maya konnte sich nicht bewegen.

Sie hörte jemanden rennen, dann fiel eine Tür zu.

Isabella war weg.

»Mommy?«

Maya hatte es ins Bad geschafft.

»Mommy geht's gut, Schatz. Mal mir ein Bild, okay? Ich bin gleich bei dir.«

»Isabella?«

»Isabella geht's auch gut. Sie kommt bald zurück.«

Die Wirkung hielt länger an, als sie gedacht hatte. Außerdem brannte die Wut in ihr ebenso stark wie ihre Augen. Zehn Minuten lang war sie vollständig außer Gefecht gewesen, so hilflos, dass sie nicht einmal zu den einfachsten Abwehrreaktionen gegen einen Feind in der Lage gewesen wäre. Irgendwann hatte der Schmerz nachgelassen, sie musste nicht mehr würgen und bekam wieder richtig Luft. Sie hatte sich die Augen ausgespült und die Haut mit Flüssigseife gewaschen. Dann hatte sie sich Vorwürfe gemacht.

Dem Feind den Rücken zuwenden. Anfängerfehler.

Wie konnte man nur so dämlich sein?

Sie war wütend – und zwar vor allem auf sich selbst. Sie hatte Isabella die Show fast abgekauft, ihr geglaubt, dass sie ahnungslos war. Daher hatte sie die Deckung sinken lassen. Nur für einen Moment. Und das hatte sie nun davon. Hatte sie nicht oft genug beobachten können, wie ein kleiner Ausrutscher, ein kurzes Nachlassen der Konzentration Leben gekostet hatte? Hatte sie diese wichtige Lektion nicht gelernt?

Es würde ihr nicht noch einmal passieren.

Okay, Schluss mit der Selbstgeißelung. Sie musste aus ihren Fehlern lernen und nach vorne schauen.

Also: Was jetzt?

Die Antwort lag auf der Hand. Lass dir noch ein paar Minuten Zeit. Warte, bis du wieder im Vollbesitz deiner Kräfte bist. Dann machst du Isabella ausfindig und bringst sie zum Reden.

Es klingelte an der Tür.

Maya spülte sich noch einmal die Augen aus und ging zur Tür. Sie überlegte, ob sie sich erst eine Pistole holen sollte – nur kein Risiko mehr eingehen –, sah aber sofort, dass es Detective Kierce war.

Als sie die Tür geöffnet hatte, starrte er sie an. »Was ist denn mit Ihnen passiert?«

»Ich habe Pfefferspray abbekommen.«

»Wie bitte?«

»Isabella. Mein Kindermädchen.«

»Ist das Ihr Ernst?«

»Nein, ich bin eine brillante Komödiantin. Nichts bringt die Menge so in Wallung wie Witze über Kindermädchen mit Pfefferspray.«

Rogers Kierce' Blick durchstreifte den Raum, bevor er wieder an Maya hängen blieb. »Warum?«

»Ich habe auf meiner Nanny-Cam etwas gesehen.«

»Sie haben eine Nanny-Cam?«

»Hab ich.« Wieder dachte sie daran, dass Eileen sie ihr geschenkt und sogar genau gesagt hatte, wo sie sie hinstellen sollte. »Sie ist in einem Bilderrahmen versteckt.«

»Mein Gott. Haben Sie … haben Sie gesehen, wie Isabella Ihrer Tochter …«

»Was?« Natürlich war es für einen Polizisten normal, so etwas zu denken. »Nein, darum geht's nicht.«

»Dann kann ich Ihnen nicht ganz folgen.«

Maya überlegte, wie sie weitermachen sollte, erkannte aber sofort, dass der direkte Weg langfristig der einzig sichere war. »Das Einfachste ist wohl, wenn ich es Ihnen zeige.«

Sie ging zum Laptop auf der Kücheninsel. Kierce folgte ihr. Er wirkte verwirrt. Na ja, dachte sie, die Verwirrung würde sich noch potenzieren.

Maya drehte den Laptop so, dass er den Bildschirm sehen konnte. Sie bewegte den Cursor auf Play, klickte und wartete.

Nichts.

Sie prüfte den Kartenleser.

Die SD-Karte war weg.

Sie sah auf der Kücheninsel und auch auf dem Fußboden nach. Obwohl sie wusste, was passiert war.

»Was ist?«, fragte Kierce.

Maya atmete tief und gleichmäßig. Sie musste ruhig bleiben. Sie versuchte, zwei bis drei Schritte vorauszudenken, wie bei einem Einsatz. Man konnte nicht einfach auf einen schwarzen SUV feuern. Man musste sich überlegen, wie man weitermachte. Man brauchte die bestmöglichen Infos, bevor man irgendwelche lebensverändernden Schritte machte.

Sie wusste, wie das klingen würde. Falls sie mit dem herausplatzte, was sie auf der Nanny Cam gesehen hatte, würde Kierce sie für verrückt halten. Verdammt, sie fand ja auch, dass es verrückt klang, als sie es sich noch einmal durch den Kopf gehen ließ. Ihre Gedanken waren vom Pfefferspray noch etwas benebelt. Was genau war hier passiert? War sie ganz sicher, dass sie klar denken konnte?

Immer mit der Ruhe.

»Mrs Burkett?«

»Ich habe Ihnen schon mehrmals gesagt, dass Sie mich Maya nennen sollen.«

Die SD-Karte, der einzige Beweis für ihre aberwitzige Behauptung, war verschwunden. Isabella hatte sie mitgenommen. Wahrscheinlich wäre es am klügsten, wenn Maya sich selbst darum kümmerte. Doch wenn sie das tat, wenn sie ihm jetzt nichts davon erzählte und das Video dann wieder auftauchte …

»Isabella muss sie mitgenommen haben.«

»Was hat sie mitgenommen?«

»Die SD-Karte.«

»Nachdem sie Sie mit Pfefferspray besprüht hat?«

»Ja«, sagte Maya und versuchte mit aller Macht, überzeugend zu wirken.

»Also hat sie Sie besprüht, sich die Speicherkarte geschnappt und dann? Dann ist sie abgehauen?«

»Genau.«

Kierce nickte. »Und was war auf dieser Speicherkarte?«

Maya warf einen kurzen Blick ins Wohnzimmer. Lily war glücklich in ein riesiges, vierteiliges Zoo-Puzzle vertieft. »Ich habe einen Mann gesehen.«

»Einen Mann?«

»Ja. Auf dem Video. Lily saß auf seinem Schoß.«

»Brr«, sagte Kierce. »Ich nehme an, es handelte sich um einen Fremden?«

»Nein.«

»Sie kannten ihn?«

Sie nickte.

»Und wer war es?«

»Sie werden mir nicht glauben. Sie werden verständlicherweise denken, dass ich an Wahnvorstellungen leide.«

»Geben Sie mir eine Chance.«

»Es war Joe.«

Man muss Kierce zugutehalten, dass er nicht das Gesicht verzog, nach Luft schnappte oder sie ansah, als wäre sie total durchgeknallt.

»Verstehe«, sagte er in dem Versuch, die Fassung zu wahren. »Dann war es ein altes Video?«

»Wie bitte?«

»Es war ein altes Video, das Sie aufgenommen haben, als Joe noch lebte. Und dann haben Sie … was weiß ich, Sie dachten, Sie hätten es gelöscht, oder …«

»Ich habe die Nanny-Cam erst nach dem Mord bekommen.«

Kierce stand nur reglos da.

»Laut der Datumsanzeige wurde es gestern aufgenommen«, fuhr Maya fort.

»Aber …«

Schweigen.

Dann: »Sie wissen, dass das nicht sein kann.«

»Das weiß ich«, sagte Maya.

Sie starrten sich an. Sie würde ihn nicht überzeugen können. Also wechselte Maya das Thema. »Warum sind Sie hier?«

»Sie müssen aufs Revier mitkommen.«

»Warum?«

»Das kann ich Ihnen nicht sagen. Aber es ist wirklich wichtig.«

SIEBEN

Im *Growin'-Up*-Kindergarten hatte wieder das junge, lächelnde Ding Dienst.

»Oh, ich erinnere mich an Sie«, sagte sie. Sie beugte sich zu Lily hinunter. »Und an dich erinnere ich mich auch. Hi, Lily!«

Lily sagte nichts. Die beiden Frauen gaben ihr ein paar Bauklötze und gingen ins Büro.

»Ich würde sie gern anmelden«, sagte Maya.

»Wunderbar! Wann soll es losgehen?«

»Jetzt.«

»Äh, das ist etwas ungewöhnlich. Normalerweise rechnen wir zwei Wochen für die Bearbeitung eines Antrags.«

»Mein Kindermädchen hat überraschend gekündigt.«

»Tut mir leid, das zu hören, aber …«

»Miss … entschuldigen Sie, ich habe Ihren Namen vergessen.«

»Kitty Shum.«

»Richtig, Miss Kitty. Entschuldigung. Kitty, sehen Sie das grüne Auto da draußen?«

Kitty sah aus dem Fenster. Ihre Augen verengten sich. »Belästigt diese Person Sie? Sollen wir die Polizei rufen?«

»Nein, wissen Sie, das ist ein Zivilfahrzeug der Polizei. Mein Mann wurde kürzlich ermordet.«

»Ich habe etwas darüber gelesen«, sagte Kitty. »Herzliches Beileid.«

»Danke. Die Sache ist die: Der Polizist muss mich mit aufs Revier nehmen. Warum, weiß ich nicht. Er ist einfach vorbeigekommen. Ich muss mich also entscheiden. Ich kann Lily mitnehmen, während die mir Fragen zur Ermordung ihres Vaters stellen …«

»Mrs Burkett?«

»Maya.«

»Maya.« Kitty sah immer noch zu Kierce' Wagen hinüber. »Wissen Sie, wie man unsere Handy-App herunterlädt?«

»Ja.«

Kitty nickte. »Es ist das Beste für Ihr Kind, wenn Sie sich nicht lang und emotional von ihr verabschieden.«

»Danke.«

Als sie das Revier im Central Park erreichten, fragte Maya: »Können Sie mir jetzt sagen, warum wir hier sind?«

Kierce hatte während der ganzen Fahrt kaum ein Wort gesagt. Es hatte Maya nicht gestört. Sie brauchte Zeit, um über alles nachzudenken – die Nanny-Cam, das Video, Isabella, das waldgrüne Hemd.

»Ich brauche Sie für zwei Gegenüberstellungen.«

»Gegenüberstellungen mit wem oder was?«

»Ich möchte Sie nicht beeinflussen.«

»Die Mörder können es nicht sein. Ich habe Ihnen doch gesagt, dass sie Sturmhauben trugen.«

»Schwarze Sturmhauben, sagten Sie. Mit Öffnungen nur für Augen und Mund.«

»Richtig.«

»Okay, gut. Kommen Sie mit.«

»Das versteh ich nicht.«

»Sie werden schon sehen.«

Auf dem Weg probierte Maya die App von *Growin' Up* aus.

Sie ermöglichte es ihr, die Rechnung zu bezahlen, Stunden zu buchen, den »Aktivitäten-Plan« ihres Kindes und die Lebensläufe des gesamten Personals einzusehen. Aber die beste Funktion, die auch erst ihr Interesse an *Growin' Up* geweckt hatte, war ein ganz spezielles weiteres Angebot. Das sah sie sich jetzt an. Es gab drei Auswahlmöglichkeiten: das rote Zimmer, das grüne Zimmer und das gelbe Zimmer. Lilys Altersgruppe war im gelben Zimmer. Also tippte sie auf das gelbe Symbol.

Kierce öffnete die Tür. »Maya?«

»Einen Moment.«

Das Handy-Display erwachte zum Leben und zeigte eine Live-Übertragung vom gelben Zimmer. Man hätte meinen können, dass Maya für heute von Überwachungsvideos die Nase voll hatte, aber so war es nicht. Sie hielt das Handy quer, um das Bild zu vergrößern. Und da war Lily. In Sicherheit. Eine Betreuerin – Maya konnte später nachsehen, wer sie war, und ihren Lebenslauf nachlesen– half ihr und einem Jungen in Lilys Alter beim Bauklötzestapeln.

Erleichterung durchströmte Maya. Beinahe hätte sie gelächelt. Sie hätte schon vor Monaten darauf bestehen sollen, dass Lily so einen Kindergarten besuchen konnte. Bei einer Nanny musste man sich ganz auf eine Person verlassen, die nicht überwacht und nicht von der Gruppe kontrolliert wurde. Hier gab es Zeugen, Überwachungskameras, und Lily lernte den Umgang mit anderen Kindern. Das musste einfach sicherer sein.

»Maya?«

Wieder Kierce. Sie schloss die App und steckte das Handy ein. Zusammen betraten sie den Raum. Darin befanden sich zwei weitere Personen: die Staatsanwältin, die den Fall bearbeitete, und ein Verteidiger. Maya versuchte, sich zu konzentrieren, aber ihr schwirrte der Kopf noch von den Bildern der Nanny-Cam und von Isabella. Sie spürte die Nachwirkungen des Pfeffersprays in der Lunge und in den Nasenschleimhäuten. Sie schniefte wie eine Kokainsüchtige.

»Ich möchte noch einmal zu Protokoll geben, dass ich hiermit nicht einverstanden bin«, sagte der Verteidiger. Sein Pferdeschwanz reichte bis unter die Schulterblätter. »Diese Zeugin hat zugegeben, die Gesichter nie gesehen zu haben.«

»Ist zur Kenntnis genommen«, sagte Kierce. »Und wir geben Ihnen recht.«

Pferdeschwanz hob die Hände. »Und was soll das dann?«

Das fragte Maya sich auch.

Kierce zog an einer Schnur, und ein Rollo fuhr hoch. Er beugte sich zu einem Mikrofon hinab und sagte: »Die erste Gruppe, bitte.«

Sechs Personen kamen in den kleinen Raum. Alle trugen Sturmhauben.

»Das ist doch lächerlich«, sagte Pferdeschwanz.

Damit hatte Maya nicht gerechnet.

»Mrs Burkett«, sagte Kierce sehr deutlich, als würden seine Worte aufgenommen, was, wie Maya annahm, vermutlich auch der Fall war, »erkennen Sie jemanden in diesem Raum?«

Er sah sie an und wartete.

»Nummer vier«, sagte Maya.

»Das ist doch Blödsinn«, sagte Pferdeschwanz.

»Und woran erkennen Sie Nummer vier?«

»Erkennen ist vielleicht zu viel gesagt«, antwortete Maya. »Aber er hat die gleiche Größe und den gleichen Körperbau wie derjenige, der meinen Mann erschossen hat. Außerdem trägt er die gleiche Kleidung.«

»Ein paar der anderen Männer sind ganz genauso gekleidet«, sagte Pferdeschwanz. »Wieso sind Sie sich so sicher?«

»Da passen, wie ich schon sagte, der Körperbau und die Größe nicht.«

»Sind Sie sicher?«

»Ja. Nummer zwei kommt ihm noch am nächsten, trägt aber blaue Sneaker. Der Täter, der meinen Mann erschossen hat, hat rote getragen.«

»Nur um das klarzustellen«, fuhr Pferdeschwanz fort, »Sie können nicht sicher sagen, dass Nummer vier derjenige ist, der Ihren Mann erschossen hat. Sie sagen, dass Sie sich daran erinnern, dass Größe und Körperbau in etwa übereinstimmen und dass er ähnliche Kleidung…«

»Nicht ähnlich«, unterbrach ihn Maya. »Er trug die gleiche Kleidung.«

Pferdeschwanz legte den Kopf auf die Seite. »Wirklich?«

»Ja.«

»Das können Sie unmöglich wissen, Mrs Burkett. Da draußen gibt es mehr als ein Paar rote Chucks, richtig? Was ich meine, ist, wenn ich dort vier rote Chucks hinstellen würde, könnten Sie mir dann sicher sagen, welche der Angreifer an dem Abend getragen hat?«

»Nein.«

»Sehen Sie.«

»Trotzdem ist die Kleidung nicht ›ähnlich‹. Er trägt eben rote Chucks und keine weißen. Nummer vier trägt genau das gleiche Outfit wie der Schütze.«

»Was mich zu einem anderen Punkt bringt«, sagte Pferdeschwanz. »Sie wissen nicht sicher, dass er der Schütze war, oder? Der Mann mit der Sturmhaube könnte die gleiche Kleidung tragen und ebenso groß sein wie der Schütze. Ist das richtig?«

Maya nickte. »Das ist richtig.«

»Danke.«

Pferdeschwanz war fürs Erste fertig. Wieder beugte Kierce sich vor. »Sie können gehen. Und dann die zweite Gruppe, bitte.«

Sechs weitere Männer mit Sturmhauben kamen herein. Maya musterte sie. »Wahrscheinlich ist es Nummer fünf.«

»Wahrscheinlich?«

»Nummer zwei trägt die gleiche Kleidung, und Größe und Körperbau passen auch. Trotzdem würde ich aus der Erinnerung sagen, dass es Nummer fünf war, aber die beiden sind sich so ähnlich, dass ich es nicht beschwören könnte.«

»Danke«, sagte Kierce. Wieder beugte er sich zum Mikrofon. »Das ist alles, danke.«

Maya folgte Kierce aus dem Raum.

»Was ist hier los?«

»Wir haben zwei Verdächtige aufgegriffen.«

»Wie haben Sie sie gefunden?«

»Durch Ihre Beschreibung.«

»Können Sie sie mir zeigen?«

Kierce zögerte, aber nur für einen Moment. »Okay, kommen Sie.« Er führte sie an einen Tisch mit einem Großbildschirm, der wahrscheinlich 75 Zentimeter Bildschirmdiagonale hatte, wenn nicht noch mehr. Sie setzten sich. Kierce fing an zu tippen. »Wir haben auf allen Videos von Überwachungskameras aus der Umgebung des Tatorts in der Mordnacht nach Männern gesucht, auf die Ihre Beschreibung passt. Wie Sie sich vorstellen können, hat das eine ganze Weile gedauert. Jedenfalls gibt's an der Ecke 74th Street und 5th Avenue ein Gebäude mit Eigentumswohnungen. Sehen Sie selbst.«

Das Video zeigte zwei Männer von oben.

»Sind sie das?«

»Ja«, sagte Maya. »Oder soll ich wieder diesen Juristenjargon mit übereinstimmender Kleidung und Körperbau abspulen?«

»Nein, dieses Gespräch wird nicht aufgezeichnet. Wie Sie sehen, tragen die beiden dort keine Sturmhauben. Das hatten wir natürlich auch nicht erwartet. Auf der Straße hätte das nur Aufmerksamkeit erregt.«

»Trotzdem«, sagte Maya, »verstehe ich nicht ganz, wie Sie sie aus dem Blickwinkel identifizieren konnten.«

»Ich weiß. Die Kamera ist verdammt hoch angebracht. Das ist wirklich ärgerlich. Ich kann Ihnen gar nicht sagen, wie oft wir solche Bilder bekommen. Die Kamera ist absurd hoch angebracht, und Täter, die das wissen, halten einfach die ganze Zeit den Kopf gesenkt, oder sie tragen eine Schirmmütze, sodass wir ihr Gesicht nicht sehen können. Aber als wir diese Bilder hatten, wussten wir, dass sie in dieser Gegend unterwegs sind. Also haben wir weitergesucht.«

»Und Sie haben noch mehr Bilder gefunden.«

Kierce nickte und fing wieder an zu tippen. »Ja. In einem Duane-Reade-Drogeriemarkt eine halbe Stunde später.«

Er stellte das Video an. Es war in Farbe. Offenbar befand sich die Kamera neben einer Kasse. Die Gesichter der beiden Männer waren deutlich zu erkennen. Einer war schwarz, der andere hatte hellere Haut, vielleicht Lateinamerikaner. Sie zahlten bar.

»Eiskalt«, sagte Kierce.

»Was?«

»Sehen Sie sich die eingeblendete Zeit an. Das ist fünfzehn Minuten, nachdem sie Ihren Mann erschossen haben. Sie sind nicht einmal einen Kilometer vom Tatort entfernt und kaufen Red Bull und Chips.«

Maya starrte nur auf den Bildschirm.

»Wie schon gesagt, eiskalt.«

Sie sah ihn an. »Oder ich habe mich geirrt.«

»Unwahrscheinlich.« Kierce hielt das Video an, und das Bild erstarrte. Ja, Männer. Zweifelsohne junge Männer, aber Maya hatte mit zu vielen Männern diesen Alters gedient, um sie Jungs zu nennen. »Sehen Sie sich das an.«

Er drückte eine Pfeiltaste auf der Tastatur. Die Kamera zoomte heran, vergrößerte das Bild. Kierce klickte auf den Latino. »Das ist der andere, ja? Der, der nicht geschossen hat?«

»Ja.«

»Fällt Ihnen etwas auf?«

»Eigentlich nicht.«

Er zoomte noch näher heran, die Kamera war direkt auf die Hüfte des Mannes gerichtet. »Schauen Sie noch mal genau hin.«

Maya nickte. »Er ist bewaffnet.«

»Genau. Er trägt eine Pistole. Wenn man noch näher heranzoomt, sieht man den Griff.«

»Nicht unbedingt dezent.«

»Nein. Hey, ich frage mich, wie all Ihre patriotischen Kumpel, die dafür sind, dass man Waffen offen tragen darf, darauf reagieren würden, wenn diese beiden Kerle so ausgestattet die Straße entlangschlendern.«

»Ich bezweifle, dass es sich um eine legal erworbene Waffe handelt«, sagte Maya.

»Die Zweifel sind berechtigt.«

»Sie haben die Waffe gefunden?«

»Ja, und Sie haben recht.« Er seufzte und stand auf. »Darf ich Ihnen Emilio Rodrigo vorstellen. Hat ein beeindruckendes Vorstrafenregister für sein Alter. Das gilt allerdings für beide. Mr Rodrigo hatte eine Beretta M9 bei sich, als wir ihn festgenommen haben. Sie war illegal in seinem Besitz. Er wird dafür ins Gefängnis gehen.«

Er hielt inne.

Maya sagte: »Höre ich da ein ›aber‹?«

»Wir haben einen Haftbefehl bekommen und bei beiden die Wohnungen durchsucht. Da haben wir auch die Kleidung gefunden, die Sie beschrieben und heute identifiziert haben.«

»Wird das vor Gericht ausreichen?«

»Eher nicht. Wie unser pferdeschwänziger Kumpel gerade schon sagte: Es sind rote Chucks. Die haben viele Leute. Außerdem haben wir keine Sturmhauben gefunden, was ich etwas seltsam fand. Die Kleidung haben sie schließlich auch behalten. Warum hätten sie dann die Sturmhauben wegwerfen sollen?«

»Keine Ahnung.«

»Wahrscheinlich haben sie sie unterwegs irgendwo in einen Mülleimer gesteckt. Wissen Sie? Gleich danach. Sie schießen, fliehen, reißen sich die Masken vom Kopf und werfen sie weg.«

»Klingt plausibel.«

»Ja, nur dass wir alle Mülleimer in der Umgebung durchsucht haben. Na ja, sie könnten sie natürlich auch anders losgeworden sein, vielleicht in einem Gully oder so etwas.« Kierce zögerte.

»Was?«

»Die Sache ist die, dass wir, wie ich schon sagte, die von Ihnen beschriebene Beretta gefunden haben. Aber die Mordwaffe, den .38er Revolver, haben wir nicht gefunden.«

Maya lehnte sich zurück. »Es hätte mich auch ziemlich überrascht, wenn sie den behalten hätten. Sie nicht?«

»Ich denke schon. Allerdings ...«

»Ja?«

»Solche Typen werfen die Tatwaffe oft nicht weg. Müssten sie eigentlich. Tun sie aber nicht. Hat schließlich auch einen gewissen Wert. Also verwenden sie sie noch mal. Oder sie verkaufen sie an einen Kumpel oder so etwas.«

»Aber das war doch eine ziemlich große Sache, oder? Ein reiches, prominentes Opfer. Es gab einen großen Medienrummel.«

»Das ist wahr.«

Maya sah ihn an. »Aber Sie glauben es nicht, oder? Sie haben eine andere Theorie.«

»Die habe ich.« Kierce wandte den Blick ab. »Allerdings ergibt sie überhaupt keinen Sinn.«

»Wieso?«

Er fing an, sich am Arm zu kratzen. Musste eine Art nervöser Tick sein. »Wir haben die .38er Kugeln, die wir der Leiche Ihres Mannes entnommen haben, einer ballistischen Untersuchung unterzogen. Sie wissen schon. Um festzustellen, ob die Waffe schon in anderen Fällen benutzt wurde.«

Maya sah ihn an. Kierce kratzte weiter. »Ich entnehme Ihrer Miene«, sagte sie, »dass Sie in Ihrer Datenbank etwas gefunden haben.«

»Das haben wir, ja.«

»Dann haben diese Kerle schon mal jemanden ermordet?«

»Das halte ich für unwahrscheinlich.«

»Aber Sie sagten gerade ...«

»Dieselbe Waffe. Das heißt nicht, dass es dieselben Täter waren. Denn Fred Katen, den Sie gerade als den Mörder identifiziert haben, hat für den Zeitpunkt des ersten Mordes ein bombensicheres Alibi. Er saß im Knast. Er kann es nicht getan haben.«

»Wann?«

»Wann was?«

»Wann hat dieser erste Mord stattgefunden?«

»Vor vier Monaten.«

Es wurde kalt im Raum. Kierce brauchte es nicht auszusprechen. Er wusste Bescheid. Sie wusste Bescheid. Kierce konnte ihr nicht in die Augen sehen. Er wandte den Blick ab, nickte und sagte: »Ihr Mann wurde mit derselben Waffe ermordet wie Ihre Schwester.«

ACHT

Alles okay mit Ihnen?«, fragte Kierce.

»Geht schon.«

»Ich weiß, dass das alles sehr viel auf einmal ist.«

»Ich bin kein Kind mehr, Detective.«

»Tut mir leid. Sie haben recht. Lassen Sie uns das noch einmal durchgehen, okay?«

Maya nickte. Sie starrte ins Leere.

»Wir müssen die ganze Sache jetzt aus einer völlig anderen Perspektive betrachten. Wir sind bisher davon ausgegangen, dass es sich um zwei nicht miteinander in Verbindung stehende Morde an willkürlich ausgewählten Opfern handelte, aber jetzt, wo wir wissen, dass beide mit derselben Waffe getötet wurden …«

Maya sagte nichts.

»Als Ihre Schwester erschossen wurde, waren Sie im Nahen Osten stationiert, ist das richtig?«

»Camp Arifjan«, sagte sie. »In Kuwait.«

»Ich weiß.«

»Was?«

»Wir haben das überprüft. Um sicherzugehen.«

»Um sicherzu …?« Sie hätte fast gelächelt. »Ach, Sie meinen, um sicherzugehen, dass ich mich nicht irgendwie nach Hause geschlichen und meine Schwester erschossen habe, dann wieder nach Kuwait zurückgekehrt bin, und … Moment … vier Monate gewartet und dann meinen Mann umgebracht habe?«

Kierce antwortete nicht. Musste er auch nicht. »Haben wir alles überprüft. Ihr Alibi ist wasserdicht.«

»Super«, sagte sie.

Wieder dachte Maya an Joes Anruf. Die Tränen. Der Schock. Der Anruf. Der verdammte Anruf hatte Mayas Leben komplett über den Haufen geworfen. Danach war nichts mehr so gewesen wie vorher. Wirklich faszinierend, wenn man darüber nachdachte. Man flog um die halbe Welt in irgendein Höllenloch, um gegen einen durchgeknallten Feind zu kämpfen. Man sollte meinen, dass dort die Gefahr läge, dass die wahre Bedrohung von dem bewaffneten Gegner dort ausginge. Man sollte meinen, wenn dein Leben den Bach runterginge, wäre eine Panzerfaust, ein Sprengsatz oder ein Fanatiker mit einer Kalaschnikow daran schuld.

Aber nein. Der Feind hatte – wie es der Feind eben tat – dort zugeschlagen, wo sie am wenigsten darauf vorbereitet gewesen war: zu Hause, in den guten alten USA.

»Maya?«

»Ich hör zu.«

»Die Ermittler, die die Ermordung Ihrer Schwester untersucht haben, glaubten, dass es sich um einen Einbruch handelte. Sie wurde … kennen Sie die Einzelheiten?«

»Zumindest die meisten.«

»Tut mir leid.«

»Ich habe Sie gebeten, mich nicht wie ein Kind zu behandeln.«

»Tu ich nicht. Ich versuche nur, mich menschlich zu verhalten. Was ihr angetan wurde …«

Maya zog ihr Handy heraus und schaltete die App ein. Sie wollte das Gesicht ihrer Tochter sehen. Sie brauchte etwas, woran sie sich festhalten konnte. Doch dann bremste sie sich. Nein. Nicht jetzt. Zieh Lily da nicht mit rein. Sie sollte nichts, aber auch gar nichts mit dieser Sache zu tun haben. Nicht einmal auf diese Art.

»Nach dem Mord hat die Polizei sich auch Claires Mann näher angesehen, Ihren Schwager …« Er fing an, in den Papieren zu blättern.

»Eddie.«

»Genau. Edward Walker.«

»Er würde so etwas nicht tun. Er hat sie geliebt.«

»Na ja, die Ermittlungen gegen ihn wurden eingestellt«, sagte Kierce. »Aber jetzt müssen wir uns sein Privatleben doch noch mal genauer ansehen. Wir müssen alles noch einmal neu aufrollen.«

Jetzt verstand Maya. Sie lächelte, aber ohne Fröhlichkeit oder Wärme. »Seit wann, Detective?«

Er sah sie nicht an. »Wie bitte?«

»Seit wann kennen Sie das Ergebnis des ballistischen Tests?« Kierce las weiter in der Akte.

»Sie wissen das schon eine Weile, stimmt's? Dass Joe und Claire mit derselben Waffe erschossen wurden.«

»Wie kommen Sie darauf?«

»Als Sie bei mir waren, um meinen Smith and Wesson zu untersuchen, wollten Sie sich vergewissern, dass es sich nicht um die Mordwaffe handelt –die Waffe, mit der beide Morde begangen wurden.«

»Das hat nichts zu bedeuten.«

»Nein, aber Sie sagten, Sie könnten mehr oder weniger beweisen, dass ich nicht geschossen habe. Erinnern Sie sich?«

Er antwortete nicht.

»Sie wussten bereits, dass ich ein perfektes Alibi habe. Sie wussten, dass meine Schwester mit derselben Waffe erschossen wurde wie mein Mann. Und Sie wussten, dass ich bei Claires Ermordung im Nahen Osten war. Die ganze Geschichte mit dem Überfall und den Männern mit den Sturmhauben hätte ich dennoch erfinden können. Aber dann haben Sie auch die beiden Männer gefunden. Und nachdem Sie das Ergebnis des ballistischen Tests hatten, brauchten Sie sich nur noch beim Militär nach meinem Aufenthaltsort zu erkundigen. Das haben Sie getan. Ich weiß, wie lange das dauert. Das lässt sich nicht mit einem kurzen Anruf erledigen. Also, seit wann kennen Sie das Ergebnis des ballistischen Tests?«

Er sprach leise. »Seit der Beerdigung.«

»Aha. Und wann haben Sie Emilio Rodrigo und Fred Katen gefunden und die Bestätigung erhalten, dass ich in Kuwait war?«

»Gestern, am späten Abend.«

Maya nickte – genau wie sie erwartet hatte.

»Ach, kommen Sie, Maya, tun Sie nicht so naiv. Wie ich schon sagte, haben wir uns nach der Ermordung Ihrer Schwester Ihren Schwager näher angesehen. Das ist einer der wenigen Bereiche, in denen es keinen Sexismus gibt. Sie sind die Ehefrau. Sie waren allein mit ihm im Park. Wenn Sie an meiner Stelle wären, wer wäre dann Ihr Hauptverdächtiger?«

»Vor allem«, ergänzte Maya, »wenn diese Ehefrau beim Militär war und in Ihren Augen eine Waffennärrin ist.«

Er versuchte gar nicht erst, sich zu verteidigen. Aber das war auch gar nicht nötig. Er hatte recht. Der Ehepartner gehörte immer zu den Hauptverdächtigen.

»Das hätten wir also aus dem Weg geräumt«, sagte Maya. »Und was machen wir jetzt?«

»Wir suchen nach Verbindungen«, sagte Kierce. »Verbindungen zwischen Ihrer Schwester und Ihrem Mann.«

»Die erste und wichtigste wäre dann wohl ich.«

»Ja. Aber es gibt noch weitere.«

Maya nickte. »Sie haben zusammengearbeitet.«

»Genau. Joe hat Ihre Schwester in seiner Wertpapierfirma eingestellt. Warum?«

»Weil Claire clever war.« Schon ihren Namen auszusprechen tat weh. »Weil Joe wusste, dass sie eine hart arbeitende, zuverlässige und vertrauenswürdige Person war.«

»Und weil Claire zur Familie gehörte?«

Maya überlegte. »Ja, aber nicht im Sinne von Vetternwirtschaft.«

»In welchem Sinne dann?«

»Die Burketts sind eine große Familie – ein Klan.«

»Sie vertrauen Außenseitern nicht?«

»Sie *wollen* Außenseitern nicht vertrauen.«

»Okay, verstanden«, sagte Kierce, »aber wenn ich Tag für Tag mit meiner Schwägerin zusammenarbeiten müsste ... igitt. Verstehen Sie, was ich meine?«

»Ja.«

»Natürlich ist meine Schwägerin eine olympiareife Nervensäge erster Klasse. Ich bin sicher, dass Ihre Schwester ...« Er fing sich wieder und räusperte sich. »Sie haben also zusammengearbeitet, Joe und Claire – sind dabei Spannungen aufgetreten?«

»Darüber hatte ich mir auch Sorgen gemacht«, sagte Maya. »Mein Onkel hatte eine Firma. Sehr erfolgreich. Aber irgendwann wollten andere Verwandte mitarbeiten. Er hat es ihnen erlaubt, worauf das Ganze den Bach runtergegangen ist. Familie und Geld ist nie eine gute Mischung. Irgendwo kommen da immer Neid und Missgunst auf.«

»Und bei den beiden nicht?«

»Ganz im Gegenteil. Claire und Joe hatten eine spannende neue Verbindung geschaffen. Arbeit. Die beiden sprachen die ganze Zeit nur übers Geschäft. Sie rief ihn an, wenn sie neue Ideen hatte. Und er schickte ihr eine SMS, wenn ihm etwas einfiel, das am nächsten Tag erledigt werden musste.« Sie zuckte die Achseln. »Allerdings …?«

»Allerdings?«

Maya sah ihn an. »Ich war nur selten da.«

»Sie waren im Ausland stationiert.«

»Ja.«

»Trotzdem«, sagte Kierce, »passt das alles ganz und gar nicht zusammen. Was könnte irgendjemanden dazu bringen, Claire zu töten, die Mordwaffe vier Monate lang aufzubewahren, um sie dann diesem Katen zu geben, damit er Joe umbringt?«

»Kierce, haben Sie einen Moment?« Ein anderer Polizist aus dem Revier blieb auf der anderen Seite das Raums stehen und winkte Kierce zu sich heran.

»Entschuldigen Sie mich kurz.«

Kierce ging zu dem Polizisten, einem jungen Mann, hinüber. Die beiden steckten die Köpfe zusammen und sprachen flüsternd miteinander. Maya beobachtete sie. Ihr schwirrte immer noch der Kopf, ihre Gedanken kehrten immer wieder zu einer Angelegenheit zurück, die Kierce nicht die geringsten Sorgen zu machen schien.

Das Nanny-Cam-Video. Kein Wunder, dachte sie. Schließlich hatte er es nicht gesehen. Er konzentrierte sich ganz auf die Fakten, und obwohl er ihre Schilderung nicht einfach als das wirre Gefasel einer paranoiden Irren abgetan hatte, hielt er sie vermutlich für das Produkt einer überreizten Fantasie oder etwas Ähnliches. Und wenn sie ganz ehrlich war, konnte auch Maya selbst diese Möglichkeit nicht ganz außer Acht lassen.

Kierce beendete seine Unterhaltung und kam zu ihr zurück. »Was gibt's?«

Er nahm sein Jackett und warf es sich über die Schulter wie

Frank Sinatra im Sands Casino. »Ich fahr Sie nach Hause«, sagte er. »Wir können unser Gespräch unterwegs zu Ende führen.«

•

Nachdem sie zehn Minuten gefahren waren, sagte Kierce: »Sie haben gesehen, dass ich mich eben mit einem Kollegen unterhalten habe?«

»Ja.«

»Dabei ging es um Ihre, äh, Situation.« Er blickte auf die Straße. »Ich meine, um das, was Sie von der Nanny-Cam, dem Pfefferspray und dem ganzen Drumherum erzählt haben.«

Also hatte er es doch nicht vergessen. »Was ist damit?«

»Tja, also das, was Sie über den Inhalt gesagt haben, werde ich erst einmal ignorieren, okay? Bis ich es sehe und wir beide das Video analysieren können, besteht kein Grund, Ihre Darstellung zu diskreditieren oder, ähm … zu bestätigen, was sich auf diesem, ähm … Medium befindet … Was war es noch? Ein USB-Stick?«

»Eine SD-Karte.«

»Richtig, eine SD-Karte. Es gibt zurzeit keinen Grund, sich mit solch abstrakten Dingen zu beschäftigen. Das heißt aber keineswegs, dass wir nichts tun können.«

»Ich kann Ihnen nicht folgen.«

»Sie wurden angegriffen. Das ist eine Tatsache. Um es genau zu sagen: Sie haben offensichtlich Pfefferspray oder etwas Ähnliches abbekommen. Ihre Augen sind immer noch gerötet. Ich sehe, dass Sie noch mit ein paar Nachwirkungen kämpfen. Also, ganz egal, was wir sonst glauben, Ihnen ist eindeutig etwas zugestoßen.«

Er drehte sich zu ihr um und sah sie kurz an.

»Sie sagten, die Angreiferin sei Ihr Kindermädchen Isabella gewesen?«

»Genau.«

»Ich habe einen meiner Männer zu ihr nach Hause geschickt. Sie wissen schon. Um die Stichhaltigkeit Ihrer Einlassung zu prüfen.«

Ihrer Einlassung. Hübsche Wortwahl. »Und? Hat Ihr Mann sie gefunden?«

Kierce blickte immer noch auf die Straße. »Ich möchte Ihnen erst eine Frage stellen.«

Diese Antwort gefiel ihr nicht. »Okay?«

»Während dieser Auseinandersetzung«, begann Kierce und sprach jetzt sehr deutlich, »haben Sie da gedroht, Isabella Mendez zu erwürgen?«

»Hat sie Ihnen das erzählt?«

»Es ist eine ganz einfache Frage.«

»Nein, das habe ich nicht.«

»Sie haben sie nicht angerührt?«

»Ich könnte sie angerührt haben, aber ...«

»Könnte?«

»Ach, kommen Sie, Detective. Ich mag sie berührt haben, um ihre volle Aufmerksamkeit zu bekommen. So wie Frauen das manchmal machen.«

»Frauen.« Er lächelte fast. »Jetzt spielen Sie also die Frauen-Karte.«

»Ich habe ihr nicht wehgetan oder so was.«

»Haben Sie sie festgehalten?«

Maya merkte, worauf das hinauslief. »Ihr Mann hat sie also gefunden.«

»Das hat er.«

»Und sie hat dann behauptet, es wäre Selbstverteidigung gewesen, als sie mir das Pfefferspray ins Gesicht gesprüht hat?«

»So in etwa. Sie sagte, Sie hätten sich irrational verhalten.«

»Inwiefern?«

»Sie sagte, Sie hätten wirres Zeug geredet und meinten, Joe in einem Video gesehen zu haben.«

Maya überlegte, wie sie das angehen sollte. »Und was noch?«

»Sie sagte, Sie hätten ihr Angst gemacht. Dann hätten Sie sie in bedrohlicher Weise am Hemdkragen gepackt, nah an der Kehle.«

»Verstehe.«

»Sagt sie die Wahrheit?«

»Hat sie erwähnt, dass ich ihr das Video vorgespielt habe?«

»Ja.«

»Und?«

»Sie sagt, der Bildschirm wäre leer gewesen.«

»Wow«, sagte Maya.

»Sie sagte, sie hätte befürchtet, dass Sie an Wahnvorstellungen leiden. Sie wären beim Militär gewesen und würden häufig eine Waffe tragen. Sie sagte, wenn man all das berücksichtigte – Ihren Background, das wirre Gerede, die Wahnvorstellungen, Ihre Tätlichkeit …«

»Tätlichkeit?«

»Sie haben selbst zugegeben, Maya, dass Sie sie angefasst haben.«

Sie runzelte die Stirn, blieb aber ruhig.

»Isabella sagte, sie hätte sich bedroht gefühlt, daher hätte sie das Pfefferspray eingesetzt und die Flucht ergriffen.«

»Hat Ihr Mann auch nach der fehlenden SD-Karte gefragt?«

»Das hat er.«

»Lassen Sie mich raten. Sie hat sie nicht genommen und weiß nichts darüber.«

»Volltreffer«, sagte Kierce. Er setzte den Blinker. »Wollen Sie sie immer noch anzeigen?« Maya wusste, was dabei herauskommen würde. Eine Waffennärrin mit zweifelhafter Vergangenheit beim Militär schreit, dass sie auf einem Video ihren ermordeten Ehemann gesehen hat, der mit ihrer Tochter spielt, um dann das Kindermädchen am Schlafittchen zu packen und sie hinterher zu beschuldigen, leichtfertig Pfefferspray eingesetzt und – richtig – das Video, auf dem ihr toter Ehemann zu sehen ist, gestohlen zu haben.

Ja, wirklich überzeugend.

»Erst mal nicht«, sagte Maya.

Kierce setzte Maya an ihrem Haus ab. Er versprach, sich zu melden, sobald es etwas Neues gab. Maya bedankte sich. Sie überlegte, ob sie Lily aus dem Kindergarten abholen sollte, aber ein kurzer Blick auf ihre neue Handy-App sagte ihr, dass dort Märchenstunde war. Und selbst aus dem eigenartigen Blickwinkel der Kamera sah sie, dass Lily gebannt zuhörte. Das Abholen hatte also noch Zeit. Dutzende SMS und E-Mails waren auf ihrem Handy eingetroffen, alle von Joes Familie. O verdammt, sie hatte die Testamentseröffnung verpasst. Eigentlich interessierte sie das Testament nicht sonderlich, aber Joes Familie musste stocksauer sein. Sie nahm das Handy und rief Joes Mutter an.

Judith meldete sich nach dem ersten Klingeln. »Maya?«

»Es tut mir leid.«

»Alles okay bei dir?«

»Mir geht's gut«, sagte Maya.

»Und Lily?«

»Auch. Mir ist etwas dazwischengekommen. Ich wollte euch nicht beunruhigen.«

»Dir ist etwas dazwischengekommen, das wichtiger ist als …«

»Die Polizei hat die Schützen gefunden«, unterbrach Maya sie. »Ich musste sie identifizieren.«

Maya hörte, wie Judith nach Luft schnappte. »Konntest du das?«

»Ja.«

»Dann sind sie jetzt im Gefängnis? Und das Ganze ist vorbei?«

»Nein, es ist komplizierter«, sagte Maya. »Im Moment haben sie noch nicht genug in der Hand, um sie zu verhaften.«

»Das verstehe ich nicht.«

»Sie haben Sturmhauben getragen, daher konnte ich ihre Gesichter nicht sehen. Der Körperbau und die Kleidung reichen nicht aus.«

»Dann … dann haben sie sie einfach wieder laufen lassen? Die beiden Männer, die meinen Sohn umgebracht haben, laufen frei auf der Straße herum?«

»Einer sitzt wegen unerlaubten Waffenbesitzes. Wie schon gesagt, es ist kompliziert.«

»Vielleicht können wir darüber reden, wenn du morgen Vormittag vorbeikommst. Heather Howell hielt es für besser, mit der Testamentseröffnung zu warten, bis alle Parteien anwesend sind.«

Heather Howell war die Familienanwältin. Maya verabschiedete sich, legte auf und starrte in ihre Küche. Alles war neu und gepflegt, und, Herrgott, sie vermisste den alten Resopal-Küchentisch aus Brooklyn.

Was zum Teufel machte sie in diesem Haus? Sie hatte nie wirklich hierhergehört.

Sie ging hinüber zum Nanny-Cam-Bilderrahmen. Vielleicht steckte die SD-Karte doch noch drin. Maya hatte keine Ahnung, wie das möglich sein sollte, war aber für so ziemlich jede Lösung offen. Hatte sie wirklich Joe gesehen? Nein. Könnte er irgendwie noch am Leben sein? Nein. Hatte sie sich das alles nur eingebildet?

Nein.

Ihr Vater war ein großer Krimi-Fan gewesen. Er hatte Claire und Maya am Resopal-Küchentisch Romane von Sir Arthur Conan Doyle vorgelesen. Wie hatte Sherlock Holmes es formuliert: »Wenn man das Unmögliche ausgeschlossen hat, muss das, was übrig bleibt, die Wahrheit sein, so unwahrscheinlich sie auch klingen mag.«

Maya nahm den Bilderrahmen in die Hand und betrachtete die Rückseite.

Keine SD-Karte.

Wenn man das Unmögliche ausgeschlossen hat …

Die SD-Karte war weg. Also hatte Isabella sie mitgenommen. Also hatte Isabella gelogen. Isabella hatte das Pfefferspray eingesetzt, um Maya außer Gefecht zu setzen, sodass sie die SD-Karte mitnehmen konnte. Isabella war irgendwie daran beteiligt.

Aber woran war sie beteiligt?

Eins nach dem anderen.

Maya wollte den Bilderrahmen wieder ins Regal stellen, ließ es dann aber sein. Sie starrte ihn an, sah die digitalen Fotos, die Eileen für sie geladen hatte, vorbeiziehen, als ihr ein früherer Gedanke erneut durch den Kopf schoss.

Wieso hatte Eileen ihr die Nanny-Cam überhaupt geschenkt?

Eileen hatte es ihr erklärt: Maya war jetzt allein. Und Lily wurde von einem Kindermädchen betreut. Es war sinnvoll, eine Nanny-Cam zu haben. Man sollte lieber auf Nummer sicher gehen. Und das stimmte ja auch alles, oder?

Maya starrte den Bilderrahmen immer noch an. Wenn man ganz genau hinsah, erkannte man die kleine Kameralinse, die oben in den schwarzen Rahmen eingebaut war. Schon seltsam, wenn man darüber nachdachte: Natürlich bedeutete die Nanny-Cam ein Stück mehr Sicherheit, aber wenn man eine Kamera ins Haus ließ …

Holte man sich dann womöglich auch jemand anders mit ins Haus? Wurde man vielleicht sogar beobachtet?

Okay, immer schön langsam. Jetzt werd mal nicht gleich paranoid. Ihr war auch klar, dass die meisten Geräte dieser Art heutzutage so konstruiert waren, dass man jemanden damit auch live beobachten konnte. Das bedeutete nicht, dass das jemand tat, aber die Möglichkeit war gegeben. Der Hersteller könnte eine Hintertür eingebaut haben, sodass man jeden ihrer Schritte genauso verfolgen konnte wie Maya über ihre App Lily im Kindergarten.

Heilige Scheiße. Warum hatte sie sich so ein Ding ins Haus geholt?

Wieder hatte sie Eileens Stimme im Ohr.

»Und du vertraust ihr?«

Und dann:

»Du vertraust niemandem, Maya …«

Aber das stimmte nicht. Sie vertraute Shane. Sie hatte Claire vertraut. Und Eileen?

Sie hatte Eileen über Claire kennengelernt. Maya war in ihrem letzten Jahr auf der Highschool, als Claire, die ein Jahr älter war, auf dem Vassar College angefangen hatte. Maya hatte Claire zum College gefahren und ihr beim Auspacken geholfen. Eileen war Claire als Zimmergenossin zugeteilt worden. Maya erinnerte sich noch, wie cool sie Eileen damals fand. Sie war hübsch, witzig und konnte fluchen wie ein Seemann. Sie war laut, vergnügt und wild. Wenn Claire sie während der Semesterferien nach Brooklyn mitgebracht hatte, hatte Eileen stundenlang mit Dad diskutiert und mehr ausgeteilt als eingesteckt.

Maya hatte Eileen für eine knallharte Powerfrau gehalten. Aber das Leben veränderte die Menschen. Es stutzte diese überlebensgroßen Frauen zurecht. Sie wurden mit der Zeit ruhiger. Diese clevere, freche Mitschülerin aus der Highschool, wo ist sie hin? Bei Männern passierte das nicht so häufig. Solche Jungs gingen oft an die Wall Street, wurden zu *Masters of the Universe*. Und die supererfolgreichen Studentinnen? Viele schienen einen langsamen gesellschaftlichen Erstickungstod zu sterben.

Warum also hatte Eileen Maya die Nanny-Cam gegeben?

Das Nachdenken brachte sie nicht weiter. Es war an der Zeit, sie zur Rede zu stellen und herauszubekommen, was zum Teufel hier los war. Maya ging in den Keller. Sie öffnete den Tresor mit ihrem Zeigefinger. Die Beretta M9 lag direkt vor ihr, aber sie nahm die Glock 26. Die war kleiner. Ließ sich besser verstecken.

Sie rechnete nicht damit, eine Waffe zu brauchen, aber damit rechnete ja eigentlich nie jemand.

NEUN

Als Maya vorfuhr, arbeitete Eileen im Vorgarten in ihrem Rosenbeet. Eileen winkte. Maya winkte zurück und schaltete den Motor aus.

Maya hatte nie viele Freundinnen gehabt.

Maya und Claire waren in Greenpoint, Brooklyn, im Erdgeschoss eines zweistöckigen Hauses aufgewachsen. Ihr Vater war College-Professor an der New York University. Ihre Mutter hatte sechs Jahre als Strafverteidigerin gearbeitet, dann aber gekündigt, um sich um ihre Kinder zu kümmern. Ihre Eltern waren weder Pazifisten noch Sozialisten oder so etwas, gehörten aber auf jeden Fall eher dem linken Spektrum an. Sie schickten ihre Töchter ins Sommerlager der Brandeis University. Sie ließen sie Blasinstrumente lernen und die Klassiker lesen. Sie unterrichteten sie in Religion, betonten dabei aber immer, dass es dabei um Allegorien und Mythen ging, nicht um Tatsachen. Sie besaßen keine Schusswaffen. Sie gingen weder jagen noch angeln und waren auch sonst alles andere als Frischluftfanatiker.

Maya hatte sich schon in jungen Jahren zu dem Gedanken hingezogen gefühlt, Flugzeuge zu fliegen. Niemand wusste, wie sie darauf gekommen war. Keiner aus der Familie flog oder hatte Interesse am Fliegen, an Mechanik oder überhaupt irgendetwas in diesem Bereich gezeigt. Ihre Eltern waren davon ausgegangen, dass es sich bei Mayas Leidenschaft um eine Phase handelte, die vorübergehen würde. Das tat sie nicht. Die

Entscheidung, sich für das Elite-Pilotenprogramm der Army zu bewerben, wurde von ihren Eltern weder verurteilt noch gutgeheißen. Sie schienen sie allerdings nicht zu verstehen.

In der Grundausbildung hatte sie eine Beretta M9 bekommen, und sosehr die Leute auch nach allen möglichen komplizierten psychologischen Gründen dafür suchten, war es einfach so, dass Maya gerne mit der Pistole schoss. Ja, sie hatte begriffen, dass Waffen töten konnten, ihr destruktives Wesen erkannt und sah auch, dass sie für viele Leute, vor allem Männer, eine gefährliche und dumme Kompensation für körperliche Unzulänglichkeiten darstellten. Ihr war bewusst, dass manche Menschen Waffen trugen, weil sie sich dann stark fühlten, dass dies bei einigen Menschen krankhafte Züge annahm und dass das ziemlich übel enden konnte. Sie selbst schoss jedoch einfach nur gerne. Sie konnte es einfach gut und fühlte sich davon angezogen. Wieso? Wer zum Henker sollte das wissen? Aus dem gleichen Grund, aus dem manche Leute sich vom Basketball oder vom Schwimmen angezogen fühlten, Antiquitäten sammelten oder Fallschirm sprangen, vermutete sie.

Eileen stand auf und klopfte sich die Erde von den Knien. Sie lächelte und ging auf Maya zu. Maya stieg aus dem Wagen.

»Hey«, sagte Eileen.

»Warum hast du mir die Nanny-Cam geschenkt?« Sie kam direkt zur Sache.

Eileen blieb wie angewurzelt stehen. »Wieso? Was ist passiert?«

Maya suchte nach der temperamentvollen Studentin. Gelegentlich entdeckte sie ein paar Anzeichen dafür, dass sie noch vorhanden war. Sie war dabei, sich zu erholen, aber die Zeit verging, und die Wunden verheilten nicht vollständig. Eileen war so klug, zäh und geistreich gewesen – zumindest hatte es so ausgesehen –, und dann hatte sie den falschen Mann kennengelernt. So einfach war das.

Robby war anfangs total in sie vernarrt gewesen. Er schmeichelte Eileen und gab mit ihr an. Er war stolz auf sie, erzählte allen Leuten, wie klug sie war. Doch dann wurde er zu stolz auf sie, ein Stolz, der sich auf dem schmalen Grat zwischen Liebe und Manie bewegte. Claire war besorgt, doch Maya sah die blauen Flecken zuerst. Eileen hatte angefangen, langärmlige Kleidung zu tragen. Anfangs unternahm aber keine der Schwestern etwas, einfach weil sie es nicht wahrhaben wollten. Maya hatte angenommen, dass man den Opfern häuslicher Gewalt … die Opferrolle ansah. Dass schwache Frauen in solche Situationen gerieten. Einsame oder ungebildete Frauen, Frauen ohne Rückgrat – das waren diejenigen, die sich von Männern misshandeln ließen.

Starke Frauen wie Eileen? Niemals.

»Antworte einfach auf meine Frage«, sagte Maya. »Warum hast du mir die Nanny-Cam geschenkt?«

»Was glaubst du?«, entgegnete Eileen. »Du bist eine Witwe mit einer kleinen Tochter.«

»Zum Schutz.«

»Verstehst du das wirklich nicht?«

»Wo hast du ihn gekauft?«

»Was?«

»Den digitalen Bilderrahmen mit der versteckten Kamera. Wo hast du ihn gekauft?«

»Im Internet.«

»In welchem Shop?«

»Das ist jetzt ein Witz, oder?«

Maya sah sie nur an.

»Pff, okay, ich hab sie bei Amazon gekauft. Was ist los, Maya?«

»Zeig's mir.«

»Ist das dein Ernst?«

»Wenn du sie im Internet gekauft hast, steht sie in der Liste deiner Bestellungen. Zeig es mir.«

»Ich versteh nicht, was das soll. Was ist passiert?«

Maya hatte Eileen immer bewundert. Ihre Schwester war manchmal etwas sehr brav gewesen. Eileen war wilder. In Eileens Nähe hatte sie sich wohl gefühlt. Sie war von Eileen begeistert gewesen.

Aber das war lange her.

Eileen zog ihre Gartenhandschuhe aus und warf sie auf den Boden. »Wenn's sein muss.«

Sie ging zur Tür. Maya folgte ihr. Als sie sie einholte, sah Maya, dass ihre Miene starr war.

»Eileen …«

»In dem anderen Punkt hattest du recht.«

»In welchem Punkt?«

Tränen standen ihr in den Augen. »Robby. So bin ich ihn endgültig losgeworden.«

»Das versteh ich nicht.« Eileens Haus stammte aus den 60er-Jahren und hatte Stockwerke mit verschiedenen Wohnebenen. Sie standen im Wohnzimmer. An einer Wand hingen Fotos von Kyle und Missy. Kein Bild von Eileen. Kein Bild von Robby. Mayas Blick wurde jedoch vom Poster an einer anderen Wand angezogen. Claire hatte das gleiche in ihrem Wohnzimmer gehabt. Das Poster zeigte in vier Schwarz-Weiß-Fotos von links nach rechts die Bauphasen des Eiffelturms. Eileen und Claire hatten die Poster auf einer gemeinsamen Rucksackreise ihrer Dreier-Clique gekauft. Sie waren gemeinsam nach Frankreich gereist, als Eileen und Claire zwanzig und Maya neunzehn waren.

In der ersten Woche hatten sich die Frauen jeden Abend

einen anderen Franzosen gesucht. Sie hatten mit ihnen herumgeknutscht, mehr nicht, und hinterher die ganze Nacht kichernd davon gesprochen, wie niedlich François, Laurent oder Pascal waren. Nach einer Woche hatte Claire Jean-Pierre kennengelernt, und eine perfekte Sommerromanze hatte ihren Lauf genommen – intensiv, leidenschaftlich, romantisch und in aller Öffentlichkeit zur Schau gestellt (was bei Maya und Eileen einen leichten Brechreiz ausgelöst hatte) –, die bedauerlicherweise zwangsläufig zu einem vorzeitigen Tod innerhalb von sechs Wochen verurteilt gewesen war.

Am Ende ihres Aufenthalts hatte Claire einen flüchtigen Augenblick lang tatsächlich mit dem Gedanken gespielt, nicht zu ihrem letzten College-Jahr nach Vasser zurückzukehren. Sie war verliebt. Jean-Pierre war verliebt. Er hatte sie angefleht zu bleiben. Er sei ein »romantischer Realist«, hatte er behauptet, daher wisse er, wie die Chancen stünden, er wisse aber auch, dass sie es schaffen könnten. Er liebe sie.

»Bitte, Claire, ich weiß, dass wir es schaffen können.«

Claire war einfach zu pragmatisch. Sie brach sein und ihr eigenes Herz. Sie war mit ihnen nach Hause gefahren, hatte geweint, und dann hatte sie ihr normales Leben wie geplant fortgesetzt.

Wo, fragte Maya sich, war Jean-Pierre jetzt? War er verheiratet? Glücklich? Hatte er Kinder? Dachte er noch an Claire? Hatte er übers Internet oder sonst wie erfahren, dass sie tot war? Wie hatte er auf ihren Tod reagiert? Schockiert, wütend, mit Verleugnung, deprimiert, mit einem bedauernden Achselzucken?

Maya fragte sich, was passiert wäre, wenn Claire beschlossen hätte, bei Jean-Pierre in Frankreich zu bleiben. Höchstwahrscheinlich hätte die Romanze noch ein paar Wochen, vielleicht Monate gedauert, dann wäre sie nach Hause zurückgekommen. Vielleicht hätte sie ein Semester auf dem College verpasst und ihren Abschluss mit etwas Verspätung gemacht.

Gehupft wie gesprungen.

Claire hätte in Paris bleiben müssen. Sie hätte nicht so verdammt pragmatisch sein sollen.

»Ich weiß, dass du dachtest, du hättest mir Robby endgültig vom Hals geschafft«, sagte Eileen. »Und ich bin dir auch sehr dankbar. Du hast mir damals das Leben gerettet. Das weißt du.«

Die SMS, die Eileen Maya mitten in der Nacht geschickt hatte, war einfach gewesen: Er bringt mich um. Hilf mir bitte. Maya war mit derselben Waffe wie jetzt in der Handtasche hergefahren. Robby war betrunken und tobte, nannte Eileen eine dreckige Hure und Schlimmeres. Er hatte Eileen nachspioniert und gesehen, wie sie im Fitnessstudio einem Mann zugelächelt hatte. Er bewarf Maya bei ihrer Ankunft mit Gegenständen, während er seine Frau suchte, die sich im Keller versteckt hatte.

»Du hast ihm Angst eingejagt.«

Maya war vielleicht einen Schritt zu weit gegangen, aber manchmal war das die einzige Möglichkeit.

»Aber als er mitgekriegt hat, dass du wieder im Ausland warst, ist er wieder vorbeigekommen.«

»Warum hast du nicht die Polizei gerufen?«

Eileen zuckte nur die Achseln. »Die haben mir nie geglaubt. Sie stellen zwar die richtigen Fragen und sagen die richtigen Sachen. Aber du kennst Robby. Er kann sehr charmant sein.«

Und, dachte Maya, *Eileen hat ihn nie angezeigt.* Der Teufelskreis des Missbrauchs, befeuert von einer Mischung aus Angst und grundlosem Optimismus.

»Was ist dann passiert?«

»Er ist zurückgekommen und hat mich verprügelt. Hat mir zwei Rippen gebrochen.«

Maya schloss die Augen. »Eileen.«

»Ich konnte nicht mehr mit der Angst leben. Ich habe überlegt, mir eine Pistole zu besorgen. Du weißt schon. Es wäre Selbstverteidigung gewesen, stimmt's?«

Maya sagte nichts.

»Aber wie wäre es weitergegangen? Die Cops hätten sich gefragt, warum ich mir plötzlich eine Waffe gekauft habe. Wahrscheinlich wäre ich trotzdem angeklagt worden. Und wenn nicht, was für ein Leben wäre das für Kyle und Missy gewesen? Ihre Mom hat ihren Dad umgebracht. Was meinst du, hätten sie das überhaupt begriffen?«

Ja, dachte Maya, behielt es aber für sich.

»Ich konnte nicht mehr mit der Angst leben. Also habe ich es so eingerichtet, dass er mich noch einmal verprügelte. Das war alles. Wenn ich das überstand, war ich ihn vielleicht ein für alle Mal los.«

Maya wusste, worauf das hinauslief. »Du hast ihn mit der versteckten Kamera aufgenommen.«

Sie nickte. »Ich bin mit dem Video zu meinem Anwalt gegangen. Er sagte, ich solle damit zur Polizei gehen, aber ich wollte nur, dass es vorbei ist. Also hat er mit Robbys Anwalt gesprochen, worauf Robby den Antrag auf ein gemeinsames Sorgerecht zurückgezogen hat. Er weiß, dass mein Anwalt das Video hat, und wenn er zurückkommt … Es ist nicht perfekt, aber es ist besser als vorher.«

»Warum hast du mir nichts davon gesagt?«

»Weil du nichts machen konntest. Du hast immer alle beschützt. Ich wollte dir das nicht mehr zumuten. Dir sollte es auch gut gehen.«

»Mir geht es gut.«

»Nein, Maya, das tut es nicht.«

Eileen beugte sich über den Computer. »Weißt du, dass

viele Leute der Meinung sind, dass Cops immer Kameras tragen sollten? 92 Prozent der Bevölkerung. Na ja, wieso auch nicht? Jedenfalls fragte ich mich, ob wir nicht alle immer Kameras tragen sollten. Wie würden wir uns dann verhalten? Würden wir besser miteinander umgehen? Also hab ich angefangen, darüber nachzudenken. Ich hab mir gedacht, wir sollten so viel wie möglich aufnehmen. Darum habe ich dir eine versteckte Kamera gekauft. Verstehst du?«

»Zeig mir die Bestellung, bitte.«

»Gut.« Eileen hatte ihren Widerstand aufgegeben. »Hier.«

Maya blickte auf den Monitor. Da war sie – eine Bestellung über drei digitale Bilderrahmen mit versteckten Kameras.

»Die Bestellung ist einen Monat alt.«

»Ich hatte drei Stück bestellt. Ich hab dir eine von meinen geschenkt.«

Vor einem Monat. Der Gedanke, dass Eileen etwas mit der ganzen Sache zu tun hatte – was auch immer diese »ganze Sache« genau sein mochte –, kam ihr auf einmal sehr unwahrscheinlich vor. Vor einem Monat hätte das niemand vorhersehen können. Und, ganz ehrlich, was zum Henker hätte Eileen auch vorhaben sollen?

Das ergab doch alles keinen Sinn.

»Maya?«

Sie drehte sich zu Eileen um.

»Ich werde den Teil überspringen, in dem ich beleidigt bin, weil du mir nicht vertraut hast.«

»Ich habe etwas gesehen ...«

»Ja, das dachte ich mir schon. Was?«

Maya war nicht in der Stimmung, Eileen von dem Irrsinn zu erzählen. Vielleicht hätte Eileen ihr geglaubt, vielleicht auch nicht, aber auf jeden Fall würde es lange dauern, ihr das zu erklären. Und wie hätte Eileen ihr helfen können?

»Die Polizei hat etwas Seltsames über Claires Ermordung herausbekommen.«

»Eine Spur?«

»Möglich.«

»Nach so langer Zeit?« Eileen schüttelte den Kopf. »Wow.«

»Erzähl mir, woran du dich erinnern kannst.«

»Was Claires Ermordung angeht?«

»Ja.«

Eileen zuckte die Achseln. »Es war ein Einbruch. Gelegenheitstäter, meinte die Polizei. An mehr erinnere ich mich nicht.«

»Es war kein Einbruch. Und es waren keine Gelegenheitstäter.«

»Was dann?«

»Claire wurde mit derselben Waffe umgebracht wie Joe«, sagte Maya.

Eileens Augen weiteten sich. »Aber … das kann nicht sein.«

»Doch, kann es.«

»Und das hast du mithilfe der Nanny-Cam herausgefunden?«

»Was? Nein. Die Polizei hat mit den Kugeln, die sie aus Joes Leiche entfernt haben, einen ballistischen Test durchgeführt. Dann haben sie die Ergebnisse in eine Datenbank eingegeben, um festzustellen, ob mit der Waffe schon andere Morde begangen wurden.«

»Und es war dieselbe Waffe, mit der auch Claire ermordet wurde?« Eileen sackte in sich zusammen. »Mein Gott.«

»Du musst mir helfen, Eileen.«

Eileen sah sie wie durch eine Nebelwand an. »Wenn du meinst.«

»Du musst dich erinnern.«

»Okay.«

»Hat Claire sich vor dem Mord irgendwie anders verhalten? Ist etwas Seltsames passiert? Ganz egal was.«

»Ich dachte immer, sie wäre zufällig Opfer eines Verbrechens geworden.« Eileen war immer noch perplex. »Weil sie irgendwelche Einbrecher auf frischer Tat ertappt hat.«

»Das stimmt nicht. Das wissen wir jetzt. Du musst dich konzentrieren, Eileen, okay? Claire ist tot. Joe ist tot. Beide wurden mit derselben Waffe ermordet. Vielleicht waren sie beide in irgendetwas verwickelt …«

»In etwas verwickelt? Claire?«

»Nichts Schlimmes. Aber irgendetwas lief da. Etwas, das beide verband. Denk nach, Eileen. Du kanntest Claire besser als jeder andere.«

Eileen senkte den Kopf.

»Eileen?«

»Ich hab nicht gedacht, dass es irgendetwas damit zu tun hat …«

Ein Ruck ging durch Maya hindurch. Sie versuchte, ganz ruhig zu bleiben. »Erzähl.«

»Claire war … nicht eigenartig oder so etwas, aber … da war etwas.«

Maya nickte, versuchte, Eileen zum Weitersprechen zu ermutigen.

»Wir waren zum Mittagessen im *Baumgart's*. Das war ein oder zwei Wochen vor ihrer Ermordung. Ihr Handy klingelte. Sie ist kreidebleich geworden. Normalerweise ist sie einfach ans Telefon gegangen, wenn ich mit ihr unterwegs war. Wir hatten eigentlich keine Geheimnisse voreinander, wie du weißt.«

»Erzähl weiter.«

»Aber damals hat Claire sich ihr Handy geschnappt und ist rausgestürmt. Ich hab durchs Fenster gesehen, wie aufgeregt sie war. Das Telefonat hat vielleicht fünf Minuten gedauert, dann ist sie wieder reingekommen.«

»Hat sie dir erzählt, wer angerufen hat?«

»Nein.«

»Hast du sie gefragt?«

»Ja. Sie sagte, es wäre nichts…«

»Höre ich da ein ›aber‹?«

»Aber das stimmte ganz offensichtlich nicht.« Eileen schüttelte den Kopf. »Wieso habe ich sie nicht überredet, mir mehr zu erzählen? Wieso habe ich bloß…? Jedenfalls war sie danach beim Mittagessen extrem fahrig. Ich habe noch ein paarmal versucht, das Thema zur Sprache zu bringen, aber sie ist einfach nicht darauf eingegangen. Herrgott. Ich hätte hartnäckiger nachfragen müssen.«

»Ich glaube nicht, dass du viel mehr hättest tun können.« Maya überlegte. »Die Polizei wird sich ihre Verbindungsdaten angesehen haben. Die müssen wissen, wer da angerufen hat.«

»Das ist es ja.«

»Was?«

»Das Handy.«

»Was ist damit?«

»Es war nicht ihrs.«

Maya beugte sich vor. »Wie bitte?«

»Ihr Handy, das mit der Hülle mit den Kinderfotos drauf, lag noch auf dem Tisch«, sagte Eileen. »Claire hatte ein zweites Handy dabei.«

ZEHN

Die Bediensteten der Burketts wohnten in einem Komplex von kleinen Häusern am Rand von Farnwood Estate, gleich links an der Lieferantenzufahrt. Die Häuser waren einstöckig und erinnerten Maya an Kasernen. Das größte gehörte den Mendez', Isabellas Familie. Rosa, Isabellas Mutter, arbeitete noch im Haupthaus, wobei Maya nicht genau hätte sagen können, was sie dort tat, seit sämtliche Kinder erwachsen waren.

Maya klopfte an Isabellas Tür. Es war nichts zu hören, aber die Mendez' waren auch hart arbeitende Menschen. Sie hatten irre lange Dienstzeiten. Maya war keineswegs Sozialistin, sie fand es aber dennoch absurd, dass sich die Burketts unentwegt über die Bediensteten und die arbeitende Bevölkerung beklagten und gleichzeitig ernsthaft daran glaubten, dass Leistung in diesem Lande belohnt wurde. Dabei waren ihnen Wohlstand und Ansehen einfach zugefallen, weil zwei Generationen zuvor ein Großvater eine Möglichkeit entdeckt hatte, die Immobiliengesetze für die eigenen Zwecke auszunutzen. Die meisten Burketts hätten die Arbeitszeiten ihrer Bediensteten nicht einmal eine Woche durchgestanden.

Hector fuhr in seinem Dodge Ram Pickup vor. Er hielt in sicherem Abstand und stieg aus.

»Mrs Burkett?« Er wirkte verängstigt.

»Wo ist Isabella?«

»Sie sollten lieber gehen.«

Maya schüttelte den Kopf. »Erst wenn ich mit Isabella gesprochen habe.«

»Sie ist nicht da.«

»Wo ist sie?«

»Sie ist weggefahren.«

»Wohin?«

Hector schüttelte den Kopf.

»Ich will mich nur entschuldigen«, sagte Maya. »Das Ganze war ein Missverständnis.«

»Ich sag's ihr.« Er trat von einem Fuß auf den anderen. »Ich glaube, Sie sollten jetzt lieber gehen.«

»Wo ist sie, Hector?«

»Ich werde es Ihnen nicht sagen. Sie haben ihr wirklich Angst gemacht.«

»Ich muss mit ihr reden. Sie können ja dabeibleiben und aufpassen, dass ihr nichts passiert, oder so.«

Hinter ihr sagte eine Stimme: »Das kommt nicht infrage.«

Maya drehte sich um und sah Isabellas Mutter vor dem Haus stehen. Sie musterte Maya mit einem verächtlichen Blick und sagte. »Verschwinden Sie.«

»Nein.«

Sie sah ihren Sohn an. »Komm rein, Hector.«

Hector ging im großen Bogen um Maya ins Haus. Isabellas Mutter warf Maya noch einen finsteren Blick zu, dann schloss sie die Tür, sodass Maya allein draußen stand.

Damit hätte sie rechnen müssen.

Rückzug, dachte Maya. *Überleg, wie du weiter vorgehst.*

Ihr Handy surrte. Sie sah aufs Display. Shane.

»Hey«, meldete sie sich.

»Ich habe das Kennzeichen für dich überprüft«, sagte Shane ohne Vorrede. »Dein Buick Verano wurde von einer Firma namens WTC Limited geleast.«

WTC. Das sagte ihr nichts. »Hast du eine Ahnung, wofür das steht?«

»Nein. Unter der Adresse erreicht man einen Briefkasten in Houston, Texas. Sieht aus wie eine Holdinggesellschaft.«

»Also etwas, das man nutzt, wenn man nicht erkannt werden will?«

»Ja. Um mehr zu erfahren, bräuchte ich einen Gerichtsbeschluss. Und um den zu bekommen, bräuchte ich einen plausiblen Grund dafür, dass man sich den Laden mal genauer ansehen sollte.«

»Vergiss es einfach«, sagte sie.

»Wenn du meinst.«

»Ist nicht weiter wichtig.«

»Belüg mich nicht, Maya. Ich hasse das.«

Sie antwortete nicht.

»Wenn du bereit bist, mir alles zu erzählen, ruf mich an.«

Shane legte auf.

Eddie hatte die Schlösser nicht ausgetauscht.

Maya war nicht mehr bei Claires Haus gewesen – ja, für sie war es weiterhin Claires Haus –, seit sie Coach Phil die Shorts heruntergezogen hatte. In der Einfahrt stand kein Wagen. Auf ihr Klopfen reagierte niemand. Also schloss sie die Tür auf und ging hinein. Als sie in die Diele trat, fielen ihr Eddies Worte wieder ein.

»Der Tod verfolgt dich, Maya …«

Vielleicht hatte Eddie recht. War es dann aber in Ordnung, Daniel und Alexa in Gefahr zu bringen?

Oder Lily?

Die Kartons mit Claires Sachen standen immer noch auf dem Boden. Maya dachte an das geheimnisvolle Zweithandy, das Eileen gesehen hatte. So etwas besorgte man sich vermutlich, damit niemand mitbekam, mit wem man telefonierte.

Also, was war mit dem Handy geschehen?

Bei ihrem Tod hatte Claire es nicht bei sich gehabt, sonst hätte die Polizei es untersucht. Ganz ausgeschlossen war es dennoch nicht. Sie könnten das Handy im Zuge der Ermittlungen gefunden haben und zu dem Schluss gekommen sein, dass es bedeutungslos war. Davon ging Maya jedoch nicht aus. Shane hatte Kontakt zur Polizei. Er hatte für sie einen Blick in die Akten geworfen. Ein zweites Handy oder unerklärliche Telefonate wurden dort nicht erwähnt.

Also war das Handy wohl nicht gefunden worden.

Die Kartons waren nicht beschriftet. Eddie schien sie eilig gepackt zu haben … offenbar hatte er in einem Anfall von Kummer alles hastig hineingestopft, sodass Kleidungsstücke und Hygieneartikel, Schmuck und Papiere, Schuhe und Andenken wild durcheinander lagen. Claire hatte kitschige Souvenirs geliebt. Antiquitäten und echte Sammlerstücke wurden meist als zu teuer befunden, aber für eine Schneekugel oder Ähnliches hatte es immer gereicht, wenn sie eine Stadt oder eine Sehenswürdigkeit zum ersten Mal besuchte. Sie hatte ein Tequila-Glas aus Tijuana, eine Spardose in Form des Schiefen Turms von Pisa, einen Gedenkteller an Lady Di, ein bewegliches hawaiianisches Hula-Girl, das die Hüften auf dem Armaturenbrett kreisen ließ, und ein Paar gebrauchte Würfel aus einem Kasino in Las Vegas.

Maya verzog keine Miene, als sie den albernen Nippes durchging, der Claire irgendwann in ihrem Leben ein Lächeln entlockt hatte. Sie war auf einer Mission. Aber irgendwo war es dennoch sehr schmerzhaft, dies zu tun, den Krempel zu durchwühlen, der ihrer Schwester etwas bedeutet hatte, und Schuldgefühle stellten sich ein.

Dein Mann hat recht. Ich habe den Tod hereingelassen. Ich hätte hierbleiben müssen. Ich hätte dich beschützen müssen …

Auf einer anderen Ebene – einer höheren, bedeutsameren Ebene – halfen ihr der Schmerz und die Schuldgefühle jedoch. Sie hoben den Zweck der Mission hervor. Wenn man sah, was auf dem Spiel stand, wenn einem der tiefere Sinn seiner Mission bewusst wurde, half das, sich zu motivieren. Man ließ sich nicht so leicht ablenken und ging mit größerer Konzentration vor. Man hatte das Ziel, das man verfolgte, klarer vor Augen. Und das gab einem Kraft.

In den Kartons war allerdings kein Handy.

Als sie den letzten Karton durchsucht hatte, sank sie zu Boden. *Denk nach*, ermahnte sie sich. *Du musst denken wie Claire.* Ihre Schwester hatte ein Handy besessen, von dem niemand etwas erfahren sollte. Wo hätte sie es versteckt …?

Eine schwache Erinnerung kam auf. Claire war im dritten Highschool-Jahr gewesen, Maya im zweiten. In ihrem vielleicht einzigen Akt der Rebellion hatte Claire angefangen zu rauchen. Dad hatte eine empfindliche Nase. Er roch es, wenn sie geraucht hatte.

In den meisten Punkten war Dad ziemlich liberal gewesen. Als College-Professor hatte er alles schon gesehen und wusste, dass Jugendliche so einiges ausprobieren mussten. Aber Zigaretten waren ein wunder Punkt. Seine Mutter war auf furchtbarste Art an Lungenkrebs gestorben. Als es auf ihr Ende zuging, war »Nana« in das kleine, freie Zimmer im Haus gezogen. Maya erinnerte sich hauptsächlich an die Geräusche: das schreckliche, feuchte, rasselnde Gurgeln, das aus Nanas Zimmer kam, als sie an ihren letzten Tagen langsam und elendig erstickte. Nach Nanas Tod hatte Maya sich lange nicht getraut, das Zimmer zu betreten. Der Tod schien noch darin zu verweilen. Sein Geruch schien in die Wände gezogen zu sein.

Und schlimmer noch, manchmal meinte Maya, das gurgelnde Luftholen zu hören. Sie hatte irgendwo gelesen, dass Geräusche nie vollkommen verschwanden. Sie wurden einfach nur immer leiser und leiser.

Wie die Geräusche von Hubschrauber-Rotoren. Wie das Geräusch einer Schießerei. Wie Schreie aus Todesangst.

Vielleicht, dachte Maya, hatte alles in diesem schrecklichen Zimmer angefangen … vielleicht verfolgte der Tod sie seit damals.

Maya blieb auf dem Boden sitzen und schloss die Augen. Sie versuchte, ruhig zu atmen und die Geräusche auf Distanz zu halten. Die Erinnerungen nagten an ihr: Dad hatte Zigaretten gehasst.

Okay. Claire hatte angefangen zu rauchen, und Dad war ausgerastet. Er hatte nachts Claires Schlafzimmer durchsucht, und wenn er Zigaretten fand, bekam er einen kleinen Tobsuchtsanfall. Die Phase, in der Claire rauchte, war bald vorüber, aber sie hatte während dieser Zeit ein Versteck benutzt, das ihr Vater nicht entdecken konnte.

Mayas Augen leuchteten auf.

Sie sprang auf und lief ins Wohnzimmer. Die alte Truhe – komischerweise Nanas alte Truhe – war noch da. Claire hatte sie als Beistelltisch benutzt, auf dem Familienfotos standen. Maya nahm sie herunter. Auf den meisten Bildern waren Daniel und Alexa zu sehen, aber es gab dort auch ein Hochzeitsfoto von Eddie und Claire. Maya starrte es an. Die beiden sahen so verdammt jung, hoffnungsvoll und glücklich aus – und vollkommen arglos. Sie hatten keine Ahnung, was das Leben für sie bereithielt. Aber das hatte sowieso niemand.

In der Truhe wurden Tischtücher und Bettwäsche aufbewahrt. Maya nahm sie heraus und tastete den Boden ab.

»Mein Vater hat die Truhe aus Kiew mitgebracht«, hatte Nana ihnen erzählt. Das war Jahre, bevor der Krebs sie erstickt hatte. Sie hatten sie besucht, als sie klein waren, als Nana noch agil und gesund war und mit ihnen schwimmen ging oder ihnen Tennisspielen beibrachte. »Guckt mal. Seht ihr das?«

Die beiden kleinen Mädchen hatten sich über die Truhe gebeugt.

»Das hat er selbst eingebaut. Es ist ein Geheimfach.«

»Warum ist es geheim, Nana?«, hatte Claire gefragt.

»Damit er das Geld und den Schmuck seiner Mutter darin verstecken konnte. Jeder Fremde kann ein Dieb sein. Vergesst das nicht, ihr beiden, wenn ihr älter werdet. Ihr könnt euch immer aufeinander verlassen, aber lasst eure Wertsachen nie an einem Ort, an dem andere sie finden können.«

Mayas Finger ertasteten die kleine Furche. Sie drückte, bis sie das Klicken hörte, und schob die Platte zur Seite. Dann beugte sie sich über die Truhe, genau wie sie es als Kind getan hatte, und sah hinein.

Da lag das Handy.

Mit einem zufriedenen Lächeln zog Maya es heraus. Wäre sie ein religiöser Mensch gewesen, sie hätte geschworen, dass ihre Schwester und ihre Nana aus dem Himmel auf sie herunterblickten. Aber sie war nicht religiös. Wer einmal tot war, blieb für immer tot. Genau das war das Problem.

Sie versuchte, das Handy einzuschalten, aber der Akku war vollkommen leer. Das war nicht weiter überraschend. Wahrscheinlich hatte es seit Claires Ermordung dort gelegen. Maya drehte es um und sah sich die Ladebuchse an. Sie kam ihr bekannt vor. Dafür konnte sie ein Kabel besorgen und das Handy laden.

»Was machst du hier?«

Die Stimme erschreckte sie, und instinktiv rollte sie sich zur Seite. Als sie auf die Beine kam, war sie bereit, sich zu verteidigen.

»Um Himmels willen, Eddie.«

Eddies Gesicht war rot. »Ich hab gefragt…«

»Schon verstanden. Gib mir einen Moment, um zu Atem zu kommen.«

So viel zu Konzentration und Fokussierung, dachte Maya. Sie war so fasziniert gewesen von der Brillanz ihrer Entdeckung, dass Eddie hereinkommen und sich anschleichen konnte, ohne dass sie es gemerkt hatte. Wieder ein Fehler.

»Ich habe dich gefragt, was du…«

»Ich habe die Kartons durchgesehen«, sagte Maya.

Eddie machte einen etwas zu großen Schritt auf sie zu. »Ich hab dir doch gesagt, dass du dich hier fernhalten sollst.«

»Das hast du.«

Eddie trug immer noch das rote Flanellhemd mit den hochgekrempelten Ärmeln, das seine muskulösen Unterarme zeigte. Er war drahtig und fit wie ein Weltergewichtsboxer. Claire hatte das an ihm gemocht. Seinen Körperbau. Seine Augen waren gerötet vom Alkohol.

Er streckte die offene Hand aus.

»Gib mir den Schlüssel. Sofort.«

»Keine Chance, Eddie.«

»Ich kann auch die Schlösser auswechseln.«

»Du kannst ja kaum deine Kleidung wechseln.«

Er sah die auf dem Boden verteilten Bilderrahmen und die Bettwäsche an. »Was hast du in der Truhe gesucht?«

Maya antwortete nicht.

»Ich hab gesehen, dass du da was rausgenommen hast. Gib es zurück.«

»Nein.«

Er beäugte sie, seine Hände ballten sich zu Fäusten. »Ich kann's mir auch holen …«

»Nein, kannst du nicht. Hatte Claire eine Affäre, Eddie?«

Das stoppte ihn. Sein Unterkiefer fiel herunter. Dann sagte er: »Fahr zur Hölle.«

»Wusstest du davon?«

Wieder traten Eddie Tränen in die Augen, und für einen Moment blieb Mayas Blick an dem Hochzeitsfoto hängen, an Eddies glücklichem, hoffnungsvollem Gesicht. Also kamen die geröteten Augen vielleicht doch nicht nur vom Alkohol. Eddie sah es auch, das Foto, und etwas in ihm zerbrach. Er sank auf die Couch und vergrub das Gesicht in den Händen.

»Eddie?«

Seine Stimme war kaum zu hören. »Wer war es?«

»Ich weiß es nicht. Eileen hat erzählt, dass Claire geheime Anrufe erhielt. Ich habe gerade dieses Handy gefunden, das sie in der Truhe versteckt hatte.« Sein Gesicht ruhte noch immer in seinen Händen. »Ich kann es einfach nicht glauben«, sagte er mit leerer Stimme.

»Was ist passiert, Eddie?«

»Nichts.« Er blickte auf. »Na ja, es war nicht unsere beste Phase. Aber so läuft das nun mal in einer Ehe. Es gibt Hochs und Tiefs. Das kennst du doch auch, oder?«

»Über mich sprechen wir im Moment nicht.«

Eddie schüttelte den Kopf und senkte ihn wieder. »Vielleicht. Vielleicht aber auch nicht.«

»Was soll das jetzt heißen?«

»Claire hat für deinen Mann gearbeitet«, sagte er langsam.

Der Tonfall gefiel Maya nicht. »Und?«

»Und ihre Ausrede war meistens, dass sie Überstunden gemacht hat, wenn ich sie gefragt habe, warum sie so spät nach Hause kam.«

Er sah sie an. Sie sah ihn an. Maya war nicht diejenige, die um den heißen Brei herumredete.

»Wenn du andeuten willst, dass Claire und Joe …«

Der Gedanke war zu grotesk, um ihn zu Ende zu führen.

»Du bist diejenige, die behauptet hat, dass sie eine Affäre hatte«, sagte Eddie und stand achselzuckend auf. »Ich erzähl dir nur, wo sie war.«

»Du hattest also die Vermutung, dass es einen anderen gab.«

»Das hab ich nicht gesagt.«

»Doch, das hast du. Wie kommt's, dass du der Polizei nie von deinem Verdacht erzählt hast?«

Die Frage beantwortete er nicht.

»Oh, alles klar«, sagte Maya. »Du warst ihr Ehemann. Sie haben dich sowieso ganz genau unter die Lupe genommen. Man stelle sich vor, was passiert wäre, wenn sie gewusst hätten, dass du sie verdächtigst, eine Affäre zu haben.«

»Maya.«

Sie wartete. Er trat einen Schritt auf sie zu. Sie trat einen Schritt zurück.

»Gib mir das verdammte Handy«, sagte er. »Und mach, dass du aus meinem Haus kommst.«

»Das Handy nehme ich mit.«

Eddie stellte sich ihr in den Weg. »Willst du mich wirklich auf die Probe stellen?«

Maya dachte an die Pistole in ihrer Handtasche. Eine Waffe vergaß man nicht. Wenn man eine Waffe trug, dachte man ständig an sie, sie konnte eine Last sein oder sich wie durch ein leichtes Zupfen am Ärmel bemerkbar machen. Sie war, wohl oder übel, immer eine mögliche Option.

Eddie trat einen Schritt auf sie zu.

Sie würde ihm auf keinen Fall das Handy überlassen. Ihre

Hand zuckte schon in Richtung Handtasche, als sie zwei weitere bekannte Stimmen vernahm.

»Tante Maya!«

»Yay!«

Daniel und Alexa stürmten durch die Tür, wie es nur Kinder konnten. Sie umarmten ihre Tante. Maya erwiderte die Umarmungen, wobei sie darauf achtete, dass sie nicht gegen ihre Handtasche gedrückt wurden. Sie gab beiden einen etwas hektischen Kuss, entschuldigte sich und verschwand, bevor Eddie eine Dummheit begehen konnte.

Fünf Minuten später rief Eddie sie auf ihrem Handy an.

»Tut mir leid«, sagte er. »Ich habe Claire geliebt. Herrgott, wie sehr … Das weißt du alles. Und natürlich hatten wir auch Probleme, aber sie hat mich auch geliebt.«

Maya fuhr den Wagen. »Ich weiß, Eddie.«

»Tu mir einen Gefallen, Maya.«

»Welchen?«

»Was immer du auf dem Handy findest, auch wenn es schlimm ist, du musst es mir sagen. Ich muss die Wahrheit wissen.«

Im Rückspiegel entdeckte Maya den roten Buick.

»Versprich's mir, Maya.«

»Versprochen.«

Sie legte auf und sah wieder in den Rückspiegel, aber der rote Buick war verschwunden. Zwanzig Minuten später, im *Growin' Up*, bat Miss Kitty sie, die restlichen Unterlagen auszufüllen, und informierte sie über die Zahlungsmodalitäten. Lily wollte noch nicht gehen, was Maya als gutes Zeichen wertete.

Als sie zu Hause war, kümmerte Maya sich zuerst um Lily, dann öffnete sie ihre »Kabel-Schublade«. Wie die meisten

Menschen, die sie kannte, warf Maya nie ein Netzgerät weg. Die Schublade war übervoll, alles quoll heraus wie bei einer Dosenschlange. Sie musste sich durch zig, vielleicht hunderte Kabel wühlen – verdammt, wahrscheinlich passte eins davon noch in einen Betamax-Videorekorder.

Irgendwann fand sie ein Ladekabel, das in Claires Handy passte, schloss es an und wartete, bis es genug Saft hatte, sodass sie es anschalten konnte. Es dauerte fast zehn Minuten. Das Handy war ziemlich einfach – kein unnötiges Zeug, bitte –, hatte aber tatsächlich eine Anrufliste. Sie öffnete sie und ging die Anrufe durch. Es war immer dieselbe Nummer.

Maya scrollte nach unten und zählte sechzehn Anrufe. Die Nummer sagte ihr nichts. Die Vorwahl war 201. Also nördliches New Jersey.

Wen zum Teufel hatte Claire angerufen?

Sie sah sich die Daten an. Drei Monate vor ihrer Ermordung hatte es begonnen. Der letzte Anruf hatte sie vier Tage vor dem Mord erreicht. Was hatte das zu bedeuten? Sie hatte unterschiedlich häufig telefoniert: anfangs und zum Schluss öfter, dazwischen nur selten.

Hatte Claire sich zu Dates verabredet?

Jean-Pierre kam ihr wieder in den Sinn. Ihre Fantasie machte sich selbstständig. Was wäre, wenn Jean-Pierre sich nach all den Jahren bei Claire gemeldet hätte? So etwas hörte man immer wieder, vor allem im Internetzeitalter. Ein Lover verschwand nie ganz, wenn man einen Facebook-Account hatte.

Aber nein, es war nicht Jean-Pierre. Das hätte Claire ihr erzählt.

Wirklich? War sie sich da so sicher? Claire hatte irgendetwas vorgehabt, das war keine Frage, und sie hatte es nicht für erforderlich gehalten, Maya darüber zu informieren. Maya hatte immer gedacht, dass sie und Claire alles teilten, dass sie keine Geheimnisse voreinander hätten. Aber ehrlich gesagt war Maya schließlich auch am anderen Ende der Welt gewesen, hatte in einer einsamen Wüste für ihr Land gekämpft, statt hier zu Hause zu sein und ihre Schwester zu beschützen.

Du hattest Geheimnisse vor mir, Claire.

Und was nun?

Der erste Schritt war ganz einfach: Google die Telefonnummer. Vielleicht hatte sie Glück und fand etwas. Maya gab die Nummer in die Suchmaschine ein und drückte Enter.

Bingo. Äh, irgendwie …

Die Nummer erschien sofort, was sie überraschte. Denn wenn man eine Telefonnummer googelte, erhielt man sonst häufig Angebote von Dritten, die einem anboten, Informationen über den Besitzer dieser Nummer zu kaufen. Bei der von Claire gewählten Telefonnummer handelte es sich jedoch um so etwas wie einen Geschäftsanschluss. Doch wie fast alles andere im Zusammenhang mit dem Irrsinn der letzten Wochen warf auch diese Antwort mehr Fragen auf, als sie Lösungen bot. Der Betrieb lag tatsächlich im nördlichen New Jersey, ganz in der Nähe der George-Washington-Bridge, wenn man Google-Maps Glauben schenken konnte. Er hieß *Leather and Lace* – ein Gentlemen's Club.

Gentlemen's Club. Die freundliche Umschreibung für einen Striptease-Club.

Um sicherzugehen, klickte Maya auf den Link, und ein Bildschirm voll knapp bekleideter Frauen öffnete sich. Ja. Ein Striptease-Club. Ihre Schwester hatte sich ein geheimes Handy besorgt und es in der alten Truhe ihrer Großmutter versteckt, um einen Striptease-Club anzurufen. War das logisch?

Nein.

Maya versuchte, diese neue Information der Mixtur hinzuzufügen und alles neu zu betrachten: Claire, Joe, die Nanny-Cam, das Handy, den Striptease-Club, den Rest… Maya ging alle Möglichkeiten durch und stand am Ende mit vollkommen leeren Händen da. Das Ganze ergab überhaupt keinen Sinn. Sie fing an, nach Strohhalmen zu greifen. Vielleicht hatte Claire eine Affäre und… ihr Lover arbeitete da? Vielleicht war Jean-Pierre der Manager des Clubs. Die Website bot ihrer »gehobenen Kundschaft« etwas an, das sich »French Lapper« nannte, wobei Maya weder wusste noch wissen wollte, worum es sich handelte. Vielleicht hatte Claire ein geheimes Doppelleben geführt und dort gearbeitet. Solche Storys hörte man gelegentlich oder sah sie in schlechten Fernsehfilmen. Hausfrau am Tag, Stripperin bei Nacht.

Stopp.

Sie nahm ihr Handy und rief Eddie an.

»Hast du was gefunden?«, fragte er.

»Hör zu, Eddie, wenn ich irgendwelche Verrenkungen machen muss…«, kaum hatte sie das gesagt, erkannte sie die Ironie in ihren Worten, »… wenn ich nicht ganz offen sprechen kann, komme ich nicht weiter, okay?«

»Ja, ’tschuldigung, was gibt’s?«

»Warst du irgendwann mal in einem Striptease-Club?«

Schweigen. Dann: »Irgendwann?«

»Ja.«

»Letztes Jahr gab’s eine Bachelor-Party mit ein paar Jungs von der Arbeit in so einem Club.«

»Und seitdem?«

»Das war’s.«

»Welcher Club war das?«

»Moment, was hat das mit…«

»Antworte einfach, Eddie.«

»In der Nähe von Philadelphia. Bei Cherry Hill.«
»Sonst keiner?«
»Nein, das war's.«
»Sagt dir ein Club namens *Leather and Lace* irgendetwas?«
»Soll das ein Witz sein?«
»Eddie?«
»Nein, der Name sagt mir nichts.«
»Okay, danke.«
»Willst du mir nicht sagen, worum es geht?«
»Noch nicht. Tschüss.«

Maya saß da und starrte auf die Website. Warum hatte Claire beim *Leather and Lace* angerufen?

Es war sinnlos, noch mehr unausgereifte Theorien aufzustellen. Am liebsten wäre sie sofort losgefahren, um sich den Club anzusehen, aber sie hatte keinen Babysitter für Lily. *Growin' Up* machte um 20 Uhr zu.

Morgen, dachte sie. Morgen würde sie dem *Leather and Lace* auf den Zahn fühlen, wenn man das so sagen konnte.

ELF

Maya hatte einen sehr befremdlichen Traum über die Verlesung von Joes Testament gehabt. Er war surreal, eine dieser nächtlichen Visionen, die man wie durch eine Milchglasscheibe sah, bei denen man sich nicht erinnern konnte, was gesagt wurde, wo man genau war oder an was auch immer. Nur an eins erinnerte sie sich genau.

Joe war dabei gewesen.

Er saß in einem opulenten burgunderroten Ledersessel und trug denselben Smoking wie an dem Abend, an dem sie sich kennengelernt hatten. Er war höllisch attraktiv und fixierte eine verschwommene Gestalt, die das Dokument verlas. Maya hörte kein Wort von dem, was diese Gestalt sagte – es war, als würde man Charlie Browns Lehrerin zuhören –, irgendwie war ihr aber klar, dass die Gestalt das Testament vorlas. Maya interessierte es nicht. Sie konzentrierte sich ganz auf Joe. Sie rief ihn, versuchte, seine Aufmerksamkeit auf sich zu ziehen, aber Joe drehte sich nicht um.

Als Maya aufwachte, hörte sie wieder die Geräusche – die Schreie, die Rotoren, die Schüsse. Sie schnappte sich das Kissen und drückte es sich auf die Ohren, um den schrecklichen Lärm zu dämpfen. Sie wusste natürlich, dass es nicht helfen würde, dass die Geräusche von innen aus ihrem Kopf kamen und diese Versuche sie allenfalls dort festhalten würden. Trotzdem tat sie es. Normalerweise hörten die Geräusche bald wieder auf. Sie musste nur die Augen schließen – noch so eine absurde Handlung, die Augen schließen, um Geräusche zu dämpfen – und abwarten.

Als der Anfall abklang, stand Maya auf und ging ins Bad. Sie sah in den Spiegel und war so klug, das Badezimmerschränkchen zu öffnen, damit sie sich ihre ausgemergelte Miene nicht ansehen musste. Dort lagen die kleinen braunen Pillendosen. Sie überlegte, ob sie ein oder zwei Tabletten nehmen sollte, aber sie musste nachher fit sein, wenn sich die ganze Familie zur Testamentsverlesung versammelte.

Sie duschte und wählte einen schwarzen Chanel-Hosenanzug, den Joe ihr geschenkt hatte. Joe hatte gerne für sie eingekauft. Sie hatte den Anzug ihm zuliebe anprobiert, und er hatte ihr gefallen, trotzdem hatte sie behauptet, sie würde ihn nicht mögen, weil sie den Preis obszön fand. Aber Joe hatte sich nicht täuschen lassen. Am nächsten Tag war er zur Boutique gefahren und hatte ihn gekauft. Genau wie jetzt hatte der Anzug auf dem Bett gelegen, als sie nach Hause kam.

Sie zog ihn an und weckte Lily.

Eine halbe Stunde später war Maya mit Lily im *Growin' Up*. Miss Kitty trug ein Disney-Prinzessinnen-Kostüm, das Maya nicht kannte. »Willst du dich auch als Prinzessin verkleiden, Lily?« Lily nickte, ging mit Prinzessin Miss Kitty und vergaß fast, ihrer Mutter zum Abschied zu winken. Maya stieg wieder in den Wagen, lud die App des *Growin' Up* und sah Lily dabei zu, wie sie sich ein Elsa-Kostüm aus *Die Eiskönigin* anzog.

»›Let it go‹«, sang Maya vor sich hin, als sie sich auf den Weg zu ihren Schwiegereltern machte.

Sie schaltete das Radio an, um die eigene Stimme aus ihrem Kopf zu verbannen und sie durch irgendeine Belanglosigkeit zu ersetzen, die gerade im Vormittagsprogramm lief. Viele Moderatoren im Vormittagsprogramm finden sich unglaublich witzig. Sie schaltete auf Mittelwelle – hörte überhaupt noch jemand Mittelwelle? – und stellte einen Nachrichtensender ein. Die fast militärische Präzision und Vorhersehbarkeit beruhigten sie. Viertel vor und Viertel nach kam Sport. Alle zehn Minuten Verkehr. Sie war abgelenkt, hörte höchstens mit einem Ohr hin, als ein Bericht ihre Aufmerksamkeit weckte:

»Hacker Corey the Whistle hat versprochen, der Öffentlichkeit noch diese Woche eine Schatztruhe voll neuer Leaks zu präsentieren, die, wie er behauptet, nicht nur ein führendes Regierungsmitglied bloßstellen, sondern auch zumindest einen Rücktritt und höchstwahrscheinlich eine Verurteilung nach sich ziehen …«

Trotz allem und ungeachtet ihrer Worte, dass sie der grässlichen Reichweite von Corey the Whistle entkommen wäre, spürte Maya, wie ihr ein weiterer Schauer über den Rücken lief. Shane hatte sich gefragt, warum Corey nicht alles veröffentlicht hatte, ob er nicht einfach nur auf den richtigen Moment wartete, um eine weitere, größere Bombe platzen zu lassen, und ja, die Formulierung war treffend gewesen, und das entlockte ihr ein trauriges Lachen. Natürlich hatte auch sie sich diese Frage gestellt. Maya Stern war Schnee von gestern, aber das Potenzial war vorhanden. Große Geheimnisse verklangen nicht. Ihr Echo hallte noch lange nach, wurde gelegentlich verstärkt und verursachte – wieder fiel ihr auf, wie häufig militärische Begriffe in die Alltagssprache aufgenommen wurden – massive Kollateralschäden.

Farnwood war ein klassisches, altmodisches Reichen-Domizil. Bevor Maya Joe kennengelernt hatte, war sie davon ausgegangen, dass so etwas nur noch in Geschichtsbüchern oder Romanen existierte. Aber so war es nicht. Sie hielt vor dem Tor, das von Morris bewacht wurde. Morris arbeitete seit Anfang der Achtziger am Tor. Auch er wohnte im Bediensteten-komplex, genau wie Isabellas Familie.

»Hey, Morris.«

Er musterte sie mürrisch, wie er es immer tat, und erinnerte sie auf seine Art daran, dass sie nur in die Familie eingeheiratet hatte und keine Blutsverwandte war. Vielleicht steckte heute sogar noch etwas mehr hinter Morris' Blick, etwas, das entweder mit einem Nachhall der Trauer über Joes Tod oder, was wahrscheinlicher war, mit den Gerüchten über Isabella und die Pfefferspray-Attacke zusammenhing. Widerwillig drückte Morris den Knopf, und das Tor öffnete sich so langsam, dass es mit bloßem Auge kaum zu erkennen war.

Maya fuhr den Hügel hinauf, an einem Rasen-Tennisplatz und einem Fußballplatz in Originalgröße vorbei, die, soweit Maya sich erinnern konnte, beide nie bespielt worden waren, und erreichte eine Tudorvilla, die sie an Bruce Waynes Haus aus der alten Batman-Fernsehserie erinnerte. Sie rechnete fast damit, dass eine für die Fuchsjagd ausgerüstete Gruppe Männer sie in Empfang nehmen könnte. Stattdessen erwartete sie ihre Schwiegermutter Judith allein an der Tür. Maya parkte neben dem gepflasterten Weg.

Judith war eine schöne Frau. Sie war zierlich, hatte große, runde Augen und anmutige, puppenähnliche Gesichtszüge. Sie sah jünger aus, als sie war. Sie hatte etwas machen lassen – Botox, vielleicht eine Kleinigkeit um die Augen –, es war aber geschmackvoll, und den größeren Anteil an ihrem jugendlichen Aussehen hatten wohl ihre Gene oder die täglichen Yoga-Übungen. Ihre Figur zog noch immer Blicke auf sich. Männer fühlten sich sehr stark zu ihr hingezogen – Aussehen, Hirn, Geld –, Maya hielt es für möglich, dass sie ein Verhältnis hatte, wusste aber nichts Genaueres.

»Ich glaube, sie hat einen heimlichen Liebhaber«, hatte Joe einmal zu ihr gesagt.

»Warum heimlich?«

Aber Joe hatte nur die Achseln gezuckt.

Angeblich war sie in jungen Jahren als Hippie an der Westküste unterwegs gewesen. Das konnte Maya sich gut vorstellen. Wenn man genau hinsah, entdeckte man noch eine gewisse Ungezähmtheit in ihren Augen und ihrem Lächeln.

Judith kam die Treppe herunter, blieb aber auf der vorletzten Stufe stehen, sodass ihre und Mayas Augen in etwa auf einer Höhe waren. Sie küssten sich auf die Wangen, wobei Judith an ihr vorbeisah.

»Wo ist Lily?«

»Im Kindergarten.«

Maya rechnete mit einem Ausdruck von Überraschung im Gesicht ihrer Schwiegermutter. Es gab keinen. »Du musst das mit Isabella klären.«

»Sie hat dir davon erzählt?«

Judith sparte sich die Antwort.

»Dann hilf mir dabei«, sagte Maya. »Wo ist sie?«

»Wenn ich das richtig verstanden habe, ist Isabella auf Reisen.«

»Wie lange?«

»Ich weiß es nicht. Ich schlage vor, dass Rosa so lange für sie einspringt.«

»Lieber nicht.«

»Du weißt, dass sie Joes Kindermädchen war?«

»Ja, das weiß ich.«

»Und?«

»Und lieber nicht.«

»Dann lässt du sie im Kindergarten?« Judith schüttelte missbilligend den Kopf. »Ich habe vor Jahren mit Kindertagesstätten zu tun gehabt.« Judith war zertifizierte Psychiaterin und empfing immer noch zweimal die Woche Patienten in der Upper East Side in Manhattan. »Erinnerst du dich an die Fälle von Kindesmissbrauch in den Achtzigern und Neunzigern?«

»Natürlich. Hat man dich damals als Expertin zu Rate gezogen?«

»So in der Art.«

»Ich dachte, es hätte sich herausgestellt, dass das alles erfunden war. Es wäre kindliche Hysterie gewesen oder so etwas.«

»Ja«, sagte Judith. »Die Mitarbeiter wurden entlastet.«

»Und?«

»Die Mitarbeiter wurden entlastet«, wiederholte sie, »das System allerdings nicht.«

»Ich kann dir nicht folgen.«

»Die Kinder in den Tagesstätten waren extrem manipulierbar. Warum wohl?«

Maya zuckte die Achseln.

»Überleg mal. Diese Kinder haben sich die ganzen Horrorgeschichten ausgedacht. Ich frage mich, wieso? Warum waren die Kinder so erpicht darauf, das zu sagen, was ihre Eltern hören wollten? Vielleicht, nur vielleicht, wäre das nicht passiert, wenn die Eltern ihnen mehr Aufmerksamkeit geschenkt hätten …«

Das, dachte Maya, war ziemlich weit hergeholt.

»Der Punkt ist, dass ich Isabella kenne. Ich kenne sie, seit sie ein kleines Mädchen war. Ich vertraue ihr. Die Leute in der Kindertagesstätte kenne ich nicht, daher vertraue ich ihnen nicht – und du tust das auch nicht.«

»Ich habe etwas Besseres als Vertrauen«, sagte Maya.

»Wie bitte?«

»Ich kann sie beobachten.«

»Was?«

»Die Sicherheit in der Gruppe. Es gibt viele potenzielle Zeugen, darunter auch mich.« Sie hielt das Handy hoch, drückte auf die Schaltfläche, worauf Lily in ihrem Prinzessin-Elsa-Kostüm erschien. Judith nahm das Handy und lächelte, als sie das Bild sah. »Was macht sie da?«

Maya sah es sich an. »So, wie sie sich dreht, würde ich sagen, sie tanzt nach dem Titelsong der *Eiskönigin*.«

»Überall sind Kameras«, sagte Judith mit einem Kopfschütteln. »Das ist eine ganz neue Welt.« Sie gab Maya das Handy zurück. »Also, was war los zwischen dir und Isabella?«

Es wäre nicht klug, jetzt damit anzufangen, vor allem weil sie eigentlich hier waren, um sich die Verlesung von Joes Testament anzuhören. »Ich würde mir darüber keine Sorgen machen.«

»Darf ich ganz offen sprechen?«

»Machst du das nicht immer?«

Judith lächelte. »In dem Punkt sind wir beide uns sehr ähnlich. Na ja, in diversen Punkten. Wir haben beide in diese Familie eingeheiratet. Wir sind beide Witwen. Und wir sagen beide das, was wir meinen.«

»Ich höre.«

»Gehst du noch zu deinem Arzt?«

Maya antwortete nicht.

»Deine Situation hat sich grundlegend verändert, Maya. Dein Mann wurde ermordet. Vor deinen Augen. Du hättest selbst getötet werden können. Jetzt ziehst du allein ein Kind auf. Wenn man diese Stressfaktoren zusammennimmt und dazu deine vorherige Diagnose …«

»Was hat Isabella dir erzählt?«

»Nichts«, sagte Judith. Sie legte Maya eine Hand auf die Schulter. »Ich könnte dich selbst behandeln, aber …«

»Das wäre keine gute Idee.«

»Genau. Es wäre falsch. Ich muss mich auf meine Rolle als verzückte Oma und hilfreiche Schwiegermutter beschränken.

Aber ich kenne da jemanden, eine Kollegin. Eigentlich eher eine Freundin. Sie hat ihre Ausbildung mit mir in Stanford gemacht. Eure Militär-Psychiater sind sicher kompetent, aber diese Frau ist die Beste in ihrem Fachgebiet.«

»Judith?«

»Ja?«

»Mir geht's gut.«

Eine Stimme sagte: »Mom?«

Judith drehte sich um. Caroline, ihre Tochter und Joes Schwester, war aus dem Haus gekommen. Die beiden Frauen sahen sich ziemlich ähnlich, man erkannte sofort, dass sie Mutter und Tochter waren, aber wenn Judith immer stark und selbstbewusst wirkte, schien Caroline ständig den Kopf einzuziehen.

»Hallo, Maya.«

»Caroline.«

Weitere Wangenküsse.

»Heather erwartet uns in der Bibliothek«, sagte Caroline. »Neil ist schon da.«

Judiths Miene verdunkelte sich. »Gut, dann lass uns gehen.«

Judith stellte sich zwischen Caroline und Maya und bot jeder einen Arm an. Schweigend durchquerten sie das große Foyer und gingen am Ballsaal vorbei. Über dem Kamin hing ein Porträt von Joseph T. Burkett Sr., Judith blieb einen Moment stehen und starrte ihn an.

»Joe sah seinem Vater so ähnlich«, sagte sie.

»Das ist wahr«, stimmte Maya zu.

»Noch etwas, das wir gemeinsam haben«, sagte Judith mit dem Anflug eines Lächelns. »Den gleichen Männergeschmack, was?«

»Ja, groß, dunkelhaarig und attraktiv«, sagte Maya. »Aber ich weiß nicht recht, ob uns das wirklich von der Masse abhebt.«

Judith gefiel das. »Auch wieder wahr.«

Caroline öffnete die Flügeltür, und sie traten in die Bibliothek. Vielleicht kam es daher, dass sie gerade zugesehen hatte, wie kleine Mädchen sich verkleideten, vielleicht auch daher, dass sie vor Kurzem mit Lily *Die Schöne und das Biest* angeguckt hatte, jedenfalls erinnerte sie die Bibliothek an die des Biests. Der Raum erstreckte sich über zwei Stockwerke, und die Wände waren vom Fußboden bis zur Decke mit dunklen Eichenregalen bestückt. Kunstvoll verzierte Orientteppiche bedeckten den Boden. An der Decke hing ein Kronleuchter, und die Bücherregale waren mit zwei Rollleitern auf gusseisernen Schienen ausgestattet. Ein großer antiker Globus ließ sich aufklappen und barg eine Karaffe mit Cognac. Neil, Joes überlebender Bruder, bediente sich schon daran.

»Hey, Maya.«

Weitere Wangenküsse, wenn auch schludriger. Alles an Neil war schludrig. Er war einer dieser birnenförmigen Männer, die immer schludrig aussahen, ganz egal wie perfekt ihr Anzug geschnitten war.

»Möchte noch jemand einen?«

Er deutete auf die Karaffe.

»Nein, danke«, sagte Maya.

»Bist du sicher?«

Judith schürzte die Lippen. »Es ist neun Uhr morgens, Neil.«

»Aber irgendwo auf der Welt ist es fünf Uhr nachmittags. So sagt man doch, oder?« Er lachte. Keiner stimmte ein. »Außerdem wird nicht jeden Tag das Testament meines Bruders verlesen.«

Judith wandte den Blick ab. Neil war das Nesthäkchen, das jüngste der vier Burkett-Kinder. Joe war der Erstgeborene, ein Jahr später gefolgt von Andrew, der »auf See umgekommen«

war – so formulierte es die Familie immer –, dann kamen Caroline und schließlich Neil. Seltsamerweise lag die Leitung des Familien-Imperiums in Neils Händen. Joseph Sr., der in Geldangelegenheiten absolut nicht zu Sentimentalität neigte, hatte ihn den älteren Geschwistern vorgezogen.

Joe hatte es mit einem Achselzucken abgetan. »Neil ist skrupellos«, hatte er einmal zu ihr gesagt. »Dad war schon immer ein Freund von Skrupellosigkeit.«

»Vielleicht sollten wir uns setzen«, schlug Caroline vor.

Maya sah sich die Sessel an, diese opulenten burgunderroten Ledersessel, und musste an ihren Traum denken. Einen Moment lang sah sie Joe in seinem Smoking, die Beine übereinandergeschlagen, messerscharfe Bügelfalte, zur Seite blickend, unnahbar.

»Wo ist Heather?«, fragte Judith.

»Ich bin schon da.«

Alle drehten sich um und sahen zur Tür. Seit zehn Jahren war Heather Howell die Familienanwältin. Davor hatte ihr Vater Charles Howell III sich um die juristischen Angelegenheiten der Burketts gekümmert. Und vor ihm hatte Heathers Großvater, Charles Howell II den Posten innegehabt.

Über den ersten Charles Howell war nichts bekannt.

»Okay«, sagte Judith. »Lasst uns anfangen.«

Es war seltsam, wie schnell sie von der warmen, herzlichen Mutter zur professionellen Psychologin umschalten konnte, die sie jetzt war, die steife, aristokratische Matriarchin mit britischem Akzent.

Sie begaben sich zu ihren Plätzen, aber Heather Howell blieb einfach stehen. Judith drehte sich zu ihr um. »Gibt es ein Problem?«

»Ich fürchte schon.«

Heather gehörte zu den Anwälten, die Selbstsicherheit und

Kompetenz ausstrahlten. Man wollte sie auf seiner Seite haben. Maya war ihr zum ersten Mal direkt nach Joes Heiratsantrag begegnet. Heather hatte sie zu sich in diesen Raum bestellt, einen Ehevertrag auf den Tisch geknallt und in einem nüchternen, dabei aber nicht unhöflichen Tonfall gesagt. »Unterzeichnen Sie dieses Dokument. Es ist nicht verhandelbar.«

Jetzt sah Heather Howell zum ersten Mal ein bisschen verloren aus oder zumindest so, als wäre ihr nicht ganz wohl.

»Heather?«, sagte Judith.

Heather Howell sah sie an.

»Was ist los?«

»Ich fürchte, wir werden die Verlesung des letzten Willens und Testaments verschieben müssen.«

Judith sah Caroline an. Nichts. Sie sah Maya an. Maya stand nur da. Judith wandte sich wieder an Heather. »Könntest du uns erklären, warum?«

»Es gibt Regeln, an die wir uns halten müssen.«

»Was für Regeln?«

»Du brauchst dir keine Sorgen zu machen, Judith.«

Die Antwort passte Judith nicht. »Seh ich so aus, als bräuchte ich Schutz oder Zuspruch?«

»Nein, tust du nicht.«

»Also, warum können wir Joes Testament nicht verlesen?«

»Es ist nicht so, dass wir es nicht verlesen könnten«, sagte Heather, die jedes Wort abzuwägen schien, bevor es aus ihrem Mund kam.

»Aber?«

»Aber es gibt eine Verzögerung.«

»Dann frage ich noch einmal: Warum?«

»Eigentlich geht es nur um Papierkram«, sagte Heather.

»Was meinst du damit?«

»Wir … äh … haben noch keine offizielle Sterbeurkunde.«

Schweigen.

»Er ist seit fast zwei Wochen tot«, sagte Judith. »Er wurde beerdigt.«

In einem geschlossenen Sarg, wie Maya plötzlich wieder einfiel.

Maya hatte diese Entscheidung nicht getroffen. Das hatte sie Joes Familie überlassen. Ihr war es egal gewesen. Tot war tot. Die Familie sollte dem Ritual folgen, das ihren Schmerz am besten linderte. Die Beerdigung im geschlossenen Sarg war natürlich eine logische Entscheidung gewesen. Joe hatte eine Kugel in den Kopf bekommen. Selbst wenn der Leichenbestatter wirklich gute Arbeit gemacht hatte, war das höchstwahrscheinlich kein schöner Anblick gewesen.

Wieder Judiths Stimme. »Heather?«

»Ja, natürlich, ich weiß. Ich bin ja auch auf der Beerdigung gewesen. Aber für diese Testamentseröffnung brauchen wir eine offizielle Sterbeurkunde, einen amtlichen Beleg. Wir haben es mit einem ungewöhnlichen Fall zu tun. Ich habe einen meiner Mitarbeiter gebeten, sich die rechtliche Situation noch einmal genau anzusehen. Weil Joe, na ja, ermordet wurde, brauchen wir die Bestätigung der offiziellen Stellen bei den Strafverfolgungsbehörden. Ich habe gerade erst die Information bekommen, dass es noch etwas länger dauern könnte, bis die entsprechenden Beweise gesichert sind.«

»Wie lange?«, fragte Judith.

»Das kann ich wirklich nicht sagen, ich hoffe aber, dass es jetzt, wo wir an der Sache dran sind, höchstens noch ein oder zwei Tage dauern wird.«

Neil meldete sich erstmalig zu Wort. »Wieso Beweise? Was meinen die damit? Beweise, dass Joe tot ist?«

Heather Howell fing an, mit ihrem Ehering herumzuspielen. »Ich kenne noch nicht alle Fakten, aber bevor wir mit der

Testamentseröffnung beginnen, muss dieses … ja, nennen wir es ruhig Chaos … also, dieses Chaos muss erst beseitigt werden. Ich habe meine besten Leute darauf angesetzt. Ich melde mich dann.«

Da alle verblüfft schwiegen, drehte Heather Howell sich schnell auf dem Absatz um und verließ den Raum.

ZWÖLF

Ist wahrscheinlich nur eine Kleinigkeit«, sagte Judith, als sie Maya zurück zum Foyer begleitete.

Maya antwortete nicht.

»So sind Anwälte nun einmal. Alles muss perfekt sein, unter anderem, um ihre Mandanten zu schützen, vor allem aber, damit sie die Zeit in Rechnung stellen können.« Sie versuchte, ihre Worte mit einem Lächeln zu begleiten, was ihr nicht gelang. »Da ist sicher nur die Bürokratie aufgrund der Umstände irgendwo ins Stocken geraten …« Ihre Stimme verklang, als wäre ihr bewusst geworden, dass sie über Joe sprach, nicht über irgendeine juristische Belanglosigkeit.

»Zwei Söhne«, sagte Judith mit leerer Stimme.

»Es tut mir leid.«

»Keine Mutter sollte zwei Söhne begraben müssen.«

Maya nahm ihre Hand. »Nein«, sagte sie, »keine Mutter sollte das.«

»Und ebenso wenig sollte eine junge Frau ihre Schwester und ihren Mann begraben.«

Der Tod verfolgt dich, Maya …

Vielleicht verfolgte er Judith auch.

Judith hielt ihre Hand noch einen Moment, dann ließ sie sie los. »Bitte lass uns in Kontakt bleiben, Maya.«

»Selbstverständlich.«

Sie gingen zusammen raus in die Sonne. Judiths schwarze Limousine wartete. Der Chauffeur hielt ihr die Tür auf.

»Komm bald mal mit Lily vorbei.«

»Mach ich.«

»Und klär das mit Isabella, bitte.«

»Je eher wir uns treffen«, sagte Maya, »desto eher können wir das Missverständnis aus der Welt schaffen.«

»Ich werde sehen, was ich tun kann.«

Judith setzte sich in den Fond. Der Chauffeur schloss die Tür. Maya blieb stehen, bis die Limousine die Zufahrt hinunter und außer Sicht war.

Als sie zu ihrem Wagen ging, wartete Caroline auf sie.

»Hast du einen Moment Zeit? Ich würd gern mit dir reden.«

Eigentlich nicht, dachte Maya. Sie wollte dringend los. Sie musste ein paar Orte aufsuchen. Zwei, um genau zu sein. Zuerst wollte sie einen Zwischenstopp am Bedienstetenkomplex machen und womöglich Rosa überraschen. Wenn das nicht klappte, hatte sie einen Plan B, um Isabellas Aufenthaltsort herauszubekommen. Dann musste sie zum *Leather and Lace* und feststellen, welche Verbindung es zwischen diesem »Gentlemen's Club« und ihrer verstorbenen Schwester gegeben haben könnte.

Caroline legte Maya die Hand auf den Arm. »Bitte?«

»Ja, okay.«

»Aber nicht hier.« Carolines Blick schoss unruhig hin und her, als sie sagte: »Lass uns ein paar Schritte gehen.«

Maya verkniff sich ein Seufzen. Caroline ging die Zufahrt entlang. Ihr kleiner Hund, Laszlo, ein Havaneser, folgte ihr. Der Hund war nicht angeleint, aber wie sollte Laszlo auf diesem Riesengrundstück auch in Gefahr geraten? Maya überlegte, wie es gewesen sein musste, hier aufzuwachsen, an einem Ort voller Reichtum, Schönheit und Überfluss, wo alles, was man sah – der Rasen, die Bäume, die Gebäude –, dir oder deiner Familie gehörte.

Caroline bog rechts ab. Maya und Laszlo folgten ihr.

»Den hat mein Vater für Joe und Andrew gebaut.« Caroline blickte lächelnd zum Fußballplatz. »Der Tennisplatz war meine Domäne. Ich habe gern Tennis gespielt. Ich habe auch viel trainiert. Mein Vater hat immer die besten Trainer aus Port Washington kommen lassen, ich habe Privatunterricht bekommen. Aber ich habe das Spielen nie *geliebt*, verstehst du? Dann kann man trainieren, so viel man will. Obwohl ich durchaus ein gewisses Talent hatte. Im Internat war ich auf Platz eins im Einzel. Aber um noch mehr zu erreichen, muss man besessen sein. Da kann man niemandem etwas vormachen.«

Maya nickte, weil sie nicht wusste, was sie sonst hätte tun sollen. Laszlo lief mit hängender Zunge nebenher. Caroline wollte ihr irgendetwas mitteilen. Maya durfte sie nicht drängen. Sie musste einfach die Ruhe bewahren.

»Aber Joe und Andrew … die haben das Fußballspielen geliebt. Von ganzem Herzen. Beide waren tolle Spieler, Joe Stürmer, wie du bestimmt weißt, und Andrew Torwart. Ich hab keine Ahnung, wie viel Zeit die beiden da draußen verbracht haben. Joe hat Schüsse trainiert, und Andrew hat versucht, sie zu halten. Der Platz ist, was meinst du, knapp einen halben Kilometer vom Haus entfernt?«

»Kommt ungefähr hin.«

»Man konnte sie bis ins Haus lachen hören. Es schallte von unten den Hügel herauf durchs Fenster. Mom hat oft einfach im Wohnzimmer gesessen und gelächelt.«

Caroline lächelte auch in diesem Moment. Ihr Lächeln sah genauso aus wie das ihrer Mutter, trotzdem war es nur eine Kopie, die bei Weitem nicht die Ausstrahlung und die Kraft des Originals besaß.

»Weißt du viel über meinen Bruder Andrew?«

»Nein«, sagte Maya.

»Hat Joe nicht über ihn gesprochen?«

Natürlich hatte er das. Joe hatte ihr ein großes Geheimnis über den Tod seines Bruders verraten, das Maya weder mit Caroline noch mit irgendjemand anders teilen wollte.

»Alle Welt glaubt, dass mein Bruder vom Boot gefallen ist…«

Joe und sie hatten in einem Ferienort auf den Turks- und Caicosinseln nackt im Bett gelegen und zur Decke gestarrt. Joes Augen glänzten im Mondschein. Das Fenster war offen, und sie bekam im kühlen Luftzug eine Gänsehaut. Und Maya hatte Joes Hand genommen.

»In Wahrheit ist Andrew gesprungen…«

Maya sagte: »Er hat nicht oft über ihn gesprochen.«

»Hat vermutlich immer noch zu sehr geschmerzt. Die beiden waren sich sehr nah.« Caroline blieb stehen. »Aber versteh das bitte nicht falsch, Maya. Joe und Andrew haben mich auch geliebt, und, na ja, Neil war halt der nervige kleine Bruder, mit dem sie sich arrangiert haben. Aber die beiden waren unzertrennlich. Als Andrew starb, waren beide auf demselben Internat, wusstest du das?«

Maya nickte.

»Sie waren auf der Franklin Biddle Academy unten in Philadelphia. Sie haben im selben Wohnheim gewohnt und in derselben Fußballmannschaft gespielt. Und hier haben sich Joe und Andrew auch immer ein Zimmer geteilt, obwohl doch so unglaublich viel Platz ist.«

»Andrew hat Selbstmord begangen, Maya. Er hat so sehr gelitten, und ich habe es nicht mitgekriegt…«

»Maya?«

Sie sah Caroline an.

»Was hältst du von der Sache heute? Vom diesem… Aufschub?«

»Ich weiß nicht.«

»Keine Vermutung?«

»Eure Anwältin hat behauptet, es gäbe irgendein Chaos mit den Unterlagen.«

»Und das glaubst du?«

Maya zuckte die Achseln. »Ich war bei der Army, da ist Papierchaos praktisch die Norm.«

Caroline sah zu Boden.

»Was ist?«, fragte Maya.

»Hast du ihn gesehen?«

»Wen?«

»Joe«, sagte Caroline.

Maya erstarrte. »Worauf willst du hinaus?«

»Seine Leiche«, sagte Caroline leise. »Vor der Beerdigung. Hast du Joes Leiche gesehen?«

Maya schüttelte langsam den Kopf. »Nein.«

Caroline sah sie an. »Findest du das nicht seltsam?«

»Es war ein geschlossener Sarg.«

»War das dein Wunsch?«

»Nein.«

»Wessen dann?«

»Ich denke, deine Mutter hat das entschieden.«

Caroline nickte, als erschiene ihr das logisch. »Ich habe gefragt, ob ich ihn sehen kann.«

Von wegen ruhig und friedlich – die stille Umgebung fing an, ihr die Luft zu nehmen. Maya versuchte tief und gleichmäßig zu atmen. Stille, jede Art der Stille hatte immer etwas, das sie sowohl schätzte als auch fürchtete.

»Du hast schon viele Tote gesehen, stimmt's, Maya?«

»Ich versteh nicht, worauf du hinauswillst?«

»Wenn Soldaten sterben, warum ist es dann so wichtig, ihre Leichen nach Hause zu bringen?«

Langsam ging Caroline ihr auf die Nerven. »Weil wir niemanden zurücklassen.«

»Ja, das habe ich auch schon gehört. Aber wieso? Ich weiß, du wirst sagen, es geht darum, die Toten zu ehren und so weiter, aber ich glaube, es steckt noch mehr dahinter. Der Soldat ist tot. Man kann nichts mehr für ihn tun – oder für sie, ich mein das nicht sexistisch. Ihr schafft die Leiche nach Hause, dabei geht es aber nicht um den Toten, sondern um die Familie, oder? Die Geliebten zu Hause müssen den Verstorbenen sehen. Sie müssen die Leiche sehen, um einen Schlussstrich ziehen zu können.«

Maya war nicht in der Stimmung, das Thema zu vertiefen. »Komm auf den Punkt.«

»Ich wollte Joe nicht nur sehen. Ich *musste* ihn sehen. Ich musste mir begreiflich machen, was da geschehen war. Wenn man keine Leiche sieht, versteht man so etwas nicht richtig. Es ist, als ob …«

»Als ob was?«

»Als ob es womöglich nie passiert wäre. Als könnten sie noch am Leben sein. Man träumt von ihnen.«

»Man träumt auch von den Toten.«

»Oh, ich weiß. Aber ohne so einen Schlussstrich ist das etwas anderes. Als Andrew auf See umgekommen ist …«

Wieder diese dämliche Formulierung.

»… habe ich seine Leiche auch nicht gesehen.«

Das überraschte Maya. »Moment, wieso denn nicht? Die Leiche wurde doch geborgen, oder?«

»Das hat man mir zumindest gesagt, ja.«

»Du glaubst es nicht?«

Caroline zuckte die Achseln. »Ich war jung. Sie haben mir die Leiche nie gezeigt. Auch er wurde in einem geschlossenen Sarg begraben. Ich habe Visionen, Maya. Tagträume, in denen er erscheint. Immer noch. Bis heute. Ich habe Träume, in denen Andrew nicht gestorben ist, wache auf, und er steht direkt da vorne am Fußballtor, lächelt und trainiert. Oh, ich weiß, dass er nicht da ist. Ich weiß, dass er bei einem Unfall umgekommen ist, aber andererseits ... weiß ich es auch *nicht*. Verstehst du? Ich konnte Andrews Tod nie akzeptieren. Manchmal glaube ich, er hat den Sturz vom Boot irgendwie überlebt, ist weggeschwommen und sitzt jetzt irgendwo auf einer einsamen Insel, sodass ich ihn irgendwann wiedersehe, und alles ist wieder gut. Aber wenn ich seine Leiche hätte sehen können ...«

Maya blieb ganz still stehen.

»Daher wusste ich, was ich tun musste. Dieses Mal wusste ich es. Ich durfte nicht noch einmal den gleichen Fehler machen. Deshalb habe ich gefragt, ob ich ihn sehen kann. Ehrlich gesagt habe ich sie angefleht. Es war mir egal, wie er aussieht. Vielleicht hätte es mir geholfen. Ich musste ihn sehen, damit ich akzeptiere, dass er wirklich tot ist, verstehst du?«

»Aber du durftest ihn nicht sehen?«

Caroline schüttelte den Kopf. »Sie haben mich nicht zu ihm gelassen.«

»Wer hat dich nicht zu ihm gelassen?«

Wieder blickte sie zum Fußballtor. »Zwei Brüder. Beide sehr früh verstorben. Könnte einfach Pech sein, weißt du? Das kommt vor. Aber in beiden Fällen habe ich die Leiche nicht gesehen. Hast du gehört, was Heather eben gesagt hat? Keiner wird Joe offiziell für tot erklären. Meine beiden Brüder. Es ist, als ob ...« Sie drehte sich um und sah Maya direkt in die Augen. »... als könnten beide noch am Leben sein.«

Maya rührte sich nicht. »Das sind sie aber nicht.«

»Ich weiß, dass es verrückt klingt ...«

»Es ist verrückt.«

»Du hast einen Streit mit Isabella gehabt, stimmt's? Sie hat es uns erzählt. Sie sagte, du hättest geschrien, dass du Joe gesehen hättest. Warum hast du das getan? Was hast du damit gemeint?«

»Caroline, hör mir zu. Joe ist tot.«

»Wieso bist du dir so sicher?«

»Ich war dabei.«

»Aber du hast ihn nicht sterben sehen, stimmt's? Es war dunkel. Beim dritten Schuss bist du weggerannt.«

»Hör zu, Caroline. Die Polizei war da. Die haben ermittelt. Joe ist nach den beiden Schüssen, die ich gesehen habe, nicht aufgestanden und weggegangen. Die Polizei hat sogar zwei Verdächtige festgenommen. Wie erklärst du dir das alles?«

Caroline schüttelte den Kopf.

»Was ist?«

»Du wirst mir nicht glauben.«

»Versuch's.«

»Der Polizist, der die Ermittlung geleitet hat«, sagte Caroline. »Er heißt Roger Kierce.«

»Das stimmt.«

Schweigen.

»Caroline, was ist los?«

»Ich weiß, dass das verrückt klingt ...«

Maya wollte die Information aus ihr herausschütteln.

»Wir haben so ein Privatkonto bei einer Bank. Ich werde da nicht ins Detail gehen. Es ist nicht weiter wichtig, sagen wir einfach, man kann es nicht zur Quelle zurückverfolgen. Verstehst du, was ich sagen will?«

»Ich glaube schon. Moment. Heißt die Bank WTC?«

»Nein.«

»Und der Sitz ist nicht in Houston?«

»Nein, der ist im Ausland. Wieso fragst du nach Houston?«

»Spielt keine Rolle. Erzähl weiter. Ihr habt ein Privatkonto im Ausland.«

Caroline starrte sie einen Moment zu lange an. »Ich bin ein paar von den neueren Online-Transaktionen durchgegangen.«

Maya nickte aufmunternd.

»Das meiste waren Überweisungen auf Nummernkonten oder an Offshore-Firmen, Geld, das hin und her überwiesen wird, damit man es nicht zurückverfolgen kann. Auch da will ich nicht ins Detail gehen. Aber ich bin auch auf einen bestimmten Namen gestoßen. Es gab mehrere Überweisungen an Roger Kierce.«

Maya hielt dem plötzlichen Schlag stand, ohne auch nur zu blinzeln. »Bist du sicher?«

»Ich habe es gesehen.«

»Zeig's mir.«

»Was?«

»Du kannst online auf das Konto zugreifen«, sagte Maya. »Also zeig's mir.«

Caroline gab das Passwort ein. Zum dritten Mal erschien dieselbe Nachricht auf dem Monitor: ERROR: UNAUTHORIZED ACCESS.

»Das versteh ich nicht«, sagte Caroline. Sie saß vor dem Computer in der Bibliothek. »Maya?«

Maya stand hinter ihr und starrte auf den Monitor. *Nichts übereilen*, sagte sie sich. *Denk nach.* Aber über diese Sache hier musste sie nicht lange nachdenken. Nachdem sie ein paar Möglichkeiten durchgegangen war, wurde ihr schnell klar, was los war: Entweder trieb Caroline ein seltsames Spiel mit ihr, oder jemand hatte das Passwort geändert, sodass sie nicht mehr auf das Konto zugreifen konnte.

»Was genau hast du gesehen?«, fragte Maya.

»Das hab ich dir doch schon gesagt. Überweisungen an Roger Kierce.«

»Wie viele?«

»Ich weiß es nicht. Drei oder so.«

»Wie hoch waren die Beträge?«

»Jeweils neuntausend Dollar.«

Neuntausend. Das war logisch. Zahlungen unter zehntausend Dollar unterlagen nicht der Meldepflicht.

»Was noch?«, fragte Maya.

»Wie meinst du das?«

»Wann erfolgte die crste Zahlung?«

»Das weiß ich nicht mehr.«

»Vor oder nach Joes Ermordung?«

Caroline legte den Zeigefinger über die Lippen und überlegte. »Hundertprozentig sicher bin ich mir nicht, aber ...«

Maya wartete.

»Ich meine mich zu erinnern, dass die erste Zahlung vorher abgebucht wurde.«

Maya hatte zwei Möglichkeiten, damit umzugehen.

Eine lag auf der Hand. Stell Judith zur Rede. Stell Neil zur Rede. Mach es sofort und verlange Antworten. Aber diese direkte Herangehensweise brachte auch Probleme mit sich. Schon rein logistisch, da beide im Moment nicht zu Hause waren, aber was noch wichtiger war: Was hoffte sie zu finden? Wenn die beiden etwas verheimlichten, würden sie es ihr gegenüber dann zugeben? Selbst wenn sie sie irgendwie zwingen könnte, sich in das Konto einzuloggen, hätten sie die Beweise nicht längst vernichtet oder zumindest irgendwie verschleiert?

Aber was verheimlichten sie?

Was glaubte Maya, war hier im Gange? Warum hätte die

Burkett-Familie den Detective der Mordkommission bezahlen sollen, der die Ermittlung in Joes Fall leitete? Ergab das überhaupt irgendeinen Sinn? Wenn sie davon ausging, dass Carolines Bericht stimmte, wenn die ersten Zahlungen schon vor dem Mord geleistet worden waren... Woher hätten die Burketts wissen sollen, dass man Kierce den Fall übertrug? Nein, das ergab keinen Sinn. Aber Caroline war sich ja auch nicht ganz sicher gewesen, was das Datum der ersten Überweisung betraf. Logischer wäre es – »logischer« im Sinne von nicht völlig absurd –, wenn die Zahlungen erst nach dem Mord erfolgt wären.

Aber zu welchem Zweck?

Sie musste mehrere Schritte vorausdenken. Das war der Schlüssel. Und wenn Maya mehrere Schritte vorausdachte, sah sie keinen Vorteil darin, Neil oder Judith zur Rede zu stellen, falls sie – oder einer der beiden – hinter diesen vermeintlichen Überweisungen steckten. Maya würde ihren Kenntnisstand preisgeben, ohne im Gegenzug irgendwelche brauchbaren Informationen zu bekommen.

Gedulde dich. Bring erst einmal so viel wie möglich in Erfahrung. Dann kannst du sie, wenn nötig, zur Rede stellen. Man sagte, ein Anwalt durfte nie eine Frage stellen, wenn er die Antwort nicht schon kannte. In ähnlicher Manier griff ein guter Soldat nicht an, bevor er die voraussichtlichen Resultate nicht schon berechnet und Gegenschläge ausgearbeitet hatte.

Vor dem Gespräch mit Caroline hatte Maya doch einen Plan gehabt: Schnapp dir Isabella und bring sie zum Reden. Stell fest, warum Claire heimlich im *Leather and Lace* angerufen hat. Halt dich an diesen Plan und fang bei Isabellas Haus an.

Hector öffnete die Tür.

»Isabella ist nicht da.«

»Mrs Burkett ist der Meinung, dass ich mit ihr reden soll.«

»Sie ist im Ausland«, sagte Hector.

Blödsinn. »Wie lange?«

»Sie meldet sich bei Ihnen. Bitte kommen Sie nicht wieder her.«

Er schloss die Tür. Das hatte Maya erwartet. Als sie zu ihrem Wagen zurückging, ging sie um Hectors Pick-up herum und heftete einen magnetischen GPS-Sender unter seine Stoßstange.

Im Ausland, von wegen.

Der Sender funktionierte ganz einfach: Man lud eine App herunter, rief eine Karte auf und konnte darauf nicht nur den aktuellen Aufenthaltsort des Fahrzeugs sehen, sondern auch, wo es vorher gewesen war. Die Geräte waren nicht schwer zu bekommen. Zwei Läden im Einkaufszentrum hatten sie geführt. Maya hatte nie daran geglaubt, dass Isabella das Land verlassen hatte.

Sie würde aber darauf wetten, dass Hector sie irgendwann zu seiner Schwester führte.

DREIZEHN

Manche Leute mochten erwarten, dass das *Leather and Lace* erst am Abend öffnete. Sie lagen falsch. Im Schatten des MetLife Stadium, Heimat sowohl der New York Giants wie auch der New York Jets, öffnete der »Gentlemen's Club« um 11 Uhr vormittags und bot ein »üppiges Luxus-Lunch-Buffet« an. Maya war schon ein paar Mal in Striptease-Clubs gewesen, meistens in Kurzurlauben. Die männlichen Kameraden hatten da Dampf abgelassen. Sie war gelegentlich mitgegangen. Natürlich gehörte sie nicht zur Zielgruppe dieser Etablissements, aber sie hätte nie erwartet, dass weibliche Gäste dort so bevorzugt behandelt wurden. Praktisch jede Pole-Tänzerin hatte sie wie wild angebaggert. Maya hatte ein paar Theorien entwickelt, die weniger darauf abzielten, dass die Tänzerinnen lesbisch waren, sondern vielmehr, dass sie einen Hass auf Männer entwickelt hatten. Das behielt sie aber lieber für sich.

Vor der Tür des *Leather and Lace* stand der unabdingbare Muskelprotz. Gut eins neunzig, gut hundertdreißig Kilo, kein Hals, Bürstenschnitt, enges schwarzes T-Shirt, dessen Ärmel wie Aderpressen saßen.

»Hallöchen«, sagte er, als hätte ihm jemand eine Gratis-Vorspeise angeboten. »Was kann ich für Sie tun, kleine Lady?«

Au Backe! »Ich muss den Manager sprechen.«

Er kniff die Augen leicht zusammen, musterte sie von oben

bis unten – Fleischbeschau – und nickte. »Hast du Referenzen?«

»Ich würde gern den Manager sprechen.«

Muskelprotz ließ den Blick mindestens zum dritten Mal über ihren Körper streifen. »Du bist ein bisschen alt für diese Branche«, sagte er. Dann nickte er noch einmal und belohnte sie mit seinem freundlichsten Lächeln. »Aber was mich betrifft, ich find dich total heiß.«

»Das bedeutet mir viel«, sagte Maya, »aus Ihrem Mund.«

»Ist mein voller Ernst. Du bist heiß. Toller, knackiger Body.«

»Da kriege ich ja fast weiche Knie. Der Manager?«

Ein paar Minuten später ging Maya am erstaunlich umfangreichen Buffet entlang. Bisher hatten sich nur wenige Gäste eingefunden. Die Männer hielten den Kopf gesenkt. Zwei Frauen tanzten auf der Bühne mit der Begeisterung von Mittelschülerinnen, die morgens vor einer Mathearbeit aufwachten. Nur verschreibungspflichtige Beruhigungsmittel hätten ihnen einen noch gelangweilteren Ausdruck verleihen können. Und genau das, und nicht etwa die moralische Komponente, war Mayas eigentliches Problem mit solchen Clubs. Sie waren so erotisch wie eine Stuhlprobe.

Der Manager trug Yoga-Shorts und ein ärmelloses Shirt. Er forderte sie auf, ihn »Billy« zu nennen. Billy war klein, verbrachte zu viel Zeit im Fitnessstudio und hatte dünne Finger. Sein Büro war in einem hellen Avocado-Grün gestrichen. Diverse Bildschirme zeigten Livestreams von den Umkleideräumen und den Bühnen. Die Kamerapositionen erinnerten Maya an die bei *Growin' Up*.

»Erstens möchte ich Ihnen sagen, dass Sie heiß sind. Okay? Echt heiß.«

»Das höre ich immer wieder«, sagte Maya.

»Sie sind voll der Typ durchgestylte Sportlerin. Ist heutzutage sehr beliebt. Wie diese scharfe Braut in *Die Tribute von Panem*. Wie heißt die noch?«

»Jennifer Lawrence.«

»Nein, nicht die Schauspielerin, die Rolle, meine ich. Wissen Sie, wir fahren hier diese ganze Fantasy-Schiene, also könnten Sie unsere …« Billy schnippte mit den Fingern. »… Katniss sein. So hieß sie doch, oder? Die scharfe Braut in Lederklamotten mit Pfeil und Bogen und so weiter. Katniss Everdingens. Aber …« Seine Augen weiteten sich. »Hey, Scheiße noch mal, ich hab eine geniale Idee. Statt Kat-*niss* werden wir Sie Kat-*nip* nennen. Verstanden?«

Hinter ihnen sagte eine Frauenstimme: »Sie sucht keinen Job, Billy.«

Als Maya sich umdrehte, sah sie, dass dort eine Frau mit Brille saß. Sie war Mitte dreißig und trug ein elegant geschnittenes Kostüm, das in diese Umgebung passte wie eine Zigarre in ein Fitnesscenter.

»Was meinst du damit?«, fragte Billy.

»Sie ist nicht der Typ.«

»Ach, komm schon, Lulu, das ist nicht fair«, sagte Billy. »Das sind doch alles bloß Vorurteile.«

Lulu lächelte Maya schwach zu. »Toleranz gedeiht an den seltsamsten Orten.« Dann sagte sie zu Billy. »Ich kümmre mich darum.«

Billy verließ das Büro. Lulu setzte sich hinter den Schreibtisch und ließ den Blick über die Bildschirme schweifen. Sie klickte sich durch diverse Überwachungskameras.

»Was kann ich für Sie tun?«, fragte Lulu.

Es gab keinen Grund, um den heißen Brei herumzureden. »Meine Schwester hat hier mehrmals angerufen. Ich versuche herauszufinden, warum.«

»Man kann hier Tische reservieren. Vielleicht einfach deshalb.«

»Nein, das halte ich für unwahrscheinlich.«

Lulu zuckte die Achseln. »Ich weiß nicht, was ich Ihnen dazu sagen soll. Hier rufen eine Menge Leute an.«

»Sie hieß Claire Walker. Sagt Ihnen der Name etwas?«

»Spielt keine Rolle. Selbst wenn es so wäre, würde ich es Ihnen nicht verraten. Sie sehen ja, in welcher Branche wir tätig sind. Wir sind stolz auf unsere Diskretion.«

»Ist immer schön, wenn es etwas gibt, auf das man stolz sein kann.«

»Jetzt mal nicht so überheblich, Miss …«

»Maya. Maya Stern. Und meine Schwester wurde ermordet.«

Schweigen.

»Sie hatte ein geheimes Handy.« Maya zog es heraus und öffnete die Anrufliste. »Sämtliche Telefonate in der Liste hatten hier ihren Ursprung oder ihr Ziel.«

Lulu sah nicht einmal hin. »Herzliches Beileid.«

»Danke.«

»Aber ich kann Ihnen nichts dazu sagen.«

»Ich kann dieses Handy der Polizei übergeben. Eine Frau hat die Existenz dieses Handys geheim gehalten. Sie hat damit nur mit diesem Club telefoniert. Dann wird sie ermordet. Glauben Sie nicht, dass die Cops sich hier einmal ganz genau umsehen wollen?«

»Nein«, sagte Lulu. »Das glaube ich nicht. Aber selbst wenn Sie sich für diese Vorgehensweise entscheiden sollten, haben wir nichts zu verbergen. Woher wissen Sie überhaupt, dass das Handy Ihrer Schwester gehörte?«

»Was?«

»Wo haben Sie es gefunden? In ihrem Haus? Hat sie mit

anderen Leuten zusammengelebt? Vielleicht gehörte es einem der Mitbewohner? War sie verheiratet? Hatte sie einen Liebhaber? Vielleicht war es seins?«

»War es nicht.«

»Sind Sie sicher? Hundertprozentig? Es soll vorkommen – und das wird Sie vielleicht schockieren –, dass Männer bezüglich ihrer Besuche hier lügen. Und selbst wenn Sie irgendwie beweisen könnten, dass dieses Handy wirklich das Ihrer Schwester ist, hier nutzen viele Leute das Telefon. Tänzerinnen, Barkeeper, Bedienungen, Köche, Hausmeister, Tellerwäscher, selbst Kunden. Wie lange ist es her, dass Ihre Schwester ermordet wurde?«

»Vier Monate.«

»Wir löschen die Dateien der Videoüberwachung nach zwei Wochen. Auch das aus Gründen der Diskretion. Wir wollen vermeiden, dass sich jemand eine gerichtliche Verfügung besorgt, um festzustellen, ob der Ehemann womöglich hier gewesen ist. Also, selbst wenn Sie sich ein Video ansehen wollten …«

»Schon verstanden«, sagte Maya.

Lulu lächelte ihr herablassend zu. »Tut mir leid, dass wir Ihnen nicht weiterhelfen können.«

»Ja, man merkt Ihnen an, dass Sie vollkommen am Boden zerstört sind.«

»Wenn Sie mich jetzt bitte entschuldigen würden?«

Maya trat einen Schritt auf sie zu. »Vergessen Sie die juristische Seite mal für einen Moment. Sie wissen, dass ich nicht hergekommen bin, um eine Indiskretion aufzudecken. Ich appelliere an Ihre Menschlichkeit. Meine Schwester wurde ermordet. Die Polizei hat die Hoffnung, den Fall zu lösen, so gut wie aufgegeben. Dieses Handy ist die einzige neue Spur. Also bitte ich Sie als Mitmenschen, mir zu helfen.«

Lulu war schon auf dem Weg zur Tür. »Ich möchte Ihnen noch mal mein Beileid aussprechen, kann Ihnen aber leider nicht helfen.«

Als Maya aus dem Club kam, war sie vom Sonnenlicht vollkommen geblendet. In solchen Läden war immer Nacht, im wahren Leben war allerdings gerade erst Mittag. Maya blinzelte, schirmte die Augen mit der Hand ab und torkelte wie Dracula, den man ins Tageslicht zerrt, aus der Tür.

»Hast du den Job nicht gekriegt?«, fragte Muskelprotz.

»Nichts zu machen.«

»Schade.«

»Ja.«

Und was jetzt?

Natürlich könnte sie ihre Drohung wahr machen und mit der Polizei zurückkommen. Damit wäre Kierce allerdings mit im Boot. Vertraute Maya ihm? Gute Frage. Entweder nahm er für irgendetwas Geld, oder Caroline log. Oder Caroline irrte sich. Oder… scheißegal. Sie vertraute Caroline nicht. Und Kierce vertraute sie auch nicht.

Wem vertraute sie dann?

Momentan brachte es nichts, überhaupt irgendjemandem zu vertrauen, aber wenn es eine Person gab, von der sie glaubte, dass sie die Wahrheit sagte, war es Shane. Was natürlich bedeutete, dass sie vorsichtig sein musste. Shane war ihr Freund, aber er war auch eine ehrliche Haut. Sie hatte ihn schon zu etwas gedrängt, das ihm nicht gefiel. Sie waren am Abend in der Schießanlage verabredet. Vielleicht könnte sie ihn dort darauf ansprechen. Aber wenn sie genauer darüber nachdachte, hielt sie es doch für unwahrscheinlich. Er stellte einfach zu viele Fragen.

Hey… Moment mal.

Maya lief über den Parkplatz, wobei sie in der plötzlichen Helligkeit immer noch blinzeln musste. Und da entdeckte sie ihn. Zuerst war er ihr gar nicht aufgefallen. Er war weit entfernt, und außerdem fuhren jede Menge von den Dingern herum.

Jede Menge rote Buick Veranos.

Dieser stand in der hintersten Ecke des Parkplatzes, halb verdeckt zwischen einem Zaun und einem großen SUV, einem Cadillac Escalade. Sie blickte zurück zur Tür. Muskelprotz begutachtete ihren Hintern. Welche Überraschung. Sie winkte kurz und ging auf den roten Wagen zu.

Sie musste feststellen, ob das Kennzeichen übereinstimmte.

Oben auf dem Zaun entdeckte Maya Überwachungskameras. Na und? Warum sollte sich jemand die Streams gerade jetzt ansehen, und falls doch, was könnte es schaden? Sie hatte eine Art Plan. In einem ihrer sehr seltenen lichten Momente in letzter Zeit hatte sie – um nicht wieder unvorbereitet in eine solche Situation zu geraten – im Einkaufszentrum mehrere GPS-Sender gekauft. Der Erste davon hing bereits an Hectors Pick-up.

Einen zweiten hatte sie einsatzbereit in der Handtasche.

Der Plan war einfach und logisch. Erstens: Stell fest, ob es das richtige Auto ist, indem du das Kennzeichen überprüfst. Zweitens: Geh am roten Buick vorbei und klatsch den GPS-Sender unter die Stoßstange.

Der zweite Teil könnte ein Problem werden. Der Wagen stand in einer Ecke direkt am Zaun, sodass es einem möglichen Beobachter recht seltsam vorkommen mochte, dass sie so lässig daran vorbeischlenderte. Allerdings war auf dem Parkplatz nicht viel los, weil die wenigen Leute, die ankamen oder wegfuhren, auf der anderen Seite parkten, und obwohl vielleicht vielen der Besuch hier nicht peinlich war, spazierten sie doch nicht unbedingt mit stolzgeschwellter Brust umher.

Das Kennzeichen kam ins Blickfeld. Ja, es war derselbe Wagen.

WTC Limited. Eine Holdinggesellschaft, vielleicht für *Leather and Lace*?

»Falsche Richtung.«

Muskelprotz. Sie drehte sich um. Er trat direkt neben sie. Sie rang sich ein Lächeln ab.

»Wie bitte?«

»Das ist der Mitarbeiterparkplatz.«

»Oh«, sagte Maya. »Tut mir leid. Ich bin manchmal ein bisschen wirr.« Sie versuchte es mit einem »Hihi, was bin ich doch für ein Dussel«-Lachen. »Da hab ich wohl an der falschen Stelle geparkt. Oder ich wollte den Job so dringend …«

»Nein, wollten Sie nicht.«

»Wie bitte?«

Er deutete mit seinem fleischigen Zeigefinger nach hinten. »Sie haben da drüben geparkt, auf der anderen Seite.«

»Oh, hab ich das? Ich bin manchmal so leer im Kopf.«

Sie blieb stehen. Er blieb stehen.

»Bei uns darf niemand den Mitarbeiterparkplatz betreten«, sagte er. »Firmenpolitik. Wissen Sie, manche Typen kommen raus und warten am Wagen der Tänzerinnen. Sie wissen schon, was ich meine. Oder sie versuchen, das Kennzeichen herauszubekommen, um sie anzurufen. Manchmal müssen wir die Mädels hier rausbegleiten, damit sie an den unheimlichen Kerlen vorbeikommen. Alles klar?«

»Ja, aber ich bin kein unheimlicher Kerl.«

»Nein, Ma'am, das sind Sie keineswegs.«

Sie blieb stehen. Er blieb stehen.

»Kommen Sie«, sagte er. »Ich bringe Sie zu Ihrem Wagen.«

Gegenüber, etwa hundert Meter die Straße hinunter, befand sich einer dieser riesigen Lagerhaus-Shops. Maya fuhr hin und hielt so, dass sie den Mitarbeiterparkplatz des *Leather and Lace* im Auge hatte. Sie hoffte, dass irgendwann jemand in den roten Buick Verano steigen und losfahren würde und sie ihm folgen konnte.

Und was dann?

Einen Schritt nach dem anderen.

Aber was war mit dem ganzen Unsinn, dass man beim Pläneschmieden immer ein paar Schritte vorausdenken musste?

Sie wusste es nicht. Vorbereitet zu sein war schön und gut, aber es gab auch noch so etwas wie Improvisation. Der folgende Schritt würde dann vom Fahrziel des roten Buick abhängen. Wenn der Wagen zum Beispiel für die Nacht vor einem Haus abgestellt wurde, konnte sie vielleicht herausbekommen, wer dort wohnte.

Hinsichtlich der Kleidung ist die Klientel eines Striptease-Clubs – anders als beim Geschlecht – recht vielfältig. Neben Malochern in Arbeitsschuhen und Jeans sah Maya Angestellte in Business-Anzügen, Sommerfrischler in T-Shirts und Cargo-Shorts und sogar ein paar Männer in Golfkleidung, die aussahen, als hätten sie gerade erst das letzte Loch gespielt. Hey, vielleicht kamen sie ja einfach alle wegen des guten Essens.

Eine Stunde verging. Vier Personen verließen den Mitarbeiterparkplatz, drei kamen dazu. Keiner näherte sich dem roten Buick Verano am Zaun.

Maya hatte viel Zeit, über die neuesten Entwicklungen nachzudenken. Sie kam trotzdem nicht weiter. Zeit half ihr nicht, sie brauchte mehr Informationen.

Der rote Buick war von einer Gesellschaft namens WTC Limited geleast worden. Gehörte die Gesellschaft den Burketts? Caroline hatte etwas von Geldtransfers von und auf

Auslandskonten und an anonyme Firmen gesagt. War WTC Limited eine von ihnen? Hatte Claire den Fahrer des Buick Verano gekannt? Oder Joe?

Maya und Joe hatten mehrere gemeinsame Konten gehabt. Sie öffnete sie auf ihrer Handy-App und sah sich die Kreditkartenabrechnungen an. War Joe im *Leather and Lace* gewesen? Falls ja, konnte sie das auf den Auszügen sehen? Aber wäre Joe so dumm gewesen? Wussten Läden wie *Leather and Lace* nicht, dass neugierige Ehefrauen die Kreditkartenabrechnungen ihrer Männer überprüften, und benutzen deshalb – besonders wenn sie an Lulus Stolz auf ihre Diskretion dachte – einen anderen Namen?

Wie zum Beispiel WTC Limited?

Mit aufkeimender Hoffnung suchte sie nach einer Abbuchung von WTC Limited. Nichts. Der Club war in Carlstadt, New Jersey. Sie suchte nach Abbuchungen, die auf diesen Ort hinwiesen. Wieder nichts.

Jemand hielt zwei Plätze neben dem roten Buick. Die Autotür wurde geöffnet, und eine Stangentänzerin stieg aus. Ja, Maya wusste, welchen Job sie hatte. Lange blonde Haare, Shorts, die kaum die Hälfte des Hinterns bedeckten, operierte Brüste, die so hoch ragten, dass sie keine Ohrringe mehr brauchte – es bedurfte kein Stangentänzer-Pendant zum Schwulenradar, um zu erkennen, dass diese Frau entweder eine Stangentänzerin oder die fleischgewordene Fantasievorstellung eines männlichen sechzehnjährigen Teenagers war.

Als die aufreizende Tänzerin durch den Mitarbeitereingang an der Seite in den Club ging, kam ein Mann heraus. Er hatte sich eine Yankees-Baseballkappe tief über die Augen gezogen, die er außerdem hinter einer Sonnenbrille versteckte. Er ging mit gesenktem Kopf und gebeugtem Rücken, so wie man es machte, wenn man unauffällig in der Menge untertauchen wollte. Maya richtete sich auf. Der Mann trug einen dieser wilden Bärte, die einige abergläubische Sportler sich während der Playoff-Spiele wachsen lassen.

Obwohl sie nicht viel von ihm sah, kam er ihr trotzdem irgendwie bekannt vor …

Maya startete den Wagen. Der Mann ging mit gesenktem Kopf weiter, beschleunigte seinen Schritt und stieg in den roten Buick Verano.

Das war also ihr Mann.

Ihm lange zu folgen könnte riskant sein. Am besten wäre es vielleicht, ihn direkt zur Rede zu stellen. Er könnte seinen Verfolger entdecken, oder sie könnte ihn aus den Augen verlieren. Also Schluss mit dem Rumgeeiere und ran an den Speck. Sie konnte zum *Leather and Lace*-Parkplatz zurückfahren, den Wagen blockieren und Antworten einfordern. Aber auch mit diesem Szenario gab es Probleme. Der Club hatte Security-Leute. Wahrscheinlich jede Menge. Muskelprotz würde sich einmischen und höchstwahrscheinlich auch ein paar Kollegen von ihm. Striptease-Clubs waren es gewohnt, kleinere Zwischenfälle in Eigenregie zu lösen. Shanes gelegentliche Berichte von seiner Arbeit bei der Militärpolizei stützten die Aussagen von Muskelprotz. Häufig blieben Männer noch, nachdem der Club geschlossen hatte, und warteten auf eine Tänzerin, in der festen Überzeugung, sie wäre an mehr interessiert als an dem, was er im Portemonnaie hatte, obwohl das absolut niemals vorkam. Männer, denen es in unglaublich vieler Hinsicht an Selbstbewusstsein mangelte, schafften es trotzdem irgendwie, sich der Illusion hinzugeben, dass sie für jede Frau unwiderstehlich wären.

Kurz gesagt: Sie würde auf Wachleute stoßen. Da war es wohl doch besser, ihm ein Stück weit zu folgen, um ihn dann alleine zu erwischen.

Der rote Buick setzte sich in Bewegung und fuhr zur Ausfahrt. Maya war hinter ihm, sie fädelte sich auf der Paterson Plank Road ein und war sofort verunsichert. Warum? War das nur Einbildung, oder hatte der Buick kurz gezögert, als hätte der Fahrer sie bereits entdeckt? Eigentlich war das unmöglich. Es waren drei Fahrzeuge zwischen ihnen.

Schon nach zwei Minuten wurde Maya klar, dass die Verfolgung nicht funktionieren würde.

Sie hatte nicht damit gerechnet, aber während sie ihren Plan umzusetzen versuchte, traten weitere Probleme auf. Erstens: Er kannte ihren Wagen – schließlich hatte er sie mehrmals beschattet. Ein Blick in den Rückspiegel würde reichen, um sich eine Geschichte zusammenzureimen.

Zweitens: Lulu, Billy, Muskelprotz oder sonst irgendjemand im Club könnte ihn gewarnt haben – hatte ihn höchstwahrscheinlich gewarnt. Also war Buick-Yankees-Kappe auf der Hut. Und dann könnte er sie tatsächlich schon entdeckt haben.

Drittens: So lange wie er Maya schon beschattet hatte, könnte Buick-Yankees-Kappe mit Mayas Wagen das Gleiche gemacht haben, was Maya mit Hectors Pick-up gemacht hatte – einen GPS-Sender dranhängen. Dann wusste er, dass ihr Wagen den ganzen Vormittag in der Nähe des Clubs gestanden hatte.

Das Ganze könnte ein abgekartetes Spiel sein. Es könnte eine Falle sein. Vielleicht sollte sie einen geordneten Rückzug antreten, einen besseren Plan schmieden und dann ins *Leather and Lace* zurückkehren. Nein, niemals. Schluss mit der passiven Herangehensweise. Sie brauchte Antworten, und wenn das bedeutete, weniger Vorsicht walten zu lassen und womöglich etwas zu forsch vorzugehen, war das auch in Ordnung.

Sie waren noch im Gewerbegebiet, ein paar Kilometer von

der Schnellstraße entfernt. Sobald der Buick dort war, hatte sie keine Chance mehr. Maya griff in ihre Handtasche. Die Pistole war griffbereit. Die Ampel sprang auf Rot. Der Buick hielt an, stand ganz vorne auf der rechten Spur. Maya trat aufs Gas, scherte nach links aus und fuhr an den Fahrzeugen vor ihr vorbei. Sie musste schnell sein. Vor dem Buick riss sie das Lenkrad herum, hielt schräg vor ihm und blockierte ihn so.

Sie sprang aus dem Wagen, hielt die Pistole tief unten außer Sichtweite. Ja, das Vorgehen war höchst riskant, aber sie hatte ihre Chancen durchkalkuliert. Wenn er versuchte, zurückzusetzen oder abzuhauen, würde sie ihm in die Reifen schießen. Würde jemand die Polizei rufen? Wahrscheinlich. Aber sie war bereit, dieses Risiko einzugehen. Schlimmstenfalls würde die Polizei sie festnehmen. Dann würde sie von der Ermordung ihres Mannes erzählen und dass dieser Kerl sie seitdem verfolgte. Eventuell musste sie dann noch eine Weile die hysterische Witwe spielen, aber es war kaum zu erwarten, dass man sie wegen irgendetwas Ernsthaftem verurteilte.

Innerhalb weniger Sekunden war Maya am roten Buick. Die Windschutzscheibe reflektierte, sodass sie den Fahrer nicht sehen konnte, aber das ließ sich ändern. Sie überlegte, ob sie zur Fahrerseite gehen und ihn durch die Scheibe hindurch mit der Pistole bedrohen sollte, blieb dann aber doch an der Beifahrertür. Falls sie nicht verriegelt war, konnte sie einfach einsteigen, falls doch, konnte sie den Fahrer auch von dieser Seite aus mit der Waffe bedrohen.

Sie streckte die Hand aus und zog am Türgriff.

Die Tür öffnete sich.

Maya sprang in den Buick und richtete die Pistole auf den Mann mit der Yankees-Kappe.

Der Mann sah sie an und lächelte. »Hey, Maya.«

Sie saß wie gelähmt da.

Er nahm die Baseballkappe ab und sagte: »Schön, dass wir uns endlich persönlich kennenlernen.«

Sie wollte abdrücken. Sie meinte, von dieser Situation geträumt zu haben – ihm zu begegnen, die Waffe auf ihn zu richten, abzudrücken, ihm den Kopf wegzublasen. Ihr erster, instinktiver Gedanke war so primitiv wie banal: Töte deinen Feind.

Aber wenn sie das tat und selbst wenn sie dabei die rechtlichen und moralischen Bedenken fürs Erste außer Acht ließ, würde er die Antworten auf ihre Fragen vermutlich mit ins Grab nehmen. Und sie musste unbedingt die Wahrheit erfahren, jetzt mehr denn je. Weil der Mann, der sie in seinem roten Buick verfolgt hatte, der Mann, der heimlich in den Wochen vor ihrer Ermordung mit Claire telefoniert hatte, kein anderer war als Corey the Whistle.

VIERZEHN

Warum verfolgen Sie mich?«

Corey lächelte immer noch. »Stecken Sie die Pistole ein, Maya.«

Auf Fotos war Corey Rudzinski immer elegant gekleidet, glattrasiert und etwas milchgesichtig. Daher ergänzten sich der zottelige Bart, die Baseballkappe und die Altmänner-Jeans zu einer ziemlich guten Verkleidung. Maya starrte ihn unverwandt an, während sie weiter die Pistole auf ihn richtete. Die Fahrer hinter ihnen fingen an zu hupen.

»Wir versperren die Straße«, sagte Corey. »Fahren Sie Ihren Wagen an die Seite, dann können wir reden.«

»Ich will wissen …«

»Ich werd's Ihnen sagen. Aber fahren Sie erst Ihren Wagen an die Seite.«

Mehr Gehupe.

Maya griff zum Zündschloss und zog seinen Autoschlüssel heraus. Sie würde ihn nicht entkommen lassen. »Bleiben Sie, wo Sie sind.«

»Kein Problem, Maya.«

Sie fuhr ihren Wagen auf den Seitenstreifen, parkte dort und stieg wieder in den Buick. Sie gab ihm den Autoschlüssel zurück.

»Ich könnte mir vorstellen, dass Sie ein wenig irritiert sind«, sagte Corey.

Dr. Understatement. Maya war perplex. Wie ein angeschlagener Boxer brauchte sie ein bisschen Zeit, um sich zu erholen, musste sich kurz anzählen lassen, um sich wieder auf den Kampf konzentrieren zu können. Ein paar vage Erklärungsversuche, wie es dazu kommen konnte, bildeten sich in ihrem Kopf, zerplatzten dann aber wie Seifenblasen.

Das Ganze ergab überhaupt keinen Sinn.

Sie fing mit der naheliegendsten Frage an: »Woher kennen Sie meine Schwester?«

Sein Lächeln schwand, als sie die Frage stellte, und verwandelte sich in etwas, das wie echte Trauer aussah – dann wurde ihr klar, warum. Maya hatte »kennen Sie« gesagt – Gegenwart. Corey Rudzinski hatte Claire tatsächlich gekannt. Sie hatte ihm, das sah Maya, etwas bedeutet.

Er sah nach vorne. »Lassen Sie uns ein Stück fahren«, sagte er.

»Mir wäre es lieber, wenn Sie einfach meine Frage beantworten.«

»Ich kann nicht einfach hierbleiben. Das ist zu gefährlich. Sie würden es nicht akzeptieren.«

»Sie?«

Er antwortete nicht. Er fuhr zurück zum *Leather and Lace* und parkte an derselben Stelle wie vorher. Zwei Wagen folgten ihnen auf den Parkplatz. Waren sie die ganze Zeit hinter ihnen gewesen? Gut möglich, dachte Maya.

Neben dem Angestellteneingang befand sich ein Tastaturfeld. Corey tippte eine Zahl ein. Maya merkte sie sich – für alle Fälle. »Lohnt sich nicht«, sagte er. »Es muss außerdem jemand drinnen den Summer drücken.«

»Sie geben einen Code ein, und dann prüft ein Wachmann, wer Sie sind?«

»Richtig.«

»Klingt ein bisschen nach Overkill. Oder nach Paranoia.«

»Ja, kann ich mir vorstellen.«

Der Flur war dunkel und stank nach dreckigen Socken. Sie durchquerten den Club. Der Disney-Song *A Whole New World* erfüllte den Raum. Die Stangentänzerin trug ein Prinzessin-Jasmin-Kostüm aus *Aladdin*. Maya runzelte die Stirn. Verkleidungen waren offensichtlich nicht nur bei Vorschulkindern beliebt.

Er führte sie durch einen Perlenvorhang in ein privates Hinterzimmer. Der Raum war in Gold und Grün gehalten und sah aus, als hätte sich der Innenarchitekt von einem Cheerleader-Outfit aus dem Mittelwesten inspirieren lassen.

»Sie wissen sicher, dass ich vorhin schon einmal hier war«, sagte Maya. »Ich habe mit dieser Lulu gesprochen.«

»Ja.«

»Dann haben Sie mich vermutlich beobachtet, als ich den Club verlassen habe. Sie haben gesehen, wie ich zu Ihrem Wagen gegangen bin. Dann wussten Sie auch, dass ich Sie verfolgt habe.«

Er antwortete nicht.

»Und die beiden Wagen, die nach uns auf den Parkplatz gefahren sind, gehören zu Ihnen?«

»Overkill, Maya. Oder Paranoia. Nehmen Sie Platz.«

»Darauf?« Maya runzelte die Stirn. »Wie oft werden die Polster gereinigt?«

»Oft genug. Setzen Sie sich.«

Beide nahmen Platz.

»Ich muss Ihnen erklären, was ich tue«, fing er an.

»Ich weiß sehr genau, was Sie tun.«

»Ach?«

»Sie halten Geheimnisse für die Wurzel allen Übels, daher enthüllen Sie sie und scheißen auf die Konsequenzen.«

»Damit kommen Sie der Wahrheit tatsächlich ziemlich nah.«

»Dann ersparen Sie mir die Erklärungen. Woher kennen Sie meine Schwester?«

»Sie hat mich kontaktiert«, sagte Corey.

»Wann?«

Corey zögerte. »Ich bin kein Radikaler. Und auch kein Anarchist. So ist das nicht.«

Maya hatte absolut kein Interesse daran zu erfahren, wie *es* war oder nicht war. Sie wollte etwas über Claire erfahren – und warum Corey sie verfolgte. Aber sie wollte ihn auch nicht unnötig verärgern und ihm dadurch womöglich die Redelaune verderben. Also sagte sie nichts.

»Was die Geheimnisse betrifft, haben Sie recht. Ich habe als Hacker angefangen. Bin nur so aus Spaß in Computersysteme eingedrungen. Später auch bei großen Unternehmen oder Regierungsstellen. Das war eine Art Spiel. Aber dann bin ich auf die ganzen Geheimnisse gestoßen. Ich habe erkannt, in welchem Ausmaß die Mächtigen die einfachen Menschen ausnutzen.« Er fing sich wieder. »Sie wollen jetzt aber nicht die ganze Rede hören, oder?«

»Muss nicht sein.«

»Na ja, was ich sagen wollte, ist, dass wir nicht mehr viel hacken. Wir geben Whistleblowern eine Möglichkeit, die Wahrheit zu sagen. Weiter nichts. Weil Menschen die Kontrolle über sich selbst verlieren, wenn es um Macht und Geld geht. Das liegt einfach in ihrer Natur. Wir biegen uns die Wahrheit so zurecht, dass sie unserem eigenen Interesse nützt. Daher sind die Leute, die für Zigarettenfirmen arbeiten, eigentlich keine schlimmen oder gar bösen Menschen. Sie schaffen es nur einfach nicht, das Richtige zu tun, weil es nicht in ihrem eigenen Interesse liegt. Wir Menschen sind unglaublich gut darin, unser Tun vor uns selbst zu rechtfertigen.«

So viel zur nicht gehaltenen Rede.

Eine Kellnerin kam in den Raum. Ihr Top war nicht breiter als ein Stirnband. »Drinks?«, fragte sie.

»Maya?«, fragte Corey.

»Ich brauch nichts.«

»Ich hätte gern ein Sodawasser mit einem Stück Limette.«

Die Kellnerin ging. Corey wandte sich an Maya.

»Die Leute glauben, ich will Regierungen oder Unternehmen schwächen. Dabei will ich eigentlich genau das Gegenteil. Ich will sie stärken, indem ich sie zwinge, das Richtige zu tun, sich in den Dienst der Gerechtigkeit zu stellen. Wenn deine Regierung oder dein Unternehmen auf Lügen aufgebaut ist, dann bau es um, sodass es auf der Wahrheit basiert. Daher bin ich gegen Geheimnisse. Grundsätzlich. Wenn ein Milliardär ein Regierungsmitglied bezahlt, um Zugriff auf ein Ölfeld zu bekommen, verrät es den Menschen. Oder in Ihrem Fall: Wenn deine Regierung in einem Krieg Zivilisten umbringt …«

»Das haben wir nicht getan.«

»Schon klar, ich weiß. Kollateralschaden. Ein wunderbar schwammiger Begriff, finden Sie nicht auch? Ganz egal, was man glaubt, ob es ein Unfall war oder absichtlich geschah, wir, das Volk, müssen Bescheid wissen. Vielleicht wollen wir den Krieg trotzdem führen. Aber wir müssen Bescheid wissen. Geschäftsleute lügen und betrügen. Sportler lügen und betrügen. Regierungen lügen und betrügen. Wir nehmen es achselzuckend zur Kenntnis. Aber stellen Sie sich eine Welt vor, in der das nicht geschieht. Stellen Sie sich eine Welt vor, in der es um Verantwortung geht und nicht um Autoritätsgläubigkeit. Stellen Sie sich eine Welt vor, in der es keinen Geheimnismissbrauch mehr gibt.«

»Gibt es in Ihrer Welt auch Einhörner und Feenstaub?«, fragte Maya.

Er lächelte. »Sie halten mich für naiv?«

»Corey – darf ich Sie Corey nennen?«

»Bitte.«

»Woher kennen Sie meine Schwester?«

»Das habe ich schon gesagt. Sie hat mich kontaktiert.«

»Wann?«

»Ein paar Monate vor ihrem Tod. Sie hat eine E-Mail an meine Website geschickt. Die wurde schließlich an mich weitergeleitet.«

»Was stand darin?«

»In ihrer E-Mail? Sie wollte mit mir reden.«

»Worüber?«

»Was glauben Sie, Maya. Über Sie.«

Die Kellnerin kam zurück. »Zwei Sodawasser mit Limette.« Sie blinzelte Maya freundlich zu. »Ich weiß, dass Sie keins bestellt haben, Schätzchen, aber Sie könnten Durst bekommen.«

Sie stellte die Drinks ab, lächelte Maya noch einmal zu und ging.

»Sie wollen mir aber nicht erzählen, dass Claire das Video mit der Kampfszene an Sie weitergeleitet…«

»Nein.«

»… weil Claire nämlich absolut keinen Zugriff darauf…«

»Nein, Maya, das habe ich nicht gesagt. Ihre Schwester hat mich kontaktiert, nachdem ich Ihr Video veröffentlicht habe.«

Das war logischer, beantwortete die Frage aber nicht. »Was wollte sie?«

»Deshalb versuche ich, Ihnen unsere Philosophie zu erklären. Über das Whistleblowing. Über das Aufdecken von Informationen. Über die Rechenschaftspflicht und die Freiheit.«

»Ich kann Ihnen nicht folgen.«

»Claire hat mich kontaktiert, weil sie fürchtete, ich würde den Rest des Videos veröffentlichen.«

Schweigen.

»Sie wissen, was ich meine, stimmt's, Maya?«

»Ja.«

»Sie haben Claire davon erzählt.«

»Ich habe ihr alles erzählt. Wir haben uns immer alles erzählt. Das dachte ich zumindest.«

Corey lächelte ihr zu. »Claire wollte Sie schützen. Sie hat mich gebeten, die Tonspur nicht zu veröffentlichen.«

»Und Sie haben es nicht getan.«

»Das ist richtig.«

»Weil Claire Sie darum gebeten hat?«

Er trank einen Schluck. »Ich kenne einen Mann … oder besser gesagt eine Gruppe, die glaubt, wie meine Gruppe zu sein. Das ist sie aber nicht. Auch sie decken Geheimnisse auf, allerdings aus dem persönlichen Bereich. Da geht es um Ehefrauen, die fremdgehen, Anabolika-Nutzer, Rachepornos und solche Sachen. Private Mauscheleien. Wenn Sie anonym im Internet etwas Sittenwidriges planen, wird diese Gruppe Sie outen. So wie es diese Hacker letztes Jahr mit dieser Fremdgeh-Website gemacht haben.«

»Und Sie halten das für falsch?«

»So ist es.«

»Warum? Wird die Welt dadurch nicht von Geheimnissen befreit?«

»Komisch«, sagte er.

»Was?«

»Dieses Argument hat Ihre Schwester auch gebracht. Ich würde nicht so weit gehen zu sagen, dass wir scheinheilig sind, aber ja, wir treffen eine Auswahl. Es geht einfach nicht anders. Ich hatte die Tonspur zu Ihrem Video aus persönlichen, eigennützigen Gründen nicht veröffentlicht. Ich wollte mir das für später aufbewahren, um den Effekt der Enthüllung zu maximieren. Das hätte mehr Besucher auf meine Website gelockt und so meinem Ziel mehr Publicity verschafft.«

»Und warum haben Sie es dann nicht getan?«

»Ihre Schwester. Sie hat mich gebeten, es nicht zu tun.«

»Einfach so?«

»Sie war sehr überzeugend. Sie, Maya, wären nur ein Spielball, erklärte sie mir. Sie würden von einem korrupten System gezwungen, eine Rolle auszufüllen. Einerseits würde ich gerne alles veröffentlichen, weil die Wahrheit Sie tatsächlich befreien würde. Andererseits würden Sie persönlich sich davon nicht wieder erholen. Claire hat mich überzeugt, dass ich, würde ich die Tonspur veröffentlichen, nicht besser wäre als meine Kollegen, die Menschen an den Pranger stellen, weil sie fremdgegangen sind.«

Maya hatte genug von dieser um sich selbst kreisenden Argumentation. »Sie wollten etwas gegen den Krieg unternehmen, nicht gegen mich persönlich?«

»Ja.«

»Also haben Sie der Öffentlichkeit Ihre Version präsentiert. Die Leute sollten die Regierung verachten. Wenn sie die Tonspur hören würden, würden sie womöglich mir die Schuld geben.«

»So ist es wohl.«

Er hatte die Wahrheit durch eine eigene Version ersetzt, dachte Maya. Kaum kratzte man etwas an der Oberfläche, stellte sich heraus, dass wir alle gleich waren. Sie hatte im Moment aber keine Zeit und auch keinen Grund, sich darüber Gedanken zu machen.

»Meine Schwester hat Sie also kontaktiert«, sagte Maya, »um mich zu schützen.«

»Ja.«

Maya nickte. Das war nachvollziehbar. Traurig, schrecklich

und nachvollziehbar. Wieder übermannten sie Schuldgefühle. »Und was ist dann passiert?«

»Sie hat mich von der Rechtschaffenheit ihrer Absicht überzeugt.« Ein schwaches Lächeln umspielte seine Lippen. »Und ich sie von der Rechtschaffenheit meiner.«

»Das versteh ich nicht.«

»Claire hat für ein großes, korruptes Unternehmen gearbeitet. Sie hatte Zugriff auf sämtliche Daten.«

Langsam klickte es. »Sie haben sie dazu gebracht, Ihnen Informationen zuzuspielen.«

»Sie hat die Rechtschaffenheit meiner Absicht erkannt.«

Maya kam ein Gedanke.

»Was ist?«

»Beruhte das Ganze auf Gegenleistungen?«, fragte Maya. »Hat Claire sich bereit erklärt, im Tausch gegen die Nichtveröffentlichung der Tonspur Burkett Enterprises ans Messer zu liefern?«

»So plump lief das nicht.«

Oder vielleicht doch?

»Also«, sagte Maya, die spürte, wie die Wahrheit immer deutlicher zum Vorschein kam, »haben Sie Claire überredet, die Drecksarbeit für Sie zu machen. Und das hat zu ihrer Ermordung geführt.«

Ein Schatten fiel auf sein Gesicht. »Nicht nur zu Claires«, sagte Corey.

»Was meinen Sie damit?«

»Sie hat mit Joe zusammengearbeitet.«

Maya ließ das einen Moment sacken, bevor sie den Kopf schüttelte. »Joe würde niemals etwas tun, was seiner Familie schadet.«

»Ihre Schwester hat das offenbar anders gesehen.«

Maya schloss die Augen.

»Denken Sie drüber nach. Claire guckt sich die Sache genauer an. Sie wird ermordet. Dann guckt Joe sich die Sache genauer an …«

Die Verbindung, dachte Maya. Alle suchten nach einer Verbindung.

Corey glaubte, sie zu kennen.

Doch er irrte sich.

»Nach dem Tod Ihrer Schwester hat Joe Kontakt zu mir aufgenommen.«

»Was wollte er?«

»Er wollte mich treffen.«

»Und?«

»Ich konnte nicht. Ich musste im Untergrund bleiben. Sie haben bestimmt davon gelesen. Die dänische Regierung hat versucht, mich mit fingierten Vorwürfen festzuhalten. Ich habe ihm mitgeteilt, dass ich sichere Kommunikationswege finden werde, aber er hat auf einem persönliches Treffen bestanden. Ich glaube, er wollte uns helfen, und nehme an, dass er dabei auf ein Geheimnis gestoßen ist und er deshalb umgebracht wurde.«

»Welchen Bereich haben Claire und Joe sich denn genauer angeguckt?«

»Finanzkriminalität.«

»Können Sie das etwas näher eingrenzen?«

»Sie kennen den Spruch, dass hinter jedem großen Vermögen ein Verbrechen steht? Das trifft zu. Gewiss könnte man die eine oder andere Ausnahme finden, aber wenn man am Lack eines großen Unternehmens kratzt, stellt man immer fest, dass irgendjemand geschmiert wurde oder die Konkurrenz unter Druck gesetzt hat.«

»Und in diesem Fall?«

»Die Familie Burkett blickt zurück auf eine lange und internationale Historie von Politikerbestechungen. Erinnern Sie sich an den Fall des Pharmaunternehmens Ranbaxy?«

»Flüchtig«, sagte Maya. »Ging es da nicht um gefälschte Medikamente oder so etwas?«

»Das kommt hin. Die Burketts gehen in Asien mit einer ihrer Pharmafirmen ganz ähnlich vor. Da sterben Menschen, weil die Medikamente von EAC, das ist der Name der Firma, nicht die Inhaltsstoffe enthalten, die nach Angaben der Hersteller drin sein sollen. Bisher ist es den Burketts gelungen, sich hinter Vorwürfen von Inkompetenz gegenüber der lokalen Leitung zu verschanzen. Kurz gesagt: Sie behaupten, sie hätten nichts von den Mängeln gewusst, die vorgeschriebenen Tests durchführen lassen und so weiter. Das ist alles gelogen. Sie haben die Daten gefälscht, da sind wir uns sicher.«

»Aber das konnten Sie nicht beweisen«, sagte Maya.

»Genau. Wir brauchten einen Insider, um an die Daten zu kommen.«

»Also haben Sie Claire vorgeschickt.«

»Niemand hat sie dazu gezwungen, Maya.«

»Nein, Sie haben sie bezirzt.«

»Damit beleidigen Sie die Intelligenz Ihrer Schwester. Claire kannte die Risiken. Sie war tapfer. Ich habe sie nicht dazu gezwungen. Sie wollte das Richtige tun. Gerade Sie müssten verstehen … dass Ihre Schwester bei dem Versuch gestorben ist, eine Ungerechtigkeit aufzudecken.«

»Lassen Sie das«, sagte Maya.

»Was?«

Sie hasste es, wenn Leute Vergleiche zum Militärdienst oder zum Krieg zogen. Sie fand es überheblich und unangemessen. Aber auch das musste man nicht gerade jetzt diskutieren.

»Ihre Theorie ist also, dass jemand aus Joes Familie Claire

umgebracht hat – und dann auch Joe –, um diese Erkenntnisse zu vertuschen?«

»Was? Glauben Sie etwa, sie wären zu so etwas nicht in der Lage?«

Maya überlegte. »Dass sie Claire umbringen, wäre vielleicht noch denkbar«, sagte sie, »aber sie würden niemals einen der ihren umbringen.«

»Da könnten Sie recht haben.« Er rieb sich das Gesicht und sah zur Seite. Im Nebenraum erklang *Sei hier Gast* aus dem Film *Die Schöne und das Biest*, und der Vers »Wir sind hier, um dir zu dienen« erhielt so eine ganz neue Bedeutung.

»Aber«, fuhr er fort, »ich glaube, Claire hat noch etwas anderes gefunden. Etwas Größeres als einen manipulierten Medikamententest.«

»Und das wäre?«

Er zuckte die Achseln. »Ich weiß es nicht. Lulu hat mir erzählt, dass Sie ihr Einweg-Handy gefunden haben?«

»Ja.«

»Ich werde Ihnen jetzt nicht erklären, wie unsere Kommunikation genau ablief, dass die Anrufe hier über das Darknet weitergeleitet wurden und schließlich den Weg zu mir fanden. Trotzdem. Wir hatten Funkstille vereinbart. Wir wollten erst wieder Kontakt aufnehmen, wenn sie alles Material zusammenhatte. Oder im Notfall.«

Maya beugte sich vor. »Aber dann hat Claire sich gemeldet.«

»Ja. Ein paar Tage vor ihrem Tod.«

»Was hat sie gesagt?«

»Dass sie etwas gefunden hatte.«

»Etwas anderes als Medikamentenfälschungen?«

Er nickte. »Etwas potenziell Größeres«, sagte er. »Sie sagte, sie sei noch dabei, die Daten zu sammeln, wollte mir aber schon das erste Beweisstück zukommen lassen.« Er sprach nicht weiter und starrte mit seinen hellblauen Augen ins Nichts. »Das war unser letztes Telefonat.«

»Hat sie Ihnen dieses erste Beweisstück geschickt?«

Er nickte. »Deshalb sind Sie hier.«

»Was?«

Aber sie wusste es bereits. Er hatte die ganze Zeit gewusst, wo sie war – dass sie den Club besucht hatte, dass sie mit Lulu gesprochen hatte, dass sie ihn verfolgte. Das Zusammentreffen mit Corey Rudzinski war kein Zufall. Es steckte eine Absicht dahinter.

»Sie sind hier«, sagte er, »damit ich Ihnen zeigen kann, was Claire gefunden hat.«

»Sein Name ist Tom Douglass. Mit Doppel-s.«

Corey reichte ihr den Ausdruck. Sie waren immer noch im privaten Hinterzimmer des Striptease-Clubs. Es war ein ziemlich guter Platz für ein geheimes Treffen. Keiner beachtete einen, und keiner wollte, dass man ihm irgendwelche Beachtung schenkte.

»Sagt Ihnen der Name etwas?«, fragte Corey.

»Müsste er das?«

Corey zuckte die Achseln. »War nur eine allgemeine Frage.«

»Ich habe ihn noch nie gehört«, sagte Maya. »Wer ist das?«

Auf dem Ausdruck stand, dass »Tom Douglass Security« monatlich neuntausend Dollar erhalten hatte. Maya fiel sofort auf, dass es sich um die gleiche Summe handelte wie bei den angeblichen monatlichen Zahlungen an Roger Kierce.

Zufall?

»Tom Douglass war in Livingston, New Jersey, als Privatdetektiv tätig. Seine Detektei war ein Ein-Mann-Betrieb. Er hat sein Geld vorwiegend mit Ehe-Angelegenheiten und

Background-Checks verdient. Vor drei Jahren hat er die Detektei dichtgemacht, das Geld fließt aber noch immer.«

»Demnach könnte alles legal sein. Ein Privatdetektiv mit Festgehalt. Er hat die Detektei geschlossen, arbeitet aber weiterhin für seinen besten Klienten.«

»Durchaus möglich. Aber Ihre Schwester glaubte offensichtlich, es würde mehr dahinterstecken.«

»Zum Beispiel?«

Corey zuckte die Achseln.

»Wieso haben Sie sie nicht gefragt?«

»Sie verstehen nicht, wie wir arbeiten.«

»Doch, ich denke schon. Und als Claire wegen dieser Angelegenheit ermordet wurde, haben Sie da die Polizei informiert?«

»Nein.«

»Oder ihr mitgeteilt, was sie gefunden hatte?«

»Das habe ich Ihnen doch schon gesagt. Ich musste im Untergrund bleiben, als sie gestorben war.«

»Sie ist nicht einfach *gestorben*«, sagte Maya. »Sie wurde gequält und brutal ermordet.«

»Ich weiß. Ich hab's begriffen, das können Sie mir glauben.«

»Aber das reicht nicht, um mir zu helfen, ihren Mörder zu finden.«

»Unsere Quellen bestehen auf Vertraulichkeit.«

»Aber Ihre Quelle wurde ermordet.«

»Das ändert nichts an unserer Verpflichtung ihr gegenüber.«

»Absurd«, sagte Maya.

»Wieso?«

»Sie sind ganz wild auf eine Welt ohne Geheimnisse. Es stört Sie aber nicht, selbst welche zu erschaffen, die Sie dann für sich behalten. Was ist mit Ihrer Die-Öffentlichkeit-muss-über-alles-Bescheid-wissen-Utopie?«

»Das ist nicht fair, Maya. Wir wussten nicht einmal, ob ihre Ermordung etwas mit ihrer Arbeit für uns zu tun hatte.«

»Natürlich wussten Sie das. Sie haben den Mund gehalten, weil Sie Angst hatten, es könnte ein schlechtes Licht auf Sie werfen, wenn herauskommt, dass eine Ihrer Quellen ermordet wurde. Sie haben befürchtet, dass Claire verraten und deshalb umgebracht worden war. Und Sie haben befürchtet – oder Sie fürchten vermutlich immer noch –, dass sich diese undichte Stelle in Ihrer Organisation befinden könnte.«

»Das stimmt nicht«, sagte Corey.

»Woher wollen Sie das wissen?«

»Sie haben von unserer Paranoia gesprochen. Vom Sicherheits-Overkill. Wir haben Sicherungssysteme. Es ist ausgeschlossen, dass der Name von meiner Organisation weitergegeben wurde.«

»Sie wissen schon, dass die Öffentlichkeit Ihnen das nicht abnehmen würde.«

Er legte eine Hand auf die Wange. »Es könnte zu Fehlinterpretationen kommen, das ist wahr.«

»Die Leute würden Ihnen die Schuld geben.«

»Unsere Feinde könnten diese Geschehnisse gegen uns einsetzen. Unsere anderen Whistleblower könnten sich bedroht fühlen.«

Maya schüttelte den Kopf. »Sie merken es wirklich nicht, oder?«

»Was?«

»Plötzlich rechtfertigen Sie es, Geheimnisse zu bewahren. Sie machen genau das Gleiche wie die Regierungen und Unternehmen, die Sie verurteilen.«

»Das stimmt nicht.«

»Natürlich stimmt das. Sie versuchen, Ihre Institution um jeden Preis zu schützen. Ihretwegen wurde meine Schwester ermordet. Und Sie helfen dem Mörder, ungestraft davonzukommen, um Ihre Organisation zu decken.«

Hinten in seinen Augen blitzte etwas auf. »Maya?«

»Was ist?«

»Von Ihnen brauche ich wirklich keinen Vortrag über Moral.«

Auch wieder wahr. Vielleicht hatte Maya ihn zu sehr gereizt. Das war ein Fehler. Er musste ihr vertrauen. »Also, warum bezahlen die Burketts Tom Douglass?«

»Keine Ahnung. Wir haben uns vor ein paar Monaten in Douglass' Computer gehackt, seine Internet-Chronik überprüft und uns sogar eine Liste mit den von ihm gesuchten Worten besorgt. Wir haben nichts Brauchbares gefunden. Was er auch getan hat, seinen Unterlagen kann man es nicht entnehmen. Es muss etwas anderes sein. Etwas *ganz* anderes.«

»Haben Sie versucht, ihn zu fragen?«

»Oh, er spricht nicht mit uns, und wenn die Polizei ihn verhören wollte, würde er sich auf die anwaltliche Schweigepflicht berufen. Alle arbeitsbedingten Vorgänge werden über Howell and Lamy abgewickelt, die Anwaltskanzlei der Familie.«

Das war Heather Howells Kanzlei.

»Und wie kommen wir dann an mehr Informationen?«, fragte Maya.

»Wir haben ihn durchgecheckt und nichts gefunden«, sagte Corey. »Also dachte ich, Sie könnten es vielleicht noch mal versuchen.«

FÜNFZEHN

Anders als in vielen Filmen erreichte man das Büro von *Tom Douglass Investigations* nicht durch eine Tür mit Milchglasscheibe, in die sein Name eingraviert war. Vielmehr lag es in einem nichtssagenden Backsteinbau an der Northfield Avenue in Livingston, New Jersey. Im Flur roch es wie in einer Zahnarztpraxis, was sich durch die lange Liste von Namen mit einem Dr. med. dent. davor erklären ließ. Maya klopfte an die Massivholztür. Keiner öffnete. Sie versuchte den Knauf zu drehen. Abgeschlossen.

An der Rezeption der gegenüberliegenden Praxis stand ein Mann in einem Arztkittel. Er glotzte sie mit dem Feingefühl eines Vorschlaghammers an. Sie erwiderte das Lächeln, deutete auf die Tür und zuckte die Achseln.

Arztkittel kam zu ihr. »Sie haben wunderschöne Zähne«, sagte er.

»Oh … wow, danke.« Maya heuchelte atemlose Ergriffenheit und lächelte weiter. »Wissen Sie, wann Mr Douglass wieder da ist?«

»Brauchen Sie Hilfe bei einer Ermittlung, Schätzchen?«

Schätzchen. »Irgendwie schon. Ist vertraulich.« Sie biss sich auf die Unterlippe, um anzudeuten, wie ernst die Sache war, und, ja, okay, vielleicht auch ein bisschen aus Koketterie. »Haben Sie ihn heute schon gesehen?«

»Ich habe Tom seit Wochen nicht gesehen. Muss schön sein, wenn man einfach mal ein paar Tage frei machen kann.«

Maya bedankte sich und ging zum Ausgang. Kittel rief ihr etwas nach. Sie beachtete ihn nicht und ging schneller. Corey hatte ihr auch die Privatadresse von Tom Douglass gegeben. Es waren nur fünf Autominuten. Sie würde es da versuchen.

Douglass wohnte in einem sehr adretten Haus im Cape-Cod-Stil. Himmelblau mit dunkel abgesetzten Fenster- und Türrahmen. Die Blumenkästen barsten förmlich vor Farbenfreude. Die Fensterläden waren etwas übertrieben dekorativ. Auch sonst wirkte alles ein wenig dick aufgetragen, war aber insgesamt hübsch. Maya parkte am Straßenrand und ging die Zufahrt hinauf. Neben der Garage stand ein Anhänger mit einem Boot.

Maya klopfte. Eine Mittfünfzigerin in einem schwarzen Trainingsanzug öffnete.

Die Augen der Frau verengten sich. »Was kann ich für Sie tun?«

»Hi«, sagte Maya und bemühte sich, fröhlich zu klingen. »Ich suche Tom Douglass.«

Die Frau – Maya vermutete, dass es sich um Mrs Douglass handelte – musterte Maya. »Er ist nicht da.«

»Wissen Sie, wann er wieder zurückkommt?«

»Das kann dauern.«

»Ich heiße Maya Stern.«

»Ja«, sagte die Frau. »Ich kenne Sie aus den Nachrichten. Was wollen Sie von meinem Mann?«

Gute Frage. »Darf ich reinkommen?«

Mrs Douglass trat zur Seite, um sie ins Haus zu lassen. Maya hatte eigentlich nicht geplant, das Haus zu betreten. Sie hatte die Frage nur gestellt, um Zeit zu gewinnen und zu überlegen, wie sie weiter vorgehen könnte.

Mrs Douglass führte sie durch den Flur ins Wohnzimmer. Die Einrichtung wurde von nautischen Elementen dominiert.

Durchgängig. An der Decke hingen ausgestopfte Fische. Die holzvertäfelten Wände waren mit antiken Angelruten, Fischernetzen, einem alten Steuerruder und Rettungsringen geschmückt. Es gab auch Familienfotos mit dem Meer im Hintergrund. Maya entdeckte zwei Söhne, die beide inzwischen erwachsen sein mussten. Die vierköpfige Familie war offenbar gern gemeinsam zum Angeln rausgefahren. Maya war zwar nie ein großer Angelfan gewesen, aber ihr war über die Jahre hinweg aufgefallen, dass die Menschen nur sehr selten so breit und aufrichtig lächelten wie auf Fotos, auf denen sie ihre selbst gefangenen Fische präsentierten.

Mrs Douglass verschränkte die Arme und wartete.

Die beste Herangehensweise, dachte Maya sich, war vermutlich der direkte Weg.

»Ihr Mann arbeitet schon seit Langem für die Burkett-Familie, richtig?«

Ausdruckslose Miene.

»Ich würde ihn gerne zu seiner Tätigkeit befragen.«

»Verstehe«, sagte Mrs Douglass.

»Wissen Sie etwas über seine Arbeit für die Burketts?«

»Sie sind eine Burkett, Maya, oder?«

Die Frage brachte Maya für einen Moment aus dem Konzept. »Ja, ich habe wohl eingeheiratet.«

»Das meinte ich. Und ich weiß, dass Ihr Mann ermordet wurde.«

»Ja.«

»Mein Beileid.« Dann: »Glauben Sie, dass Tom etwas über den Mord weiß?«

Wieder war Maya verblüfft von ihrer Unverblümtheit. »Ich weiß es nicht.«

»Aber deshalb sind Sie hier?«

»Zum Teil.«

Mrs Douglass nickte. »Tut mir leid, aber ich weiß wirklich nichts.«

»Ich würde Tom gern sprechen.«

»Er ist nicht da.«

»Wo ist er?«

»Unterwegs.«

Sie machte sich auf den Weg zurück zur Tür.

»Meine Schwester ist auch ermordet worden«, sagte Maya.

Mrs Douglass ging langsamer.

»Sie hieß Claire Walker. Sagt Ihnen der Name etwas?«

»Müsste er?«

»Direkt vor ihrem Tod hat sie von den geheimen Zahlungen der Burketts an Ihren Mann erfahren.«

»Geheime Zahlungen? Ich weiß nicht, was Sie damit andeuten wollen, aber ich glaube, Sie sollten jetzt besser gehen.«

»Was hat Tom für die Burketts gemacht?«

»Keine Ahnung.«

»Ich kenne Ihre Steuererklärungen der letzten fünf Jahre.«

Jetzt war es an Mrs Douglass, überrascht zu sein. »Sie kennen … was?«

»Mehr als die Hälfte des Jahreseinkommens Ihres Mannes stammt von den Burketts. Es handelt sich um beachtliche Summen.«

»Na und? Tom arbeitet hart.«

»Und was macht er so?«

»Keine Ahnung. Und wenn ich es wüsste, würde ich es Ihnen nicht sagen.«

»Diese Zahlungen haben meine Schwester beunruhigt, Mrs Douglass. Ein paar Tage nachdem Claire davon erfahren hatte, wurde sie gefoltert, und jemand hat ihr eine Kugel in den Kopf geschossen.«

Ihr Mund formte ein perfektes O. »Und Sie denken jetzt … was genau … dass Tom etwas damit zu tun hatte?«

»Das habe ich nicht gesagt.«

»Mein Mann ist ein anständiger Mensch. Er war, genau wie Sie, beim Militär.« Sie nickte in Richtung einer Tafel mit den Worten »Semper paratus« und zwei silbernen gekreuzten Ankern, dem Abzeichen für einen angesehenen Bootsmannsmaat. Maya kannte einige BMs aus der Navy. Sie waren stolz auf ihre Arbeit. »Tom hat fast zwanzig Jahre bei der örtlichen Polizei gearbeitet. Er ist frühzeitig in den Ruhestand gegangen, nachdem er sich bei der Arbeit eine Verletzung zugezogen hatte. Er hat seine eigene Detektei aufgemacht und war sehr fleißig.«

»Und was hat er für die Burketts gemacht?«

»Ich habe doch schon gesagt, dass ich das nicht weiß.«

»Oder es mir nicht verraten würden.«

»Richtig.«

»Dabei war das, was er für sie getan hat, neun- oder zehntausend Dollar im Monat wert. Und zwar schon seit … wie lange?«

»Ich weiß es nicht.«

»Sie wissen nicht, seit wann er für die Burketts gearbeitet hat?«

»Seine Arbeit war vertraulich.«

»Er hat nie von den Burketts erzählt?«

Zum ersten Mal entdeckte Maya einen kleinen Riss im Schutzpanzer der Frau, als sie leise antwortete: »Nie.«

»Wo ist er, Mrs Douglass?«

»Er ist unterwegs. Und ich weiß absolut nichts.« Sie öffnete die Haustür. »Ich sag ihm, dass Sie hier waren.«

SECHZEHN

Die meisten Leute hatten ziemlich altmodische Vorstellungen vom Aussehen einer Schießanlage oder eines Waffengeschäfts. Sie erwarteten muffige, ausgestopfte Tiere, Bärenfelle an den Wänden, staubige, wahllos aufgereihte Gewehre und einen schmierigen Tresen, hinter dem ein übellauniger Inhaber herumstapfte, der entweder wie Elmer Fudd aus *Bugs Bunny* gekleidet war oder im Unterhemd herumlief und eine Hakenhand hatte.

So war es aber längst nicht mehr.

Maya, Shane und ihre Kameraden trafen sich in einem hochmodernen Waffenclub namens RTSP, was für *Right To Self-Protect* stand oder, wie manche Leute scherzten, *Right To Shoot People*. Staub gab es hier nicht – alles glänzte wie neu. Die ausnahmslos aufmerksamen Angestellten trugen ordentlich in die Khaki-Hosen gesteckte schwarze Polohemden. Die Waffen wurden in Vitrinen und Glaskästen präsentiert wie Juwelen. Es gab insgesamt zwanzig Schießplätze, zehn 25-Yard-Schießstände, zehn 15-Yarder. Der ebenfalls vorhandene digitale Simulator funktionierte wie ein Videospiel in Lebensgröße: In einem Kinoraum konnten verschiedene Angriffssituationen und Ähnliches nachgestellt werden – ein Raubüberfall, eine Geiselnahme, der Wilde Westen, sogar ein Zombie-Angriff –, in denen man von »realistisch« nachgestellten Zielen angegriffen wurde. Man »schoss« mit Laserstrahlen aus einer Schusswaffe in Originalgröße und mit Originalgewicht.

Maya kam meistens, um mit echten Waffen auf Schießscheiben zu schießen und mit Freunden abzuhängen, von denen die meisten beim Militär gewesen waren. Dieser Ort erfüllte diesen Zweck in, wie es in der Anzeige hieß, »angenehmer und eleganter Atmosphäre«. Manche Leute traten Clubs bei, um Golf, Tennis oder Bridge zu spielen. Maya war VIP-Mitglied im »Guntry Club«. Als ehemalige oder aktuelle Militärangehörige erhielten sie und ihre Freunde einen Preisnachlass von 50 Prozent.

Der *Guntry Club* an der Route 10 hatte dunkel getäfelte Holzwände, dicke Teppichböden und erinnerte Maya abwechselnd an eine Möchtegern-Version der Burkett-Bibliothek oder an das Restaurant einer gehobenen Steakhaus-Kette. Mitten im Raum stand ein Poolbillard-Tisch. Es gab viele Ledersessel. Drei Wände waren mit Flachbildschirmen bestückt, an der vierten stand in riesiger Kursivschrift der Text des zweiten Zusatzartikels zur Verfassung. Es gab einen Zigarrenraum, Kartenspieltische und freies WLAN.

Rick, der Inhaber, trug genau wie die Angestellten Khakis und ein schwarzes Polohemd. Außerdem hatte er immer eine Pistole am Gürtel. Er begrüßte sie mit einem traurigen Lächeln und einer Gangster-Faust. »Schön, dass du wieder hier bist, Maya. Als wir das gehört haben, haben die Jungs und ich …«

Sie nickte. »Danke für die Blumen.«

»Wir wollten halt irgendwas machen.«

»Danke, nett von euch.«

Rick hustete in die Faust. »Ich weiß ja nicht, ob es der richtige Zeitpunkt ist, um das anzusprechen, aber wenn du einen Job mit flexibleren Arbeitszeiten …«

Rick bot ihr dauernd einen Job als Lehrgangsleiterin an. Frauen waren statistisch gesehen die am schnellsten wachsende Bevölkerungsgruppe unter den Waffenkäufern und in

Schießanlagen wie diesen. Außerdem zogen Frauen es vor, von Ausbilderinnen geschult zu werden, und von denen gab es bisher noch sehr wenige.

»Ich behalt's im Hinterkopf«, sagte Maya.

»Prima. Die Jungs sind oben.«

Mit Shane und Maya waren an diesem Abend fünf Leute aus ihrer Clique da. Shane und Maya gingen auf den 25-Yards-Stand, die anderen drei in den Simulator. Für Maya hatte das Schießen etwas mit Zen zu tun. Das Ausatmen beim Abdrücken, die Stille, die Ruhe vor dem erwarteten Rückstoß, all das tröstete und besänftigte sie.

Als sie fertig waren, gingen sie wieder hoch in den VIP-Raum. Maya war die einzige Frau. Man hätte meinen können, dass Sexismus an einem solchen Ort an der Tagesordnung war, aber hier ging es ausschließlich darum, wie gut man schoss. Mayas Ruf, ja, ihr Heldenstatus beim Militär, machte sie hier zu einer Art lokaler Prominenz. Ein paar von den Jungs waren tief beeindruckt von ihr. Manche waren auch leicht verknallt. Das störte Maya nicht. Trotz allem, was man las, begegneten die meisten Soldaten Frauen mit großem Respekt. In ihrem Fall schien es ihnen zu gelingen, ihre Zuneigung oder sonstigen Empfindungen in züchtige oder brüderliche Gefühle zu transformieren.

Mayas Blick streifte über die Worte des zweiten Zusatzartikels an der Wand.

DA EINE WOHLGEORDNETE MILIZ
FÜR DIE SICHERHEIT
EINES FREIEN STAATES NOTWENDIG IST,
DARF DAS RECHT DES VOLKES,
WAFFEN ZU BESITZEN UND ZU TRAGEN,
NICHT BEEINTRÄCHTIGT WERDEN.

Eine etwas altbackene Ausdrucksweise. Maya hatte gelernt, dass man hierüber weder mit Befürwortern noch mit Gegnern des Zusatzartikels diskutieren durfte. Ihr Vater, der ein entschiedener Gegner von Schusswaffen gewesen war, hatte immer gefaucht: »Du willst ein großes Sturmgewehr? Zu welcher ›wohlgeordneten Miliz‹ gehörst du denn?«, während die Befürworter erlaubten Waffenbesitzes unter ihren Freunden entgegneten: »Welchen Teil von ›nicht beeinträchtigt werden‹ hast du nicht verstanden?« Natürlich war die Formulierung extrem dehnbar, und die Menschen griffen sich immer nur das heraus, was ihrem eigenen Interesse entsprach. Waffenliebhaber lasen aus diesem Dokument das eine heraus, Waffenhasser das andere.

Shane brachte Maya eine Cola mit. Alkohol war hier im Club verboten, denn selbst den weniger rational denkenden Mitgliedern war klar, dass Alkohol und Waffen nicht zusammengehörten. Sie setzten sich zu fünft um den Tisch und begannen zu plaudern. Am Anfang ging es wie immer um das heimische Sportteam, doch dann bewegte sich das Gespräch schnell in anspruchsvollere Regionen. Das war für Maya der schönste Teil. Sie war eine von ihnen und vielleicht sogar ein bisschen mehr. Die Jungs hatten oft Fragen zur weiblichen Sichtweise, weil – Breaking News – der Krieg einem die Beziehung in der Heimat versaute. Wenn es hieß, zu Hause würde sowieso niemand verstehen, was man als Soldat durchmachte, war das natürlich oft auch eine billige Ausrede, trotzdem war es verdammt richtig. Nachdem man in irgendeinem Höllenloch gedient hatte, sah man vieles mit anderen Augen. Manchmal auf eine für jedermann nachvollziehbare Weise, viel häufiger aber ging es nur um Kleinigkeiten wie Schattierungen, Gerüche oder Texturen. Dinge, die früher wichtig gewesen waren, waren es dann nicht mehr und umgekehrt. Eine

Beziehung oder eine Ehe zu führen war schon an sich schwierig genug, wenn dann aber noch die Kriegserfahrungen dazukamen, wurden aus kleinen Rissen schnell klaffende Wunden. Keiner sah das, was man selbst mit diesem scharfsichtigen, unvoreingenommenen Blick sah. Nur deine Kameraden. Es war wie in diesen Filmen, in denen nur der Held die Geister sehen konnte und alle anderen ihn für verrückt hielten.

In diesem Raum sahen alle die Geister.

Shane, der Single war und Probleme hatte, mit seinen Gefühlen umzugehen, konnte mit dem Beziehungskram nicht viel anfangen. Er setzte sich in einen Sessel in der Ecke, zog den neuen Roman von Anna Quindlen aus der Tasche und fing an zu lesen. Shane las gern und viel – allerdings wohl nicht, wenn er Kindern vorlesen sollte, wie Maya vor ein paar Tagen gesehen hatte –, und er konnte überall lesen, selbst in einem Hubschrauber, in dem das Rotorgeräusch so laut war, dass es direkt aus dem Gehirn zu kommen schien.

Schließlich setzte Maya sich zu ihm. Im Fernseher über ihnen lief das dritte Viertel des Basketballspiels der New York Knicks gegen die Brooklyn Nets. Shane legte das Buch weg und seine langen Beine auf den Lederhocker. Dann sagte er: »Cool.«

»Was?«

»Ich geh davon aus, dass du jetzt bereit bist, mir zu erzählen, was los ist.«

Das war sie nicht. Sie wollte ihn beschützen. Immer.

Allerdings würde Shane das nicht akzeptieren, und es wäre tatsächlich unfair und vielleicht auch verletzend, ihm nichts zu sagen. Sie überlegte, ob sie ihm von ihrem Treffen mit Corey Rudzinski erzählen sollte, hatte aber keine Ahnung, wie er darauf reagieren würde. Wahrscheinlich würde er wütend werden. Außerdem hatte Corey ihr seine Bedingungen deutlich genannt:

»Kein Wegwerf-Handy. Wir nehmen nur im Notfall Kontakt auf. Wenn Sie mich brauchen, rufen Sie im Club an und fragen nach Lulu. Wenn ich Sie sprechen muss, ruft der Club Ihr Handy an und legt auf. Es bedeutet, dass Sie herkommen sollen. Und eins noch, Maya: Wenn mir irgendetwas nicht ganz geheuer ist, bin ich weg. Wahrscheinlich für immer. Also kein Wort. Zu niemandem.«

Kein Wort – das schien im Moment das Beste zu sein. Wenn sie in dieser Angelegenheit Mist baute, würde Corey höchstwahrscheinlich verschwinden. Das durfte sie nicht riskieren.

Aber sie hatte noch etwas in der Hinterhand.

Shane sah sie an und wartete. Das hielt er die ganze Nacht durch.

»Was weißt du über Kierce?«, fragte Maya.

»Den Cop von der Mordkommission, der die Ermittlungen zu Joes Ermordung leitet?«

Maya nickte.

»Nicht viel. Er hat einen ganz guten Ruf, mehr weiß ich nicht, wir hängen ja nicht die ganze Zeit mit dem NYPD ab. Wieso?«

»Erinnerst du dich an Joes Schwester Caroline?«

»Klar.«

»Sie hat mir erzählt, dass die Familie Kierce Geld gezahlt hat.«

Shane verzog das Gesicht. »Was heißt ›Geld gezahlt‹?«

»Drei Mal knapp zehn Riesen.«

»Wofür?«

Maya zuckte die Achseln. »Das weiß sie nicht.«

Sie erzählte von Caroline, von den angeblichen Zahlungen, vom nicht akzeptierten Passwort und von ihrer Entscheidung, erst einmal zu warten, bevor sie Neil oder Judith zur Rede stellte.

»Das ergibt doch keinen Sinn«, sagte Shane. »Warum zum Henker sollte Joes Familie Kierce bestechen?«

»Sag du es mir«, antwortete Maya.

Er überlegte einen Moment. »Wir wissen beide, dass die Reichen oft ziemlich seltsam sind.«

»Das ist wahr.«

»Aber würden sie Kierce wirklich bezahlen, weil sie hoffen, dass er seine Arbeit dann besser macht? Damit er Joes Fall vorrangig behandelt? Das macht er doch sowieso. Glauben die Burketts, man müsste einem Cop Trinkgeld geben oder so was?«

»Ich weiß es nicht«, sagte Maya. »Aber da ist noch etwas.«

»Was?«

»Caroline behauptet, die Familie hätte Kierce schon bezahlt, *bevor* Joe ermordet wurde.«

»Quatsch.«

»Sie glaubt das.«

»Sie irrt sich. Das ist doch total unlogisch. Warum hätten sie Kierce schon vor dem Mord Geld überweisen sollen?«

Wieder sagte Maya: »Ich weiß es nicht.«

»Ist ja nicht so, dass sie, na ja, hätten vorhersagen können, dass Joe ermordet wird und ausgerechnet dieser Detective den Fall dann bearbeitet?« Shane schüttelte den Kopf. »Du weißt, was die naheliegendste Antwort ist, oder?«

»Nein.«

»Caroline spielt mit dir.«

Maya hatte das in Erwägung gezogen.

»Komm schon, die ganze Show … vor deinen Augen ins Internet zu gehen und plötzlich, o Schreck, ist das Passwort geändert worden? Das ist ein verdammt großer Zufall, oder?«

»Schon, ja.«

»Also lügt sie. Warte, streich das.«

»Was?«

Shane sah sie an. »Caroline ist total durchgeknallt, oder?«

»Absolut.«

»Dann lügt sie vielleicht doch nicht«, sagte Shane, der gerade eine neue Theorie ausbrütete. »Vielleicht hat sie sich das Ganze nur eingebildet. Setz die Teile zusammen. Da ist diese Durchgeknallte. Ihr Bruder wurde ermordet. Alle treffen sich zur Testamentseröffnung. Die wird plötzlich abgesagt. Wieso noch gleich, Papierchaos?«

»Nicht einfach Chaos«, sagte Maya. »Die Sterbeurkunde lag noch nicht vor.«

»Noch besser. Also steht sie unter Stress?«

Maya runzelte die Stirn. »Und deshalb glaubt sie, Zahlungen an den Mordermittler gesehen zu haben?«

»Ist im Moment ebenso wahrscheinlich wie jedes andere mögliche Szenario.« Shane lehnte sich zurück. »Maya?«

Sie wusste, was kommen würde.

»Könntest du bitte damit aufhören?«, fragte er.

»Womit?«

Er runzelte die Stirn. »Ich bekomme Bauchschmerzen, wenn du mich belügst.«

»Ich belüge dich nicht.«

»Wortklauberei. Was verschweigst du mir?«

Wahrscheinlich zu viel. Wieder überlegte sie, ob sie ihm mehr erzählen sollte, aber wieder setzte dieser Reflex ein, ihn zu beschützen. Sie überlegte, ob sie ihm von Claires geheimem Handy erzählen sollte, aber das würde direkt zu Corey führen. Und dafür war es noch zu früh. Sie hatte ihm auch noch nicht erzählt, was sie auf der Nanny-Cam gesehen hatte, aber auch das hatte noch Zeit. Vorsicht war besser als Nachsicht. Man konnte Dinge später ansprechen, man konnte sie aber nicht mehr ungehört machen.

Shane beugte sich zu ihr herüber, checkte kurz, dass ihn keiner außer ihr hören konnte, und flüsterte: »Woher hattest du diese Kugel?«

»Lass bloß die Finger davon.«

»Ich hab dir einen Riesengefallen getan.«

»Und deine Gefallen sind an Bedingungen geknüpft, Shane?«

Wie erwartet brachte sie ihn damit zum Schweigen. Sie kam wieder auf Caroline zu sprechen.

»Du hast erwähnt, dass Caroline unter Stress steht. Interessanter Ansatz«, sagte Maya.

Shane wartete.

»Sie hat nicht nur über Joe gesprochen, sondern auch über ihren anderen Bruder.«

»Über Neil?«

Maya schüttelte den Kopf. »Über Andrew.«

Shane verzog das Gesicht. »Ist das der, der vom Boot gefallen ist?«

»Er ist nicht gefallen.«

»Wie meinst du das?«

Endlich. Ein Punkt, bei dem sie das Gefühl hatte, sich ihm anvertrauen zu können. »Joe war dabei. Er war mit ihm auf dem Boot.«

»Ja, na und?«

»Und Joe hat mir erzählt, dass es kein Unfall war. Er meinte, Andrew hätte Selbstmord begangen.«

Shane sank in seinen Sessel. »Heißa.«

»Ja.«

»Weiß die Familie das?«

Maya zuckte die Achseln. »Ich glaube nicht. Die sagen alle, es wäre ein Unfall gewesen.«

»Und das hat Caroline gestern angesprochen?«

»Ja.«

»Warum?«, fragte Shane. »Ist doch fast zwanzig Jahre her, dass Andrew Burkett gestorben ist, oder?«

»Ich glaube, das lag auf der Hand«, sagte Maya.

»Inwiefern?«

»Zwei Brüder. Beide standen sich angeblich sehr nahe. Beide sind jung und auf tragische Weise umgekommen.«

Shane nickte. Jetzt verstand er. »Noch ein Grund dafür, dass die Fantasie ihr einen Streich gespielt haben könnte.«

»Und sie hat Joes Leiche nicht gesehen.«

»Wie bitte?«

»Caroline. Sie hat Joes Leiche nicht gesehen. Andrews auch nicht. Eigentlich wollte sie sie sehen. Um einen Schlussstrich zu ziehen. Andrew ist auf dem Meer umgekommen, daher hat sie die Leiche nicht gesehen. Joe wurde ermordet. Und seine Leiche hat sie auch nicht gesehen.«

»Das versteh ich nicht«, sagte Shane. »Warum hat sie Joes Leiche nicht gesehen?«

»Die Familie hat es nicht erlaubt oder so. Ganz begriffen habe ich es auch nicht. Aber sieh es mal von ihrem Standpunkt. Zwei tote Brüder. Aber keine Leichen. Caroline hat keinen von beiden im Sarg gesehen.«

Sie schwiegen, Shane hatte das Problem erkannt. Als Caroline darüber sprach, wie wichtig es war, die Leiche eines verstorbenen Angehörigen noch einmal sehen zu können, hatte sie einen Nerv getroffen. Genau das hatten Maya und Shane im Nahen Osten immer wieder erlebt. Wenn ein Soldat im Kampf starb, konnten die Angehörigen den Tod oft nicht akzeptieren, bis sie den Beweis vor Augen hatten.

Die Leiche.

Vielleicht hatte Caroline recht. Vielleicht war das der Grund dafür, dass alle, selbst die Toten, wieder in die Heimat zurückgebracht wurden.

Shane brach das Schweigen. »Caroline hat also Probleme damit, Joes Tod zu akzeptieren.«

»Sie hat Probleme, *beide* Todesfälle zu akzeptieren«, sagte Maya.

»Und sie glaubt, dass der Mann, der die Ermittlungen in Joes Mordfall leitet, von ihrer Familie bezahlt wird.«

In diesem Moment traf eine Erkenntnis Maya so hart, dass sie fast das Gleichgewicht verloren hätte. »Oh, nein …«

»Was ist?«

Maya schluckte. Sie überlegte und versuchte, ihre Gedanken zu ordnen. Das Boot. Das Steuerruder. Die Angeltrophäen …

»Semper paratus«, sagte sie.

»Was?«

Maya sah Shane in die Augen. »Semper paratus.«

»Das ist Latein«, sagte Shane. »Es heißt ›allzeit bereit‹.«

»Du kennst es?«

Das Boot. Die Angeltrophäen. Das Steuerruder und die Rettungsringe. Vor allem aber die gekreuzten Anker. Maya hatte angenommen, dass sie für die Navy standen. Das war auch meist so. Es gab aber noch eine andere Truppeneinheit, die ihre Bootsmannsmaate mit gekreuzten Ankern ehrte.

Shane nickte. »Es ist das Motto der Küstenwache.«

Die Küstenwache.

Die Abteilung der Streitkräfte, deren Zuständigkeitsbereich sich sowohl auf internationale als auch auf U.S.-Gewässer erstreckte. Die Küstenwache konnte die Zuständigkeit für jeden Todesfall auf hoher See an sich ziehen …

»Maya.«

Sie sah ihn an. »Du musst mir noch einen Gefallen tun, Shane.«

Er sagte nichts.

»Ich muss wissen, wer den Tod auf hoher See von Andrew Burkett untersucht hat«, sagte sie. »Du musst feststellen, ob es ein Bootsmannsmaat der Küstenwache namens Tom Douglass war.«

SIEBZEHN

Lily ins Bett zu bringen war normalerweise eine Routineangelegenheit. Maya kannte die Horrorgeschichten darüber, welcher Albtraum es sein konnte, kleine Kinder ins Bett zu bringen. Bei Lily war das nicht so. Es war, als hätte sie den Tag voll ausgekostet, sodass sie ihn leicht hinter sich lassen konnte. Ohne Murren legte sie den Kopf aufs Kissen, und schwupps, schlief sie ein. Aber als Maya sie heute zudeckte, sagte Lily: »Geschichte.«

Maya war erschöpft, aber war das nicht eine der Freuden des Mutterdaseins? »Natürlich, Mäuschen, was soll ich dir vorlesen?«

Lily deutete auf ein Buch von Debi Gliori. Maya fing an, daraus vorzulesen, und hoffte, dass es wie Hypnose oder ein langweiliger Mitarbeiter wirken würde und Lilys Augen schläfrig wurden, bevor sie ihr ganz zufielen. Aber das Buch hatte den gegenteiligen Effekt – Maya dämmerte weg, während Lily sie anstupste, damit sie wach blieb. Es gelang Maya, die Geschichte zu Ende zu lesen. Sie klappte das Buch zu und wollte aufstehen, als Lily sagte: »Noch mal, noch mal.«

»Ich glaube, es ist Zeit zu schlafen, Mäuschen.«

Lily fing an zu weinen. »Hab Angst.«

Maya wusste, dass man sein Kind in solchen Situationen nicht mit zu sich ins Bett nehmen sollte. Was allerdings in den Anleitungen für Eltern vergessen wurde, war, dass alle Menschen, selbst Eltern, sich für die einfache Lösung entscheiden, wenn sie müde oder erschöpft sind. Dieses Mädchen hatte seinen Vater verloren. Natürlich war Lily zu jung, um das richtig zu verstehen, trotzdem musste da etwas sein, ein schlummernder Schmerz, ein intuitives Wissen darum, dass eben doch nicht alles in Ordnung war.

Maya nahm Lily hoch. »Komm. Du kannst bei mir schlafen.«

Sie ging mit Lily ins Schlafzimmer und legte sie sanft auf Joes Seite. Dann baute sie aus mehreren Kissen am Bettrand ein provisorisches Geländer und warf noch ein paar weitere Kissen vor dem Bett auf den Boden, um auf Nummer sicher zu gehen. Maya deckte Lily bis zum Kinn zu und durchlebte dabei einen dieser *Wow*-Momente, wie er allen Eltern gelegentlich zuteilwurde, in denen man von der Liebe für das eigene Kind vollkommen überwältigt und von großer Ehrfurcht erfüllt war und etwas empfand, das man für immer festhalten wollte, während einen eben diese Fürsorge, der Gedanke daran, diesen Menschen zu verlieren, gleichzeitig in eine lähmende Angst versetzte. Wie, fragte man sich in solchen Momenten, sollte man je wieder entspannen, wenn man wusste, wie gefährlich die Welt war?

Lily schloss die Augen und schlief ein. Maya blieb stehen, rührte sich nicht, betrachtete das kleine Gesicht ihrer Tochter, bis sie sicher war, dass sie tief und gleichmäßig atmete. Sie verharrte so, bis dankenswerterweise ihr Handy klingelte und den Bann brach.

Sie hoffte, dass Shane anrief, um ihre Fragen zu Tom Douglass zu beantworten, obwohl er ihr gesagt hatte, dass er erst am nächsten Morgen eine Möglichkeit hatte, sich die Dienstakte eines Militärangehörigen anzusehen. Sie griff nach dem Telefon, sah aufs Display, auf dem der Name ihrer Nichte Alexa erschien. Nach einem kurzen Anflug von Panik – noch eine

Person, die sie niemals verlieren durfte – drückte Maya die grüne Taste.

»Alles okay?«

»Äh, ja«, sagte Alexa. »Was sollte sein?«

»Einfach so.« Mannomann, Maya musste dringend ein bisschen runterkommen. »Was gibt's, Kleine? Brauchst du Hilfe bei den Hausaufgaben?«

»Logisch, glaubst du wirklich, dass ich dann ausgerechnet dich anrufen würde?«

Maya lachte. »Guter Einwand.«

»Morgen ist *Soccer Day*.«

»Wie bitte?«

»Das ist diese lahme Fußball-Veranstaltung bei uns im Ort, wo jede Klassenstufe ein Spiel hat, Souvenirs und sonstiger Werbekram zugunsten der Mannschaften verkauft werden, mit Hüpfburg und allem Drum und Dran. Eine tolle Sache für kleine Kinder.«

»Okay.«

»Du hast zwar gesagt, dass du beschäftigt bist, aber ich hab gehofft, dass du mit Lily vorbeikommen kannst.«

»Oh.«

»Dad und Daniel werden auch da sein. Daniels Spiel ist um zehn, meins um elf. Wir können Lily rumführen, ihr ein Luftballon-Tier besorgen – Mr Ronkowitz, mein Englischlehrer, macht welche für die kleinen Kinder – und mit ihr Karussell fahren. Könnte Spaß machen. Wir vermissen sie.«

Maya betrachtete die neben ihr schlafende Lily. Das überwältigende Gefühl kehrte mit voller Kraft zurück.

»Tante Maya?«

Alexa und Daniel waren Lilys Cousine und Cousin. Lily himmelte sie an. Maya wollte – war darauf angewiesen –, dass die beiden eine wichtige Rolle in Lilys Leben einnahmen.

»Da bin ich ja froh, dass Lily schon schläft«, sagte Maya zu Alexa.

»Hä?«

»Wenn ich ihr jetzt sagen würde, dass sie euch morgen sieht, wäre sie viel zu aufgeregt, und ich würde sie nicht mal in die Nähe des Betts bekommen.«

Alexa lachte. »Prima, dann sehen wir uns morgen früh? Das Ganze ist hinten am Kreisel.«

»Okay.«

»Oh, und nur zur Info. Mein bescheuerter Trainer ist auch da.«

»Keine Sorge. Ich glaube, wir beide wissen inzwischen, woran wir sind.«

»Gute Nacht, Tante Maya.«

»Gute Nacht, Alexa.«

Die Nacht war schlimm.

Die Geräusche starteten ihren Angriff, als Maya in der sanften Phase zwischen Bewusstsein und Schlaf dahindämmerte. Der Krach, das Geschrei, der Rotor und die Schüsse ließen nicht nach. Sie gewährten ihr auch keine Pause. Sie wurden immer lauter und tosten unablässig weiter. Maya war nicht im Bett. Sie war auch nicht dort. Sie war in dieser Zwischenwelt, einsam, verloren. Um sie herum waren nur die Dunkelheit und der Lärm, nicht nachlassender, endloser Lärm, ein Lärm, der aus ihrem Inneren zu kommen schien, als wäre ein kleines Lebewesen in ihren Kopf gekrochen und würde dort kreischen und keifen.

Sie sah keinen Ausweg, konnte keinen klaren Gedanken fassen. Es gab kein Hier und Jetzt, kein Gestern und kein Morgen. Das alles würde sich später wieder finden. Im Moment gab es nur die Qual der Geräusche, die ihr Gehirn zerschredderten wie die Sense des Schnitters. Maya legte ihre Hände rechts und links gegen den Kopf und drückte kräftig, als wollte sie ihren Schädel zerquetschen.

So schlimm war es.

Es war so schlimm, dass man fast alles tun würde, damit es … bitte …

… *o Gott, bitte* …

… aufhörte. Man begann, darüber nachzudenken, zur Pistole zu greifen und die Geräusche so zum Schweigen zu bringen, wenn man noch wusste, wo man war, wenn man wusste, dass man so nah am Nachttisch war, wo man eine Pistole in dem kleinen Tresor aufbewahrte …

Maya wusste nicht, ob es Minuten oder Stunden dauerte. Ihr kam es endlos vor. Zeit hatte keine Bedeutung, wenn die Geräusche sie zu ersticken drohten. Sie wartete einfach ab und versuchte, sich irgendwie über Wasser zu halten.

Aber irgendwann drang ein neues Geräusch, ein »normaleres« Geräusch in die akustische Hölle vor. Es schien aus großer Entfernung zu kommen. Es schien lange zu brauchen, um sie zu erreichen und zu ihr durchzudringen. Es musste sich durch die anderen, ohrenbetäubenden Geräusche vorkämpfen – und eins dieser Geräusche war – wie Maya erkannte, als sie langsam zu Bewusstsein kam – ihr eigenes Schreien.

Eine Klingel. Dann eine Stimme:

»Maya? Maya?«

Shane. Er hämmerte gegen die Tür.

»Maya?«

Sie öffnete die Augen. Die Geräusche verflüchtigten sich nicht sofort, vielmehr schienen sie sich höhnisch zurückzuziehen und sie so daran zu erinnern, dass sie zwar leiser werden mochten, aber trotzdem immer bei ihr waren. Wieder dachte Maya an die Theorie, dass kein Geräusch ganz erstarb. Wenn man im Wald schrie und ein Echo hörte, wurde dieses Echo zwar immer schwächer, aber es verklang nie ganz. Genauso war es auch mit ihren Geräuschen.

Sie verschwanden nie ganz.

Maya blickte nach rechts, wo Lily geschlafen hatte.

Aber sie war nicht da.

Mayas Herz hörte einen Moment lang auf zu schlagen. »Lily?«

Das Hämmern und Klingeln waren verstummt. Maya schoss hoch. Sie schwang die Beine aus dem Bett. Als sie aufzustehen versuchte, wurde ihr schwindelig, sodass sie sich wieder setzen musste.

»Lily?«, rief sie noch einmal.

Sie hörte, wie unten die Tür geöffnet wurde.

»Maya?«

Shane war im Haus. Sie hatte ihm für Notfälle einen Schlüssel gegeben.

»Hier oben.« Maya versuchte noch einmal aufzustehen, was ihr dieses Mal gelang. »Lily? Lily ist nicht da.«

Das Haus bebte, als Shane die Treppe heraufstürmte, wobei er immer zwei Stufen auf einmal nahm.

»Lily!«

»Ich hab sie«, sagte Shane.

Er stand mit Lily auf dem rechten Arm in der Tür. Erleichterung durchströmte Mayas Adern.

»Sie stand oben an der Treppe«, sagte Shane.

Lily hatte Tränen im Gesicht. Maya eilte zu ihr. Lily zuckte kurz zusammen, und Maya begriff, dass ihre Tochter wahrscheinlich durch die Schreie ihrer Mutter geweckt worden war.

Maya atmete durch und rang sich ein Lächeln ab. »Es ist alles okay, meine Süße.«

Das kleine Mädchen drückte ihr Gesicht an Shanes Schulter.«

»Tut mir leid, Lily. Mommy hatte einen Albtraum.«

Lily legte Shane die Arme um den Hals. Shane musterte Maya, und er versuchte nicht, sein Mitleid und seine Besorgnis zu verstecken. Mayas Herz zersplitterte in tausend Einzelteile.

»Ich hab versucht, dich anzurufen«, sagte er. »Als du nicht rangegangen bist…«

Maya nickte.

»Hey«, sagte Shane viel zu fröhlich. Fröhlichkeit war nicht seine Stärke. Selbst Lily spürte, dass etwas an seinem Tonfall nicht stimmte. »Lasst uns runtergehen und frühstücken. Was haltet ihr davon?«

Lily wirkte immer noch etwas argwöhnisch, erholte sich aber schnell. So war das mit Kindern. Sie waren unglaublich widerstandsfähig. Die meisten Situationen bewältigten sie ebenso gut wie die besten Soldaten.

»Ach, und soll ich euch etwas verraten?«, sagte Maya.

Lily sah ihre Mutter misstrauisch an.

»Wir gehen nachher mit Daniel und Alexa auf ein Fest.«

Die Augen des kleinen Mädchens weiteten sich.

»Es gibt Luftballons und Karussells…«

Maya erzählte weiter von den Wunderdingen beim Soccer Day, und nach wenigen Minuten war das Gewitter der letzten Nacht im Glanz des neuen Tages verblasst. Zumindest für Lily. Maya hingegen hielt die Angst noch viel zu lange in ihrer Umklammerung, vor allem, weil ihre Tochter diese Angst jetzt auch unmittelbar zu spüren bekommen hatte.

Was hatte sie getan?

Shane fragte nicht, ob alles in Ordnung war. Er wusste, was los war. Nachdem sie Lily vor ihr Frühstück gesetzt hatten und außer Hörweite waren, fragte er: »Wie schlimm ist es?«

»Mir geht's gut.«

Shane wandte sich einfach ab.

»Was ist?«

»Es fällt dir immer leichter, mich zu belügen.«

Er hatte recht.

»Sehr schlimm«, sagte sie. »Bist du jetzt zufrieden?«

Shane sah sie wieder an. Er wollte sie in den Arm nehmen – das sah sie –, tat es aber nicht. Schade. Sie hätte es brauchen können.

»Du musst mit jemandem reden«, sagte Shane. »Wie wäre es mit Wu?«

Wu war der Psychiater von *Veterans Affairs*. »Ich ruf ihn an.«

»Wann?«

»Wenn das vorbei ist.«

»Wenn was vorbei ist?«

Sie antwortete nicht.

»Es geht nicht mehr nur um dich, Maya.«

»Soll heißen?«

Er sah zu Lily.

»Tiefschlag, Shane.«

»Dein Pech. Du hast eine Tochter, die du jetzt alleine erziehen musst.«

»Ich kümmere mich darum.«

Maya sah auf die Uhr. Viertel nach neun. Sie überlegte, wann sie das letzte Mal länger als bis 4:58 Uhr geschlafen hatte, konnte sich aber nicht erinnern. Und sie dachte an Lily. Was war passiert? War ihre Tochter von den Schreien ihrer Mutter aufgewacht? Hatte Lily versucht, sie zu wecken, oder hatte sie sich einfach ängstlich zusammengekauert?

Was für eine Mutter war sie?

Der Tod verfolgt dich, Maya …

»Ich kümmere mich darum«, wiederholte sie. »Aber erst muss ich das hier noch durchziehen.«

»Und mit ›durchziehen‹ meinst du herausfinden, wer Joe umgebracht hat?«

Sie antwortete nicht.

»Du hast übrigens recht gehabt«, sagte Shane.

»Womit?«

»Deshalb bin ich hier. Du hast mich gebeten, mir Tom Douglass' Akte aus seiner Zeit bei der Küstenwache anzusehen.«

»Und?«

»Er hat da vierzehn Jahre gedient und dabei auch seine ersten Erfahrungen mit den polizeilichen Aufgaben bei der Küstenwache gemacht. Im Zuge dessen war er tatsächlich der zuständige Ermittler bei der Untersuchung des Todes von Andrew Burkett.«

Rumms. Es ergab Sinn. Es ergab keinen Sinn.

»Weißt du, wie er den Fall beurteilt hat?«

»Unfalltod. Laut seinem Bericht ist Andrew Burkett nachts über Bord gefallen und ertrunken. Höchstwahrscheinlich war Alkohol im Spiel.«

Beide standen sich noch einen Moment gegenüber und versuchten, die Informationen zu verdauen.

»Was zum Henker geht hier vor, Maya?«

»Ich weiß es nicht, habe aber die Absicht, es herauszubekommen.«

»Wie?«

Maya zog ihr Handy aus der Tasche und wählte die Festnetznummer von Douglass. Es meldete sich niemand. Maya hinterließ eine Nachricht auf dem Anrufbeantworter. »Ich weiß jetzt, warum die Burketts Sie bezahlen. Rufen Sie mich an.«

Sie hinterließ ihre Handynummer und legte auf.

»Wie hast du das von Douglass herausbekommen?«, fragte Shane.

»Das ist nicht wichtig.«

»Wirklich nicht?«

Shane erhob sich und fing an, auf und ab zu gehen. Man brauchte ihn nicht so gut zu kennen wie Maya, um zu merken, dass das kein gutes Zeichen war.

»Was ist?«, fragte sie.

»Ich habe heute Morgen mit Detective Kierce telefoniert.«

Maya schloss die Augen. »Warum hast du das getan?«

»Ach, ich weiß nicht. Vielleicht einfach, weil du gestern Abend einen ziemlich massiven Vorwurf in den Raum gestellt hast.«

»Caroline hat das getan.«

»Egal. Ich wollte ihn mal ein bisschen abchecken.«

»Und?«

»Ich mag ihn. Ich halte ihn für eine ehrliche Haut. Ich glaube, Caroline labert einen Haufen Scheiße.«

»Okay, vergiss es einfach.«

Shane stieß den nervigen Summton aus, der in Quizsendungen anzeigte, dass man die falsche Antwort gegeben hatte.

»Was ist?«

»Tut mir leid, Maya. Falsche Antwort.«

»Wovon redest du?«

»Kierce hat mir keine Informationen zu den laufenden Ermittlungen gegeben«, fuhr Shane fort. »Er hat sich so verhalten, wie ich es von einem guten Cop erwarte, einem Cop, der sich an die Regeln hält und keine Bestechungsgelder nimmt.«

Maya gefiel die Richtung nicht, in die sich das Gespräch plötzlich entwickelte.

»Aber«, sagte Shane und hielt den gestreckten Zeigefinger

in die Luft, »er war der Ansicht, es sei in Ordnung, mich über einen gewissen Vorfall in Kenntnis zu setzen, der sich kürzlich in deinem Haus ereignet hat.«

Maya sah zu Lily hinüber. »Er hat dir von der Nanny-Cam erzählt?«

»Bingo.«

Shane wartete auf eine Erklärung. Sie sagte nichts. Beide standen nur da und starrten sich gegenseitig zu lange an. Shane brach das Schweigen.

»Aus welchem Grund hättest du mir so etwas verschweigen sollen«, fragte er.

»Ich wollte es erzählen.«

»Aber?«

»Aber du hältst mich auch so schon für psychisch instabil.«

Wieder stieß Shane den nervigen Summton aus. »Falsch. Ich bin vielleicht der Ansicht, dass du Hilfe brauchst …«

»Genau. Du drängst mich, Wu anzurufen. Und was hättest du gedacht, wenn ich dir erzählt hätte, dass ich meinen ermordeten Ehemann auf einer Nanny-Cam gesehen habe?«

»Ich hätte zugehört«, sagte Shane. »Ich hätte zugehört und versucht, dir dabei zu helfen, der Sache auf den Grund zu gehen.«

Sie wusste, dass er es ehrlich meinte. Shane nahm sich einen Stuhl, stellte ihn neben sie und setzte sich.

»Erzähl mir, was passiert ist. Ganz genau.«

Es hatte keinen Sinn, ihm das noch länger vorzuenthalten. Sie erzählte Shane von der Nanny-Cam, von Isabellas Pfefferspray-Angriff, von Joes fehlender Kleidung und von ihrem Besuch im Bedienstetenkomplex der Burketts, wo sie Isabella gesucht hatte. Als sie fertig war, sagte Shane: »Ich erinnere mich an das Hemd. Wieso sollte es verschwunden sein, wenn du dir das alles nur eingebildet hast?«

»Wer weiß?«

Shane stand auf und ging zur Treppe.

»Wo willst du hin?«

»Ich guck mir seinen Schrank an, prüfe, ob es wirklich nicht da ist.«

Sie wollte protestieren, aber so war Shane. Er musste jeden Schritt durchgehen. Sie wartete. Fünf Minuten später kam er zurück.

»Weg«, sagte er.

»Was nichts zu sagen hat«, warf Maya ein. »Es könnte tausend Gründe geben, warum das Hemd nicht im Schrank hängt.«

Shane setzte sich ihr gegenüber und zupfte an seiner Unterlippe. Fünf Sekunden vergingen. Dann zehn. »Lass uns über die ganze Sache reden.«

Maya wartete.

»Weißt du noch, was General Dempsey bei seinem Besuch im Camp gesagt hat?«, fragte Shane. »Über die Vorhersagbarkeit von Kampfhandlungen?«

Sie nickte. General Martin Dempsey, der Vorsitzende der Joint Chiefs of Staff, hatte gesagt, dass von allen Unterfangen des Menschen der Krieg das am wenigsten vorhersagbare sei. Die einzige Regel im Kampfgeschehen laute, dass man niemals wissen könne, was geschehen wird. Man müsse immer auch auf das scheinbar Unmögliche vorbereitet sein.

»Also gehen wir alles durch«, sagte Shane. »Nehmen wir mal an, dass du auf deiner Nanny-Cam wirklich Joe gesehen hast.«

»Er ist tot, Shane.«

»Das ist mir klar. Trotzdem … lass uns Schritt für Schritt vorgehen. Es ist eine Art Fingerübung.«

Sie verdrehte die Augen, signalisierte ihm aber, dass er fortfahren solle.

»Okay. Du hast dir also das Video von dieser Nanny-Cam angeguckt. Wo? Auf deinem Fernseher?«

»Auf dem Laptop. Ich habe ein Lesegerät für die SD-Karte.«

»Klar, 'tschuldigung. Die SD-Karte. Die, die Isabella mitgenommen hat, nachdem sie dir Pfefferspray ins Gesicht gesprüht hat?«

»Ja.«

»Also, du hast die SD-Karte ins Lesegerät gesteckt. Du hast gesehen, wie Joe mit Lily auf der Couch spielte. Die offensichtlichen Möglichkeiten können wir wohl ausschließen. Das war keine alte Aufnahme oder so etwas, richtig?«

»Richtig.«

»Bist du sicher? Du hast gesagt, Eileen habe dir die Nanny-Cam nach der Beerdigung geschenkt. Hätte vielleicht jemand eine alte Aufnahme reinstecken können oder so etwas? Ein Video von den beiden, das jemand vor Joes Ermordung gemacht hat?«

»Nein. Lily trug genau die Sachen, die sie an dem Tag getragen hat. Es war genau aus dem richtigen Winkel aufgenommen, von dieser Stelle im Regal, mit einer auf die Couch gerichteten Kamera. Irgendwie steckt natürlich ein Trick dahinter. Muss ja. Vielleicht wurde Joe, was weiß ich, irgendwie reinkopiert oder so was. Aber es war jedenfalls kein altes Video.«

»Okay, damit hätten wir diese Möglichkeit ausgeschlossen.«

Langsam fand sie es lächerlich. »Welche Möglichkeit?«

»Dass es ein altes Video war. Also versuchen wir etwas anderes.« Wieder begann Shane, an seiner Unterlippe zu zupfen. »Lass uns einmal annehmen – nur um dieser Theorie nachzugehen –, dass es wirklich Joe war. Dass er noch lebt.«

Shane hob die Hände, obwohl sie nichts gesagt hatte. »Ich weiß, schon gut, aber hab etwas Geduld, ja?«

Maya unterdrückte einen Seufzer und signalisierte mit einem Achselzucken ein »Wie du meinst«.

»Wie würdest du vorgehen?«, fragte er. »Wenn du an Joes Stelle wärst und deinen Tod vortäuschen wolltest?«

»Wenn ich meinen Tod vortäuschen und dann was, hinterher in mein Haus schleichen und mit meiner Tochter spielen würde? Ich weiß nicht, Shane. Sag du's mir? Offenbar hast du eine Theorie.«

»Nicht direkt eine Theorie, aber …«

»Kommen darin auch Zombies vor?«

»Maya?«

»Ja.«

»Du wirst sarkastisch, wenn du das Gefühl hast, dich rechtfertigen zu müssen.«

Sie runzelte die Stirn. »Diese Psychologie-Kurse«, sagte sie, »machen sich jetzt mal so richtig bezahlt, oder?«

»Ich versteh nicht, wovor du solche Angst hast.«

»Ich habe Angst davor, meine Zeit zu verschwenden. Aber gut, Shane. Vergiss die Zombies. Wie lautet deine Theorie? Wie würdest du an Joes Stelle deinen Tod vortäuschen?«

Shane zupfte weiter an seiner Lippe. Maya fürchtete, dass sie gleich bluten würde.

»Ich *könnte* es folgendermaßen machen«, sagte er. »Ich *könnte* zwei Gauner von der Straße anheuern. Ich *könnte* ihnen Waffen mit Platzpatronen geben.«

»Wow«, sagte Maya.

»Lass mich ausreden, ich streich jetzt das ›könnte‹, wenn du nichts dagegen hast. Ich, Joe, würde es so arrangieren. Ich hätte Blutkapseln oder so etwas dabei. Damit es echt aussieht. Joe mochte diese Stelle im Park, richtig? Er kannte die Lichtverhältnisse dort, wusste, wie dunkel es da um die Zeit war und dass du nicht genau sehen konntest, was vorging. Überleg doch mal. Glaubst du wirklich, dass die beiden Gauner rein zufällig da waren? Kam dir das nicht seltsam vor?«

»Moment, ausgerechnet das findest du seltsam?«

»Diese ganze Geschichte mit dem Raubüberfall …« Shane schüttelte den Kopf. »Die war mir von Anfang an ziemlich suspekt.«

Maya saß nur da. Kierce hatte mit dem ballistischen Test bereits bewiesen, dass die Theorie mit dem Raubüberfall Unsinn war, weil Joe und Claire mit derselben Waffe umgebracht worden waren. Offenbar wusste Shane das nicht.

»Nehmen wir an, dass das alles ein abgekartetes Spiel war«, sagte Shane, der sich immer mehr für seine absonderliche Verschwörungstheorie erwärmte. »Nehmen wir an, die beiden Gauner hatten den Auftrag, mit Platzpatronen zu schießen und den Anschein zu erwecken, dass Joe tot war.«

»Shane?«

»Ja.«

»Dir ist schon klar, dass das vollkommen irre klingt, oder?«

Er zupfte weiter an der Unterlippe.

»Vergiss nicht, dass die Polizei auch da war, Shane. Es gibt Leute, die die Leiche gesehen haben.«

»Okay, eins nach dem anderen. Erstens, die Leute, die die Leiche gesehen haben. Natürlich hätte es nicht gereicht, wenn du die einzige Zeugin gewesen wärst. Joe liegt also mit den falschen Blutflecken auf dem Boden oder so. Im Dunkeln. Ein paar Leute sehen ihn. Aber die haben ja nicht seinen Puls gefühlt oder so was.«

Maya schüttelte den Kopf. »Willst du mich auf den Arm nehmen?«

»Siehst du irgendwelche Probleme mit meiner Theorie?«

»Ich weiß gar nicht, wo ich anfangen soll«, erwiderte Maya. »Was ist mit den Cops?«

Er breitete die Hände aus. »Hast du mir nicht selbst erzählt, dass irgendwelche Gelder geflossen sind?«

»An Kierce, meinst du? Deinen neuen Kumpel, den du magst und der sich an die Regeln hält?«

»Ich könnte mich in ihm irren. Wäre nicht das erste Mal. Vielleicht hat Kierce es eingerichtet, dass er im Dienst war, als der Mord geschah. Oder vielleicht, was weiß denn ich, haben die Burketts auch den Polizeichef, den Captain oder wen auch immer dafür bezahlt, dass Kierce ganz oben auf irgendeiner Liste stand und als Erster am Tatort war.«

»Du solltest eins von diesen Verschwörungsvideos bei YouTube einstellen, Shane. Wurde 9/11 auch von irgendwelchen US-Behörden eingefädelt?«

»Ich zeige nur Möglichkeiten auf, Maya.«

»Dann lass mich das auf den Punkt bringen«, sagte sie. »Es waren also alle beteiligt. Die Gauner, die Kierce festgenommen hat. Die Bullen am Tatort. Der Gerichtsmediziner. Schließlich war klar, dass eine Obduktion durchgeführt werden würde, als Joe als Leiche weggekarrt wurde, oder?«

»Stopp«, sagte Shane.

»Was ist?«

»Hast du nicht gesagt, dass es Probleme mit der Sterbeurkunde gab?«

»Bürokratisches Chaos. Und hör bitte auf, an deiner Lippe zu zupfen.«

Shane lächelte fast. »Meine Version ist nicht wasserdicht. Das gebe ich zu. Ich könnte Kierce fragen, ob ich mir die Fotos von der Obduktion ansehen kann …«

»Was er dir nicht gestatten wird.«

»Da würde ich mir schon was einfallen lassen.«

»Lass es. Oh, und wenn die sich schon solche Mühe machen, könnten sie auch ein paar Obduktionsfotos zusammenbasteln.«

»Gutes Argument.«

»Sollte sarkastisch sein.« Maya schüttelte den Kopf. »Er ist tot, Shane. Joe ist tot.«

»Oder er verarscht dich.«

Maya dachte einen Moment darüber nach. »Oder«, sagte sie dann, »jemand anders tut das.«

ACHTZEHN

Der Soccer Day schien einem nostalgischen amerikanischen Spielfilm entsprungen zu sein, der insgesamt etwas zu perfekt geraten war, zu sehr nach einem Norman-Rockwell-Gemälde aussah, um authentisch zu wirken. Es gab Zelte, Stände, Spiele und Karussells. Menschen lachten und johlten, Schiedsrichter pfiffen, und überall lief Musik. Imbisswagen verkauften Burger, Würste, Eis und Tacos. Man konnte praktisch alles in Grün-weiß, den Farben der Stadt, kaufen: T-Shirts, Mützen, Kapuzenpullis, Polohemden, Aufkleber, Wasserflaschen, Kaffeebecher, Schlüsselketten, Faltstühle. Selbst die Hüpfburg und die aufblasbaren Rutschen waren grün-weiß.

Jede Klassenstufe hatte einen eigenen Aktivitäten-Stand aufgebaut. Die Mädchen aus der Siebten dekorierten Arme, Beine und Schultern mit Abzieh-Tattoos. Die Jungs aus der achten Klasse hatten ein Fußballtor aufgebaut und ermittelten die Schussgeschwindigkeit der Besucher mit einer Radar-Pistole. Bei den Mädchen aus der sechsten Klasse konnten sich die Kinder schminken lassen.

Dort fanden Maya und Lily Alexa.

Als Alexa sie sah, ließ sie ihren Pinsel fallen, rannte auf sie zu und rief: »Lily! Hey!«

Lily, die an der Hand ihrer Mutter gegangen war, ließ sie sofort los. Sie kicherte, hielt sich die winzigen Händchen vor den Mund und zitterte vor Begeisterung und Freude, wie es nur kleine Kinder tun. Das Zittern und Kichern nahmen noch zu, als ihre Cousine auf sie zustürmte, und als Alexa Lily auf den Arm nahm, verwandelte sich das Kichern in gellendes Gelächter.

Maya blieb die Zuschauerrolle – sie stand daneben und lächelte.

»Lily! Tante Maya!«

Jetzt eilte auch Daniel auf sie zu. Eddie folgte seinem Sohn, auch er hatte ein Lächeln im Gesicht. Die Szene kam Maya vollkommen unwirklich vor, fast schon obszön inmitten ihres privaten Durcheinanders, aber das war okay so. Auf der Welt gab es Zäune und Grenzen. Mehr als alles andere wünschte Maya sich, dass diese drei Kinder auf der richtigen Seite dieser Grenzen blieben.

Daniel gab seiner Tante einen kurzen Kuss auf die Wange, bevor er zu Lily ging. Er nahm sie seiner Schwester vom Arm und hob sie hoch in die Luft. Beim Klang von Lilys Lachen, einem Laut voller reiner, ungetrübter Unschuld, zuckte Maya zusammen. Wann, fragte sie sich, hatte sie zum letzten Mal mitbekommen, dass ihre Tochter einen solchen Laut von sich gegeben hatte?

»Dürfen wir mit ihr Karussell fahren, Tante Maya?«, fragte Alexa.

»Wir sind auch vorsichtig«, ergänzte Daniel.

Eddie stellte sich neben Maya.

»Klar«, sagte Maya. »Braucht ihr Geld?«

»Wir haben schon was«, sagte Daniel, und weg waren sie.

Maya lächelte Eddie kurz zu. Ihr früherer Schwager sah heute besser aus, glattrasiert und mit klarem Blick. Er gab ihr einen Kuss auf die Wange. Kein Alkoholgeruch. Maya sah den drei Kindern hinterher. Daniel hatte Lily wieder abgesetzt. Lily ging zwischen ihrem Cousin und ihrer Cousine, hielt sich mit der rechten Hand an Daniel, mit der linken an Alexa fest.

»Schöner Tag«, sagte Eddie.

Maya nickte. Das war es wirklich. Die Sonne schien wie im Film. Der amerikanische Traum lag direkt vor ihren Augen, hüllte alles ein wie eine warme Decke, sie hatte jedoch das überwältigende Gefühl, dass sie nicht hierhergehörte, dass ihre Anwesenheit wie eine dunkle Wolke über allem schwebte und das strahlende Licht absorbierte.

»Eddie?«

Er hielt sich die Hand über die Augen, um die Sonne abzuschirmen. Dann sah er sie an.

»Claire hat dich nicht betrogen.«

Ihm schossen so schnell Tränen in die Augen, dass er den Blick abwenden musste. Er beugte sich leicht vor. Maya fürchtete, dass er weinen könnte. Sie streckte die Hand aus, wollte sie ihm auf die Schulter legen, hielt aber inne und ließ die Hand wieder sinken.

»Bist du sicher?«, fragte er.

»Ja.«

»Und das Handy?«

»Du erinnerst dich doch an … äh … die Probleme, die ich mit dem Einsatzvideo hatte, das veröffentlicht worden ist?«

»Ja, natürlich.«

»Es gab noch mehr Material.«

»Wie meinst du das?«

»Der Kerl, der es publiziert hat …«

»Corey the Whistle«, sagte Eddie.

»Genau. Er hat die Tonspur nicht veröffentlicht.«

Eddie sah sie verwirrt an.

»Ich glaube, Claire hat es ihm ausgeredet.«

»Die Tonspur?«, sagte Eddie. »Die hätte dir noch mehr geschadet?«

»Ja.«

Eddie nickte, fragte aber nicht, was drauf war. »Claire hat sich wahnsinnig aufgeregt, als das Ganze aufflog. Haben wir alle. Wir haben uns Sorgen um dich gemacht.«

»Claire ist noch einen Schritt weitergegangen.«

»Wie?«

»Sie ist mit Corey in Kontakt getreten. Sie hat sich bei seiner Organisation eingeklinkt.«

Es gab keinen Grund, mit Eddie über Claires mögliche Motive zu reden. Vielleicht hatte Claire nur für Corey gearbeitet, weil er eine Gegenleistung dafür verlangt hatte, dass er Maya zufriedenließ. Vielleicht hatte Corey, der sehr charmant und gewinnend sein konnte, sie überzeugt, dass es sowohl juristisch als auch moralisch recht und billig wäre, die Burkett-Familie fertigzumachen. Im Endeffekt spielte es keine Rolle.

»Claire hat angefangen, Dreck über die Burketts zu sammeln«, sagte sie. »Um Coreys Organisation zu helfen, den Burketts in die Parade zu fahren.«

»Glaubst du, dass sie deshalb umgebracht wurde?«

Maya sah zu ihrer Tochter hinüber. Alexas komplettes Fußballteam hatte sich um Lily versammelt und stieß Oohs und Aahs aus. Sie schminkten ihr Gesicht mit grüner und weißer Farbe, und selbst auf diese Entfernung spürte Maya, wie viel Spaß ihre Tochter hatte.

»Ja.«

»Das versteh ich nicht«, sagte Eddie. »Warum hat Claire mir nichts davon erzählt?«

Maya beobachtete weiterhin die Kinder und hielt sich an ihre Rolle als stumme Wächterin. Sie spürte, dass Eddie sie ansah, sagte aber nichts. Claire hatte ihm nichts erzählt, um ihn nicht in Gefahr zu bringen. Und weil sie Eddie kein Wort gesagt hatte, hatte sie ihm höchstwahrscheinlich das Leben gerettet. Sie hatte ihren Mann geliebt. Sie hatte ihn sehr geliebt. Jean-Pierre war nur eine naive Fantasie, die im Licht der Wirklichkeit schnell verblasst wäre. Claire, die verliebte Pragmatikerin, hatte das erkannt, selbst als Maya, deren Liebesleben impulsiver verlief, dazu nicht in der Lage gewesen war. Claire hatte Eddie geliebt. Sie hatte Daniel und Alexa geliebt. Sie hatte dieses Leben mit Soccer Days und Kinderschminken im grellen Sonnenschein geliebt.

»Erinnerst du dich an irgendetwas Ungewöhnliches, Eddie? Irgendwas, das zu diesen Informationen passen könnte?«

»Ich hab ja schon gesagt, dass sie angefangen hatte, länger zu arbeiten. Sie war etwas abwesend. Ich hab sie gefragt, was los ist, sie wollte es mir aber nicht sagen.« Er sprach ganz leise. »Sie hat nur gesagt, ich soll mir keine Sorgen machen.«

Die Kinder hatten Lily fertig geschminkt und machten sich auf den Weg zum Karussell.

»Hat sie jemals einen Mann namens Tom Douglass erwähnt?«

Eddie überlegte. »Nein. Wer ist das?«

»Ein Privatdetektiv.«

»Warum hätte sie zu ihm gehen sollen?«

»Die Burketts haben ihn bezahlt. Hat sie je über Andrew Burkett gesprochen?«

Er runzelte die Stirn. »Joes Bruder, der ertrunken ist?«

»Ja.«

»Nein. Was hat der damit zu tun?«

»Das weiß ich noch nicht. Aber du musst etwas für mich tun.«

»Erzähl.«

»Sieh dir alles noch einmal mit anderen Augen an. Ihre Reiseaufzeichnungen, ihre Unterlagen, all ihre Notizen. Ganz egal was. Sie hat versucht, den Burketts eins auszuwischen. Dabei muss sie darauf gestoßen sein, dass sie diesen Tom Douglass bezahlt haben, was dann vermutlich der Auslöser für alles Weitere war.«

Eddie nickte. »Ich halt die Augen offen.«

Beide sahen zu, wie Daniel Lily auf ein Karussellpferd hob. Daniel blieb auf einer Seite neben ihr stehen, Alexa auf der anderen. Lily strahlte.

»Guck sie dir an«, lachte Eddie. »Einfach …«

Maya nickte, hatte Angst zu sprechen. Eddie hatte gesagt, dass der Tod sie verfolgte, aber so einfach war das wohl nicht. Um sie herum spielten Kinder und Familien, lachten und genossen den Glanz dieses scheinbar ganz normalen Tages. Sie hatten keine Angst oder Sorgen, weil sie es nicht begriffen. Alle spielten, alle lachten, und sie fühlten sich so verteufelt sicher. Sie sahen nicht, wie zerbrechlich das Ganze war. Der Krieg war weit weg, dachten sie. Nicht nur auf einem anderen Kontinent, sondern in einer anderen Welt. Er konnte ihnen nichts antun.

Doch da täuschten sie sich.

Einer von ihnen hatte er schon etwas angetan – Claire, um genauer zu sein, und das war Mayas Schuld. Was sie in einem Kampfhubschrauber über al-Qa'im getan hatte, hatte ein Echo erzeugt, einen Nachhall, genau wie die Geräusche, die sie nicht loswurde, und dieses Echo war bis zu ihrer Schwester vorgedrungen.

Die Wahrheit war unübersehbar und extrem schmerzlich. Wenn Maya diese Fehler im Hubschrauber nicht gemacht hätte, wäre Claire noch am Leben. Sie würde hier stehen, überwältigt von der Schönheit und dem fröhlichen Lachen ihrer Kinder. Es war Mayas Schuld, dass sie das nicht mehr konnte. Claire war nicht hier, und Daniels und Alexas glückliches Lächeln verdeckte einen Anflug von Traurigkeit, den sie immer in sich tragen würden.

Lily fing an, sich umzugucken. Sie fand ihre Mutter und winkte. Maya schluckte und winkte zurück. Auch Daniel und Alexa winkten und bedeuteten Maya, dass sie zu ihnen kommen sollte.

»Maya?«, sagte Eddie.

Sie antwortete nicht.

»Geh zu ihnen.«

Maya schüttelte den Kopf.

»Du hast jetzt keinen Wachdienst«, sagte er und hatte also Mayas Gedanken für ihren Geschmack etwas zu genau gelesen. »Geh zu ihnen rüber und freu dich mit deiner Tochter.« Er verstand es nicht. Sie gehörte nicht hierher. Sie war eine Außenseiterin, nicht in ihrem Element – obwohl dies ironischerweise genau das Leben war, für das sie gekämpft, für dessen Schutz sie alles riskiert hatte. Ja, für dieses Leben. Für solche Momente. Trotzdem konnte sie die Grenze nicht überschreiten und daran teilhaben. Vielleicht war das der Deal, auf den man sich einließ. Man konnte teilhaben oder es beschützen, beides ging eigentlich nicht. Ihre Kameraden vom Militär würden das verstehen. Manche hätten sich gezwungen, die Grenze zu überschreiten. Sie hätten gelächelt, wären zum Karussell gegangen, hätten die passenden T-Shirts gekauft, aber irgendwo tief unten im Gehirn hatte sich ein Zweifel eingenistet, den sie nie wieder ganz loswerden würden und der sie zwang, in ihrer Umgebung jederzeit nach einer herannahenden Gefahr Ausschau zu halten.

Würde das je verschwinden?

Möglich. Aber noch war es nicht so weit. Also stand Maya als stumme Wächterin da und sah zu.

»Geh du hin«, sagte Maya.

Eddie überlegte kurz. »Nein, ich bleib bei dir.«

Sie blieben stehen und beobachteten sie.

»Maya?«

Sie antwortete nicht.

»Wenn du herausbekommst, wer Claire umgebracht hat, musst du es mir sagen.«

Eddie wollte derjenige sein, der seine Frau rächte. Doch das würde nicht geschehen. »Okay«, sagte sie.

»Versprochen?«

Wen interessierte schon eine Lüge mehr oder weniger? »Versprochen.«

Ihr Handy summte. Sie sah aufs Display. Tom Douglass' Festnetzanschluss. Sie trat etwas zur Seite und meldete sich: »Hallo?«

»Ich habe Ihre Nachricht bekommen«, sagte Mrs Douglass. »Kommen Sie so schnell wie möglich vorbei.«

»Ich kann Lily mit zu uns nehmen«, sagte Eddie. »Die Kids werden begeistert sein.«

Das würde wirklich vieles erleichtern. Wenn Lily jetzt gehen müsste, würde sie verständlicherweise einen Wutanfall bekommen, wie ihn … tja … nur eine Zweijährige hinlegen konnte.

»Es geht um diesen Tom Douglass«, sagte sie, obwohl er nicht gefragt hatte. »Er wohnt in Livingston. Sollte höchstens zwei, drei Stunden dauern.«

Eddie verzog das Gesicht.

»Livingston. Das ist Ausfahrt 15W an der New Jersey Turnpike, oder?«

»Stimmt, wieso?«

»In der Woche vor Claires Ermordung«, sagte er, »war sie

mehrmals an dieser Mautstelle, das habe ich an der Abrechnung von ihrem *E-Z-Pass* gesehen.«

»War das ungewöhnlich?«

»Ich hab mir die Abrechnungen vorher nie genauer angeguckt, aber eigentlich schon. So weit fahren wir normalerweise nicht.«

»Was hältst du davon?«

»Da unten ist ein schickes Einkaufszentrum. Ich hab gedacht, sie ist da hingefahren.«

Oder er hatte nicht zu genau hingucken wollen, was verständlich wäre. Wie auch immer. Maya machte sich auf zu ihrem Wagen. Claire war ermordet worden, weil sie einem Geheimnis auf der Spur gewesen war. In dem Punkt war Maya sich sicher. Das Geheimnis hatte etwas mit Tom Douglass und im weitesten Sinne auch mit Joes Bruder Andrew zu tun. Was Andrew Burkett, der schon fast fünfzehn Jahre tot war, als Maya und Joe sich kennenlernten, mit Claires Ermordung zu tun haben könnte, lag für sie immer noch im Dunkeln.

Auf dem Weg zum Highway schaltete sie sich durch ein paar Radiosender, fand aber keinen, der ihr zusagte. Es brachte auch nichts, die Situation bis ins Kleinste zu analysieren. Ihre Tochter war bei Claires Familie in sicheren Händen.

Sie verband die Playlist ihres Handys über Bluetooth mit dem Radio und versuchte, den Kopf freizubekommen. Lykke Li sang ihren Song *No Rest for the Wicked.* Lykke sang, dass sie ihren »Guten« im Stich gelassen habe und dann die Hammer-Zeile: »I let my true love die.« Maya sang mit, verlor sich kurz in Glückseligkeit, und als der Song zu Ende war, hörte sie ihn noch einmal, sang dabei mit bis zur letzten Zeile, die auch ein Hammer war: »I had his heart, but I broke it every time.«

Joe hatte ihr den Song geschenkt. Ihre Beziehung war ein verrückter Wirbelsturm gewesen, das galt allerdings für Mayas gesamte katastrophale Beziehungsgeschichte. Zwei Tage nachdem sie sich bei der Wohltätigkeitsveranstaltung kennengelernt hatten, hatte Joe die Idee gehabt, gemeinsam im Privatflugzeug der Burketts auf die Turks- und Caicosinseln zu fliegen. Maya waren die Sinne geschwunden, dann hatte sie zugesagt. Sie hatten das Wochenende in einer Villa im Amanyara Resort verbracht.

Sie hatte erwartet, dass diese Beziehung ihrem üblichen impulsiven Muster folgen würde: intensiv, prickelnd, überzogen und wahnsinnig romantisch – gefolgt von einer schnellen Schwarzblende. In kürzester Zeit vom Prickeln zum Zischen, weil die Luft raus war. Von der Liebe zum Lebewohl. Für Maya wurde jeder, in den sie sich verliebte, zum Jean-Pierre. Für etwa drei Wochen.

Also hatte sie sich nach der ersten Woche, als Joe ihr eines Morgens eine von ihm zusammengestellte Playlist präsentierte, jeden Song ganz genau angehört und nach versteckten Bedeutungen in den Texten gesucht. Dabei hatte sie wie ein Teenager im Bett gelegen und die Decke angestarrt. Sein Musikgeschmack gefiel ihr. Die Songs hatten sie mehr als nur angesprochen. Sie hatten ihre Verteidigungslinien perforiert, sie geschwächt und so die Möglichkeit geschaffen, sie – auch wenn das sexistisch klang – zu erziehen.

Aber Maya wusste, dass immer zwei dazugehörten. Es hatte ihr gefallen, sich hilflos mitreißen zu lassen in den Strudel, der Joe für sie darstellte – Alkohol, Musik, Reisen, Sex –, aber wie bei all ihren Beziehungen hatte sie von Anfang an das Ende vor Augen gehabt. Sie kam damit klar. Das Militär war ihr Leben. Ehe, Kinder, Soccer Days – solche Dinge hatte sie nicht auf dem Plan. Eigentlich hätte von Joe am Ende nur eine schöne Erinnerung bleiben sollen.

Denn ihre Beziehungen kippten ins Negative. Ihre Erinnerungen nicht. Aber dann war Maya schwanger geworden, und Joe hatte, als sich ihre Gedanken über ihre Zukunft überschlugen, noch einmal richtig nachgelegt. Er war vor ihr auf die Knie gesunken und hatte ihr einen Heiratsantrag gemacht, während Geigen spielten. Er hatte versprochen, sie glücklich zu machen. Er hatte versprochen, sie zu lieben. Er hatte gesagt, er sei stolz, dass sie beim Militär sei, und geschworen, alles dafür zu tun, dass sie ihre Karriereziele erreichte. Sie würden verschieden sein, hatte er gesagt, jeder würde nach seinen eigenen Regeln leben. Joes Leidenschaft hatte eine ungeheure Wucht. Sie riss sie mit sich, und bevor sie richtig wusste, wie ihr geschah, war Captain Maya Stern eine Burkett.

Lykke Li verklang, und *White Blood* von Oh Wonder begann. Warum um alles in der Welt, dachte sie, hörte sie sich jetzt Joes Schmachtfetzen an? Ganz einfach: Sie mochte die Songs. In einem Vakuum – wenn sie vergaß, wohin das alles geführt hatte – berührten sie diese Songs noch immer, selbst dieser, trotz der herzzerreißenden Anfangszeilen:

I'm ready to go, I'm ready to go,
Can't do it alone …

Schön, aber Blödsinn, dachte Maya, als sie Tom Douglass' Boot neben der Garage erblickte. Sie war bereit, es allein zu machen.

Die Haustür wurde geöffnet, bevor Maya die Klingel erreicht hatte. Mrs Douglass erschien. Sie wirkte erschöpft, die Haut spannte sich auf ihrem Gesicht. Sie sah nach links und rechts, öffnete die Fliegengittertür und sagte: »Kommen Sie rein.«

Maya trat ein. Mrs Douglass schloss die Tür hinter ihnen.

»Werden wir beobachtet?«, fragte Maya.

»Ich weiß es nicht.«

»Ist Ihr Mann zu Hause?«

»Nein.«

Maya sagte nichts. Die Frau hatte sie wieder herbestellt, weil sie etwas von ihr wollte. Dann sollte sie auch den Anfang machen.

»Ich habe Ihre telefonische Nachricht bekommen«, sagte Mrs Douglass.

Maya nickte fast unmerklich.

»Sie sagten, Sie wüssten, was mein Mann für die Burketts gemacht hat.«

Dieses Mal wartete Mrs Douglass auf eine Antwort. Maya hielt sie kurz.

»Das habe ich nicht gesagt.«

»Aha?«

»Ich habe gesagt, ich weiß, warum die Burketts ihn bezahlen.«

»Ich sehe da keinen Unterschied.«

»Ich glaube nicht, dass er für sie gearbeitet hat«, sagte Maya. »Es sei denn, Sie betrachten die Annahme von Bestechungsgeld als Arbeit.«

»Wovon reden Sie?«

»Mrs Douglass, hören Sie bitte auf, mich zu verarschen.«

Ihre Augen weiteten sich. »Das tu ich nicht. Bitte sagen Sie mir, was Sie herausbekommen haben.«

Maya hörte Verzweiflung in der Stimme der Frau. Falls sie log, beherrschte sie das ziemlich gut.

»Sie müssen doch irgendeine Vorstellung davon gehabt haben, was Ihr Mann für die Burketts gemacht hat«, sagte Maya.

»Tom ist Privatdetektiv«, sagte sie. »Ich habe angenommen, dass er für eine einflussreiche Familie in vertraulichen Angelegenheiten ermittelt.«

»Aber er hat Ihnen nie erzählt, was genau das war?«

»Das habe ich doch schon gesagt. Seine Arbeit war vertraulich.«

»Ach kommen Sie, Mrs Douglass. Wollen Sie mir erzählen, dass Ihr Mann jeden Tag von der Arbeit nach Hause gekommen ist und nie mit Ihnen darüber gesprochen hat, was im Büro los war?«

Eine Träne löste sich aus ihrem Auge und lief die Wange hinab. »Was hat Tom getan?«, fragte sie kaum hörbar. »Bitte sagen Sie es mir.«

Wieder überlegte Maya, wie sie weiter vorgehen sollte, und entschied sich für den direkten Weg. »Ihr Mann war bei der Küstenwache. In dieser Zeit hat er den Tod eines jungen Mannes namens Andrew Burkett untersucht.«

»Ja, das weiß ich. Damals hat Tom die Familie kennengelernt. Den Burketts gefiel die Arbeit, die er damals gemacht hat. Daher haben sie ihm Aufträge gegeben, als er seine eigene Detektei eröffnet hat.«

»Das glaube ich nicht«, sagte Maya. »Ich glaube, die Burketts wollten, dass er Andrews Tod in seinem Bericht als Unfall darstellt.«

»Warum?«

»Genau diese Frage würde ich Ihrem Mann gern stellen.«

Mrs Douglass plumpste auf die Couch, als hätten ihre Knie einfach nachgegeben. »Sie haben ihm all die Jahre so viel Geld bezahlt …«

»Für die Burketts ist Geld kein Thema.«

»Aber so viel? All die Jahre?« Sie legte eine zitternde Hand auf ihren Mund. »Wenn das stimmt, was Sie sagen – und ich sage nicht, dass es stimmt –, dann muss es sich um eine große Sache gehandelt haben.«

Maya kniete sich hin. »Wo ist Ihr Mann, Mrs Douglass?«

»Ich weiß es nicht.«

Maya wartete.

»Deshalb habe ich Sie zurückgerufen. Tom wird seit drei Wochen vermisst.«

NEUNZEHN

Mrs Douglass hatte ihren Mann bei der Polizei als vermisst gemeldet, aber im Prinzip konnte die Polizei nicht viel machen, wenn ein 57-jähriger Mann verschwand und kein Verdacht auf ein Verbrechen vorlag.

»Tom angelt für sein Leben gern«, sagte sie. »Manchmal bleibt er wochenlang weg. Die Polizei hat das mitgekriegt. Ich habe ihnen gesagt, dass er das nicht tun würde, ohne mir Bescheid zu sagen, aber …« Sie zuckte hilflos die Achseln. »Sie haben seinen Namen ins System aufgenommen, was immer das genau heißen mag. Einer der Detectives sagte, sie könnten eine Ermittlung einleiten, aber um die Dateien auf seinem Rechner einzusehen, bräuchten sie eine gerichtliche Verfügung.«

Ein paar Minuten später ging Maya. Lange genug gewartet. Sie rief ihre frühere Schwiegermutter an. Nach dem dritten Klingeln sagte Judith mit leiser Stimme: »Ich habe gerade einen Patienten. Ist alles okay?«

»Wir müssen reden.«

Es entstand eine seltsame Pause, und Maya fragte sich, ob Judith sich entschuldigte und den Raum verließ. »Komm zu mir in die Praxis. Um fünf, in Ordnung?«

»Alles klar.«

Maya legte auf und rief Eddie an, um Lily abzuholen.

»Lass sie hier«, sagte er. »Sie und Alexa haben einen Riesenspaß.«

»Bist du sicher?«

»Entweder bringst du Lily öfter vorbei, oder ich muss eine hinreißende Zweijährige einstellen, die uns regelmäßig besucht.«

Maya lächelte. »Danke.«

»Alles okay bei dir?«

»Mir geht's gut, danke.«

»Tu nicht das, was Claire getan hat, Maya.«

»Was meinst du?«

»Lüg nicht, um mich zu schützen.«

Er hatte nicht unrecht, doch andererseits, wo stünden sie heute, wenn Claire sich ihm anvertraut hätte?

Als sie ihr Haus erreichte, stand ein Wagen in der Zufahrt. Auf der Bank vor ihrer Hintertür saß eine ihr wohlbekannte Person und notierte etwas auf einem gelben Notizblock. Maya fragte sich, wie lange er schon dort saß. Vor allem aber fragte sie sich, warum er gerade jetzt dort saß.

Hatte Shane das veranlasst – oder war es ein weiterer Zufall?

Sie fuhr vor und machte den Motor aus. Ricky Wu hob erst den Blick, als Maya ausgestiegen war. Er klickte den Kugelschreiber ein und lächelte ihr zu. Maya erwiderte das Lächeln nicht.

»Hallo, Maya.«

»Hallo, Dr. Wu.«

Er mochte es nicht, wenn man ihn Doktor nannte. Er gehörte zu den Psychiatern, die unbedingt mit dem Vornamen angesprochen werden wollten. Mayas Vater hatte früher oft einen alten Steely-Dan-Song mit dem Titel *Doctor Wu* gehört. Sie hatte schon überlegt, ob er deshalb das Gesicht verzog, wenn sie ihn so ansprach.

»Ich habe angerufen und Nachrichten hinterlassen«, sagte Wu.

»Ja, ich weiß.«

»Dann habe ich mir gedacht, es ist wohl besser, wenn ich mal vorbeischaue.«

»Haben Sie das?« Maya schloss die Tür auf. Sie trat ein. Wu folgte ihr ins Haus.

»Ich dachte, ich könnte Ihnen mein Beileid aussprechen«, sagte er.

Sie schnalzte missbilligend. »Das überrascht mich jetzt.«

»Wie bitte?«

»Ich hätte nicht gedacht, dass Sie die Wiederaufnahme unserer Patientin-Psychiater-Beziehung mit einer Lüge beginnen würden.«

Falls Wu verletzt war, zeigte es sich in seinem Lächeln nicht. »Können wir uns einen Moment setzen?«

»Ich würde lieber stehen bleiben.«

»Wie fühlen Sie sich, Maya?«

»Mir geht's gut.«

Er nickte: »Keine Episoden in letzter Zeit?«

Shane, dachte sie.

Er würde es ihr nie abnehmen, dass sie vollständig verschwunden waren. »Ein paar«, sagte Maya.

»Möchten Sie mit mir darüber reden?«

»Ich habe sie im Griff.«

»Das überrascht mich.«

»Was?«

Wu zog eine Augenbraue hoch. »Ich hätte nicht gedacht, dass Sie die Wiederaufnahme unserer Patientin-Psychiater-Beziehung mit einer Lüge beginnen würden.«

Gut gekontert, dachte Maya.

Wu probierte es mit seinem sanften Lächeln. Maya wollte ihn auf später vertrösten, als sie plötzlich, ohne Vorwarnung, Lilys ängstliches Gesicht an diesem Morgen vor Augen hatte.

Unvermittelt schossen ihr Tränen in die Augen. Sie drehte ihm den Rücken zu und kämpfte dagegen an.

»Maya?«

Sie schluckte. »Das muss aufhören.«

Wu trat einen Schritt näher. »Was ist passiert?«

»Ich habe meinem Kind Angst gemacht.«

Sie erzählte von letzter Nacht. Wu hörte zu, ohne sie zu unterbrechen. Als sie fertig war, sagte er: »Ich könnte eventuell Ihre Medikation umstellen. Bei Patienten mit ähnlichen Symptomen habe ich in letzter Zeit mit Nefazodon gute Erfolge erzielt.«

Maya hatte Angst, dass ihre Stimme versagte. Sie nickte.

»Ich habe welche im Auto, wenn Sie wollen.«

»Danke.«

»Kein Problem.« Er trat noch einen Schritt näher. »Mir ist da allerdings noch etwas aufgefallen.«

Sie runzelte die Stirn. »Warum geben Sie mir nicht einfach die Medikamente und lassen mich zufrieden?«

»Tut mir leid, Maya, irgendeinen Haken gibt's immer.«

»Das hab ich mir schon gedacht. Okay, was ist Ihnen aufgefallen?«

»Sie haben vorher nie zugegeben, dass Sie Hilfe brauchen.«

»Okay, gut beobachtet.«

»Das meinte ich nicht.«

»Oh.«

»Sie haben es zugegeben«, sagte er, »weil Sie Ihr Kind schützen wollen. Ginge es um Sie selbst, hätten Sie das nicht getan. Es musste für Lily sein.«

»Ja, auch das ist gut beobachtet.«

»Sie wollen nicht geheilt werden. Sie wollen Ihr Kind beschützen.« Er legte den Kopf auf seine Psychiater-Art auf die Seite. »Wann werden Sie aufhören, so zu denken?«

»Wann ich aufhören werde, daran zu denken, mein Kind zu beschützen?« Maya zuckte die Achseln. »Wann machen Eltern das denn so?«

»Punkt für Sie«, sagte Wu und legte die Handflächen auf den Küchentresen. »Die Antwort ist etwas oberschlau, aber der Punkt geht trotzdem an Sie. Ändert aber nichts daran, dass Sie auf mich hören müssen. Das *S* in PTBS steht für ›Störung‹. Sie können das nicht einfach mit Willenskraft durchstehen. Sie wollen, dass Ihr Kind sicher ist? Dann arbeiten Sie an Ihrer Posttraumatischen Belastungsstörung.«

»Das sehe ich auch so«, sagte sie.

Wu lächelte. »Das war jetzt einfach.«

»Ich mache einen Termin bei Ihnen.«

»Warum fangen wir nicht gleich an?«

»Ich hab nicht viel Zeit.«

»Ach, diese erste Sitzung wird nicht lange dauern.«

Sie überlegte kurz und dachte dann, wieso nicht? »Es ist so ähnlich wie das, was ich früher schon durchgemacht habe.«

»Intensiver?«

»Ja.«

»Wie oft treten diese Episoden auf?«

»Wollen Sie sie weiter so bezeichnen? ›Episoden?‹ Das ist doch nur ein nettes Wort für das, worum es sich tatsächlich handelt, oder? Es sind Halluzinationen.«

»Diesen Begriff mag ich nicht. Es schwingen zu viele negative Konnotationen mit, die …«

Sie unterbrach ihn. »Darf ich Sie etwas fragen?«

»Selbstverständlich, Maya.«

Es war eine sehr spontane Entscheidung, aber sie beschloss, es zu versuchen. Er konnte sich ruhig nützlich machen. »Mir ist noch etwas passiert. Etwas, das mit diesem ganzen Kram in Verbindung steht.«

Wu sah sie an und nickte. »Erzählen Sie.«

»Eine Freundin hat eine Nanny-Cam für mich gekauft«, fing sie an.

Wieder hörte Wu zu, ohne sie zu unterbrechen. Sie erzählte ihm, dass sie Joe auf dem Laptop gesehen hatte. Wu hatte sich gut unter Kontrolle, seine Miene verriet nicht viel.

»Interessant«, sagte er, als sie fertig war. »Wenn ich es richtig verstanden habe, ist das am Tag passiert?«

»Ja.«

»Also nicht nachts«, sagte er mehr zu sich selbst als zu ihr. Dann noch einmal: »Interessant.«

Sie hatte genug von »interessant«. »Meine Frage ist«, sagte Maya, »ob es eine Halluzination war oder eine Fälschung oder was sonst?«

»Gute Frage.« Ricky Wu setzte sich wieder, schlug die Beine übereinander, rieb sich sogar das Kinn. »Das ist natürlich eine knifflige Sache mit dem Gehirn im Allgemeinen, dazu noch Ihre Situation – die PTBS, die Schwester ermordet, der Ehemann vor Ihren Augen ermordet, die Belastung als alleinerziehende Mutter, die die meisten Therapien ignoriert –, die naheliegendste Erklärung ist … Tja, auch hier mag ich die mitschwingenden Konnotationen nicht, aber ich glaube, die meisten Fachleute würden zu dem Schluss kommen, dass Sie sich eingebildet – oder halluziniert – haben, dass Sie Joe auf dem Computermonitor gesehen hätten. Die einfache Diagnose, die oft die beste ist, würde lauten, dass Sie ihn so dringend sehen wollten, dass Sie es schließlich getan haben.«

»Die meisten Fachleute?«, sagte Maya.

»Wie bitte?«

»Sie sagten ›die meisten Fachleute würden zu dem Schluss kommen‹. Die meisten interessieren mich eigentlich nicht. Mich interessiert, was Sie darüber denken.«

Wu lächelte. »Ich fühle mich geradezu geschmeichelt.«

Sie sagte nichts.

»Man sollte meinen, dass ich auch dieser Ansicht sein müsste. Sie haben mich gemieden. Es geschähe Ihnen recht. Sie haben die Behandlung gegen meinen Rat vorzeitig abgebrochen. Dann sind weitere Probleme dazugekommen. Sie vermissen Ihren Mann. Sie haben nicht nur einen Beruf verloren, den Sie als Berufung angesehen haben, jetzt werden Sie auch noch in die Rolle einer alleinerziehenden Mutter gedrängt.«

»Ricky?«

»Ja.«

»Kommen Sie jetzt bitte zum ›aber‹.«

»Aber Sie leiden nicht an Halluzinationen. Sie haben plastische Flashbacks. Das ist ein bekanntes Symptom bei einer PTBS. Manche glauben, dass solche plastischen Flashbacks ähnlich oder sogar dasselbe wie Halluzinationen sein können. Es besteht die Gefahr, dass solche Flashbacks eine Psychose nach sich ziehen können. Aber was Sie haben, ob es nun plastische Flashbacks oder Halluzinationen sind, war immer akustisch. Wenn Sie nachts eine dieser Episoden haben, sehen Sie die Toten doch gar nicht, oder?«

»Nein.«

»Sie werden nicht von ihren Gesichtern heimgesucht. Von den drei Männern. Von der Mutter.« Er schluckte. »Von dem Kind.«

Sie sagte nichts.

»Sie hören ihre Schreie. Aber Sie sehen die Gesichter nicht.«

»Und?«

»Das ist keineswegs ungewöhnlich. Dreißig bis vierzig Prozent der Kriegsveteranen mit einer PTBS berichten von akustischen Halluzinationen. In Ihrem Fall waren sie ausschließlich akustisch. Ich will damit nicht sagen, dass Sie Joe nicht …«, er malte mit den Fingern Anführungszeichen in die Luft, »… ›gesehen‹ haben. Vielleicht haben Sie das. Ich sage nur, dass es nicht im Einklang mit Ihrer Diagnose oder Ihrer bisherigen Erkrankung steht. Der Annahme, dass Sie sich aufgrund Ihrer PTBS eingebildet haben, Ihren Ehemann auf einem Video ohne Ton gesehen zu haben, könnte ich nicht beipflichten.«

»Kurz zusammengefasst«, sagte sie, »Sie glauben nicht, dass ich es mir eingebildet habe.«

»Was Sie Halluzinationen nennen, Maya, sind Flashbacks, Erinnerungen an Ereignisse, die wirklich geschehen sind. Sie sehen oder hören nichts, was nicht passiert ist.«

Sie lehnte sich zurück.

»Was empfinden Sie jetzt?«, fragte er.

»Erleichterung, denke ich.«

»Hundertprozentig sicher bin ich mir natürlich nicht. Sind Sie nachts immer noch in diesem Hubschrauber?«

»Ja.«

»Erzählen Sie mir, woran Sie sich erinnern.«

»Es ist immer noch das Gleiche, Ricky.«

»Sie bekommen den Notruf. Die Soldaten sind umstellt.«

»Ich fliege hin. Ich feuere.« Sie wollte zum Ende kommen. »Das haben wir doch schon besprochen.«

»Haben wir. Was passiert dann?«

»Was wollen Sie hören?«

»An dieser Stelle sprechen Sie nie weiter. Fünf Menschen wurden getötet. Zivilisten. Darunter eine Mutter von zwei …«

»Ich hasse das.«

»Was?«

»Das sagen Sie immer. ›Darunter eine Frau. Eine Mutter.‹

Das ist doch total sexistischer Scheißdreck. Zivilist ist Zivilist. Die Männer waren Väter. Das sagt aber nie jemand. ›Frau und Mutter von was weiß ich wie vielen Kindern.‹ Als wäre das schlimmer als ein Mann, der Vater ist.«

»Wortklauberei«, sagte er.

»Was?«

»Sie regen sich über die Wortwahl auf, weil Sie der Wahrheit nicht ins Gesicht sehen wollen.«

»Herrje, ich hasse es, wenn Sie so etwas sagen. Welcher Wahrheit will ich nicht ins Gesicht sehen?«

Er sah sie mit seinem mitleidsvollen Blick an. Sie konnte diesen Blick nicht ausstehen. »Es war ein Fehler, Maya. Mehr nicht. Sie müssen sich selbst verzeihen. Die Schuld lässt Sie nicht los, und gelegentlich manifestiert sie sich dann in akustischen Flashbacks.«

Sie verschränkte die Arme. »Sie enttäuschen mich, Dr. Wu.«

»Wieso?«

»Weil es banal ist, weiter nichts. Ich habe Schuldgefühle wegen der getöteten Zivilisten. Also wird es mir natürlich besser gehen, sobald ich aufhöre, mir die Schuld zu geben.«

»Nein«, sagte er. »Es geht nicht um Heilung. Aber womöglich würde es Ihnen die Nächte ein bisschen erleichtern.«

Er verstand es nicht, andererseits kannte er die Tonspur des Videos natürlich nicht. Würde das seine Meinung ändern? Vielleicht, vielleicht auch nicht.

Ihr Handy summte. Nur ein Klingeln. Sie sah aufs Display.

»Ricky?«

»Ja.«

»Ich muss meine Tochter abholen«, log sie. »Kann ich die neuen Medikamente bekommen?«

ZWANZIG

Leather and Lace stand auf dem Display.

Corey hatte es deutlich gesagt. Wenn er anrief und auflegte, sollte sie zu ihm kommen.

Als sie auf den Parkplatz fuhr, lehnte Muskelprotz sich ins Fenster ihres Wagens und sagte: »Freut mich, dass Sie den Job gekriegt haben.«

Mann, sie hoffte bloß, dass er eingeweiht war, und wusste, dass ihre Rolle als Stripperin nur Tarnung war.

»Stellen Sie den Wagen auf den Mitarbeiterparkplatz und nehmen Sie den Seiteneingang.«

Maya befolgte seine Anweisungen. Als sie ausstieg, winkten ihr zwei ihrer »Kolleginnen« lächelnd zu. Maya blieb ihrer Rolle treu und winkte lächelnd zurück. Der Seiteneingang war verschlossen, also sah Maya in die Kamera und wartete. Sie hörte das Surren und zog die Tür auf. Drinnen stand ein Mann und musterte sie kalt.

»Tragen Sie eine Waffe?«

»Ja.«

»Geben Sie sie mir.«

»Nein«, sagte Maya.

Die Antwort gefiel ihm nicht, aber hinter ihm sagte eine Stimme: »Das ist in Ordnung.«

Lulu.

»Derselbe Raum wie beim letzten Mal«, sagte Lulu zu ihr. »Er erwartet sie.«

»Also gleich an die Arbeit«, sagte Maya in einem halbherzigen Versuch, einen Witz zu machen.

Lulu lächelte und zuckte die Achseln.

Sie roch das Cannabis schon, bevor sie um die Ecke bog und sah, wie Corey sich einen Joint anzündete. Er inhalierte tief, stand auf und bot ihn ihr an.

»Danke, für mich nicht«, sagte sie. »Sie wollten mich sprechen?«

Corey hielt einen Moment den Rauch in der Lunge und nickte. Nachdem er den Rauch wieder ausgestoßen hatte, sagte er: »Nehmen Sie Platz.«

Wieder sah sie das Polster stirnrunzelnd an.

»Diesen Raum benutzt niemand«, sagte er. »Außer mir.«

»Und das soll mich beruhigen?«

Sie hatte zumindest mit einem schwachen Lächeln gerechnet, aber er begann sichtlich gereizt auf und ab zu gehen. Maya setzte sich und hoffte, dass sie ihn so etwas beruhigen konnte.

»Waren Sie bei Tom Douglass?«, fragte er.

»Gewissermaßen.«

»Wie meinen Sie das?«

»Ich war bei seiner Frau. Tom Douglass wird seit drei Wochen vermisst.«

Er blieb stehen. »Wo ist er?«

»Welchen Teil von ›vermisst‹ haben Sie nicht verstanden, Corey?«

»Herrgott.« Er nahm noch einen Zug vom Joint. »Haben Sie herausbekommen, warum die Burketts ihn bezahlt haben?«

»Teilweise.« Sie wusste noch immer nicht, ob sie ihm vertraute, doch andererseits, welche Wahl hatte sie? »Tom Douglass war bei der Küstenwache.«

»Und?«

»Er hat den Unfalltod von Andrew Burkett untersucht.«

»Wovon reden Sie?«

Sie erzählte ihm, was sie kürzlich erfahren hatte und was sie bereits von Joe wusste, dass Andrew Selbstmord begangen hatte. Corey nickte zwischendurch etwas zu energisch, und sie fragte sich, wann der Joint wirken würde und er sich entspannte.

»Dann fasse ich das noch mal zusammen«, sagte er, immer noch auf und ab gehend. »Ihre Schwester fängt an, diese Sache zu untersuchen. Sie stolpert über die Burkett-Zahlungen an Tom Douglass. Zack, sie wird gefoltert und umgebracht. Zack, Ihr Mann wird umgebracht. Zack, Tom Douglass verschwindet. Stimmt das so im Großen und Ganzen?«

Die Reihenfolge war nicht ganz richtig. Sie lautete nicht Claire, Joe, Tom. Sie lautete Claire, Tom, Joe. Aber sie korrigierte ihn nicht.

»Aber da ist noch etwas«, sagte Maya.

»Und das wäre?«

»Man ermordet niemanden, um den Selbstmord des Sohnes zu verheimlichen. Man mag jemanden bezahlen, damit er den Mund hält, aber man bringt ihn nicht um.«

Corey nickte. »Und man bringt auf keinen Fall den eigenen Sohn um«, ergänzte er, immer noch zu energisch nickend, »denn wir gehen ja davon aus, dass das Geld von den Burketts kam.«

Sie sah jetzt, dass seine Augen rot unterlaufen waren. Sie wusste nicht, ob das vom Cannabis oder vom Weinen kam.

»Corey?«

»Ja.«

»Sie und Ihre Jungs haben Quellen. Gute Quellen. Sie müssen sich in Tom Douglass' Leben hacken.«

»Das habe ich schon.«

»Ja, vor ein paar Wochen, da haben Sie vermutet, dass es etwas mit seiner Arbeit zu tun hat, und dort gesucht. Aber jetzt brauchen wir alles. Die Kreditkarten-Abrechnungen, Bargeldabhebungen an Geldautomaten, wann er seine letzte Überweisung getätigt hat, welche Gewohnheiten er hat, wohin er gegangen sein könnte. Wir müssen ihn finden. Kriegen Sie das hin?«

»Ja«, sagte Corey. »Das kriegen wir hin.«

Er ging wieder auf und ab.

»Was gibt's sonst noch für Probleme?«, fragte Maya.

»Ich glaube, ich muss wieder abtauchen. Vielleicht für sehr lange Zeit.«

»Warum?«

Corey antwortete sehr leise, flüsterte fast. »Es geht um etwas, das Sie beim letzten Mal, als Sie hier waren, gesagt haben.«

»Worüber?«

Er sah nach links und nach rechts. »Ich habe hier Fluchtwege«, sagte er. »Geheime Fluchtwege.«

Maya wusste nicht, was sie davon halten sollte. »Okay.«

»In der Wand da drüben ist sogar eine Geheimtür. Ich kann mich verstecken oder durch einen Tunnel zum Fluss entkommen. Falls die Polizei versucht, diesen Ort zu umstellen, selbst wenn sie es unbemerkt macht, würde ich hier rauskommen. Sie können sich nicht vorstellen, was hier alles vorbereitet ist.«

»Schon klar. Aber wieso müssen Sie abtauchen?«

»Eine undichte Stelle!«, rief Corey und spie die Worte aus, als ekelten sie ihn. »Sie haben es selbst gesagt, richtig? Sie sagten, es wäre möglich, dass jemand aus meiner Organisation Claires Namen weitergegeben hat. Ich habe intensiv darüber nachgedacht. Angenommen, meine Organisation … ich meine, angenommen, wir sind nicht so wasserdicht, wie ich dachte. Wissen Sie, wie viele Leute dann auffliegen könnten? Wissen Sie, wie viele Menschen massive, möglicherweise sogar lebensbedrohliche Konsequenzen fürchten müssten?«

Brr. Maya musste ihn beruhigen. »Ich glaube nicht, dass es eine undichte Stelle war, Corey.«

»Warum nicht?«

»Wegen Joe.«

»Ich kann Ihnen nicht folgen.«

»Claire wurde ermordet. Joe wurde ermordet. Sie haben es selbst gesagt, Joe könnte ihr geholfen haben. Da haben Sie Ihre undichte Stelle. Claire hat Joe davon erzählt. Und vielleicht hat sie es auch noch jemand anders erzählt. Oder Joe hat es jemand anders erzählt, oder einer der beiden hat einfach im Zuge der Ermittlungen Mist gebaut.«

Ob das stimmte, interessierte sie nicht. Sie musste dafür sorgen, dass er nicht plötzlich verschwand.

»Ich weiß nicht«, sagte Corey. »Ich fühle mich nicht sicher.«

Sie stand auf und legte ihm die Hände auf die Schultern. »Ich brauche Ihre Hilfe, Corey.«

Er sah ihr nicht in die Augen. »Vielleicht hatten Sie recht. Vielleicht sollten wir uns an die Polizei wenden. Wie Sie schon sagten. Ich gebe Ihnen alle Informationen, die ich habe. Anonym. Dann können die den Rest erledigen.«

»Nein«, sagte Maya.

»Ich dachte, genau das wollten Sie?«

»Nicht mehr.«

»Warum nicht?«

»Wenn ich das tue, fliegen Sie und Ihre Organisation zwangsläufig auf.«

Er runzelte die Stirn, drehte den Kopf und sah sie an. »Sie machen sich Sorgen um meine Organisation?«

»Kein Stück«, sagte Maya. »Aber wenn Sie das tun, nehmen Sie uns jede Chance. Wenn Sie fliehen. Ich brauche Sie, Corey. Wir können das besser als die Cops.«

Sie stoppte.

»Es steckt noch mehr dahinter«, sagte er. »Was ist es?«

»Ich traue ihnen nicht.«

»Den Cops?«

Sie nickte.

»Aber mir vertrauen Sie?«

»Meine Schwester hat es getan.«

»Und wurde deshalb ermordet«, sagte Corey.

»Ja, das stimmt. Aber so kann man mit der Vergangenheit nicht umgehen. Wenn Sie sie nicht dazu gebracht hätten, Whistleblowerin zu werden, tja, dann wäre sie vermutlich noch am Leben. Aber wenn ich im Hubschrauber keine Zivilisten getötet hätte, wäre das Video nicht an Sie weitergeleitet worden, Sie hätten es nicht veröffentlicht, und Claire hätte Sie nicht kontaktiert. Das heißt, wenn ich einen anderen Beruf ergriffen hätte, würde Claire jetzt vermutlich zu Hause mit ihren Kindern spielen, statt im Grab zu vermodern. Das sind zu viele Wenn und Aber, Corey. So an die Sache heranzugehen wäre reine Zeitverschwendung.«

Corey trat zurück und nahm einen weiteren tiefen Zug. Als er wieder sprechen konnte, sagte er: »Ich weiß nicht, was ich machen soll.«

»Bleiben Sie. Gucken Sie sich Tom Douglass an. Helfen Sie mir, die Sache zu Ende zu bringen.«

»Und jetzt soll ich Ihnen einfach so vertrauen.«

»Sie brauchen mir nicht zu vertrauen«, sagte sie. »Erinnern Sie sich?«

Jetzt verstand er. »Weil ich noch etwas gegen Sie in der Hand habe.«

Maya ersparte sich die Antwort. Corey sah sie an. Sie wusste, dass er sie nach der Tonspur des Videos fragen wollte. Aber sie hatte auch eine Frage.

»Warum haben Sie die Tonspur nicht veröffentlicht?«, fragte sie.

»Das habe ich Ihnen schon gesagt.«

»Sie sagten, meine Schwester hätte es Ihnen ausgeredet.«

»Das stimmt.«

»Das nehme ich Ihnen aber nicht ab. Es muss eine ganze Weile gedauert haben, bis Claires Nachricht Sie erreicht hat. Die Story hatte zwar Wellen geschlagen, die fingen aber auch schon wieder an sich zu legen. Ihre Organisation wäre wieder in den Schlagzeilen gewesen.«

»Glauben Sie, das ist das Einzige, was mich interessiert?«

Wieder sparte Maya sich die Antwort.

»Ohne Schlagzeilen kommt die Wahrheit nicht ans Licht. Ohne Schlagzeilen können wir keine neuen Leute rekrutieren, die die Wahrheit verbreiten.«

Sie wollte die Rede nicht noch einmal hören. »Lauter Gründe, die Tonspur zu veröffentlichen, Corey. Also, warum haben Sie es nicht getan?«

Er ging zur Couch und setzte sich. »Weil ich auch ein Mensch bin.«

Maya setzte sich.

Corey ließ den Kopf für einen Moment in die Hände sinken und holte ein paarmal tief Luft. Als er wieder aufblickte, war sein Blick klarer, ruhiger, weniger panisch. »Weil ich dachte, Sie machen so schon genug durch, Maya. Manchmal ist das Strafe genug.«

Sie sagte nichts.

»Und wie leben Sie damit, Maya?«

Wenn Corey eine ehrliche Antwort auf diese Frage erwartete, würde er sich ganz hinten in einer sehr langen Schlange anstellen müssen.

Sie saßen noch eine Weile schweigend da, das Dröhnen des Clubs schien meilenweit entfernt zu sein. Hier war nichts Neues mehr zu erfahren, dachte Maya. Außerdem musste sie sowieso zu Judith in die Praxis.

Maya stand auf und ging zur Tür. »Versuchen Sie, so viel wie möglich über Tom Douglass herauszubekommen.«

EINUNDZWANZIG

Judiths Praxis befand sich im Erdgeschoss eines Wohnblocks in der Upper East Side in Manhattan, einen Block vom Central Park entfernt. Maya hatte keine Ahnung, was für Patienten Judith inzwischen behandelte. Sie war Ärztin mit einem Doktortitel der Stanford University und Professorin auf dem Weill Cornell Medical College, obwohl sie nicht unterrichtete. Dass eine Person, die nur Teilzeit arbeitete, so eine Stellung innehatte, konnte nur Personen überraschen, die die Bedeutung des Namens Burkett und hoher Spendenzahlungen nicht richtig einschätzen konnten.

Schockierende Neuigkeit: Geld verlieh einem Einfluss und Macht. In ihrem Beruf verwendete Judith ihren Mädchennamen Velle. Vielleicht, um Schwierigkeiten aus dem Weg zu gehen, die mit dem Namen Burkett einhergehen könnten, oder einfach weil viele Frauen das so machten. Wer wusste das schon. Maya ging am Portier vorbei zu Judiths Vorzimmer. Judith teilte sich die Praxis mit zwei weiteren Ärztinnen, die in Teilzeit arbeiteten. An der Tür standen ihre Namen – Judith Velle, Angela Warner und Mary McLeod –, jeder gefolgt von langen Buchstabenkombinationen.

Maya drehte den Knauf und öffnete die Tür. Das Wartezimmer war klein und leer – ein Zweiersofa und eine Couch. Die Bilder an den Wänden waren so harmlos, dass sie auch in einem Ketten-Motel gut aufgehoben gewesen wären. Wände und Teppichboden waren beige. An der Tür zum Behandlungsraum hing ein Schild mit der Aufschrift: THERAPIE-SITZUNG. BITTE NICHT STÖREN.

Es gab keine Arzthelferin. Maya vermutete, dass viele Patienten in der Öffentlichkeit standen, und je weniger Leute sie sahen, desto geringer war die Chance, dass Gerüchte aufkamen. Am Ende einer Sitzung verließ der Patient den Behandlungsraum durch eine andere Tür, die direkt auf den Flur führte. Der nächste Patient – oder in diesem Fall Maya – wurde aus dem Wartezimmer hereingebeten. So bekamen die Patienten sich nicht zu Gesicht.

Der Wunsch nach Privatsphäre und Diskretion war natürlich verständlich – auch Maya wollte nicht, dass jemand etwas von ihrer »Störung« erfuhr –, allerdings konnte diese Haltung das Problem auch verstärken. Ärzte betonten immer wieder, dass psychische Erkrankungen wie körperliche Erkrankungen waren. Jemandem, der klinisch depressiv war, zu sagen, er solle sich zusammenreißen und einfach mal wieder ausgehen, war gleichbedeutend wie jemanden mit zwei gebrochenen Beinen aufzufordern, durchs Zimmer zu spurten. Theoretisch war das alles schön und gut, praktisch blieb das Stigma jedoch bestehen.

Allerdings ließ sich eine psychische Erkrankung ja tatsächlich verheimlichen. Und wenn Maya zwei gebrochene Beine verheimlichen könnte, weil sie irgendwie noch laufen konnte, würde sie das womöglich auch tun. Wer wusste das schon so genau? Im Moment musste sie erst einmal diese Sache erledigen, dann konnte sie sich Sorgen um ihre Behandlung machen. Die Antworten befanden sich da draußen, waren zum Greifen nah. Und keiner konnte sich sicher fühlen, bis sie die Wahrheit herausbekommen und die Schuldigen bestraft hatte.

Mit zwei gebrochenen Beinen hätte sie das womöglich nicht gekonnt. Mit einer PTBS konnte sie es ganz sicher.

Maya sah auf die Uhr. Fünf vor. Sie versuchte, in einem der geistlosen Magazine zu lesen, aber die Worte blieben nicht hängen. Sie spielte kurz auf ihrem Handy, ein Spiel, bei dem man aus jeweils vier Buchstaben Worte bilden musste, konnte sich aber nicht konzentrieren. Sie trat näher an die Tür. Sie legte nicht das Ohr daran, um zu lauschen, stellte sich aber so nah davor, dass sie das Raunen von zwei Frauenstimmen hörte. Die Zeit verging nur langsam, aber schließlich hörte Maya, wie die andere Tür geöffnet wurde. Vermutlich ging die Patientin.

Maya eilte wieder zu ihrem Platz, nahm ein Magazin und schlug die Beine übereinander. Miss Ungezwungen. Die Tür wurde geöffnet, und eine Frau, die Maya für eine jung gebliebene Sechzigjährige hielt, lächelte ihr zu.

»Maya Stern?«

»Ja.«

»Hier entlang, bitte.«

Dann gab es doch eine Arzthelferin, dachte Maya. Sie musste ihren Arbeitsplatz im Behandlungsraum haben. Maya folgte der Frau durch die Tür, in der Annahme, dass Judith dort an einem Schreibtisch oder auf einem Stuhl neben einer Behandlungscouch oder sonstiger Psychiater-Ausstattung sitzen würde. Aber Judith war nicht zu sehen. Maya wandte sich an die Arzthelferin. Die streckte ihre Hand aus.

»Ich heiße Mary.«

Jetzt verstand Maya. Sie betrachtete die Diplome an den Wänden. »Wie in Mary McLeod?«

»Genau. Ich bin eine Kollegin von Judith. Sie hatte gehofft, dass wir uns etwas unterhalten könnten.« Den Diplomen zufolge hatten beide Frauen in Stanford Medizin studiert. Maya entdeckte auch Judiths Grundstudiumsabschluss von der University of Southern California. Mary hatte ihren Bachelor an der Rice University und ihre Facharztausbildung an der UCLA gemacht.

»Wo ist Judith?«

»Das weiß ich nicht, wir arbeiten an unterschiedlichen Tagen. Wir teilen uns die Praxis.«

Maya gab sich keine Mühe, ihren Ärger zu verbergen. »Ja, ich habe Ihren Namen an der Tür gesehen.«

»Warum setzen Sie sich nicht für einen Moment, Maya?«

»Warum zum Teufel sollte ich das tun?«

Falls Mayas Streitlust Mary McLeod in Verlegenheit brachte, ließ sie es sich nicht anmerken. »Ich denke, ich kann Ihnen helfen.«

»Sie können mir helfen, indem Sie mir sagen, wo Judith ist.«

»Das habe ich Ihnen schon gesagt. Ich weiß es nicht.«

»Dann tschüss.«

»Mein Sohn hat zwei Auslandseinsätze mitgemacht. Im Irak und in Afghanistan.«

Maya konnte nicht anders. Sie zögerte.

»Jack fehlt es. Das ist der springende Punkt, über den sie nie reden, oder? Er hat sich verändert. Er fand es furchtbar, und trotzdem will er wieder zurück. Er fühlt sich schuldig. Er glaubt, dort Freunde zurückgelassen zu haben. Aber es steckt noch etwas anderes dahinter. Etwas, das er nicht in Worte fassen kann.«

»Mary?«

»Was ist?«

»Ist es gelogen, dass Sie einen Sohn beim Militär haben?«

»Das würde ich nie tun.«

»Natürlich würden Sie das. Sie versuchen, mich auszutricksen. Sie und Judith haben mich ausgetrickst, damit ich in diese Praxis komme. Sie haben mich mit einem Trick in dieses Behandlungszimmer gelockt. Und jetzt versuchen Sie, mich mit einem Trick dazu zu bringen, mit Ihnen zu reden.«

Mary McLeod stand dort wie versteinert. »Ich lüge nicht über meinen Sohn.«

»Vielleicht nicht«, sagte Maya. »Trotzdem müssten Judith und Sie wissen, dass man ohne Vertrauen keine Arzt-Patient-Beziehung aufbauen kann. Dieser ganze kleine Schwindel hier hat dieses Vertrauen zerstört.«

»Das ist Unsinn.«

»Was ist Unsinn?«

»Dass man ohne Vertrauen keine Arzt-Patient-Beziehung aufbauen kann.«

»Ist das Ihr Ernst?«

»Nehmen Sie an, jemand, den Sie lieben – vielleicht Ihre Schwester –, würde sämtliche Symptome einer Krebserkrankung …«

»Oh, fangen Sie nicht so an.«

»Warum nicht, Maya? Wovor haben Sie Angst? Vielleicht könnte der Krebs geheilt werden, wenn Sie diesen geliebten Menschen überzeugen könnten, zu einem Arzt zu gehen. Wenn Sie und der Arzt ein Komplott schmieden würden, um ihn in seine Praxis zu bekommen …«

»Das ist etwas anderes.«

»Nein, Maya, ist es nicht. Es ist genau dasselbe. Sie verstehen es nicht, aber so ist es. Sie brauchen Hilfe, genau wie der Krebspatient.«

Es war Zeitverschwendung. Maya fragte sich, ob Mary McLeod Teil des Komplotts war oder ob das ihr Ernst war – die Manipulation also allein von Judith ausging, die ihre Kollegin und Exkommilitonin belogen hatte. Spielte aber keine Rolle.

»Ich muss Judith sprechen«, sagte Maya.

»Tut mir leid, Maya. Da kann ich Ihnen leider nicht helfen.«

Maya ging zur Tür. »Sie können mir überhaupt nicht helfen.«

Scheiß drauf.

Auf dem Weg zum Wagen wählte Maya die Telefonnummer. Judith meldete sich beim zweiten Klingeln.

»Wie ich gehört habe, ist es mit meiner Kollegin nicht gut gelaufen.«

»Wo bist du, Judith?«

»Farnwood.«

»Bleib, wo du bist«, sagte Maya.

»Ich warte auf dich.«

In der Hoffnung, Isabella bei einem Spaziergang anzutreffen, fuhr Maya wieder durch die Bedienstetenzufahrt. Der ganze Komplex schien jedoch leer zu sein. Vielleicht sollte sie einfach einbrechen und herumschnüffeln, gucken, ob sie einen Hinweis darauf fand, wo Isabella sich versteckt hielt, aber das war riskant, und außerdem hatte sie keine Zeit. Judith wusste, wie lange man von Manhattan nach Farnwood fuhr.

Der Butler öffnete. Maya konnte sich seinen Namen einfach nicht merken. Es war kein klassischer Name für einen Butler wie Jeeves oder Carson, sondern etwas ganz Normales wie Bobby oder Tim. Trotzdem musterte Bobby/Tim sie, wie es sich für einen Dienstboten gehörte, von oben herab.

Ohne Vorrede sagte Maya: »Ich möchte Judith sprechen.«

»Madam erwartet Sie«, sagte er in einem unechten englischen Privatschulakzent, »im Salon.«

»Salon« nennen die Reichen ihr Wohnzimmer. Judith trug einen schwarzen Hosenanzug und eine Perlenkette, die ihr fast bis zur Hüfte reichte. Sie hatte silberne Creolen angelegt und die Haare stylisch nach hinten gegelt. Das Kristallglas in ihrer Hand hielt sie, als wolle sie für das Titelfoto eines Magazins posieren.

»Hallo, Maya.«

Kein Bedarf an Formalitäten. »Erzähl mir von Tom Douglass.«

Ihre Augen verengten sich. »Von wem?«

»Tom Douglass.«

»Der Name sagt mir nichts.«

»Dann denk noch mal scharf nach.«

Sie überlegte. Oder sie tat wenigstens so. Nach ein paar Sekunden zuckte sie theatralisch die Achseln.

»Er war bei der Küstenwache. Er hat den Unfall deines Sohnes auf hoher See untersucht.«

Judith fiel das Glas aus der Hand, und es zersplitterte auf dem Fußboden. Maya sprang nicht zurück. Judith auch nicht. Sie standen sich einen Moment gegenüber, während die Glasscherben über den Boden sprangen und dann liegen blieben.

Mit einem leichten Zischen in der Stimme fragte sie: »Was zum Teufel willst du damit sagen?«

Wenn das Schauspielerei war …

»Tom Douglass ist inzwischen Privatdetektiv«, sagte Maya. »Deine Familie hat ihm jahrelang fast zehntausend Dollar im Monat bezahlt. Ich würde gern wissen, warum.«

Judith schwankte leicht, wie ein Boxer im Kampf, der hoffte, wieder einen klaren Kopf zu bekommen, indem er sich anzählen ließ. Die Frage hatte sie zweifelsohne überrascht. Vielleicht hatte sie nichts von den Zahlungen gewusst oder aber nicht damit gerechnet, dass Maya etwas davon erfährt. Beides war möglich.

»Warum sollte ich diesen Mann bezahlen, diesen Tom … wie hieß er noch weiter?«

»Douglass. Mit Doppel-s. Und genau das ist meine Frage.«

»Ich habe keine Ahnung. Andrew ist bei einem tragischen Unfall ums Leben gekommen.«

»Nein«, sagte Maya. »Das stimmt so nicht. Aber das weißt du ja längst, oder?«

Judith wurde leichenblass. Der Schmerz war so offensichtlich, so deutlich, dass Maya fast den Blick abgewandt hätte. Der Angriffsmodus war schön und gut, aber ganz egal, wie die Wahrheit am Ende aussehen mochte, sie sprachen über den Tod des Sohnes dieser Frau. Ihr Schmerz war real, überwältigend und zerstörerisch.

»Ich habe keine Ahnung, worüber du sprichst«, sagte Judith.

»Dann erzähl mir, wie er damals gestorben ist.«

»Was?«

»Wie genau ist Andrew vom Boot gefallen?«

»Ist das dein Ernst? Wieso kommst du nach all den Jahren mit dieser Frage? Du hast ihn nicht einmal gekannt.«

»Das ist wichtig.« Maya trat einen Schritt auf ihre frühere Schwiegermutter zu. »Wie ist er gestorben, Judith?«

Sie versuchte, Maya mit hoch erhobenem Kopf zu antworten, schaffte es aber nicht. »Andrew war so jung«, sagte sie und bemühte sich, nicht völlig zusammenzusacken. »Sie haben auf der Yacht eine Party gefeiert. Er hat zu viel getrunken. Es herrschte raue See. Er war allein oben an Deck und ist runtergefallen.«

»Nein.«

Judith fauchte: »Was?«

Für den Bruchteil einer Sekunde dachte Maya, Judith würde durch den Raum stürmen und sich auf sie stürzen. Doch der Moment verging. Judith senkte den Blick, und als sie sich gesammelt hatte, sprach sie mit leiser, fast flehender Stimme.

»Maya?«

»Ja.«

»Erzähl mir, was du über Andrews Tod weißt.«

Wurde Maya an der Nase herumgeführt? Schwer zu sagen. Judith wirkte vollkommen ausgelaugt, am Boden zerstört. Wusste sie wirklich nichts über das Ganze?

»Andrew hat Selbstmord begangen«, sagte Maya.

Judith gab sich große Mühe, nicht zurückzuzucken. Sie schüttelte steif den Kopf. Es war nur eine kurze Bewegung. »Das ist nicht wahr.«

Maya ließ ihr Zeit, wartete, bis sie die Verleugnungsphase hinter sich hatte.

Als Judith so weit war, fragte sie: »Wer hat dir das erzählt?«

»Joe.«

Wieder schüttelte Judith den Kopf.

»Warum bezahlt ihr Tom Douglass?«, fragte Maya noch einmal.

Bei Soldaten nannte man es den »Thousand Yard Stare«, diesen kalten, leeren Blick, wenn ein Soldat einfach zu viel gesehen hatte. Etwas Ähnliches zeigte sich jetzt in Judiths Gesicht.

»Er war doch noch ein Kind«, murmelte Judith, und obwohl nur Maya in diesem Raum anwesend war, sprach Judith nicht mit ihr. »Er war noch nicht einmal achtzehn …«

Maya ging einen Schritt auf sie zu. »Du hast es wirklich nicht gewusst?«

Judith sah sie erschrocken an. »Ich begreife nicht, was du willst.«

»Die Wahrheit?«

»Welche Wahrheit? Was hast du überhaupt damit zu tun? Ich versteh nicht, warum du die ganzen alten Geschichten wieder ausgräbst.«

»Ich habe sie nicht ausgegraben. Joe hat sie mir erzählt.«

»Joe hat dir erzählt, dass Andrew Selbstmord begangen hat?«

»Ja.«

»Das hat er dir im Vertrauen gesagt?«

»Ja.«

»Und diverse Jahre später verspürst du das Bedürfnis, sein Vertrauen zu missbrauchen und es mir zu sagen?« Judith schloss die Augen.

»Ich wollte dir nicht wehtun.«

»Selbstverständlich nicht«, sagte Judith mit einem kurzen Glucksen. »Das merke ich.«

»Aber ich muss wissen, warum ihr den Mann von der Küstenwache bezahlt, der Andrews Tod untersucht hat.«

»Warum willst du das wissen?«

»Das ist eine lange Geschichte.«

Judiths Glucksen klang schmerzlicher als jedes Schluchzen. »Ach, ich glaube, die Zeit würde ich mir nehmen, Maya.«

»Meine Schwester hat es herausgefunden.«

Judith runzelte die Stirn. »Sie hat etwas über diese angeblichen Zahlungen herausgefunden?«

»Ja.«

Schweigen.

»Und dann wurde sie ermordet«, sagte Maya. »Und danach wurde Joe ermordet.«

Judith zog eine Augenbraue hoch. »Du willst also andeuten, dass es eine Verbindung gibt. Zwischen Claires und Joes Ermordung.«

Also hatte Kierce es ihr nicht erzählt. »Beide wurden mit derselben Waffe umgebracht.«

Mayas Worte trafen wie ein weiterer Schlag, sie taumelte zurück. »Das ist unmöglich.«

»Warum ist das unmöglich?«

Wieder schloss Judith die Augen, sammelte Kraft, dann öffnete sie sie wieder. »Maya, du musst jetzt langsam machen und mir erzählen, was hier vorgeht.«

»Das ist ganz einfach. Ihr bezahlt Tom Douglass. Ich will wissen, warum.«

»Ich habe den Eindruck«, sagte sie, »dass du das schon herausbekommen hast.«

Judiths plötzliche Verhaltensänderung überraschte sie. »Der Selbstmord?«

Judith rang sich ein Lächeln ab.

»Ihr wolltet einen Selbstmord vertuschen?«

Judith sagte nichts.

»Warum?«, fragte Maya.

»Burketts begehen keinen Selbstmord, Maya.«

Ergab das Sinn? Nein, natürlich nicht. Was hatte sie übersehen? Es wurde Zeit, die Richtung zu wechseln, um Judith wieder aus dem Tritt zu bringen. »Und warum bezahlt ihr Roger Kierce?«

»Wen?« Judith verzog das Gesicht. »Moment. Den Polizisten?«

»Ja.«

»Warum um alles in der Welt sollten wir ihn bezahlen?«

Wir. »Sag du's mir.«

»Ich versichere dir, dass ich keine Ahnung habe. Hat das auch deine Schwester entdeckt?«

»Nein«, sagte Maya. »Caroline hat es mir erzählt.«

Wieder umspielte ein schwaches Lächeln Judiths Lippen. »Und du hast ihr geglaubt?«

»Warum sollte sie lügen?«

»Caroline lügt nicht. Aber … sie ist manchmal etwas verwirrt.«

»Sehr interessant, Judith.«

»Was?«

»Ihr habt zwei Männer bestochen. Beide haben die Todesfälle deiner Söhne untersucht.«

Judith schüttelte den Kopf. »Das ist doch alles Unsinn.«

»Das lässt sich ja glücklicherweise schnell klären«, sagte Maya. »Lass uns mit Caroline reden.«

»Caroline ist im Moment nicht da.«

»Dann ruf sie an. Wir leben im 21. Jahrhundert. Jeder hat ein Handy. Hier ...«, Maya hielt ihr Handy hoch, »... ich hab ihre Nummer gespeichert.«

»Das wird nichts nützen.«

»Warum nicht?«

»Sagen wir einfach«, erwiderte Judith, die jetzt langsamer sprach, »dass man Caroline derzeit nicht stören darf.«

Maya ließ das Handy sinken.

»Sie ... Caroline geht es nicht gut. Das kommt immer wieder mal vor. Sie braucht Ruhe.«

»Du hast sie in die Klapse gesteckt?«

Maya hatte absichtlich die abfällige Bezeichnung gewählt, um sie aus der Reserve zu locken. Es funktionierte. Judith wand sich sichtlich.

»Es ist furchtbar, das so auszudrücken«, sagte Judith. »Gerade du solltest da etwas sensibler sein.«

»Wieso *gerade ich*? Ach du meinst, weil ich meine eigenen Probleme mit der PTBS habe?«

Judith antwortete nicht.

»Und welches Trauma hat Caroline erlitten?«

»Nicht nur im Krieg gibt es traumatisierende Erlebnisse, Maya.«

»Ich weiß. Man kann auch ein Trauma erleiden, weil zwei Brüder jung und auf tragische Weise sterben.«

»Genau. Diese Traumata haben andere Probleme mit sich gebracht.«

»Andere Probleme mit sich gebracht«, wiederholte Maya. »Meinst du zum Beispiel, dass Caroline glaubt, ihre Brüder wären noch am Leben?«

Maya hatte erwartet, dass ihre Worte ein weiterer Schlag wären, aber dieses Mal war Judith anscheinend vorbereitet. »Das Gehirn will etwas«, sagte Judith. »Das Gehirn will etwas so sehr, dass Illusionen hervorgerufen werden. Verschwörungstheorien, Paranoia, Visionen – je verzweifelter man ist, desto empfänglicher wird man dafür. Caroline ist unreif. Das ist die Schuld ihres Vaters. Um sie zu beschützen, hat er sie von allem ferngehalten. Er hat ihr nie erlaubt, sich mit den Widrigkeiten des Lebens auseinanderzusetzen oder für sich selbst einzustehen. Als dann die starken Männer in ihrem Leben starben – diejenigen, die sie beschützt haben –, wollte Caroline das nicht wahrhaben.«

»Und warum hast du ihr nicht erlaubt, Joes Leiche zu sehen?«

»Das hat sie dir erzählt?« Judith schüttelte den Kopf. »Keiner von uns hat Joes Leiche gesehen.«

»Warum nicht?«

»Du müsstest das doch wissen. Mein Sohn wurde ermordet. Er hat eine Kugel ins Gesicht bekommen. Wer würde so etwas sehen wollen?«

Maya dachte darüber nach und kam wieder einmal zu dem Schluss, dass das alles nicht richtig zusammenpasste. »Und wie war es damals, als Andrew aus dem Meer gezogen wurde?«

»Was meinst du?«

»Hast du die Leiche gesehen?«

»Warum in aller Welt willst du das wissen? Mein Gott, du glaubst doch nicht etwa …«

»Sag mir einfach, ob du ihn gesehen hast.«

Judith schluckte. »Andrews Leiche war mehr als vierundzwanzig Stunden im Meer. Mein Mann hat ihn identifiziert, aber … es war nicht leicht. Fische hatten sich schon an ihm zu schaffen gemacht. Warum hätte ich ihn mir …« Sie brach ab, und ihre Augen verengten sich. »Was willst du damit erreichen, Maya?«

Maya sah sie nur an. »Warum bezahlt ihr Tom Douglass?«

Sie ließ sich Zeit. »Nehmen wir mal an, es wäre wahr, was Joe dir über Andrews Tod erzählt hat.«

Maya wartete.

»Nehmen wir an, Andrew hätte Selbstmord begangen. Ich war seine Mutter. Und ich habe es nicht erkannt. Im richtigen Leben konnte ich Andrew nicht retten. Aber vielleicht kann ich ihn jetzt beschützen. Verstehst du?«

Maya musterte ihr Gesicht. »Natürlich«, sagte sie.

Aber das stimmte nicht.

»Was auch immer damals mit Andrew passiert ist – wie sehr er auch gelitten haben mag –, es ist lange her und hat nichts mit heute zu tun. Es hat nichts mit Joe oder deiner Schwester zu tun.«

Maya glaubte ihr keinen Moment. »Und die Zahlungen an Roger Kierce?«

»Die Frage habe ich schon beantwortet. Die gibt es nicht. Caroline hat sie erfunden.«

Hier war nichts weiter zu erfahren. Jedenfalls jetzt nicht. Maya musste weitergraben, brauchte mehr Informationen. Ihr fehlten noch zu viele Teile in diesem Puzzle.

»Ich geh dann lieber.«

»Maya?«

Sie wartete.

»Caroline ist womöglich nicht die Einzige, die Ruhe

braucht. Sie ist nicht die Einzige, die sich etwas so sehr wünscht, dass sie Dinge sieht, die nicht existieren.«

Maya nickte. »Sehr subtil, Judith.«

»Ich würde mir wünschen, dass du dir von Mary oder mir helfen lässt.«

»Mir geht's gut.«

»Nein, tut es nicht. Das weißt du ebenso gut wie ich. Wir beide kennen die Wahrheit, oder?«

»Und welche Wahrheit wäre das, Judith?«

»Meine Jungs haben genug gelitten«, sagte Judith scharf. »Mach nicht den Fehler, ihnen noch mehr Leid zuzufügen.«

ZWEIUNDZWANZIG

Lily war draußen im Vorgarten und spielte mit ihrem Onkel Eddie eine Art Fangen, als Maya um die Ecke kam. Maya bremste und hielt am Straßenrand. Sie blieb einen Moment sitzen und sah einfach zu. Alexa kam aus dem Haus und schloss sich dem vergnügten Treiben an, bei dem sie und ihr Vater so taten, als würden sie Lily nicht erwischen. Sie ließen sich dramatisch fallen, wenn sie nach ihr griffen und sie verfehlten, und selbst aus dieser Entfernung und bei geschlossenen Autofenstern hörte Maya Lilys juchzendes Lachen. Vielleicht war dieser Gedanke sentimental, aber gab es ein fröhlicheres Geräusch als ein ungetrübtes Kinderlachen? Der krasse Gegensatz zwischen den beiden Geräuschen – diesem hier, das Maya viel zu selten in den Ohren klang, und dem, das sie nachts gnadenlos verfolgte – war ihr durchaus bewusst, aber was brachte es, bei diesem Gedanken zu verharren. Sie fuhr weiter, setzte ein Lächeln auf und hielt vor Claires und Eddies Haus.

Maya drückte kurz auf die Hupe und winkte. Eddie drehte sich um, das Gesicht vor fröhlicher Ausgelassenheit gerötet, und hob die Hand. Maya stieg aus. Auch Alexa richtete sich auf. Lily passte es nicht, dass Eddie und Alexa zu spielen aufhörten, daher tippte sie ihnen immer wieder gegen die Beine, um sie dazu zu bringen, von Neuem zu versuchen, sie zu fangen.

Alexa kam ihrer Tante entgegen und umarmte sie. Eddie

küsste sie auf die Wange. Lily verschränkte die Arme und schmollte.

»Ich bleib!«, verkündete Lily.

»Wir können zu Hause noch Fangen spielen«, sagte Maya.

Wie nicht anders zu erwarten, ließ Lily sich dadurch nicht besänftigen.

Eddie legte Maya eine Hand auf den Arm. »Hast du kurz Zeit? Ich will dir etwas zeigen.« Er wandte sich an seine Tochter. »Alexa, kannst du noch ein paar Minuten auf Lily aufpassen?«

»Klar.«

Damit entlockte sie Lily ein Lächeln. Als Maya mit Eddie ins Haus ging, hörte sie Lily wieder juchzen.

»Ich bin die Abrechnungen von Claires *E-Z-Pass* noch mal durchgegangen«, sagte er. »Wenn ich das richtig sehe, ist sie innerhalb einer Woche zweimal bei Douglass gewesen.«

»Das überrascht mich nicht«, sagte Maya.

»Hatte ich auch nicht erwartet. Aber vielleicht überrascht es dich ja, wohin sie nach dem zweiten Mal gefahren ist.« Er hatte die Abrechnungen ausgedruckt. Er reichte ihr ein Blatt und deutete auf den ersten Bereich, den er markiert hatte.

»Eine Woche vor ihrer Ermordung«, fuhr Eddie fort, »war Claire also unten in Livingston. Siehst du die Uhrzeit?«

Maya nickte. 08:46 Uhr.

»Wenn du das weiterdenkst, ist sie um halb zehn auf den Parkway gefahren statt auf die Turnpike. Sieh dir die nächsten Zeilen an.«

»Ja.«

»Sie hat sich nicht auf den Rückweg nach Hause gemacht«, sagte Eddie. »Sie ist weiter Richtung Süden gefahren. Bei Ausfahrt 129 ist sie dann vom Parkway wieder auf die New Jersey Turnpike gewechselt und bei Ausfahrt 6 abgefahren.«

Es stand unten auf der Seite. Ausfahrt 6 führte, wie Maya wusste, auf die Pennsylvania Turnpike.

»Und danach?«, fragte Maya.

»Hier drüben. Sie hat die Interstate 476 genommen. Richtung Süden.«

»Nach Philadelphia«, sagte Maya.

»Oder zumindest in die Gegend«, sagte Eddie.

Maya gab ihm die Blätter zurück. »Gab es irgendeinen Grund für Claire, dort hinzufahren?«

»Nein.«

Maya sparte sich die Frage nach Freunden, die Claire dort besucht haben könnte, ob sie dort einkaufen war oder ob sie plötzlich Lust bekommen hatte, sich die Independence Hall anzusehen. Denn das war nicht der Grund für Claires Fahrt gewesen. Sie hatte mit Tom Douglass gesprochen. Offenbar hatte sie etwas von ihm erfahren, das sie dann nach Philadelphia geführt hatte.

Maya schloss die Augen. »Ich will ja keine dumme Bemerkung über die Freiheitsglocke machen«, sagte Eddie, »aber klingelt da irgendetwas bei dir?«

Maya hatte keine Wahl, also belog sie Eddie noch einmal. »Nein«, sagte sie. »Es läutet weder, noch klingelt es.«

Aber es hatte etwas geklingelt, wenn auch nur ganz leise.

Caroline hatte sie daran erinnert, dass Joe und Andrew noch auf der Highschool waren, als Andrew starb. Auf einem Internat, um genau zu sein. Einem vornehmen Internat für Jungen aus bestem Hause, der Franklin Biddle Academy.

Die am Rand von Philadelphia lag.

Als Maya auf dem Heimweg war, rief Eileen an. »Erinnerst du dich daran, dass wir uns mittwochabends immer was vom Chinesen geholt haben?«

»Klar.«

»Ich werde die Tradition wiederaufleben lassen. Bist du zu Hause?«

»So gut wie.«

»Prima«, sagte Eileen etwas zu begeistert. »Ich besorg uns unsere Lieblingsessen.«

»Stimmt was nicht?«

»Ich bin in zwanzig Minuten bei dir.«

Zu viele Möglichkeiten gingen Maya im Kopf herum. Zum ersten Mal versuchte sie, die Gedanken loszulassen. Zumindest für den Moment. Sie musste sich wieder auf das Wesentliche konzentrieren. Auf das, was sie sicher wusste. Die meisten Leute reduzierten und simplifizierten das Sparsamkeitsprinzip der Scholastik, besser bekannt als Ockhams Rasiermesser, wenn sie es so erklärten, dass die einfachste Antwort normalerweise die richtige sei. Eigentlich hatte der Franziskanermönch Wilhelm von Ockham jedoch verdeutlichen wollen, dass man Dinge nicht unnötig verkomplizieren sollte, dass man eine Theorie nicht überladen durfte, wenn eine einfachere Erklärung zur Verfügung stand. Man musste sie zurechtstutzen, die Auswüchse beschneiden.

Andrew war tot. Claire war tot. Joe war tot.

Andererseits konnte sie nicht alles andere ausblenden, was sie in Erfahrung gebracht hatte, oder? Konnte sie das, was sie mit eigenen Augen gesehen hatte, einfach außer Acht lassen? Oder musste sie sich auch da mit der einfachsten Antwort zufriedengeben? Aber was war die einfachste Antwort?

Na ja, angenehm war es jedenfalls nicht.

Probehalber sollte sie aber vielleicht trotzdem alles so weit wie möglich zurückstutzen. Sie musste so objektiv sein wie möglich. Um sich dann diese Frage zu stellen: War die Person verlässlich, die das Video auf der Nanny-Cam gesehen hatte – oder hatte sie so viel Stress, Druck und Nackenschläge erlebt, dass man ihr Urteilsvermögen in Zweifel ziehen musste?

Sei objektiv, Maya.

Es war leicht, seinen eigenen Augen zu trauen, oder? Taten wir alle. Wir sagten uns: Wir sind nicht verrückt. Die anderen sind die Verrückten. Das war Teil des Menschseins: Wir halten unsere Perspektive für allgemeingültig.

Also nimm eine andere Perspektive ein.

Der Krieg. Keiner verstand ihn. Keiner kannte die Wahrheit. Alle dachten, Maya sei von Schuldgefühlen gepeinigt, weil Zivilisten getötet worden waren. Das wäre ja auch logisch. Sie sahen die Sache aus ihrer Perspektive: Du fühlst dich schuldig, lautete ihre Theorie, und diese Schuld manifestiert sich in quälenden Flashbacks. Du versuchst es mit einer Therapie. Du nimmst Medikamente. Der Tod begleitet dich. Nein, falsch. Der Tod tat mehr als das.

Der Tod verfolgt dich, Maya …

War so ein Mensch – ein vom Tod begleiteter Mensch, ein Mensch, der selbst den Personen, die ihm am nächsten standen, vorgegaukelt hatte, dass sein Zustand zu einem erheblichen Teil auf Schuldgefühlen beruhte – ein Mensch, dessen Urteilsvermögen man trauen konnte? Wenn man alle Auswüchse und Verzweigungen zurückstutzte: Durfte man einem solchen Menschen zutrauen, die Tatsachen rational zu betrachten und die Wahrheit in Erfahrung zu bringen?

Objektiv betrachtet nicht.

Andererseits – scheiß auf die Objektivität, oder?

Schlussfolgerung: Irgendjemand versuchte, sie total zu verarschen.

Als es um Carolines Aufenthaltsort ging, war Judith extrem zugeknöpft gewesen. Maya zog ihr Handy heraus und rief ihre

Schwägerin an. Die Mailbox meldete sich. Wie nicht anders zu erwarten. Als der Piepton zum Hinterlassen einer Nachricht ertönte, sagte Maya: »Caroline, ich möchte nur wissen, ob es dir gut geht. Melde dich bitte, sobald du diese Nachricht bekommst.«

Eileen parkte schon in der Zufahrt, als Maya zu Hause ankam. Maya hielt an. Lily war auf dem Rücksitz eingeschlafen. Sie stieg aus, wollte die hintere Tür öffnen, als Eileen sagte: »Lass sie noch einen Moment schlafen. Wir müssen reden.«

Maya drehte sich um und sah ihre Freundin an. Eileen hatte geweint.

»Was ist los?«

»Ich könnte Mist gebaut haben«, sagte sie. »Mit der Nanny-Cam.«

Eileen fing an zu zittern.

»Schon okay«, sagte Maya. »Ich bring Lily rein, dann können wir ...«

»Nein«, sagte Eileen. »Wir müssen das hier draußen besprechen.«

Maya sah sie fragend an.

»Wäre möglich, dass es nicht sicher ist, sich drinnen zu unterhalten«, sagte Eileen und senkte die Stimme. »Vielleicht hört jemand mit.«

Maya sah Lily durchs Autofenster an. Sie schlief noch.

»Was ist passiert?«, fragte Maya.

»Robby.« Der Ex, der sie misshandelt hatte.

»Was ist mit ihm?«

»Du wolltest mir doch nicht erzählen, was mit deiner Nanny-Cam passiert ist, richtig?«

»Ja, wieso?«

»Du warst bei mir zu Haus. Du warst aufgeregt und wütend

und hast mich sogar verdächtigt. Ich musste dir beweisen, dass ich die Kamera gekauft habe.«

»Schon klar«, sagte Maya. »Was hat das mit Robby zu tun?«

»Er ist wieder da«, sagte sie, und Tränen schossen ihr aus den Augen. »Er hat mich beobachtet.«

»Hoho, langsam, Eileen.«

»Die hier hab ich per E-Mail gekriegt.« Sie griff in ihre Handtasche und drückte Maya einen Stapel Fotos in die Hand. »Sie wurden natürlich von einer anonymen Adresse verschickt. Nicht zurückverfolgbar. Ich weiß aber, dass sie von Robby sind.«

Maya sah sich die Fotos an. Sie waren in Eileens Haus aufgenommen worden. Die ersten drei in ihrem Wohnzimmer. Zwei zeigten ihre Kinder, Kyle und Missy, beim Spielen auf der Couch. Das dritte zeigte die verschwitzte Eileen in einem Sport-BH mit einem Glas Wasser in der Hand.

»Ich war nach dem Training gerade nach Hause gekommen«, erklärte Eileen. »Es war niemand da. Also habe ich das T-Shirt ausgezogen und unten in den Wäschekorb geworfen.«

Maya spürte, wie Panik in ihr aufstieg, sprach aber mit ruhiger Stimme. »Der Winkel«, sagte sie und ging weitere Fotos von Eileen und ihren Kindern durch. »Die Bilder wurden von deiner Nanny-Cam aufgenommen?«

»Ja.«

Maya rutschte das Herz in die Hose.

»Guck dir das letzte an.«

Es war ein Foto von Eileen und einem Mann, den Maya noch nie gesehen hatte. Sie küssten sich.

»Das ist Benjamin Barouche. Wir haben uns auf Match.com kennengelernt. Es war unser drittes Date. Ich hab ihn mit zu mir nach Hause genommen. Die Kinder haben oben geschlafen. Ich hab nicht lange gefackelt. Am Nachmittag ist die E-Mail mit den Fotos gekommen.«

Warum hatte Maya nicht daran gedacht?

»Dann hat sich irgendjemand in deine Nanny…«

»Nicht irgendjemand. Robby. Das muss Robby gewesen sein.«

»Okay, also hat Robby sich in deine Nanny-Cam gehackt?«

Eileen fing an zu weinen. »Ich dachte, die Kameras hätten keine Verbindung zum Internet, weiß du? Schließlich haben sie ja auch eine SD-Karte. Damit hatte ich nicht gerechnet. Ist aber auch gar nicht ungewöhnlich. Sich in Kameras zu hacken, meine ich. Die Leute machen das bei allen möglichen Kameras von sozialen Medien und Skype und… ich hätte Sicherheitsmaßnahmen ergreifen müssen. Aber ich hab das nicht gewusst.« Sie brach ab und wischte sich die Tränen aus dem Gesicht.

»Tut mir leid, Maya«, sagte sie.

»Schon gut.«

»Ich weiß nicht, was bei deiner Nanny-Cam passiert ist«, sagte Eileen. »Und es ist auch okay, wenn du es mir nicht erzählen willst. Aber ich dachte, vielleicht ist das die Erklärung. Dass sich vielleicht jemand reingehackt hat und dich und Lily sehen konnte.«

Maya versuchte, diese neue Information zu verarbeiten. Im Moment war ihr nicht klar, was genau diese Neuigkeit bedeutete oder ob sie etwas mit ihrer Situation zu tun hatte. Hätte jemand an einem anderen Ort ein Video von Joe machen und auf ihre Nanny-Cam hochladen können? Und selbst wenn? Das Video war in ihrem Wohnzimmer aufgenommen worden und zeigte ihre Couch.

Aber wurde sie überwacht?

»Maya?«

»Ich habe keine solche E-Mail bekommen«, sagte Maya. »Und mir hat auch niemand Fotos gemailt.«

Eileen sah sie an. »Was dann? Was ist mit deiner Nanny-Cam passiert?«

»Ich habe Joe gesehen«, sagte Maya.

DREIUNDZWANZIG

Maya trug Lily nach oben, legte sie ins Bett und deckte sie zu. Sie überlegte, auf der Rückseite der Nanny-Cam nachzusehen, ob das WLAN eingeschaltet war, aber im Moment wollte sie einem möglichen Überwacher keinen Hinweis auf ihren Verdacht geben.

Überwacher. Wow. So viel dazu, dass sie paranoid sein könnte.

Sie und Eileen hatten das chinesische Essen im Speisezimmer zu sich genommen, weit entfernt vom Objektiv der Nanny-Cam, über das sie womöglich ausspioniert wurden. Maya erzählte Eileen, was sie auf der Nanny-Cam gesehen hatte, was Isabella getan hatte ... dann unterbrach sie ihre Beichte, weil das, was sie tat, dumm war.

Fakt: Eileen hatte die Nanny-Cam in ihr Haus gebracht.

Maya versuchte, den Zweifel zu ignorieren, aber der Verdacht hallte ihr in den Ohren. Sie konnte ihn etwas leiser stellen, wurde ihn aber nicht ganz los.

»Was wirst du machen?«, fragte Maya. »Mit Robby, meine ich.«

»Ich habe meinem Anwalt Kopien von den Fotos gegeben. Er meinte, dass ich ohne Beweis überhaupt nichts machen kann. Außerdem habe ich sichergestellt, dass das WLAN komplett ausgestellt ist. Und ich habe eine Firma bestellt, die mein Computernetzwerk so einrichtet, dass es vollkommen sicher ist.«

Das klang nach einem ziemlich guten Plan.

Eine halbe Stunde später begleitete Maya Eileen zu ihrem Wagen, dann rief sie Shane an. »Du musst mir noch einen Gefallen tun.«

»Du kannst es gerade nicht sehen«, sagte Shane, »aber ich seufze theatralisch.«

»Jemand, dem ich vertraue, muss meine Wohnung nach Wanzen absuchen.«

Sie erzählte von Eileen und der gehackten Nanny-Cam.

»Weißt du, ob deine gehackt wurde?«, fragte er.

»Nein. Hast du jemanden, der mir helfen kann?«

»Habe ich. Aber ich muss ehrlich sein. Das klingt alles ein bisschen …«

»Paranoid?«, beendete sie den Satz.

»Ja, wär möglich.«

»Hast du Dr. Wu angerufen?«

»Maya?«

»Was ist?«

»Dir geht's nicht gut.«

Sie antwortete nicht.

»Maya?«

»Ich weiß«, sagte sie.

»Es ist nicht schlimm, wenn man Hilfe braucht.«

»Ich muss die Sache erst hinter mich bringen.«

»Welche Sache musst du hinter dich bringen?«

»Bitte, Shane.«

Es entstand eine kurze Pause. Dann sagte er: »Ich seufze wieder.«

»Theatralisch?«

»Kann man auch anders seufzen? Ich komme morgen Vormittag mit ein paar Leuten vorbei und säubere deine Wohnung.« Er räusperte sich. »Bist du bewaffnet, Maya?«

»Was glaubst du?«

»Rhetorische Frage«, sagte er. »Wir sehen uns morgen früh.«

Shane legte auf. Maya war noch nicht bereit für eine weitere Schreckensnacht mit Flashbacks. Stattdessen richtete sie ihre Aufmerksamkeit auf Claires Ausflug nach Philadelphia.

Lily schlief noch. Maya wusste, dass sie ihre Tochter wecken, ihr die Kleidung, die sie den ganzen Tag getragen hatte, ausziehen, sie baden und ihr einen sauberen Pyjama anziehen müsste. Die »guten« Mütter würden darauf bestehen, und einen Moment hatte Maya ihre missbilligenden Blicke vor Augen. Allerdings trugen diese Mütter wohl auch keine Pistolen und beschäftigten sich nicht mit Morden, oder? Sie begriffen nicht einmal, dass blutgetränkte Welten wie Mayas Seite an Seite mit den ihren existierten, dass sie Nachbarn waren, dass die Familie nebenan mit Tod und Terror beschäftigt war, während sie sich um Kunst und Handwerk, um die Freizeitaktivitäten ihrer Kinder, um Karate-Kurse und Nachhilfeunterricht kümmerten.

Wurde sie beobachtet?

Im Moment konnte sie nichts dagegen tun. Sie musste andere Dinge erledigen, wichtige Dinge, die keinen Aufschub duldeten, also schob sie ihre Paranoia beiseite und öffnete ihren Laptop. Wenn ihr Haus wirklich verwanzt war – was sie immer noch nicht wirklich glaubte –, könnte auch ihr WLAN angezapft sein. Um mehr als hundert Prozent sicher zu sein, änderte sie den Namen und das Passwort ihres WLAN-Netzes und nutzte ein VPN zum Browsen.

Eigentlich müsste das reichen, aber weiß der Geier.

Sie ging wieder ins Internet und suchte nach »Andrew Burkett«. Wie nicht anders zu erwarten, gab es mehrere – einen College-Professor, einen Autohändler, einen Doktoranden. Sie versuchte, einen anderen Schlüsselbegriff hinzuzufügen und in der Vergangenheit zu suchen. Ein paar Artikel über Andrews Tod erschienen. Eine große Lokalzeitung hatte folgendermaßen getitelt:

Junger Burkett-Spross fällt von Yacht und ertrinkt

Schlagworte. »Yacht«, nicht »Boot«. Und natürlich »Spross«. Den Ausdruck hatten sie bei Joe auch verwendet. »Spross«, die Reichen bekamen sogar ein eigenes Wort für ihre Nachkommen. Sie überflog ein paar Artikel. Niemand wusste genau, wo im Atlantik Andrew von Deck gefallen war, als die Familien-Yacht, *Lucky Girl*, in dieser Nacht auf halber Strecke zwischen dem Abfahrtshafen Savannah, Georgia, und dem Zielhafen Hamilton auf Bermuda unterwegs gewesen war. Dazwischen lag viel offenes Meer.

Laut der Zeitungsberichte war Andrew Burkett am 24. Oktober um 1 Uhr nachts zum letzten Mal gesehen worden, nachdem er lange mit »Schulfreunden und Verwandten« gefeiert hatte. Er wurde um 6 Uhr morgens als vermisst gemeldet. Joe hatte erzählt, dass drei ihrer Mannschaftskameraden aus dem Fußballteam der Franklin Biddle Academy sowie ihre Schwester Caroline mit an Bord gewesen waren. Die Burkett-Eltern waren nicht mit auf der Yacht gefahren. Judith und Joseph hatten sie mit dem kleinen Neil in einem Luxushotel auf Bermuda erwartet. Während der Überfahrt hatte sich eine erfahrene und ziemlich teure Mannschaft um sie gekümmert – und, holla, im Artikel wurde auch Rosa Mendez erwähnt, Isabellas Mutter, die »vor allem für die junge Caroline« zuständig gewesen war.

Maya las die wichtigsten Stellen noch einmal. Sie überlegte einen Moment, bevor sie fortfuhr.

Andrews Leiche war am Tag nach der Vermisstenmeldung gefunden worden. In späteren Artikeln wurde Ertrinken als Todesursache angegeben. Von Fremdeinwirkung oder Selbstmord war nicht die Rede.

Okay. Und was jetzt?

Maya gab Andrews Namen zusammen mit den Worten »Franklin Biddle Academy« ein. Ein Link zur Ehemaligen-Seite der Schule erschien. Als Maya darauf klickte, öffnete sich ein Dropdown-Menü mit diversen Jahrgangsseiten. Sie überschlug schnell im Kopf, wann Andrew seinen Abschluss gemacht haben müsste, und klickte auf das Jahr. Es gab Verzeichnisse vergangener Jahrestreffen, die Daten einer bevorstehenden Wiedersehensfeier und natürlich einen Link, unter dem man der Academy Geldspenden zukommen lassen konnte.

Am unteren Rand der Website befand sich ein Button mit der Aufschrift »In memoriam«.

Nach einem weiteren Klick erschienen zwei Porträtfotos von Schülern. Beide sahen verdammt jung aus, aber das waren die Kids, mit denen Maya beim Militär gedient hatte, natürlich auch. Wieder dachte sie an die Gartenzäune, den schmalen Grat, die verschiedenen Welten, die Seite an Seite existierten. Der junge Mann auf dem rechten Foto war Andrew Burkett. Maya hatte sich nie wirklich Zeit genommen, sich das Gesicht ihres Beinahe-Schwagers genau anzusehen. Joe war nicht der Typ, der alte Familienfotos im Haus verteilte, und obwohl in einem der hinteren Salons der Burketts ein Porträt von Andrew hing, hatte es Maya geschafft, diesem Bild nie größere Aufmerksamkeit zu schenken. Auf diesem Foto hatte Andrew jedenfalls keine große Ähnlichkeit mit seinem deutlich attraktiveren Bruder Joe. Andrew war mehr nach seiner Mutter gekommen. Maya studierte das junge Gesicht noch eine Weile, als könnte darin irgendein Hinweis verborgen sein, als könnte

Andrew Burkett jetzt noch aus diesem alten Schulfoto heraustreten und verlangen, dass endlich die Wahrheit gesagt wurde. Es geschah nicht.

Ich werde dahinterkommen, Andrew. Ich werde auch dich rächen.

Maya sah sich das Foto des anderen jungen Verstorbenen an. Der Name unter dem Foto lautete Theo Mora. Theo sah aus wie ein Lateinamerikaner, hatte vielleicht aber auch nur einen dunkleren Hautton. Auf dem Foto präsentierte er das unbehagliche, forcierte Lächeln eines, tja, Highschool-Schülers, der für sein Schulfoto posieren muss. Seine Haare sahen aus, als wären sie plattgegelt, aber auf dem besten Weg, wieder die Kontrolle zu übernehmen. Genau wie Andrew trug auch er ein Jackett und eine Schulkrawatte. Während Andrews Krawatte allerdings in einem perfekten Windsorknoten gebunden war, sah seine aus wie die eines müden Angestellten auf der nächtlichen Heimfahrt mit der U-Bahn.

Die Bildüberschrift lautete: »Zu früh von uns gegangen, aber für immer in unseren Herzen.« Weitere Informationen gab es nicht. Maya googelte Theo Mora. Es dauerte etwas, aber schließlich fand sie eine Todesanzeige in einer Lokalzeitung aus Philadelphia. Keinen Artikel. Und auch sonst nichts. Nur eine schlichte Todesanzeige. Als Todesdatum war der 12. September angegeben, also rund sechs Wochen *vor* Andrews Sturz von der Yacht. Zum Zeitpunkt seines Todes war Theo Mora siebzehn Jahre alt gewesen, also genauso alt wie Andrew.

Zufall?

Maya las die Anzeige noch einmal. Eine Todesursache war nicht angegeben. Sie gab die Namen »Andrew Burkett« und »Theo Mora« in ein Suchfeld ein. Zwei Links zu Websites der Franklin Biddle Academy erschienen. Einer verwies auf die »In memoriam«-Seite, die sie sich schon angesehen hatte. Sie klickte auf den anderen Link und landete auf der Seite, auf der die Schulmannschaften aufgeführt waren. Sie entdeckte ein Archiv sämtlicher Mannschaftsaufstellungen. Maya sah sich die Fußballseite des betreffenden Jahres an.

Sieh da! Andrew und Theo Mora waren Mannschaftskameraden gewesen.

Konnte es Zufall sein, dass zwei Schüler derselben Highschool in ihrem letzten Schuljahr im Abstand von weniger als zwei Monaten starben?

Natürlich.

Wenn man aber die Zahlungen an Tom Douglass und Claires Fahrt nach Philadelphia dazunahm, wenn man berücksichtigte, dass Tom Douglass vermisst wurde und Claire gefoltert und ermordet worden war …

Kein Zufall.

Sie sah sich den Rest der Mannschaftsaufstellung an. Joe hatte im selben Jahr graduiert, spielte die Saison aber noch mit dem Team zu Ende. Er war Vize-Kapitän, was sie nicht überraschte. Für eine Highschool-Fußballmannschaft waren das verdammt viele Tote.

Sie klickte auf einen weiteren Link und fand ein Mannschaftsfoto. Eine Hälfte der Mannschaft stand, die andere Hälfte kniete. Alle wirkten stolz, jung und gesund. Maya entdeckte Joe sofort unter den Stehenden, und zwar – auch das überraschte sie nicht – genau in der Mitte. Das dreiste Lächeln hatte er schon damals im Gesicht. Sie sah ihn einen Moment lang an, so verdammt attraktiv und selbstbewusst, bereit, es mit der ganzen Welt aufzunehmen, in dem Wissen, dass er immer obenauf sein würde, und sie konnte in diesem Moment nicht anders, als an sein Schicksal zu denken.

Andrew stand auf dem Mannschaftsfoto neben seinem Bruder, buchstäblich in Joes Schatten. Theo Mora kniete als Zweiter von rechts in der vorderen Reihe. Wieder wirkte sein

Lächeln etwas unbeholfen und forciert. Maya musterte die anderen Gesichter in der Hoffnung, eins zu entdecken, das sie kannte. Sie fand aber keins. Drei von diesen Jungs waren in der Nacht mit auf der Yacht gewesen. War sie einem davon schon einmal begegnet? Vermutlich nicht.

Sie klickte zurück zur Aufstellung und druckte die Namensliste aus. Sie konnte die Namen morgen früh googeln und …

Und was dann?

Sie anrufen oder ihnen eine E-Mail schicken. Sie fragen, ob sie auf der Yacht gewesen waren. Feststellen, ob sie wussten, was mit Andrew passiert war oder, was vielleicht noch wichtiger war, wie Theo Mora gestorben war.

Sie suchte noch eine Weile im Internet, fand aber nichts Neues. Maya überlegte, ob Claire etwas Ähnliches getan hatte. Unwahrscheinlich. Wahrscheinlich hatte Tom Douglass ihr einen Hinweis gegeben, irgendetwas über diese verdammte Schule, und da Claire dazu neigte, immer gleich ganz oben anzufangen, könnte sie zur Franklin Biddle Academy runtergefahren sein und ein paar Fragen gestellt haben.

War sie deshalb ermordet worden?

Es gab eine Möglichkeit, das festzustellen. Maya würde morgen einen Ausflug nach Philadelphia machen.

VIERUNDZWANZIG

Eine weitere schreckliche Nacht voller Flashbacks. Noch während die Geräusche wie heiße Schrapnellsplitter durch ihren Kopf schossen, versuchte Maya herauszufinden, ob Wu recht hatte, ob sie ausschließlich Flashbacks hatte oder ob sie auch Dinge hörte, die sie nie zuvor gehört hatte. Akustische Halluzinationen. Aber wie bei jeder nächtlichen Expedition war die Antwort trügerisch und ging in Rauch auf, sobald sie dem Ziel näher kam. Die Geräusche wurden immer durchdringender und schmerzhafter, bis Maya schließlich nur noch auf den Tagesanbruch wartete.

Sie wachte erschöpft auf, und ihr wurde bewusst, dass Sonntag war. Am Sonntag würde sie in der Franklin Biddle Academy niemanden antreffen, der ihre Fragen beantwortete. Außerdem war *Growin' Up* sonntags geschlossen. Vielleicht war das auch besser so. Ein Soldat verwendete auch seine Pausen sinnvoll. Wenn man die Gelegenheit hatte, sich auszuruhen, tat man das. Bei jeder sich bietenden Gelegenheit gab man dem Körper sowie dem Geist die Chance zu heilen.

Der ganze Horror konnte ruhig noch einen Tag warten.

Also würde Maya Urlaub von Tod und Zerstörung nehmen und einfach einen ganz normalen Tag mit ihrer Tochter verbringen.

Die reinste Wonne, oder?

Allerdings erschien Shane pünktlich um acht Uhr mit zwei Männern, die ihr kurz zunickten und anfingen, die Wohnung nach Wanzen und Kameras zu durchsuchen. Als die beiden die Treppe hinaufgingen, griff Shane nach der Nanny-Cam im Wohnzimmer und sah sich die Rückseite an.

»Das WLAN ist ausgeschaltet«, sagte er.

»Das heißt?«

»Das heißt, dass dich damit niemand ausspionieren kann, selbst wenn er die technischen Möglichkeiten dafür ansonsten haben sollte.«

»Okay.«

»Es sei denn, es gibt eine Art Hintertür. Was ich bezweifle. Oder jemand war im Haus und hat das WLAN ausgeschaltet, weil er wusste, dass wir kommen.«

»Klingt unwahrscheinlich«, sagte Maya.

Shane zuckte die Achseln. »Du bist diejenige, die ihr Haus auf Wanzen untersuchen lässt. Und wenn wir schon hier sind, sollten wir auch unsere Arbeit tun, okay?«

»Okay.«

»Erste Frage: Wer außer dir hat einen Schlüssel zu diesem Haus?«

»Du.«

»Stimmt. Aber ich hab mich selbst gerade einem Schnellverhör unterzogen und bin unschuldig.«

»Witzig.«

»Danke. Also wer noch?«

»Niemand.« Dann fiel es ihr ein. »Mist.«

»Was ist?«

Sie sah ihn an. »Isabella hat einen.«

»Und der vertrauen wir nicht mehr, richtig?«

»Keinen Millimeter.«

»Glaubst du wirklich, dass sie noch einmal hier aufgetaucht ist und mit dem Bilderrahmen herumgespielt hat?«, fragte Shane.

»Das halte ich für unwahrscheinlich.«

»Vielleicht solltest du dir ein paar Kameras anschaffen, um die Einbruchssicherheit zu verbessern«, sagte er. »Aber auf jeden Fall solltest du erst mal die Schlösser austauschen lassen.«

»In Ordnung.«

»Also hast du einen Schlüssel, ich habe einen, und Isabella hat einen.« Shane stemmte die Hände in die Hüfte und stieß einen Seufzer aus. »Jetzt reiß mir nicht den Kopf ab«, sagte er.

»Aber?«

»Aber was ist mit Joes?«

»Joes Schlüssel?«

»Ja.«

»Keine Ahnung.«

»Hatte er ihn dabei, als er … äh …«

»Ermordet wurde?«, beendete Maya den Satz für ihn. »Ja, er hatte den Schlüssel bei sich. Davon gehe ich zumindest aus. Normalerweise hatte er den Hausschlüssel immer bei sich. Wie eigentlich praktisch jeder in der freien Welt.«

»Hast du die Sachen zurückbekommen, die er bei sich hatte?«

»Nein. Die Polizei muss sie noch haben.«

Shane nickte. »Also gut.«

»Was ist gut?«

»Egal was. Ich weiß einfach nicht, was ich sonst sagen soll, Maya. Das Ganze ist verdammt absurd. Ich begreif es absolut nicht, daher stelle ich dir Fragen, in der Hoffnung, dass mir vielleicht irgendetwas klar wird. Du vertraust mir doch, oder?«

»Ich würde mein Leben in deine Hände legen.«

»Trotzdem«, sagte Shane, »erzählst du mir nicht, was los ist.«

»Ich erzähl dir doch, was los ist.«

Shane drehte sich um, betrachtete sich im Spiegel und kniff die Augen zusammen.

»Was machst du?«, fragte sie.

»Nachgucken, ob ich wirklich so dumm aussehe.« Shane drehte sich wieder zu ihr um. »Warum hast du mich nach diesem Typen von der Küstenwache gefragt? Was zum Teufel hat Andrew Burkett mit der ganzen Sache zu tun? Der ist gestorben, als er noch auf der Highschool war.«

Sie zögerte.

»Maya?«

»Ich weiß es noch nicht«, sagte sie. »Aber es könnte eine Verbindung geben.«

»Zwischen wem oder was? Willst du sagen, dass Andrews Tod auf dem Boot etwas mit Joes Ermordung im Central Park zu tun hat?«

»Ich will sagen, dass ich es noch nicht weiß.«

»Also, was hast du als Nächstes vor?«, fragte Shane.

»Heute?«

»Ja.«

Fast wären ihr Tränen in die Augen geschossen, es gelang ihr gerade noch, sie zurückzuhalten. »Nichts, Shane. Okay? Nichts. Es ist Sonntag. Ich bin euch sehr dankbar, dass ihr vorbeigekommen seid, aber ich stelle mir das so vor: Wenn ihr mit der Untersuchung meines Hauses fertig seid, verschwindet ihr, damit ich an diesem fantastischen Herbstsonntag mit meiner Tochter einen klassischen Mutter-Tochter-Ausflug wie aus dem Bilderbuch unternehmen kann.«

»Ehrlich?«

»Ja, Shane. Ehrlich.«

Shane lächelte. »Das ist so cool.«

»Ja.«

»Wohin fährst du mit ihr?«

»Nach Chester?«

»Äpfel pflücken?«

Maya nickte.

»Da sind meine Eltern mit mir auch oft hingefahren«, sagte Shane mit beschwingter Stimme.

»Willst du mitkommen?«

»Nein«, sagte er im sanftesten Ton, den sie je gehört hatte. »Und du hast recht. Es ist Sonntag. Wir sehen zu, dass wir fertig werden, und verschwinden. Du kannst Lily schon fertig machen.«

Sie suchten weiter, fanden keine Wanzen, dann verabschiedete Shane sich mit einem Wangenkuss. Maya setzte Lily in den Kindersitz im Auto und machte sich auf den Weg. Mutter und Tochter machten alles, was man an einem solchen Tag so machte. Sie fuhren mit dem Heuwagen. Sie gingen in den Streichelzoo und fütterten die Ziegen. Sie pflückten Äpfel, aßen Eis und sahen einem Clown zu, der Lily mit Luftballon-Tieren in seinen Bann zog. Um sie herum verbrachten Menschen, die wochentags hart arbeiteten, ihre wertvolle Freizeit: Sie lachten, gingen Hand in Hand, beschwerten sich, stritten und freuten sich. Maya beobachtete sie, während sie versuchte, den Augenblick zu genießen, einfach mit ihrer Tochter in die Schönheit des strahlenden Herbsttags einzutauchen. Aber auch diesmal gelang ihr das nicht richtig, es war, als würde sie alles nur von außen betrachten, es nicht selbst erleben. Sie konnte diese Augenblicke zwar absichern, an ihnen teilzunehmen war ihr jedoch nicht möglich. Die Stunden vergingen, der Tag neigte sich dem Ende zu, und Maya wusste nicht genau, wie sie sich fühlte.

Die Nacht von Sonntag auf Montag war nicht besser als die vorherigen. Sie probierte es mit den neuen Tabletten, die aber nicht halfen, die Geister zu besänftigen. Wenn sich überhaupt etwas änderte, schien es eher so, als würden sich die Geräusche von dem, was sie eingenommen hatte, nähren und dadurch noch an Lautstärke zulegen.

Als sie aufwachte, rang sie nach Luft und griff schnell zum Telefon, um Wu anzurufen. Sie hielt in der Bewegung inne, noch bevor sie auf Wählen gedrückt hatte. Einen Moment lang überlegte sie sogar, ob sie Mary McLeod, Judiths Kollegin, anrufen sollte, aber auch das würde sie auf keinen Fall tun.

Komm damit klar, Maya. Es dauert jetzt nicht mehr lang.

Sie zog sich an, brachte Lily zu *Growin' Up* und rief bei der Arbeit an, um zu sagen, dass sie es nicht schaffen würde.

»Das kannst du mir nicht antun, Maya«, sagte Karena Simpson, ihre Chefin und frühere Piloten-Kollegin bei der Army. »Ich muss diese Firma am Leben halten. Du kannst die Flugstunden nicht in letzter Minute absagen.«

»Entschuldige.«

»Hör zu, ich weiß, dass du ziemlich schwere Zeiten durchmachst …«

»Ja, Karena, das tue ich«, unterbrach Maya sie. »Und vielleicht bin ich auch etwas übereilt wieder eingestiegen. Tut mir leid, dass ich dich so hängen lasse, aber vielleicht brauche ich doch noch ein bisschen Zeit.«

Das war zum Teil gelogen, zum Teil wahr. Sie hasste es, schwach zu erscheinen, aber auch das war notwendig. Maya wusste inzwischen, dass sie nicht wieder in diesen Job zurückkehren würde. Nie mehr.

Zwei Stunden später erreichte sie Bryn Mawr, Pennsylvania, und fuhr an perfekt geschnittenen Hecken und einer Steintafel mit der Aufschrift »Franklin Biddle Academy« vorbei. Die Tafel war klein, geschmackvoll und so gestaltet, dass man sie im üppigen herbstlichen Grün leicht übersehen konnte – und genau das war der Sinn der Sache. Als sie am gepflegten Rasenquadrat entlang auf den Besucherparkplatz fuhr, schrie alles um sie herum prätentiös, patrizierhaft, privilegiert und protzig. Lauter *Ps*. Selbst der Campus wirkte einschüchternd. Er schien eher nach frisch gedruckten Dollarnoten als nach Herbstlaub zu duften.

Geld half einem, sich abzuschotten. Mit Geld konnte man sich Zäune und unterschiedliche Grade von Abgeschiedenheit kaufen. Manchmal wurde mit Geld eine urbane Welt gekauft. Manchmal wurden mit Geld vorstädtische Wohnsiedlungen gekauft. Und manchmal wurden mit Geld – mit sehr viel Geld – Orte wie dieser gekauft. Wir alle versuchten nur, uns immer tiefer in einem schützenden Kokon zu verkriechen.

Das Hauptbüro befand sich in einem Natursteingebäude namens Windsor House. Maya hatte sich überlegt, dass es besser wäre, sich nicht telefonisch anzumelden. Sie hatte sich den Schulleiter im Internet angesehen und beschlossen, dass sie ihn einfach überraschen würde. Wenn er nicht da war, auch okay. Dann würde sie jemand anders finden, mit dem sie sich über dieses Thema unterhalten konnte. Und wenn er da war, würde er sie auch empfangen. Schließlich war er nur Schulleiter einer Highschool, kein Staatsoberhaupt. Außerdem gab es auf dem Campus immer noch ein Burkett-Wohnheim. Ihr Nachname würde ihr hier sicher die meisten Türen öffnen, die ansonsten geschlossen blieben.

Die Frau am Empfang sprach sie leise an: »Kann ich Ihnen helfen?«

»Maya Burkett. Ich möchte den Schulleiter sprechen. Tut mir leid, aber ich habe keinen Termin.«

»Nehmen Sie bitte Platz.«

Aber es dauerte nicht lange. Auf der Website der Schule hatte Maya erfahren, dass ein ehemaliger Schüler und Lehrer namens Neville Lockwood IV. hier seit 23 Jahren Schulleiter war. Bei diesem Namen und einem solchen Stammbaum erwartete sie ein gewisses Aussehen: rötliches Gesicht, aristokratische Gesichtszüge, Stirnglatze, blonde Haare. Und der Mann, der sie empfing, bot ihr nicht nur das, sondern auch noch eine Drahtgestell-Brille, deren Bügel das Ohr umschlossen, eine Tweed-Jacke und, ja, eine Fliege mit Argyle-Muster.

Er umfasste ihre beiden Hände.

»Oh, Mrs Burkett«, sagte Neville Lockwood mit diesem Akzent, der mehr über die soziale Herkunft des Sprechers verrät als über die geographische, »wir alle auf der Franklin Biddle möchten Ihnen unser aufrichtiges Beileid aussprechen.«

»Danke.«

Er führte sie in sein Büro. »Ihr Mann war einer unserer beliebtesten Schüler.«

»Nett, dass Sie das sagen.«

In einem großen Kamin lagen graue Holzscheite. Rechts davon befand sich eine Standuhr. Lockwood setzte sich hinter seinen Kirschholz-Schreibtisch und bot ihr den Polsterstuhl davor an. Ihre Sitzfläche war etwas tiefer als seine, was, wie Maya vermutete, kein Zufall war.

»Die Hälfte der Trophäen in der Windsor Sports Hall verdanken wir Joe. Er ist immer noch der Rekordtorschütze des Fußballteams. Wir hatten überlegt ... Also, wir hatten überlegt, ob wir eine Gedenkveranstaltung für ihn im Clubhaus geben sollen. Er war sehr gerne dort.«

Neville Lockwood lächelte ihr etwas gönnerhaft zu. Sie erwiderte das Lächeln. Diese Sport-Reminiszenzen könnten die

Einleitung für die Bitte um eine Spende sein – Maya merkte so etwas meist erst recht spät –,wie auch immer, sie wollte ihre Sache voranbringen.

»Kennen Sie zufällig meine Schwester?«

Die Frage überraschte ihn. »Ihre Schwester?«

»Ja. Claire Walker.«

Er überlegte einen Moment. »Der Name kommt mir bekannt vor…«

Maya wollte schon sagen, dass Claire vor etwa vier bis fünf Monaten hier gewesen war und kurz darauf ermordet wurde. Aber das könnte ihn womöglich schockieren, und er würde ihr nichts mehr erzählen. »Vergessen Sie's, spielt auch keine Rolle. Ich würde Ihnen gern ein paar Fragen über die Zeit stellen, als mein Mann hier zur Schule ging.«

Er hatte die Hände zusammengelegt und wartete.

Sie musste behutsam vorgehen. »Wie Sie wissen, Direktor Lockwood…«

»Bitte nennen Sie mich Neville.«

»Neville.« Sie lächelte. »Wie Sie wissen, ist diese Academy für die Familie Burkett sowohl die Quelle großen Stolzes… als auch der tiefen Trauer.«

Er setzte eine angemessen ernste Miene auf. »Ich nehme an, Sie sprechen über den Bruder Ihres Mannes.«

»Das tue ich.«

Neville schüttelte den Kopf. »Eine schreckliche Geschichte. Ich weiß, dass sein Vater vor ein paar Jahren verstorben ist, aber… Die arme Judith. Noch einen Sohn zu verlieren.«

»Ja.« Maya ließ sich Zeit. »Und ich weiß nicht genau, wie ich es ansprechen soll, aber mit Joe, tja, aus der damaligen Fußballmannschaft der Schule sind inzwischen drei Personen verstorben.«

Die Farbe wich aus Neville Lockwoods Gesicht.

»Ich spreche vom Tod Theo Moras«, sagte Maya. »Erinnern Sie sich an den Vorfall?«

Neville Lockwood hatte seine Stimme wiedergefunden. »Ihre Schwester.«

»Was ist mit ihr?«

»Sie war hier auf dem Campus und hat sich nach Theo erkundigt. Deshalb kam mir der Name bekannt vor. Ich war nicht hier, habe aber hinterher davon erfahren.«

Bestätigung. Maya war auf der richtigen Spur.

»Wie ist Theo gestorben?«, fragte sie.

Neville Lockwood wandte den Blick ab. »Ich könnte Sie einfach fortschicken, Mrs Burkett. Ich könnte Ihnen sagen, dass die Schule strikte Regeln zum Schutz der Privatsphäre hat, sodass ich Ihnen keine Einzelheiten nennen darf.«

Maya schüttelte den Kopf. »Das wäre unklug.«

»Wie kommen Sie darauf?«

»Wenn Sie meine Fragen nicht beantworten«, sagte Maya, »müsste ich womöglich die Behörden einschalten, die sehr viel weniger diskret vorgehen würden.«

»Wirklich?« Ein schwaches Lächeln umspielte seine Lippen. »Und damit wollen Sie mich einschüchtern? Sagen Sie, ist dies die Stelle, wo der böse Schulleiter lügt, um den Ruf seiner Eliteeinrichtung zu schützen?«

Maya wartete.

»Also, ich werde das nicht tun, Captain Stern. Ja, ich kenne Ihren richtigen Namen. Ich weiß alles über Sie. Und, ähnlich wie das Militär hat diese Akademie einen heiligen Ehrenkodex. Ich bin überrascht, dass Joe Ihnen nichts davon erzählt hat. Wir haben unsere Wurzeln im Quäkertum, und das verlangt von uns Offenheit und Einigkeit. Wir verheimlichen nichts. Wir glauben, je mehr die Menschen wissen, desto besser sind wir durch die Wahrheit geschützt.«

»Gut«, sagte Maya. »Und wie ist Theo gestorben?«

»Ich muss Sie allerdings bitten, die Privatsphäre der Familie zu respektieren.«

»Das werde ich.«

Er seufzte. »Theo Mora ist an einer Alkoholvergiftung gestorben.«

»Er hat sich totgesoffen?«

»So etwas passiert leider. Nicht oft. Genau genommen war er der Einzige in der Geschichte dieser Institution. Aber eines Nachts hat Theo es mit dem Alkohol übertrieben. Er war nicht als Partylöwe oder so etwas bekannt. Aber so läuft das oft. Er kannte sich nicht aus und hat viel zu viel auf einmal getrunken. Wahrscheinlich wäre Theo noch rechtzeitig gefunden worden, aber er ist herumgeirrt und in einen Keller geraten. Ein Hausmeister hat ihn am nächsten Morgen entdeckt. Zu dem Zeitpunkt war er schon tot.«

Maya wusste nicht, was sie davon halten sollte.

Neville Lockwood legte die Hände auf den Schreibtisch und beugte sich vor. »Würden Sie mir verraten, warum Sie und Ihre Schwester jetzt danach fragen?«

Maya ignorierte seine Frage. »Haben Sie je darüber nachgedacht«, sagte sie, »wie es kommt, dass zwei Schüler aus derselben Schule und derselben Fußballmannschaft so kurz hintereinander sterben?«

»Ja«, sagte Neville Lockwood. »Sogar häufig.«

»Haben Sie je die Möglichkeit in Erwägung gezogen«, fuhr Maya fort, »dass eine Verbindung zwischen Theos und Andrews Tod bestehen könnte?«

Er lehnte sich zurück und legte die Fingerspitzen beider Hände aneinander. »Ganz im Gegenteil«, sagte er. »Ich sehe nicht, wie man annehmen kann, dass zwischen diesen beiden Vorfällen keine Verbindung besteht.«

Mit der Antwort hatte Maya nicht gerechnet.

»Würden Sie mir das erklären?«, fragte sie.

»Ich war Mathematiklehrer. Ich habe jede Menge Seminare über Statistik und Wahrscheinlichkeitsrechnung gegeben. Bivariate Verteilungen, Lineare Regression, Standardabweichungen und so weiter. Daher betrachte ich vieles im Leben in Form von Formeln und Gleichungen. So funktioniert mein Gehirn einfach. Die Wahrscheinlichkeit, dass zwei Schüler von demselben kleinen Elite-Internat innerhalb weniger Monate sterben, ist gering. Dass beide Schüler in derselben Klassenstufe waren, macht es noch unwahrscheinlicher. Und da beide auch noch in derselben Fußballmannschaft gespielt haben, tja, da kann man den Zufall langsam ausschließen.« Er lächelte beinahe und hob den Zeigefinger gedankenverloren, als wäre er wieder im Seminar. »Wenn man allerdings auch noch den letzten Faktor in die Gleichung einbezieht, tendiert die Wahrscheinlichkeit, dass es sich um Zufall handelt, nahezu gegen null.«

»Welchen letzten Faktor?«, fragte Maya.

»Theo und Andrew waren Zimmergenossen.«

Es wurde still im Raum.

»Die Wahrscheinlichkeit, dass zwei siebzehnjährige Zimmergenossen eines kleinen Elite-Internats jung sterben, zwischen ihren Toden aber keine Verbindung besteht … Ich muss gestehen, dass ich an diese extrem geringe Wahrscheinlichkeit nicht glaube.«

In der Ferne hörte Maya eine Kirchenglocke läuten. Türen wurden geöffnet. Jungengelächter ertönte.

»Nach Andrew Burketts Tod«, fuhr Neville Lockwood fort, »war ein Ermittler hier. Jemand von der Küstenwache, der sich um alle möglichen Todesfälle auf See kümmerte.«

»Hieß er Tom Douglass?«

»Möglich. Daran erinnere ich mich nicht mehr. Aber er war hier in diesem Büro. Er saß auf dem Platz, auf dem Sie jetzt sitzen. Und auch er wollte wissen, ob es möglicherweise eine Verbindung gab.«

Maya schluckte. »Und Sie haben ihm gesagt, dass Sie die sehen?«

»Ja.«

»Würden Sie mir erzählen, worin sie bestand?«

»Theos Tod war ein gewaltiger Schock für unsere Gemeinschaft. In den Zeitungen stand nie, wie es genau passiert war. Die Familie wollte es so. Wir waren von den Ereignissen schockiert. Aber Andrew Burkett war Theos bester Freund. Er war vollkommen am Boden zerstört. Ich gehe davon aus, dass Sie Joe erst lange nach Andrews Tod kennengelernt haben und Andrew nicht kannten, ist das richtig?«

»Ja.«

»Die beiden Brüder waren sehr verschieden. Andrew war ein sehr verletzlicher Junge. Ein nettes Kind. Sein Trainer sagte immer, dass genau diese Eigenschaft Andrew auf dem Fußballplatz im Weg gestanden hat. Anders als Joe musste er nicht als Sieger aus dem Wettkampf hervorgehen. Ihm fehlte die Aggressivität, der Biss, der Killerinstinkt, den man im Kampf braucht.«

Wieder diese unpassenden Kriegsmetaphern, dachte Maya, zur Beschreibung eines Sportereignisses.

»Bei Andrew könnten noch weitere Aspekte hineingespielt haben«, fügte Neville Lockwood hinzu, »dazu kann ich nichts sagen. In diesem Zusammenhang zählt jedoch nur, dass Theos Tod Andrew sehr schwer getroffen hat. Wir haben den Schulbetrieb damals für eine Woche eingestellt. Wir hatten Psychologen vor Ort, aber die meisten Jungs sind nach Hause gefahren, um … wieder zu Kräften zu kommen.«

»Was war mit Andrew und Joe?«, fragte Maya.

»Auch die sind nach Hause gefahren. Ich erinnere mich, dass Ihre Schwiegermutter sofort mit Andrews alter Nanny angereist ist, um die beiden abzuholen. Aber später sind alle Jungs, einschließlich Ihres Mannes, in die Schule zurückgekehrt. Alle … bis auf einen.«

»Andrew.«

»Genau.«

»Wann ist er zurückgekommen?«

Neville Lockwood schüttelte den Kopf. »Andrew Burkett ist nicht mehr an diese Schule zurückgekehrt. Seine Mutter hielt es für das Beste, dass er sich für den Rest des Semesters frei nahm. Auf dem Campus kehrte wieder Normalität ein. So laufen diese Dinge. Joe führte die Fußballmannschaft zu einer sehr erfolgreichen Saison. Sie gewannen die Liga und die Internats-Meisterschaft in Pennsylvania. Und als die Saison zu Ende war, hat Joe ein paar Mannschaftskameraden zum Feiern auf die Yacht der Familie eingeladen …«

»Wissen Sie noch, wen er eingeladen hat?«

»Ich bin mir nicht sicher. Christopher Swain auf jeden Fall. Er war gemeinsam mit Joe Mannschaftskapitän. Wen er sonst noch eingeladen hat, weiß ich nicht mehr. Aber Sie hatten mich nach der Verbindung zwischen den Toten gefragt. Ich glaube, sie ist jetzt offensichtlich, aber das ist nur meine Theorie. Wir haben es mit einem verletzlichen Jungen zu tun, dessen bester Freund einen tragischen Tod erleidet. Der Junge ist gezwungen, das Internat zu verlassen, und kämpft womöglich, das ist jetzt eine Hypothese, mit depressiven Stimmungen. Vielleicht, auch das ist wieder hypothetisch, muss der Junge Antidepressiva oder stimmungsaufhellende Medikamente nehmen. Er ist auf einer Yacht mit Leuten zusammen, deren Anwesenheit ihn sowohl an die Tragödie als auch an das erinnert, was er am

Internatsleben geliebt und seitdem vermisst hat. Auf der Yacht wird eine wilde Party gefeiert. Der Junge trinkt zu viel, was sich mit den Medikamenten, die er womöglich genommen hat, nicht verträgt. Er ist auf einem Boot mitten auf dem Meer. Er geht aufs Oberdeck und blickt aufs Wasser. Er leidet fürchterlich.«

Neville Lockwood verstummte.

»Sie glauben, dass Andrew Selbstmord begangen hat«, sagte Maya.

»Vielleicht. Es wäre eine Möglichkeit. Vielleicht hat die Mischung aus Alkohol und Medikamenten auch seinen Gleichgewichtssinn beeinträchtigt, sodass er von Bord gefallen ist. In beiden Fällen wäre die Beweisführung, wenn Sie so wollen, dieselbe: Theos Tod führte auf direktem Wege zu Andrews. Die wahrscheinlichste Hypothese lautet, dass beide Todesfälle direkt miteinander in Verbindung stehen.«

Maya saß nur da.

»Und jetzt«, sagte er, »wo ich Ihnen meine Theorie offenbart habe, könnten Sie mir vielleicht erklären, warum das heute noch von Bedeutung ist?«

»Eine Frage hätte ich noch, wenn Sie erlauben.«

Er nickte, damit sie fortfuhr.

»Wenn zwei Todesfälle in derselben Mannschaft unwahrscheinlich sind, wie erklären Sie sich dann drei?«

»Drei? Da kann ich Ihnen nicht folgen.«

»Ich spreche von Joe.«

Er runzelte die Stirn. »Er ist… wie viel… siebzehn Jahre später gestorben?«

»Trotzdem. Sie kennen sich mit Wahrscheinlichkeitsrechnung aus. Wie groß ist die Wahrscheinlichkeit, dass sein Tod nicht mit den anderen in Verbindung steht?«

»Wollen Sie andeuten, dass zwischen der Ermordung Ihres

Mannes und Theos und Andrews Tod ein Zusammenhang besteht?«

»Ich habe den Eindruck«, sagte Maya, »dass Sie diese Frage bereits beantwortet haben.«

FÜNFUNDZWANZIG

Mehr war hier nicht zu erfahren.

Ein paar Minuten später begleitete Neville Lockwood sie nach draußen. Maya blieb einen Moment in ihrem Auto sitzen. Vor ihr stand das geschichtsträchtige Wahrzeichen der Franklin Biddle Academy, der achtstöckige anglikanische Glockenturm. Wieder ertönten die vier Noten des Westminsterschlags. Maya sah auf ihre Uhr. Offenbar schlug die Glocke jede Viertelstunde.

Sie zog ihr Handy heraus und fing an zu googeln. Theo Moras Eltern hießen Javier und Raisa. Sie suchte in den White-Pages-Adressverzeichnissen, ob sie in der Nähe wohnten. Sie fand eine Raisa Mora im Stadtgebiet von Philadelphia. Es war einen Versuch wert.

Ihr Handy klingelte. Es war das *Leather and Lace.* Sie hielt sich das Handy ans Ohr, aber natürlich hatte der Anrufer schon aufgelegt. Corey wollte sie sehen. Tja, sie war gut zwei Stunden entfernt und musste noch woandershin. Corey würde warten müssen. Raisa Mora wohnte in einer Straße mit Reihenhäusern, die schon bessere Zeiten erlebt hatten. Maya fand die richtige Hausnummer und ging die verwitterten Betonstufen hinauf. Sie drückte den Klingelknopf, lauschte auf Schritte, hörte nichts. Am Wegesrand lagen zersplitterte Flaschen. Vom übernächsten Haus aus begrüßte sie ein Mann im offenen Flanellhemd über dem Unterhemd mit einem zahnlosen Lächeln.

Der Glockenturm mit dem Westminsterschlag schien sehr weit entfernt zu sein.

Maya zog an der Fliegengittertür. Sie öffnete sich mit einem rostigen Quietschen. Dann klopfte Maya kräftig an die Tür.

»Wer ist da?«, rief eine Frau von drinnen.

»Mein Name ist Maya Stern.«

»Was wollen Sie?«

»Sind Sie Raisa Mora?«

»Was wollen Sie?«

»Ich möchte Ihnen ein paar Fragen über Ihren Sohn Theo stellen.«

Die Tür wurde geöffnet. Raisa Mora trug eine blassgelbe Kellnerinnen-Uniform. Ihre Wimperntusche war verschmiert. Der Dutt war eher grau als schwarz. Sie trug Socken, und Maya konnte sich vorstellen, wie sie gerade von einem langen Arbeitstag nach Hause gekommen war und ihre Schuhe in die Ecke gekickt hatte.

»Wer sind Sie?«

»Mein Name ist Maya Stern …«, dann überlegte sie es sich anders und ergänzte, »… Burkett.«

Der Name weckte ihre Aufmerksamkeit. »Sie sind Joes Frau.«

»Ja.«

»Sie sind Soldatin, oder?«

»Exsoldatin«, sagte Maya. »Haben Sie etwas dagegen, wenn ich hereinkomme?«

Raisa verschränkte die Arme und lehnte sich an den Türrahmen. »Was wollen Sie?«

»Ich möchte Ihnen ein paar Fragen zum Tod Ihres Sohnes Theo stellen.«

»Warum?«

»Bitte, Mrs Mora, Sie haben gute Gründe, mich das zu fragen, aber ich habe wirklich keine Zeit, das alles zu erklären. Ich kann nur so viel sagen: Ich bin nicht sicher, ob wir wirklich die ganze Wahrheit über den Tod Ihres Sohnes erfahren haben.«

Raisa starrte sie ein paar Sekunden lang an. »Ihr Mann wurde vor Kurzem ermordet. Es stand in der Zeitung.«

»Ja.«

»Die Polizei hat zwei Verdächtige festgenommen. Das stand da auch.«

»Sie sind unschuldig«, sagte Maya.

»Das verstehe ich nicht.« Die Fassade brach zwar nicht, bekam jedoch einen kleinen Riss, durch den eine Träne entwich. »Glauben Sie, dass Joes Ermordung etwas mit meinem Theo zu tun hat?«

»Ich weiß es nicht«, sagte Maya, so sanft sie konnte. »Aber würde es etwas schaden, wenn Sie meine Fragen beantworten?«

Raisa verschränkte immer noch die Arme vor der Brust. »Was wollen Sie wissen?«

»Alles.«

»Dann kommen Sie rein. Ich muss mich hinsetzen.«

Die beiden Frauen setzten sich nebeneinander auf eine abgewetzte Couch, die schon bessere Tage gesehen hatte, so wie der Rest des Zimmers. Raisa reichte Maya ein gerahmtes Familienfoto. Das Alter, die Sonneneinstrahlung oder beides hatte die Farben ausgebleicht. Auf dem Foto waren fünf Personen. Maya erkannte Theo und zwei kleinere Jungs, vermutlich seine Brüder. Hinter den drei Kindern standen Raisa, die gar nicht so viel jünger, aber verdammt viel glücklicher aussah, und ein stämmiger Mann mit dickem Schnurrbart und einem breiten Lächeln.

»Das ist Javier«, sagte Raisa und deutete auf den Mann. »Theos Vater. Er ist zwei Jahre nach Theos Tod gestorben. Krebs. Heißt es zumindest, aber …«

Javier lächelte breit. Es war ein Lächeln, dessen Anblick auf dem Foto bereits gute Laune verbreitete, sodass man sich unwillkürlich fragte, wie dieses Lachen klingen mochte. Raisa nahm Maya das Foto aus der Hand und stellte es vorsichtig wieder ins Regal.

»Javier ist aus Mexiko in die USA gekommen. Ich war ein armes Mädchen in San Antonio. Wir haben uns dort kennengelernt und … ach, das müssen Sie nicht alles wissen.«

»Doch, erzählen Sie weiter.«

»Es spielt aber keine Rolle«, sagte Raisa. »Wir sind dann in Philadelphia gelandet, weil ein Vetter von Javier ihm hier einen Job in einer Landschaftsgärtnerei besorgt hat. Sie wissen schon. Bei reichen Leuten den Rasen mähen und so weiter. Aber Javier …« Sie machte eine Pause und lächelte bei der Erinnerung. »Er war clever und ehrgeizig. Und auch sehr umgänglich. Alle mochten Javier. Er hatte eine wunderbare Ausstrahlung. Wissen Sie, was ich meine? Manche Menschen verbreiten einfach einen gewissen Zauber. Sie ziehen die Leute in ihren Bann. Mein Javier gehörte zu diesen Menschen.«

Maya nickte in Richtung des Fotos. »Ich weiß, was Sie meinen.«

»Man kann es sehen, oder?« Ihr Lächeln schwand. »Jedenfalls hat Javier viel für Familien in den Main-Line-Vororten gearbeitet, darunter auch für die Lockwoods.«

»Zu denen auch der Schulleiter gehört.«

»Vor allem für seinen Cousin. Ein superreicher Typ aus der Finanzbranche. Er hat zwar hauptsächlich in New York gelebt, hatte hier aber auch noch ein Anwesen. Er sieht vollkommen versnobt aus mit seinen blonden Haaren, dem vorspringenden Kinn und so weiter, war aber sehr nett. Er mochte Javier. Die beiden haben sich oft unterhalten. Irgendwann hat Javier ihm von Theo erzählt.« Plötzlich war der Schmerz wieder in ihrem Gesicht. »Mein Theo war ein ganz besonderer Junge. So klug. Ein toller Sportler. Er hatte wirklich alles, wie man so sagt. Wie alle Eltern wollten wir, dass es ihm besser ging als uns. Javier wollte Theo auf eine gute Schule schicken. Und die Franklin Biddle Academy suchte gerade ein paar Stipendiaten, weil sie dadurch finanzielle Unterstützung bekommen konnte, weil dann …«, sie zeichnete mit den Fingern Anführungszeichen in die Luft, »… ›Vielfalt‹ herrscht. Und dieser Lockwood wollte uns helfen. Er hat mit seinem Cousin, dem Schulleiter, gesprochen, und mir nichts, dir nichts … Haben Sie sich das Internat angeschaut?«

»Ja.«

»Lächerlich, oder?«

»Ich denke schon.«

»Aber Javier war überglücklich, als Theo dort einen Platz bekam. Ich habe mir eher Sorgen um Theo gemacht. Wie soll man sich in so einer Schule einfügen, wenn man aus einem Haus wie diesem kommt? Das ist fast so … ich weiß nicht … wie heißt das noch, wenn ein Taucher zu schnell an die Oberfläche kommt? Taucherkrankheit. So kam es mir vor. Ich hab aber nichts gesagt. Ich bin ja nicht blöd. Ich wusste sehr gut, was für eine Chance das für Theo war. Sie verstehen, was ich meine?«

»Ja, natürlich.«

»Eines Morgens war Javier also auf der Arbeit.« Raisa Mora presste die Hände wie zu einem verzweifelten Gebet zusammen, woraus Maya schloss, dass sie sich Theos Tod näherten. »Ich musste erst zur Spätschicht. Darum war ich noch hier. Es hat geklingelt.« Ihr Blick wanderte Richtung Tür. »Die haben nicht angerufen. Sie sind an die Haustür gekommen und haben geklingelt, als ob Theo bei der Army gewesen wäre oder so etwas. Als ich aufmache, stehen Schulleiter Lockwood und ein anderer Angestellter vom Internat vor mir. Seinen Namen weiß ich nicht mehr. Sie standen einfach da, und als ich ihre Gesichter sah, hätte man denken sollen, dass ich sofort Bescheid wusste. Man sollte doch denken, dass ich sofort weiß, was los ist, als sie so mit gesenktem Kopf und Trauermiene dastehen, und dass ich auf der Stelle zusammensacke und ›Nein, nein!‹ schreie, oder so etwas. Es lief aber vollkommen anders. Ich habe gelächelt und gesagt: ›Na, das ist ja mal eine nette Überraschung.‹ Ich habe sie hereingebeten und gefragt, ob sie eine Tasse Kaffee wollen, und dann …« Sie lächelte fast. »Soll ich Ihnen etwas Schreckliches erzählen?«

Maya dachte, das hätte sie schon – was könnte noch schrecklicher sein? –, aber dann nickte sie.

»Ich habe hinterher erfahren, dass sie das alles aufgenommen haben. Das ganze Gespräch. Auf Anraten ihres Rechtsanwalts oder so etwas. Es lief tatsächlich die ganze Zeit ein Band mit, während sie mir erzählten, dass die Leiche meines Sohnes von einem Hausmeister in einem Keller gefunden worden war. Ich habe es nicht begriffen. ›Hausmeister?‹, habe ich gesagt. Sie haben mir seinen Namen genannt, als würde das eine Rolle spielen. Theo hätte zu viel getrunken, haben sie mir erzählt. Eine Art Überdosis Alkohol. Ich habe gesagt: ›Theo trinkt keinen Alkohol‹, und sie haben genickt, als ob das vollkommen logisch wäre, dass immer die Jungs, die sich nicht damit auskennen, zu viel trinken und daran sterben. Sie sagten, dass man die Jungs normalerweise noch retten kann, wenn so etwas passiert, aber Theo ist herumgeirrt und schließlich irgendwo unten im Keller gelandet. Er wurde erst am nächsten Tag entdeckt. Und da war es schon zu spät.«

Fast Wort für Wort die gleiche Geschichte, die Neville Lockwood ihr erzählt hatte.

Es klang fast ein bisschen, als hätten sie es geprobt.

»Wurde eine Obduktion durchgeführt?«, fragte Maya.

»Ja. Javier und ich haben persönlich mit der Gerichtsmedizinerin gesprochen. Eine nette Frau. Wir haben in ihrem Büro gesessen, wo sie uns erzählt hat, dass es eine Alkoholvergiftung war. Ich glaube, an dem Abend haben sich viele von den Jungs betrunken. Da ist wohl eine Party außer Kontrolle geraten. Aber Javier hat die Geschichte nicht geglaubt.«

»Was war denn seiner Ansicht nach geschehen?«

»So richtig wusste er es auch nicht. Er dachte, vielleicht hätten sie Theo unter Druck gesetzt. Sie wissen schon: Er war der Neue aus armen Verhältnissen, vielleicht hatten die reichen Jungs ihn gedrängt, und er hatte es übertrieben. Javier wollte einen Riesenstunk machen.«

»Und Sie?«

»Mir war nicht klar, was das bringen sollte«, sagte sie mit einem müden Achselzucken. »Selbst wenn es wahr gewesen wäre, hätte es Theo nicht wieder zurückgebracht. Und so etwas passiert doch überall, oder? Die Kids hier im Viertel werden auch unter Druck gesetzt. Wozu also sollte das gut sein? Und dann … Ich weiß, dass das falsch ist, aber wir mussten auch an das Geld denken.«

Maya begriff, was sie sagen wollte. »Die Schule hat Ihnen eine finanzielle Entschädigung angeboten?«

»Sehen Sie diese beiden anderen Jungs auf dem Bild?« Sie wischte sich die Tränen aus den Augen, atmete tief durch und streckte die Brust heraus. »Das ist Melvin. Er ist jetzt Professor in Stanford. Gerade dreißig Jahre alt und schon Professor. Und Johnny studiert auf der Johns Hopkins Medizin. Die Academy hat dafür gesorgt, dass unsere Jungs nie etwas für ihre Bildung bezahlen mussten. Javier und ich haben auch etwas Geld bekommen. Aber wir haben alles auf Konten für unsere Jungs gelegt.«

»Mrs Mora, erinnern Sie sich an Theos Zimmergenossen auf dem Internat?«

»Sie meinen Andrew Burkett?«

»Ja.«

»Er wäre sonst wohl ... Ihr Schwager geworden. Der arme Junge.«

»Erinnern Sie sich an ihn?«

»Natürlich. Sie waren alle bei Theos Beerdigung. All diese hübschen, reichen Jungs in blauen Blazern, Schulkrawatten, mit welligen Haaren. Alle haben die gleiche Kleidung getragen und sich in eine Reihe gestellt und ›mein Beileid‹ gesagt. Wie Reiche-Jungs-Roboter. Außer Andrew, der war anders.«

»Inwiefern?«

»Er war traurig. Wirklich traurig. Er hat nicht nur so getan.«

»Waren sie enge Freunde? Andrew und Theo?«

»Ja, ich glaube schon. Theo hat gesagt, dass Andrew sein bester Freund ist. Als Andrew kurz danach von diesem Boot gefallen ist, na ja, in der Zeitung stand, dass es ein Unfall war, aber das habe ich nicht so ganz geglaubt. Der arme Junge hat seinen besten Freund verloren und fällt dann kurz danach von einem Boot?« Sie sah Maya mit einer hochgezogenen Augenbraue an. »Das war kein Unfall, oder?«

Maya sagte: »Ich glaube nicht, nein.«

»Javier hat es auch nicht geglaubt. Wussten Sie, dass wir bei Andrews Beerdigung waren?«

»Nein, das wusste ich nicht.«

»Ich weiß noch, wie ich zu Javier gesagt habe: ›Andrew war so traurig wegen Theo. Ich frage mich, ob der Kummer ihn umgebracht hat?‹ Verstehen Sie? Vielleicht war er ja so traurig, dass er vom Boot gesprungen ist.«

Maya nickte.

»Aber Javier glaubte das nicht.«

»Was hat er geglaubt?«

Raisa senkte den Blick und betrachtete ihre zusammengepressten Hände. »Javier hat zu mir gesagt: ›Trauer treibt einen Mann nicht zu so etwas – Schuld schon.‹«

Schweigen.

»Wissen Sie, Javier ist damit überhaupt nicht zurechtgekommen. Die Vereinbarung mit dem Internat hat er als Blutgeld bezeichnet. Ich habe das nicht so gesehen. Wie schon gesagt, kann ich mir vorstellen, dass die reichen Jungs Theo ein bisschen gedrängt haben, aber im Endeffekt … Ich dachte immer, Javier war so wütend, weil er sich selbst die Schuld daran gegeben hat. Schließlich hatte er Theo dazu gedrängt, auf eine Schule zu gehen, auf die er nicht gehörte. Und, Gott steh mir bei, auch ich habe ihm die Schuld gegeben. Ich hab zwar versucht, es mir nicht anmerken zu lassen, aber ich glaube, Javier hat es mir angesehen. Selbst als er krank wurde. Selbst als ich ihn gepflegt habe. Selbst als er im Bett lag, meine Hand gehalten hat und gestorben ist. Ich glaube, Javier hat diesen Ausdruck in meinem Gesicht gesehen – vielleicht war es das Letzte, was er gesehen hat.«

Sie hob den Kopf und wischte mit dem Zeigefinger eine Träne weg.

»Vielleicht hatte er ja recht. Vielleicht ist Andrew Burkett nicht vor Kummer gestorben, sondern weil er sich schuldig fühlte.«

Sie saßen einen Moment still nebeneinander. Maya ergriff Raisas Hand. Das war nicht ihre Art. Es war etwas, das Maya nur selten machte. Aber es kam ihr richtig vor.

Nach einer Weile sagte Raisa: »Ihr Mann wurde vor ein paar Wochen ermordet.«

»Ja.«

»Und jetzt sind Sie hier.«

Maya nickte.

»Das ist kein Zufall, oder?«

»Nein«, sagte Maya, »das ist es nicht.«

»Wer hat meinen Jungen getötet, Mrs Burkett? Wer hat meinen Theo ermordet?«

Maya sagte Raisa Mora, dass sie die Antwort nicht kannte.

Doch langsam beschlich sie das Gefühl, dass sie sie vielleicht doch kannte.

SECHSUNDZWANZIG

Nachdem Maya wieder in ihren Wagen gestiegen war, starrte sie noch eine Zeit lang aus dem Fenster. Am liebsten wollte sie den Kopf senken und den Tränen freien Lauf lassen. Aber dafür war keine Zeit. Sie sah auf ihr Handy. Zwei weitere verpasste Anrufe vom *Leather and Lace*. Die mussten da langsam verzweifeln. Maya beschloss, sich nicht an die Abmachungen zu halten. Sie rief zurück und ließ sich mit Lulu verbinden.

»Kann ich Ihnen helfen?«, fragte Lulu.

»Schluss mit der Geheimniskrämerei. Ich bin in Philadelphia.«

»Eine unserer besten Tänzerinnen ist krank, daher besteht heute Abend die Möglichkeit einzuspringen. Wenn Sie den Job wollen, müssen Sie rechtzeitig hier sein.«

Maya gab sich Mühe, nicht die Augen zu verdrehen. »Ich werde da sein.« Sie googelte Christopher Swain auf ihrem Handy, den zweiten Kapitän der Fußballmannschaft, der in der Nacht mit auf der Yacht gewesen war. Er war in Manhattan für eine Firma tätig, die passenderweise den Namen Swain Real Estate trug. Die Familie hatte große Besitztümer in allen fünf New Yorker Stadtbezirken. Prima. Noch mehr Reichtum, der durch die Unbilden des Marktes navigiert werden musste. Sie schickte eine kurze E-Mail an die Adresse, die sie auf der Ehemaligen-Website der Franklin Biddle Academy fand.

Mein Name ist Maya Burkett. Joe war mein Ehemann. Wir müssen uns dringend unterhalten. Bitte melden Sie sich so bald wie möglich bei mir.

Sie gab sämtliche Kontaktdaten an.

Zwei Stunden später fuhr Maya auf den Angestellten-Parkplatz des *Leather and Lace*. Sie wollte gerade aussteigen, als die Beifahrertür geöffnet wurde, Corey zu ihr in den Wagen stieg und sich duckte.

»Fahren Sie«, flüsterte er.

Maya reagierte sofort. Sie legte den Rückwärtsgang ein und hatte den Parkplatz nach wenigen Sekunden wieder verlassen.

»Was ist los?«, fragte sie, als sie auf der Straße waren.

»Wir machen einen kleinen Ausflug.«

»Wohin?«

Er nannte ihr eine Adresse in Livingston in der Nähe der Route 10.

»Livingston«, sagte Maya. »Dann vermute ich mal, dass es etwas mit Tom Douglass zu tun hat.«

Corey sah immer wieder nach hinten.

»Uns folgt niemand«, sagte sie.

»Sind Sie sicher?«

»Ja.«

»Ich musste da raus. Und keiner soll es erfahren.«

Maya fragte nicht, warum. Es ging sie nichts an. »Und wohin fahren wir?«

»Ich habe Tom Douglass' E-Mails überprüft.«

»Sie selbst?«

Aus den Augenwinkeln sah sie ihn lächeln. »Sie denken vermutlich, dass ich jede Menge Mitarbeiter habe.«

»Auf jeden Fall haben Sie viele … ›Follower‹ trifft es wohl nicht ganz. Die Leute vergöttern Sie.«

»Bis sie es irgendwann nicht mehr tun. Ich darf mich nicht auf sie verlassen. Ich bin nur gerade schwer angesagt. Aber die Leute suchen sich schnell etwas anderes. Erinnern Sie sich noch an ›Kony 2012‹? Also ja, das meiste mache ich selbst.«

Maya versuchte, wieder zur Sache zu kommen. »Sie haben also die E-Mails von Tom Douglass überprüft?«

»Richtig. So unglaublich das klingt, aber er nutzt immer noch AOL. Das ist mehr als altmodisch. Aber er macht auch sehr wenig über E-Mail. Seit fast einem Monat hat er keine mehr verschickt oder gelesen.«

Maya bog nach rechts auf den Highway ab. »Und vor einem Monat soll er auch verschwunden sein, sagt seine Frau.«

»So ist es. Und heute hat Douglass eine E-Mail von einem Julian Rubinstein bekommen, weil er eine Rechnung nicht bezahlt hat. Wenn ich den Inhalt der Mail richtig verstanden habe, hat Rubinstein Douglass Lagerraum hinter einer Karosserie-Werkstatt in Livingston vermietet.«

»Einer Autowerkstatt?«

»Ich glaube schon, ja.«

»Seltsamer Ort für einen Lagerraum«, sagte sie.

»Er überweist das Geld nicht und zahlt auch nicht per Kreditkarte, sodass es keine Unterlagen oder so was gibt. Douglass zahlt bar.«

Damit die Zahlungen nicht in irgendwelchen Büchern erscheinen, dachte Maya.

»Ich nehme also an, dass Douglass die letzte Zahlung vergessen hat«, sagte Corey. »Darum hat Julian Rubinstein ihm eine Mahnung gemailt. Sie war sehr freundlich gehalten, etwa so: ›Hey, Tom, lange nicht gesehen, du bist im Rückstand‹, so in der Art.«

Mayas Hände umklammerten das Lenkrad. Das klang nach einer Spur. »Haben Sie einen Plan?«

Corey hob eine Sporttasche an. »Sturmhauben, zwei Taschenlampen, Bolzenschneider.«

»Wir könnten auch einfach seine Frau bitten, uns reinzulassen.«

»Falls sie das darf«, sagte er. »Und was ist, wenn sie Nein sagt?«

Er hatte recht.

»Da wäre noch etwas, Maya.«

Der Ton gefiel ihr nicht.

»Ich habe nicht gelogen, aber Sie müssen das verstehen. Ich musste erst wissen, ob ich Ihnen vertrauen kann.«

»Mhm«, sagte Maya.

Sie hielten vor einer roten Ampel. Maya drehte sich zu ihm um und wartete.

»Ihre Schwester.«

»Was ist mit ihr?«

»Sie hat mir mehr Material über EAC Pharmaceuticals geschickt, als ich Ihnen verraten habe.«

Maya nickte. »Ja, das dachte ich mir schon.«

»Wieso?«

Sie musste ihm auch nicht alles sagen. »Sie wussten, dass die Burketts etwas Illegales im Schilde führten, hatten aber nichts Handfestes. Das haben Sie anfangs jedenfalls behauptet. Dann haben Sie EAC Pharmaceuticals erwähnt. Ich dachte mir, dass Claire Ihnen mehr gegeben hatte.«

»Stimmt. Trotzdem reichte das, was Claire uns gegeben hatte, nicht aus. Wir hätten damit zwar an die Öffentlichkeit gehen können, aber dann, na ja, hätten die Burketts vermutlich genug Zeit gehabt, den Rest unter den Teppich zu kehren. Die Ermittlungen waren noch nicht so weit gediehen, dass wir damit an die Öffentlichkeit gehen konnten. Wir brauchten mehr.«

»Also hat Claire weitergesucht.«

»Ja.«

»Und ist auf Tom Douglass gestoßen.«

»Richtig. Wobei Claire meinte, dass er nichts mit EAC Pharmaceuticals zu tun habe. Sie hielt es für eine ganz andere Sache. Eine viel bedeutendere.«

Die Ampel sprang auf Grün. Maya trat behutsam aufs Gas. »Warum haben Sie nach Claires Tod nicht zumindest das veröffentlicht, was sie Ihnen gegeben hatte?«

»Wie schon gesagt reichte es eigentlich nicht. Wichtiger war aber, dass ich der Tom-Douglass-Sache nachgehen wollte. Claire schien das noch größere Sorgen zu machen als die gefälschten Medikamente. Daher habe ich befürchtet, die Burketts könnten die ganze Sache komplett kaschieren, wenn sie erfahren, dass wir hinter ihnen her sind. Ich wollte aber noch mehr herausbekommen.«

»Als Claire tot war«, sagte Maya, »haben Sie mich dazu gebracht weiterzusuchen.«

Er widersprach nicht.

»Sie sind mir aber auch einer, Corey.«

»Ich muss zugeben, dass ich versuche, Menschen zu manipulieren.«

»Das ist sehr vorsichtig ausgedrückt.«

»Es ist für eine gute Sache.«

»Klar. Und warum erzählen Sie es mir jetzt?«

»Weil jemand an den gefälschten Medikamenten gestorben ist. Ein dreijähriger Junge in Indien. Er hatte Fieber wegen eines Infekts. Sie haben eine Behandlung mit EACs Amoxicillin-Generikum angefangen. Es hat absolut keine Wirkung gezeigt. Als der Arzt ein anderes Antibiotikum eingesetzt hat, war es schon zu spät. Der Junge ist ins Koma gefallen und gestorben.«

»Schrecklich«, sagte Maya. »Und wie sind Sie dahintergekommen?«

»Durch einen Krankenhausmitarbeiter. Ein Arzt, der anonym bleiben will, möchte Whistleblower werden. Er hat genaue Diagramme erstellt, Ton- und Videoaufzeichnungen gemacht und sogar ein paar Gewebeproben aufbewahrt. Aber selbst mit dem, was Claire mir gegeben hat, reicht das noch nicht, Maya. Die Burketts würden den Indern die Schuld in die Schuhe schieben, die die Pharmafirmen vor Ort leiten. Sie würden sich hinter teuren Anwälten verschanzen, die wissen, wie man eine Sache verschleiert. Sie könnten ein paar oberflächliche Wunden davontragen. Es könnte sie Millionen kosten, vielleicht einige hundert Millionen. Aber …«

»Sie halten Tom Douglass für ihr Kryptonit.«

»Ja, so kann man das sehen.« Er klang beschwingt, als er fortfuhr: »Und Claire hat das auch so gesehen.«

»Es macht Ihnen Spaß«, sagte Maya.

»Hatten Sie nicht auch gelegentlich Spaß an einem Kampfeinsatz?«

Sie antwortete nicht.

»Das bedeutet nicht, dass ich das Ganze nicht ernst nehmen würde. Aber ja, manchmal lasse ich mich hinreißen.«

Maya blinkte und bog rechts ab. »Haben Sie sich auch so gefühlt, als Sie mein Hubschrauber-Video bekommen haben? Haben Sie sich hinreißen lassen?«

»Ehrliche Antwort? Ja.«

Sie schwiegen. Maya fuhr. Corey spielte am Radio herum. Nach einer halben Stunde bogen sie ab auf den Eisenhower Parkway. Das Navi teilte ihnen mit, dass sie nur noch gut einen Kilometer vom Ziel entfernt waren.

»Maya?«

»Ja.«

»Sie haben immer noch viele Freunde unter Ihren alten Kameraden. Unter anderem Shane Tessier.«

»Sie überwachen mich?«

»Unregelmäßig.«

»Worauf wollen Sie hinaus, Corey?«

»Weiß einer von denen, was auf der Tonspur ist? Ich meine …«

»Ich weiß schon, was Sie meinen«, fauchte sie. Dann: »Nein.«

Er wollte noch eine Frage stellen, aber Maya unterbrach ihn: »Wir sind da.«

Als sie nach links auf eine Schotterstraße abbog, begann sie unwillkürlich, die Straßen nach Überwachungskameras abzusuchen. Nichts. Sie hielt eine Straße von der Autowerkstatt namens *JR's Body Shop* entfernt.

Corey reichte ihr eine Sturmhaube. Sie schüttelte den Kopf. »Ohne die fallen wir weniger auf. Es ist dunkel. Wir sind ein Paar, das sein Auto sucht, nachdem die Werkstatt schon zu ist, oder so etwas.«

»Ich muss extrem vorsichtig sein«, sagte er.

»Ich weiß.«

»Ich könnte erkannt werden.«

»Sie haben den Bart und eine Baseballkappe. Das reicht. Nehmen Sie den Bolzenschneider und blicken Sie nicht nach oben.«

Er sah sie zweifelnd an.

»Oder Sie warten hier, und ich mach das.«

Sie öffnete die Autotür und stieg aus. Corey gefiel das zwar nicht, er schnappte sich aber trotzdem den Bolzenschneider und folgte ihr. Sie gingen schweigend hintereinander her. Inzwischen war es dunkel, trotzdem stellte Maya die Taschenlampe nicht an. Sie ließ den Blick weiter über die Umgebung streifen. Keine Kameras. Keine Wachleute. Keine Wohnhäuser.

»Interessant«, sagte Maya.

»Was?«

»Dass Tom Douglass beschlossen hat, ausgerechnet hier Lagerraum anzumieten.«

»Was meinen Sie?«

»Ein kleines Stück die Straße runter bietet *CubeSmart* Lagerräume an. Und *Public Storage* ist auch nicht weit weg. Sie haben Überwachungskameras, eine direkte Zufahrt zu den Lagern und so weiter. Aber Tom Douglass hat sich dagegen entschieden.«

»Er ist halt altmodisch.«

»Möglich«, sagte Maya. »Oder er wollte sichergehen, dass wirklich niemand etwas davon erfährt. Denken Sie nach. Sie haben sich in seine Kreditkartenabrechnungen gehackt. Wenn er einen normalen Lagerraum per Scheck, Überweisung oder Kreditkarte bezahlt hätte, hätten Sie vermutlich irgendwelche Aufzeichnungen gefunden. Das wollte er offensichtlich vermeiden.«

JR's Body Shop war ein zitronengelb gestrichener, flacher Betonbau. Beide Garagentore waren geschlossen. Selbst aus der Ferne sah Maya die Vorhängeschlösser. Der Rasen war lange nicht mehr gemäht worden. Auf dem Grundstück lagen rostige Autoteile. Maya und Corey gingen in einem großen Bogen um das Gebäude herum nach hinten. Ein Autofriedhof hinderte sie am Weitergehen. Maya entdeckte einen zerbeulten, ehemals weißen Oldsmobile Cutlass Ciera aus den Neunzigern. Ihr Dad hatte dieses Modell früher gefahren, und sie hatte einen kurzen Flashback: Dad kam um die Ecke, auf den Rest der Familie zu, die dort auf ihn wartete. Er hupte mit seinem schrägen Lächeln im Gesicht, dann stieg Mom vorne ein, Claire und

Maya rutschten auf den Rücksitz. Es war kein schickes Auto, ganz gewiss nicht, aber Dad hatte es geliebt, und obwohl Maya sich dabei etwas albern vorkam, starrte sie ihn einen Moment an und sinnierte, ob es genau dieser Wagen war, der ihren Vater an jenem Tag so glücklich gemacht hatte. Sie musste daran denken, dass jedes der Fahrzeuge hier einmal glänzend und neu von einem aufgeregten, erwartungsvollen Käufer vom Gelände eines Autohauses gefahren worden war, bevor es dazu verdammt wurde, auf dem Hinterhof einer alten Werkstatt in der Nähe der Route 10 langsam vor sich hin zu gammeln.

»Alles in Ordnung mit Ihnen?«, fragte Corey.

Maya ging wortlos weiter. Sie schaltete ihre Taschenlampe ein. Das Grundstück schien etwa einen Hektar groß zu sein, und in der hintersten rechten Ecke, verdeckt von einem alten Chevrolet-Transporter, entdeckte Maya zwei Geräteschuppen, wie man sie im Baumarkt kaufen konnte, um Schaufeln, Harken und sonstige Gartengeräte darin unterzubringen.

Sie richtete den Strahl ihrer Taschenlampe darauf. Corey kniff kurz die Augen zusammen und nickte dann. Schweigend gingen sie auf die Schuppen zu, stiegen auf dem Weg über Radkappen, Motorteile und Autotüren.

Die Schuppen waren sehr klein. Maya nahm an, dass sie aus irgendeinem hochstrapazierfähigen, wetterfesten Kunststoff bestanden. Sie ließen sich in weniger als einer Stunde allein zusammenbauen. Beide Schuppen waren mit Vorhängeschlössern gesichert.

Sie gingen weiter, aber als sie noch rund drei Meter entfernt waren, blieben Maya und Corey im gleichen Moment stehen, weil ihnen der Geruch in die Nase stieg.

Corey sah Maya mit fassungsloser Miene an. Maya nickte nur.

»Oh, nein«, sagte Corey.

Corey wollte auf der Stelle umkehren und die Flucht ergreifen.

»Bleiben Sie hier«, sagte Maya.

Corey wartete.

»Wenn wir fliehen, machen wir es nur noch schlimmer«, sagte sie.

»Wir wissen nicht einmal, woher der Geruch kommt. Könnte ein Tier sein.«

»Möglich.«

»Dann gehen wir jetzt einfach.«

»Sie gehen, Corey.«

»Was?«

»Ich bleibe hier. Ich öffne die Schuppen. Für mich wäre ein kleiner Rückschlag kein Problem. Für Sie schon. Das versteh ich. Sie werden schon gesucht. Also gehen Sie. Ich erzähle niemandem, dass Sie hier waren.«

»Was werden Sie ihnen sagen?«

»Machen Sie sich darüber keine Sorgen. Gehen Sie.«

»Ich will aber wissen, was Sie gefunden haben.«

Maya hatte genug von seiner Unentschlossenheit. »Dann bleiben Sie eben noch einen Moment.«

Der Bolzenschneider glitt durch das Vorhängeschloss wie ein heißes Messer durch Butter. Die Tür flog auf, und ein menschlicher Arm fiel heraus.

»O Gott«, sagte Corey. Der Gestank war so heftig, dass er würgen musste. Er trat ein Stück zurück und versuchte, sich nicht zu übergeben. Maya blieb vor der Tür stehen.

Der Rest der Leiche rutschte hinterher. Maya sah, dass sie in ziemlich schlechtem Zustand war. Das Gesicht war schon leicht vermodert, nach den Fotos, die sie gesehen hatte, der Körpergröße und den grauen Haaren zu urteilen, handelte es sich aber um Tom Douglass. Sie trat näher an die Leiche heran.

»Was machen Sie?«

Sie sparte sich die Antwort. Es war nicht so, dass der Anblick von Leichen ihr nichts mehr ausmachte. Aber er schockierte sie nicht mehr so wie früher. Sie sah in den Schuppen hinter der Leiche. Leer.

Wieder fing Corey an, trocken zu würgen.

»Gehen Sie«, sagte Maya.

»Was?«

»Wenn Sie sich hier übergeben, sehen die Cops das. Machen Sie, dass Sie wegkommen. Sofort. Gehen Sie zurück zum Highway und suchen Sie sich dort ein Restaurant. Dann rufen Sie Lulu oder wen auch immer an und lassen sich abholen.«

»Mir ist nicht wohl bei dem Gedanken, Sie alleine hier zu lassen.«

»Ich bin nicht in Gefahr. Sie schon.«

Er sah erst nach links, dann nach rechts. »Sind Sie sicher?«

»Gehen Sie.«

Sie ging zum anderen Schuppen, zerschnitt das Vorhängeschloss und sah hinein.

Auch leer.

Als sie hinter sich blickte, stapfte Corey in der Ferne über die Autoteile in Richtung Straße. Sie wartete, bis er außer Sicht war. Dann sah sie auf die Uhr. Sie wischte ihre Fingerabdrücke vom Bolzenschneider und versteckte ihn im Oldsmobile. Selbst wenn die Polizei ihn fand, wäre das kein Beweis. Sie wartete noch zwanzig Minuten, um auf Nummer sicher zu gehen.

Dann wählte sie die Notrufnummer 9-1-1.

SIEBENUNDZWANZIG

Maya hatte sich eine Geschichte zurechtgelegt und hielt sich daran.

»Ich habe einen Tipp bekommen. Bei meiner Ankunft war das Schloss schon geknackt. Ein Arm hing heraus. Ich habe die Tür dann noch etwas weiter aufgezogen. Und dann habe ich die 911 angerufen.«

Der Polizist fragte, was für ein »Tipp« das war. Sie sagte, er sei anonym gewesen. Er fragte, welches Interesse sie an der Sache habe. In dem Punkt hielt sie sich an die Wahrheit, weil er sie von Tom Douglass' Witwe sowieso erfahren würde: Ihre Schwester Claire, die ermordet worden war, hatte kurz vor ihrem Tod Kontakt zu Tom Douglass aufgenommen, und Maya wollte wissen, warum.

Der Polizist stellte immer wieder die gleichen Fragen in unterschiedlichen Varianten. Sie sagte, sie müsse sich darum kümmern, dass ihre Tochter aus dem Kindergarten abgeholt wurde. Der Polizist erlaubte es ihr. Sie rief Eddie an und erklärte ihre Situation kurz.

»Alles okay bei dir?«, fragte Eddie.

»Mir geht's gut.«

»Das muss etwas mit Claires Ermordung zu tun haben, oder?«

»Zweifellos.«

»Ich hol Lily jetzt ab.«

Über Skype rief Maya im *Growin' Up* an und erklärte, umgeben von Polizisten, dass Lilys Onkel Eddie ihre Tochter heute abholen würde. Miss Kitty akzeptierte das nicht ohne Weiteres. Sie ließ Maya alle möglichen Fragen beantworten und bestand trotzdem auf Rückrufe und Bestätigungen, um sicherzugehen, dass alles in Ordnung war. Maya war froh über diesen Sicherheits-Overkill.

Ein paar Stunden später hatte Maya die Nase voll. »Nehmen Sie mich jetzt fest?«

Der leitende Polizist, ein Essex County Detective mit einem prächtigen blonden Lockenhelm und frechen Wimpern, druckste herum. »Wir können Sie wegen unerlaubten Betretens eines Privatgrundstücks festnehmen.«

»Dann tun Sie das«, sagte Maya und streckte die Arme aus. »Ich muss wirklich nach Hause zu meiner Tochter.«

»Sie sind eine Verdächtige.«

»Und wessen verdächtigt man mich?«

»Was denken Sie denn? Mord.«

»Aus welchem Grund?«

»Wie sind Sie heute Nacht hierhergekommen?«

»Das habe ich Ihnen schon gesagt.«

»Sie haben von der Frau des Opfers erfahren, dass ihr Mann vermisst wird, richtig?«

»Richtig.«

»Und dann haben Sie von einer geheimnisvollen Quelle den Tipp bekommen, in diesem Geräteschuppen nachzusehen.«

»Richtig.«

»Wer war die geheimnisvolle Quelle?«

»Sie war anonym.«

»Telefonisch?«, fragte Locke.

»Ja.«

»Festnetz oder Handy?«

»Festnetz.«

»Wir werden Ihre Anruflisten überprüfen.«

»Tun Sie das. Aber es ist spät geworden.« Sie stand auf. »Wenn das für heute also alles wäre …«

»Warten Sie.«

Maya erkannte die Stimme und fluchte leise.

NYPD-Detective Roger Kierce stolzierte wie ein Höhlenmensch auf sie zu, wobei seine Arme vor seinem gedrungenen Körper hin und her schwangen.

»Wer sind Sie?«, fragte Locke.

Kierce zeigte seine Marke und nannte seinen Namen. »Ich ermittle im Fall Joe Burkett, Miss Sterns Ehemann, der erschossen wurde. Haben Sie die Todesursache schon?«

Locke sah Maya einen Moment lang argwöhnisch an. »Vielleicht sollten wir uns unter vier Augen unterhalten.«

»Sah aus, als hätte man ihm die Kehle durchgeschnitten«, sagte Maya. Beide sahen sie an. »Hey, ich muss wirklich los. Ich versuche nur, uns allen etwas Zeit zu sparen.«

Kierce verzog das Gesicht und sah Locke wieder an.

»Es scheint eine Schnittwunde am Hals zu geben«, sagte Locke. »Mehr wissen wir noch nicht. Der Gerichtsmediziner wird uns morgen früh seine Ergebnisse mitteilen.«

Kierce griff nach dem Stuhl, der neben Maya stand, drehte ihn um und setzte sich dann rittlings auf ihn. Maya beobachtete ihn und dachte an Carolines Worte, dass er Geld von den Burketts genommen hatte. Stimmte das? Sie bezweifelte es. Jedenfalls war es bestimmt nicht klug, das Thema bei diesem Zusammentreffen zur Sprache zu bringen.

»Ich könnte jetzt meinen Anwalt anrufen«, sagte Maya. »Wir wissen beide, dass Sie nicht genug gegen mich in der Hand haben, um mich festzunehmen.«

»Wir sind froh über Ihre Kooperation in dieser Angelegenheit«, sagte Kierce ohne einen Hauch von Aufrichtigkeit,

»aber bevor Sie gehen … Also, ich glaube, wir haben das bisher völlig falsch gesehen.«

Er wartete darauf, dass sie anbiss.

»Was haben *wir* …«, sie betonte das Wort, »… bisher falsch gesehen, Detective?«

Kierce legte die Hände auf die Stuhllehne. »Sie stolpern immer wieder über Leichen, nicht wahr?«

Eddies Worte: *»Der Tod verfolgt dich, Maya …«*

»Zuerst Ihr Mann. Jetzt dieser Privatdetektiv.«

Er lächelte ihr zu.

»Wollen Sie irgendeine Andeutung machen, Detective Kierce?«

»Ich mein ja bloß. Zuerst sind Sie mit Ihrem Mann im Park. Hinterher ist er tot. Dann suchen Sie hier nach Gott weiß was. Hinterher ist Tom Douglass tot. Was ist da der gemeinsame Nenner?«

»Lassen Sie mich raten«, sagte Maya. »Ich vielleicht?«

Kierce zuckte die Achseln. »So leid es mir tut, aber das ist einfach nicht zu übersehen, oder?«

»Nein, ist es nicht. Wie lautet also Ihre Theorie, Detective? Habe ich sie beide umgebracht?«

Wieder zuckte Kierce die Achseln. »Sagen Sie's mir.«

Maya hob die Hände. »Ja, da haben Sie mich wohl erwischt. Ich habe Tom Douglass … ähm, wenn ich mir den Zustand der Leiche ansehe … vor ein paar Wochen umgebracht. Dann habe ich die Leiche in den Geräteschuppen gestopft, bin offenbar damit davongekommen, dann aber aus irgendeinem unerfindlichen Grund trotzdem zu seiner Frau gefahren, weil ich ihn angeblich gesucht habe, und dann … jetzt müssen Sie mir weiterhelfen, Kierce … bin ich wieder hergekommen, um die Leiche aus dem Schuppen zu holen und mich selbst in die Sache hineinzuziehen?«

Er saß nur da.

»Und ja, ich sehe die Verbindung zu dieser Sache mit meinem Mann. Sie besteht wohl einfach darin, dass ich so dumm bin, immer dort herumzustehen, wo ein Mord begangen wurde, weil das die beste Möglichkeit ist, nicht damit in Verbindung gebracht zu werden, richtig? Oh, und bei Joe habe ich sogar – wow, bin ich gut – irgendwie die Waffe ausfindig gemacht, mit der jemand meine Schwester erschossen hat, obwohl ich gar nicht im Land war, als sie ermordet wurde. Stimmt das so in etwa, Detective Kierce? Hab ich noch etwas vergessen?«

Kierce sagte nichts.

»Und während Sie zu beweisen versuchen, dass ich zwei … oder, warten Sie, habe ich meine Schwester auch umgebracht? Nein, Sie haben mir ja schon gesagt, dass ich das nicht getan haben kann, weil Sie wissen, dass ich für mein Land im Ausland war … Und während Sie das alles beweisen, können wir vielleicht einen Blick auf Ihre Beziehung zur Familie Burkett werfen.«

Damit weckte sie Kierce' Aufmerksamkeit. »Wovon reden Sie?«

»Vergessen Sie's.« Maya stand auf und ging zur Tür. »Hören Sie, Sie können hier so viel Zeit verschwenden, wie Sie wollen. Ich hole jetzt meine Tochter ab.«

Sie hatten ihren Wagen beschlagnahmt.

»Haben Sie schon einen Gerichtsbeschluss?«, fragte Maya.

Locke reichte ihn ihr.

»Ging aber fix«, sagte sie.

Locke zuckte die Achseln.

Kierce sagte: »Ich nehme Sie mit.«

»Nicht nötig, danke.«

Maya bestellte mit dem Handy ein Taxi. Zehn Minuten später war es da. Zu Hause stieg sie in den anderen Wagen – Joes Auto – und fuhr zu Claires und Eddies Haus.

Sie parkte, und bevor sie das Haus erreicht hatte, stand Eddie schon in der Tür. »Und?«

Sie blieb bei ihm stehen und erzählte, wie der Abend verlaufen war. Alexa spielte mit Lily. Sie dachte über Alexa und Daniel nach. Sie waren wirklich großartige Kinder. Maya dachte ergebnisorientiert. Wenn man großartige Kinder hatte, gehörte man wahrscheinlich zu den großartigen Eltern. War das alleine Claires Verdienst? Wem würde Maya letztendlich eher zutrauen, ihre Tochter zu erziehen?

»Eddie?«

»Was ist?«

»Ich hab dir etwas verheimlicht.«

Er sah sie an.

»Als du gesagt hast, sie sei nach Philadelphia gefahren, hat bei mir doch etwas geklingelt. Andrew Burkett ist da aufs Internat gegangen.« Sie erzählte Eddie auch von ihrem Besuch dort. Sie überlegte, ob sie noch einen Schritt weiter gehen und ihm auch erzählen sollte, dass sie Joe auf der Nanny-Cam gesehen hatte, sah aber im Moment nicht, inwiefern diese Information ihm geholfen hätte.

»Das heißt«, sagte Eddie, als sie fertig war, »wir haben es mit drei Morden zu tun.« Er meinte Claire, Joe und den gerade entdeckten Tom Douglass. »Und wenn ich das richtig sehe, ist die einzige Verbindung zwischen diesen drei Morden Andrew Burkett.«

»So ist es«, sagte Maya.

»Dann muss offensichtlich auf diesem Boot irgendetwas passiert sein. Etwas sehr Schlimmes, sonst würden so viele Jahre danach nicht immer noch Menschen sterben.«

Maya nickte.

»Wer war damals noch dabei?«, fragte Eddie. »Wer ist noch auf dem Boot gewesen?«

Sie dachte an ihre E-Mail an Christopher Swain. Er hatte bisher nicht geantwortet. »Nur ein paar Freunde und Verwandte.«

»Und wer war von den Burketts an Bord?«, fragte Eddie.

»Andrew, Joe und Caroline.«

Eddie rieb sich das Kinn. »Zwei von ihnen sind tot.«

»Das stimmt.«

»Dann bleibt also nur …?«

»Caroline war noch ein Kind. Was hätte sie damals tun sollen?« Maya blickte zu Lily hinüber, sie sah müde aus. »Es wird spät, Eddie.«

»Ja, okay.«

»Und ich muss dich bei Lilys Kindergarten auf die Abholliste setzen lassen«, sagte Maya. »Da müssen wir beide persönlich anwesend sein, sonst lassen sie dich Lily nicht noch einmal abholen.«

»Ja, das hat Miss Kitty mir schon gesagt. Wir müssen zusammen hingehen und Ausweisfotos mitbringen und so weiter.«

»Falls du Zeit hast, könnten wir das gleich morgen erledigen.«

Eddie sah Lily an, die mit Alexa schläfrig eine Art Kuchenbacken spielte. »Das müsste klappen.«

»Danke, Eddie.«

Alle drei – Eddie, Alexa und jetzt auch Daniel – begleiteten Maya und Lily zum Wagen. Wieder fing Lily an, gegen die Abfahrt zu protestieren, war aber zu müde, um ihrem Prostest mit einem Wutanfall Nachdruck zu verleihen. Als Maya den Sicherheitsgurt um ihren Kindersitz schloss, waren ihr schon die Augen zugefallen.

Auf der Rückfahrt versuchte Maya, die Toten abzuschütteln, aber das war natürlich leichter gesagt als getan. Eddie hatte recht. Alles, was hier geschah, stand in direktem Zusammenhang mit dem, was vor siebzehn Jahren auf der Burkett-Yacht geschehen war. Das klang natürlich völlig absurd, aber so war es. Wieder sehnte sie sich nach der Einfachheit von Ockhams Rasiermesser, aber auch diesmal schienen Sir Arthur Conan Doyle und seine Schöpfung Sherlock Holmes die passendere Philosophie bereitzuhalten: »Wenn man das Unmögliche ausgeschlossen hat, muss das, was übrig bleibt, die Wahrheit sein, so unwahrscheinlich sie auch klingen mag.«

Es hieß, man könne die Vergangenheit nicht begraben. Wahrscheinlich stimmte das in dem Sinn, dass die Traumata Wellen erzeugten, einen Nachhall verursachten und irgendwie überlebten. Es war ähnlich wie das, was Maya durchlitt. Das traumatische Erlebnis im Hubschrauber hatte Wellen geworfen, einen Nachhall erzeugt und so irgendwie überlebt – wenn auch nur in ihr.

Also geh zurück in die Vergangenheit. Was war das ursprüngliche Trauma, mit dem das Ganze seinen Anfang genommen hatte? Man könnte meinen, es wäre die Nacht auf der Yacht gewesen, aber da hatte es nicht angefangen.

Sondern?

Geh so weit zurück, wie du kannst. Dort fand man normalerweise die Antwort. Und in diesem Fall konnte Maya es bis zum Campus der Franklin Biddle Academy und dem Tod von Theo Mora zurückverfolgen.

Bei ihrer Ankunft kam ihr das Haus überraschend einsam vor. Normalerweise fand sie Trost im Alleinsein. Heute Abend nicht. Lily war völlig erschöpft, schlief eher, als dass sie wach war, während Maya sie badete und ihr den Pyjama anzog. Maya hoffte insgeheim, dass Lily aufwachen würde, sodass sie noch etwas Zeit gemeinsam verbringen konnten, aber das tat sie nicht. Ihre Augen blieben geschlossen. Maya trug sie ins Bett und deckte sie zu.

»Hey, Mäuschen, wie wäre es mit einer Geschichte?«

Maya hörte die Bedürftigkeit in ihrer Stimme, aber Lily rührte sich nicht.

Sie stellte sich neben das Bett und betrachtete ihre Tochter. Einen Moment lang fühlte sie sich wunderbar normal. Sie wollte hierbleiben, in diesem Zimmer, bei ihrer Tochter. Ob sie diesen Wunsch als mutige Beschützerin verspürte oder als Mutter, die Angst vor dem Alleinsein hatte, konnte sie nicht sagen. War das überhaupt wichtig? Sie zog einen Stuhl heran und setzte sich an die Kommode neben der Tür. Sie blickte Lily lange einfach nur an. Unterschiedliche Gefühle rollten heran und brachen wie Wellen am Strand. Maya versuchte nicht, sie aufzuhalten oder zu bewerten. Sie ließ sie einfach so ungestört wie möglich auf sich zukommen.

Seltsamerweise war sie mit sich selbst im Reinen.

Es gab keinen Grund zu schlafen. Wenn sie sich hinlegte, würden die Geräusche zum Leben erwachen. Das war ihr klar. Lass sie noch etwas schweigen. Bleib einfach sitzen und sieh Lily an. War das nicht viel erholsamer und friedlicher, als in das albtraumhafte, nächtliche Hamsterrad in ihrem Kopf zu springen?

Maya wusste nicht genau, wie viel Zeit vergangen war. Eine Stunde vielleicht, vielleicht aber auch zwei. Sie wollte den Raum nicht verlassen, nicht einmal für eine Sekunde, aber sie musste ihr Notizbuch und einen Stift holen. Das tat sie schnell, hatte plötzlich Angst, ihre Tochter aus den Augen zu lassen. Als sie wieder in Lilys Zimmer war, setzte sie sich auf denselben Stuhl neben der Tür und fing an, die Briefe zu schreiben. Der Stift in ihrer Hand fühlte sich seltsam an. Sie schrieb kaum noch von Hand. Wer tat das schon? Man tippte die Dinge in einen Rechner und klickte auf Absenden.

Aber nicht heute Nacht. Nicht zu diesem Zweck.

Sie war fast fertig, als ihr Handy vibrierte. Sie sah auf das Display und meldete sich sofort, als sie sah, dass es Joes Schwester Caroline war.

»Caroline?«

Die Stimme am anderen Ende flüsterte: »Ich habe ihn gesehen, Maya.«

Maya spürte, wie ihr das Blut in den Adern gefror.

»Er ist wieder da. Ich weiß nicht, wie das sein kann. Er hat gesagt, er ist bald bei dir.«

»Caroline, wo bist du?«

»Das darf ich dir nicht sagen. Verrat niemandem, dass ich angerufen habe. Bitte.«

»Caroline …«

Die Verbindung wurde unterbrochen. Maya rief zurück. Sofort meldete sich die Mailbox. Sie hinterließ keine Nachricht.

Tiefe Atemzüge. Ein und aus. Beugen, strecken …

Sie würde nicht in Panik geraten. Weil es sinnlos war. Sie setzte sich wieder, versuchte den Anruf rational zu analysieren, und vermutlich zum ersten Mal seit langer Zeit klärten sich ein paar Dinge.

Doch diese Klarheit hielt nicht lange an.

Maya hörte einen Wagen in ihrer Zufahrt.

Carolines Stimme meldete sich wieder: *»Er hat gesagt, er ist bald bei dir.«*

Sie eilte ans Fenster und erwartete, dass ein …

Was eigentlich?

Zwei Wagen fuhren vor und hielten. Roger Kierce stieg aus seinem Zivilfahrzeug. Locke stieg aus einem Streifenwagen der Essex County Police.

Maya drehte sich um. Sie warf noch einen Blick auf ihre Tochter, bevor sie die Treppe hinunterging. Müdigkeit nagte an ihr, aber sie kämpfte dagegen an. Das Ende war in Sicht. Es konnte noch ein ganzes Stück sein. Aber es war endlich in Sicht.

Sie wollte nicht, dass die Polizisten klingelten und Lily weckten, daher öffnete sie die Tür, als die beiden näher kamen.

»Was ist los?«, fragte sie ungeduldiger, als sie beabsichtigt hatte.

»Wir haben etwas gefunden«, erwiderte Kierce.

»Was?«

»Sie werden mit uns kommen müssen.«

ACHTUNDZWANZIG

Es gelang Miss Kitty, ihr breites Lächeln auch dann noch zur Schau zu tragen, als sie Kierce' Zivilfahrzeug wiedererkannte. Bevor Maya etwas sagen konnte, hob Miss Kitty die Hand.

»Sie brauchen es nicht zu erklären.«

»Danke.«

Lily ging ohne Vorbehalte zu Miss Kitty, die die Tür zum sonnendurchfluteten gelben Raum öffnete. Das fröhliche Gelächter im Raum schien ihre Tochter zu verschlingen. Sie verschwand, ohne noch einmal zu ihrer Mutter zurückzublicken.

»Sie ist ein wunderbares Mädchen«, sagte Miss Kitty.

»Danke.«

Maya ließ ihren Wagen auf dem Parkplatz des *Growin' Up* stehen und stieg zu Kierce ins Auto. Er versuchte, auf der Fahrt ein Gespräch mit ihr anzufangen, doch Maya ließ sich nicht darauf ein. Sie fuhren schweigend nach Newark. Eine halbe Stunde später fand Maya sich in einem klassischen Vernehmungsraum im Revier der County Police wieder. Auf einem kleinen Stativ vor ihr auf dem Tisch war eine Kamera angebracht. Locke sorgte dafür, dass sie Mayas Gesicht erfasste, und schaltete sie an. Kierce fragte sie, ob sie bereit sei, Fragen zu beantworten. Sie sagte ja. Er bat sie, ein Papier zu unterschreiben, das das bestätigte. Sie unterschrieb.

Kierce legte seine großen Hände mit den haarigen Fingerknöcheln auf den Tisch und versuchte, Maya mit einem

»Entspannen Sie sich, es ist alles okay«-Lächeln zu beruhigen. Maya erwiderte es nicht.

»Hätten Sie etwas dagegen, wenn wir ganz vorne anfangen?«, fragte er.

»Ja.«

»Wie bitte?«

»Sie sagten, Sie hätten neue Informationen«, sagte Maya.

»Das ist richtig.«

»Warum fangen Sie nicht damit an?«

»Haben Sie einen Moment Geduld mit mir, okay?«

Maya antwortete nicht.

»Als Ihr Mann erschossen wurde, haben Sie zwei Männer identifiziert, die, wie Sie behauptet haben, Sie und Ihren Mann berauben wollten.«

»Behauptet?«

»Das ist nur so ein Ausdruck, Mrs Burkett. Haben Sie etwas dagegen, wenn ich Sie Mrs Burkett nenne?«

»Nein. Wie lautet Ihre Frage?«

»Wir haben zwei Männer ausfindig gemacht, auf die Ihre Beschreibung passt. Emilio Rodrigo und Fred Katen. Sie haben die beiden im Rahmen Ihrer Möglichkeiten identifiziert. Laut Ihrer Aussage haben die beiden jedoch Sturmhauben getragen. Wie Sie wissen, konnten wir sie nicht in Untersuchungshaft nehmen, allerdings wurde gegen Rodrigo Anklage wegen unerlaubten Waffenbesitzes erhoben.«

»Okay.«

»Kannten Sie Emilio Rodrigo oder Fred Katen, bevor Ihr Mann ermordet wurde?«

Holla. Worauf wollte er jetzt hinaus? »Nein.«

»Sie waren keinem der beiden je begegnet?«

Sie sah Locke an. Seine Miene war versteinert. Dann wandte sie sich wieder Kierce zu. »Nie.«

»Sind Sie sicher?«

»Ja.«

»Eine Theorie lautet nämlich, dass es sich nicht um einen Raubüberfall handelte, Mrs Burkett. Und es gibt auch die Theorie, dass Sie die beiden beauftragt haben, Ihren Mann zu töten.«

Wieder sah Maya erst Locke und dann Kierce an.

»Sie wissen, dass das nicht wahr ist, Detective Kierce.«

»Aha? Und woher soll ich das wissen?«

»Aus zwei Gründen. Erstens, wenn ich Emilio Rodrigo und Fred Katen beauftragt hätte, hätte ich sie bei der Polizei nicht identifiziert, oder?«

»Vielleicht wollten Sie sie hintergehen?«

»Klingt nach einem ziemlich riskanten Spiel meinerseits, finden Sie nicht? Soweit ich weiß, war meine Aussage der einzige Hinweis, den Sie zu diesen beiden Männern hatten. Wenn ich nichts gesagt hätte, hätten Sie niemals nach ihnen gesucht. Und warum hätte ich sie identifizieren sollen? Wäre es nicht in meinem Sinne gewesen, einfach den Mund zu halten?«

Darauf hatte er keine Antwort.

»Und wenn Sie aus irgendeinem unerfindlichen Grund glauben«, fuhr sie fort, »dass ich sie … tja … erst beauftragt hätte und dann ans Messer liefern wollte, warum sollte ich dann aussagen, dass sie Sturmhauben getragen haben? Hätte ich sie nicht klar identifizieren können, damit Sie sie verhaften?«

Kierce öffnete den Mund, aber Maya machte es wie Miss Kitty und unterbrach ihn, indem sie die Hand hob.

»Und bevor Sie jetzt mit irgendeiner schwachsinnigen Ausrede kommen … Wir wissen beide, dass ich nicht deshalb hier bin. Und bevor Sie fragen, woher ich das weiß: Wir sind in Newark, nicht in New York City. Wir sind im Zuständigkeitsbereich von Locke … Entschuldigung, ich habe Ihren Namen vergessen.«

»Essex County Detective Demetrius Mavrogenous.«

»Super, hätten Sie was dagegen, wenn ich bei Locke bleibe? Aber hören wir auf, unsere Zeit zu verschwenden, ja? Wenn es hier um Joes Ermordung ginge, wären wir in Ihrem Revier im Central Park, Detective Kierce. Stattdessen befinden wir uns in Newark, das in Essex County liegt, demselben Zuständigkeitsbereich wie Livingston, New Jersey, wo sich gestern die Leiche von Tom Douglass befand.«

»Sie befand sich nicht nur dort, sie wurde dort gefunden«, sagte Kierce und versuchte, wieder in Fahrt zu kommen. »Und zwar von Ihnen.«

»Ja, aber das ist keine neue Information, oder?«

Sie wartete.

»Nein«, sagte Kierce schließlich. »Ist es nicht.«

»Prima. Und ich bin nicht festgenommen, oder?«

»Nein, das sind Sie nicht.«

»Dann hören Sie mit den Spielchen auf, Detective. Erzählen Sie mir, welche neuen Informationen dazu geführt haben, dass ich heute Morgen hier bin.«

Kierce sah Locke an. Locke nickte.

»Gucken Sie bitte auf den Bildschirm zu Ihrer Rechten.«

An der Wand hing ein Flachbildfernseher. Locke griff nach einer Fernbedienung, schaltete ihn an, und ein Video startete. Es stammte von der Überwachungskamera einer Tankstelle. Man sah die Zapfsäule und im Hintergrund die Straße und eine Ampel. Maya wusste nicht, wo die Tankstelle genau war, hatte aber eine ziemlich klare Vorstellung davon, worauf das hinauslaufen würde. Sie warf Kierce einen verstohlenen Blick zu. Kierce beobachtete ihre Reaktion.

»Stopp«, sagte Locke. »Genau hier.«

Er drückte die Pause-Taste, zoomte heran, und Maya sah ihren Wagen rechts vor einer roten Ampel. Die Kamera zeigte ihren Wagen von hinten. »Wir können nur die ersten beiden Buchstaben erkennen, aber die stimmen mit Ihrem Kennzeichen überein. Ist das Ihr Wagen, Mrs Burkett?«

Sie hätte widersprechen und einwerfen können, dass es wahrscheinlich noch mehr BMWs gab, deren Kennzeichen mit diesen beiden Buchstaben begannen, aber was sollte es? »Sieht so aus.«

Kierce nickte Locke zu. Locke drückte den Knopf auf der Fernbedienung. Die Kamera bewegte sich auf das Fenster der Beifahrertür zu. Alle Augen waren auf sie gerichtet.

»Wer ist der Mann auf dem Beifahrersitz?«, fragte Kierce.

Das Fenster spiegelte zu stark, um mehr als eine Baseballkappe und einen Fleck erkennen zu können, bei dem es sich zweifellos um einen Menschen handelte.

Maya antwortete nicht.

»Mrs Burkett?«

Sie schwieg.

»Sie haben uns gestern Abend erzählt, dass Sie allein waren, als Sie die Leiche von Mr Douglass gefunden haben, oder nicht?«

Maya sah auf den Bildschirm. »Ich sehe nichts, was dem widersprechen würde.«

»Sie sind eindeutig nicht allein.«

»Und ich bin eindeutig nicht bei der Autowerkstatt, wo die Leiche gefunden wurde.«

»Wollen Sie uns erzählen, dass dieser Mann …«

»Sind Sie sicher, dass es ein Mann ist?«

»Wie bitte?«

»Ich sehe einen Klecks und eine Baseballkappe. Auch Frauen tragen Baseballkappen.«

»Wer ist das, Mrs Burkett?«

Sie würde ihnen nichts von Corey Rudzinski sagen. Sie hatte sich bereiterklärt, mit ihnen herzukommen, weil sie wissen wollte, was sie gefunden hatten. Jetzt wusste sie es. Also fragte sie wieder: »Bin ich festgenommen?«

»Nein.«

»Dann ist es wohl Zeit, dass ich gehe.«

Kierce grinste sie an. Das Grinsen gefiel ihr nicht. »Maya?«

Nicht mehr Mrs Burkett.

»Deshalb haben wir Sie nicht hergeholt.«

Maya blieb sitzen.

»Wir haben mit Mrs Douglass gesprochen, der Witwe. Sie hat uns von Ihrem Besuch erzählt.«

»Auch das ist kein Geheimnis. Davon habe ich Ihnen gestern Abend erzählt.«

»Das haben Sie. Mrs Douglass hat uns bestätigt, dass Sie bei ihr waren, weil Sie glaubten, Ihre Schwester Claire hätte Mr Douglass befragt. Ist das korrekt?«

Maya sah keinen Grund, das nicht zuzugeben. »Auch das habe ich Ihnen schon gesagt.«

Kierce legte den Kopf auf die Seite. »Woher wussten Sie, dass Ihre Schwester bei Tom Douglass war?«

Die Frage wollte sie nicht beantworten, was Kierce offensichtlich auch erwartet hatte.

»Haben Sie noch einen anonymen Tipp von einer geheimnisvollen Quelle bekommen?«

Maya antwortete nicht.

»Dann liege ich also richtig mit meiner Vermutung, dass der Tipp, dass Claire zu Tom Douglass Kontakt aufgenommen hat, von einer geheimnisvollen Quelle stammt. Und später haben Sie von einer geheimnisvollen Quelle den Tipp bekommen, dass Tom Douglass' Lagerraum angemietet hatte.

Sagen Sie, Maya: Haben Sie einen oder beide Tipps selbst verifiziert?«

»Was meinen Sie?«

»Hatten Sie irgendwelche Beweise dafür, dass Ihre geheimnisvolle Quelle die Wahrheit sagt?«

Sie verzog das Gesicht. »Also, ich weiß, dass Claire Tom Douglass besucht hat.«

»Hat sie das?«

Maya verspürte ein Kribbeln im Nacken.

»Der Tipp mit dem Lagerraum war jedenfalls gut – Tom Douglass war tatsächlich dort –, aber irgendwie hat Sie Ihre geheimnisvolle Quelle doch gewissermaßen im Regen stehen lassen, oder sehen Sie das anders?«

Maya sagte nichts.

»Ich gehe davon aus, dass dieser Mann – lassen Sie uns einfach mal spaßeshalber davon ausgehen, dass es sich um einen Mann handelt, ich bilde mir ein, einen Bart zu sehen – derjenige war, der Sie zu Tom Douglass geführt hat.«

Maya verschränkte die Hände und legte sie auf den Tisch. »Und was wäre, wenn er das getan hat?«

»Er war eindeutig in Ihrem Wagen, richtig?«

»Und?«

»Und …«, Kierce trat an den Tisch, stemmte die Fäuste darauf und beugte sich zu ihr herunter, »… wir haben Blut im Kofferraum Ihres Wagens gefunden, Mrs Burkett.«

Maya bewegte sich nicht.

»Blutgruppe AB positiv. Die gleiche Blutgruppe wie Tom Douglass. Wären Sie so freundlich, uns zu erklären, wie es dort hingekommen ist?«

NEUNUNDZWANZIG

Sie hatten die Blutgruppe, aber die Bestätigung, dass das Blut im Kofferraum ihres Wagens von Tom Douglass stammte, fehlte noch. Daher konnten sie Maya nicht festnehmen.

Aber sie kamen immer näher. Die Zeit wurde knapp.

Kierce bot Maya an, sie nach Hause zu fahren. Dieses Mal nahm sie das Angebot an. Die ersten zehn Minuten der Fahrt sagten beide nichts. Schließlich brach Kierce das Schweigen.

»Maya?«

Sie starrte aus dem Fenster. Sie hatte an Corey Rudzinski gedacht, den Mann, der das gewissermaßen alles in Gang gesetzt hatte. Corey war derjenige, der das Einsatzvideo aus dem Hubschrauber veröffentlicht und sie damit ins Straucheln gebracht hatte. Doch auch von dort konnte sie wieder in der Zeit zurückgehen zu ihrem Verhalten während dieser Mission, zu ihrer Entscheidung, zum Militär zu gehen, und so weiter. Aber was ihr Leben ins Trudeln gebracht und direkt zu Claires und Joes Tod geführt hatte, war eigentlich nur eines – die Veröffentlichung des verdammten Videos.

Hatte Corey the Whistle ein falsches Spiel mit ihr getrieben?

Maya war so scharf darauf gewesen, sein Vertrauen zu gewinnen, dass sie vergessen hatte, wie unklug es sein konnte, einem Mann zu vertrauen, der so hart daran gearbeitet hatte, ihr Leben zu zerstören. Sie ließ sich seine Worte noch einmal durch den Kopf gehen. Corey hatte gesagt, Claire wäre auf ihn zugekommen, hätte sich über seine Website an ihn gewandt. Maya hatte das geglaubt. Aber stimmte es auch? Es klang in mancher Hinsicht plausibel, dass Claire zu Corey Kontakt aufgenommen hatte, um ihn davon abzubringen, die Tonspur des Videos zu veröffentlichen. Aber es wäre ebenso plausibel, wenn nicht sogar plausibler, dass Corey sich an Claire gewandt und die Tonspur dazu verwendet hatte, sie zu manipulieren oder einfach zu erpressen, damit sie ihm Informationen über die Burketts und EAC Pharmaceuticals beschaffte.

Hatte Corey auch Maya manipuliert? Hatte er sie dazu gebracht, sich die Schuld an Tom Douglass' Ermordung in die Schuhe schieben zu lassen?

»Maya«, sagte Kierce noch einmal.

»Was ist?«

»Sie haben mich von Anfang an belogen.«

Schluss damit, dachte Maya. Es war Zeit, den Spieß umzudrehen. »Caroline Burkett hat mir erzählt, dass Sie von der Burkett-Familie Bestechungsgelder nehmen.«

Hatte Kierce kurz gelächelt? »Das ist eine Lüge.«

»Ist es das?«

»Ja. Ich weiß nur nicht, ob Caroline Burkett Sie belogen hat …«, er sah sie kurz an, richtete den Blick aber sofort wieder auf die Straße, »… oder ob Sie lügen, um mich zu verunsichern.«

»Insgesamt herrscht offenbar kein Klima des Vertrauens in diesem Wagen, oder?«

»Nein«, stimmte Kierce ihr zu. »Aber Ihnen läuft die Zeit davon, Maya. Lügen sterben nie. Man kann versuchen, die Wahrheit zu unterdrücken, aber irgendwie findet sie immer einen Weg ans Tageslicht.«

Maya nickte. »Sehr tiefschürfend, Kierce.«

Er kicherte kurz. »Ja, war wohl ein bisschen dick aufgetragen, was?«

Sie bogen in ihre Einfahrt ein. Maya zog am Türgriff, aber die Tür war verriegelt. Sie sah Kierce an.

»Ich werde die Antwort finden«, sagte er. »Ich hoffe nur, dass sie mich nicht zu Ihnen zurückführt. Wenn sie das aber tut …«

Sie wartete auf das Klicken beim Entriegeln der Tür. Als das Geräusch ertönte, öffnete sie die Tür und ging, ohne sich zu bedanken oder zu verabschieden. Als sie im Haus war, vergewisserte sie sich, dass alle Türen verschlossen waren, bevor sie die dunkle Kellertreppe hinunterging.

Der Keller war ursprünglich als ziemlich schicke »Männerhöhle« eingerichtet gewesen – drei Flachbild-Fernseher, Eichentresen, Weinkühlschrank, Poolbillardtisch, zwei Flipper –, aber Joe hatte ihn allmählich in ein Spielzimmer für Lily umgewandelt. Er hatte die dunkle Holzvertäfelung entfernen und die Wände weiß streichen lassen. Joe hatte überall lebensgroße Poster von Winnie Puuh und Madeline aufgehängt. Der Eichentresen war noch da, aber er hatte versprochen, auch den zu entfernen. Maya hätte kein Problem damit gehabt, wenn er geblieben wäre. In der hintersten Kellerecke stand eins dieser Spielhäuser von *Step 2*, das Joe bei *Toys'R'Us* an der Route 17 gekauft hatte. Es hatte etwas von einem kleinen Fort (»männlich«, hatte Joe verkündet), enthielt eine Kochnische (»weiblich«, hätte er fast erklärt, sein Überlebensinstinkt hatte aber die Oberhand behalten), eine funktionierende Klingel und ein Fenster mit Fensterläden.

Maya ging zum Waffentresor. Sie beugte sich hinunter, drehte sich noch einmal zur Kellertreppe um, obwohl sie wusste, dass sie alleine war, dann legte sie ihren Zeigefinger auf den Sensor. Der Tresor konnte 32 verschiedene Fingerabdrücke registrieren, aber nur Joe und sie hatten ihre hinterlegt. Sie hatte darüber nachgedacht, Shanes Fingerabdruck hinzuzufügen, falls er jemals eine ihrer Waffen brauchte oder ihr aus irgendeinem Grund eine herausholen musste, aber das hatte sich einfach nicht ergeben.

Zwei Klicks signalisierten, dass ihr Fingerabdruck erkannt und der Tresor entriegelt wurde. Maya drehte den Knauf und öffnete die Stahltür. Sie nahm die Glock 26 heraus, und um ganz sicher zu sein, vergewisserte sie sich, dass alle anderen Waffen noch an Ort und Stelle waren – dass niemand hergekommen war, den Tresor geöffnet und eine Waffe herausgenommen hatte.

Nein, sie glaubte nicht, dass Joe noch lebte, aber es wäre auch total behämmert, das zu diesem Zeitpunkt vollkommen auszuschließen.

Sie nahm eine Pistole nach der anderen heraus, um sie zu öffnen und gründlich zu reinigen, obwohl sie das erst vor Kurzem gemacht hatte. Jedes Mal, wenn sie eine Pistole anfasste, prüfte und reinigte sie sie. Dieses Verhalten, diese Pedanterie im Umgang mit ihren Waffen hatte ihr wahrscheinlich das Leben gerettet.

Oder es zerstört.

Sie schloss für einen Moment die Augen. In dieser Geschichte steckten so viel verrückte Was-wäre-Wenns, es gab so viele Scheidewege. Hatte das alles auf dem Campus der Franklin Biddle Academy oder auf der Yacht begonnen? Hätte es dort, in der Vergangenheit, einfach enden können, oder hatte ihr Kampfeinsatz bei al-Qa'im alles irgendwie wieder zum Leben erweckt? War Corey schuld daran, dass diese Geister wieder zum Leben erwacht waren? Oder Claire? War die Veröffentlichung des Videos der Grund? Oder lag es an Tom Douglass?

Oder lag es daran, dass sie diesen verdammten Tresor geöffnet hatte?

Maya wusste es nicht. Sie wusste nicht einmal mehr, ob es sie interessierte.

Die Pistolen, auf die sie blickte, die Pistolen, die sie Roger Kierce gezeigt hatte, waren diejenigen, die legal in New Jersey registriert waren. Sie waren alle vorhanden und angemeldet. Maya streckte die Hand aus, fand den Punkt an der Rückwand und drückte darauf.

Ein Geheimfach.

Unwillkürlich musste sie an Nanas Truhe in Claires Haus denken, wie die Idee mit der doppelten Wand und dem Geheimfach vor mehreren Generationen in Kiew ihren Anfang genommen und sie diese Familientradition fortgesetzt hatte. In diesem Fach befanden sich zwei weitere Pistolen, die sie außerhalb von New Jersey gekauft hatte und die daher nicht zu ihr zurückverfolgbar waren. Das war vollkommen legal. Und beide waren an Ort und Stelle. Aber warum auch nicht? Hatte sie etwa erwartet, dass Joes Geist eine von ihnen gestohlen hatte? Verdammt, Geister hatten keine Fingerabdrücke. Selbst wenn er es gewollt hätte, Joes Geist konnte den Tresor nicht öffnen.

Mannomann, sie war einfach fix und fertig.

Das Surren ihres Handys riss sie aus ihren Gedanken. Sie sah aufs Display, kannte die Nummer aber nicht. Sie nahm den Anruf an und sagte: »Hallo?«

»Spreche ich mit Maya Burkett?«

Eine Männerstimme, so glatt wie im öffentlichen Rundfunk, aber unverkennbar mit einem leichten Zittern.

»Ja. Und mit wem spreche ich?«

»Mein Name ist Christopher Swain. Sie haben mir eine E-Mail geschickt.«

Joes Cokapitän aus der Highschool-Fußballmannschaft. »Ja, danke, dass Sie sich melden.«

Schweigen. Einen Moment lang dachte sie, er hätte womöglich aufgelegt.

»Ich würde Ihnen gern ein paar Fragen stellen«, sagte sie.

»Worüber?«

»Über meinen Mann. Und über seinen Bruder Andrew.«

Stille.

»Mr Swain.«

»Joe ist tot, oder. Ist das richtig?«

»Ja.«

»Wer weiß noch, dass Sie Kontakt zu mir aufgenommen haben?«

»Niemand.«

»Wirklich?«

Maya spürte, dass sie das Handy fester umklammerte. »Ja, wirklich.«

»Dann rede ich mit Ihnen. Aber nicht am Telefon.«

»Sagen Sie mir, wo ich hinkommen soll.«

Er gab ihr eine Adresse in Connecticut.

»Ich könnte in zwei Stunden da sein«, sagte sie.

»Sagen Sie niemandem, dass Sie kommen. Wenn jemand bei Ihnen ist, werden sie Sie nicht reinlassen.«

Swain legte auf.

Sie?

Sie stellte sicher, dass die Glock geladen war, und schloss den Tresor. Sie legte den IWB-Holster aus Leder an, in dem sie die Glock verdeckt an der Hüfte tragen konnte, vor allem wenn sie eine gewisse Jeans aus Stretchmaterial und einen dunklen Blazer darüber anzog. Sie mochte das Gefühl, eine Waffe zu tragen. In irgendeinem Paralleluniversum gehörte es sich nicht, dass einem das gefiel – es war falsch, zeigte, dass man gewaltbereit war und so weiter –, aber das Gewicht der Waffe hatte etwas gleichermaßen Archaisches wie Beruhigendes. Allerdings lag darin natürlich auch eine gewisse Gefahr. Man fühlte sich zu sicher. Man neigte dazu, sich in Situationen zu begeben, die man meiden sollte, weil, hey, man konnte sich ja einfach den Weg freischießen. Man fing an, sich ein wenig unverwundbar zu fühlen, nahm sich zu wichtig, war ein bisschen zu mutig, ein bisschen zu machohaft.

Eine Waffe zu tragen eröffnete Möglichkeiten. Das war nicht immer gut.

Maya legte den Nanny-Cam-Bilderrahmen hinten in den Wagen. Sie wollte ihn nicht mehr im Haus haben.

Sie gab die Adresse, die Christopher Swain ihr genannt hatte, in die Navi-App ihres Handys ein. Die App zeigte an, dass sie bei der gegenwärtigen Verkehrslage eine Stunde und sechsunddreißig Minuten brauchen würde. Während der Fahrt hörte sie laut Songs von Joes Playlist. Wieder hätte sie nicht sagen können, warum sie das tat. Zuerst *Open* von Rhye mit dieser heißen, scharfen Zeile gleich am Anfang: »I'm a fool for that shake of your thighs«. Doch schon ein paar Zeilen später, noch im Nachhall dieses Augenblicks, spürte man, dass sich zwischen den Liebenden eine immer größer werdende Kluft auftat: »I know you're faded, mmm, but stay, don't close your eyes«. Der nächste Song von Låpsley mit seiner hinreißend gesungenen Warnung: »It's been a long time coming, but I'm falling short.« Junge, Junge! Wenn das nicht passte.

Maya verlor sich in der Musik, sang laut mit oder trommelte aufs Lenkrad. Im wahren Leben, im Hubschrauber, im Nahen Osten, zu Hause, eigentlich überall beherrschte sie sich. Hier nicht. Nicht, wenn sie allein in einem gottverdammten Auto saß. Allein in einem gottverdammten Auto drehte Maya die Lautstärke auf und grölte jede Zeile mit.

Und wie!

Der letzte Song, der erklang, als sie die Stadtgrenze von Darien erreichte, war ein eindringliches betörendes Stück von Cocoon, das seltsamerweise *Sushi* hieß, und wieder traf sie die Anfangszeile wie ein Schlag mit einem Dachbalken: »In the morning, I'll go down the graveyard, to make sure you're gone for good…«

Das holte sie in die Realität zurück.

Manchmal schien einem jeder Song nahezugehen.

Und manchmal kamen einem solche Texte einfach bedrohlich nah.

Sie fuhr eine schmale, ruhige Straße entlang. Rechts und links war dichter Wald. Auf dem Navi konnte sie sehen, dass das Ziel am Ende einer Sackgasse lag. Wenn das stimmte, und sie hatte keinen Grund, daran zu zweifeln, wohnte er recht abgeschieden. Am Ende der Straße war ein Wärterhäuschen. Die Schranke war unten. Maya hielt davor, und ein Wachmann kam auf sie zu.

»Kann ich Ihnen helfen?«

»Ich möchte mit Christopher Swain sprechen.«

Der Wachmann verschwand in sein Häuschen und nahm einen Telefonhörer ab. Kurz darauf legte er wieder auf und kam zu ihr zurück. »Fahren Sie zum Gästeparkplatz. Sie finden ihn auf der rechten Seite. Dort wird Sie jemand abholen.«

Gästeparkplatz?

Als sie die Zufahrt entlangfuhr, wurde ihr klar, dass dies nicht einfach nur irgendein Anwesen war. Aber was war es dann? An den Bäumen waren Überwachungskameras angebracht. Gebäude aus regengrauem Stein wurden sichtbar. Die

Abgeschiedenheit, die Steingebäude und die Anlage erinnerten sie an die Franklin Biddle Academy.

Auf dem Gästeparkplatz standen ungefähr zehn Autos. Als Maya parkte, kam ein anderer Wachmann in einem Golfwagen auf sie zu. Schnell nahm sie die Pistole aus dem Holster – sie hatte keinen Zweifel, dass sie hier abgetastet oder mit einem Metalldetektor untersucht werden würde – und legte sie ins Handschuhfach.

Der Wachmann musterte sie und bot ihr den Beifahrersitz im Golfwagen an. Maya setzte sich neben ihn.

»Dürfte ich bitte Ihren Ausweis sehen?«

Sie reichte ihm ihren Führerschein. Er fotografierte ihn mit seinem Smartphone und gab ihn zurück. »Mr Swain ist in Brocklehurst Hall. Ich bringe Sie hin.«

Als sie losfuhren, sah Maya ein paar Personen – die meisten Mitte zwanzig, Männer und Frauen, alle weiß –, die in kleinen Gruppen herumstanden oder zu zweit unterwegs waren. Viele rauchten. Zu viele. Die meisten trugen Jeans, Sneaker und entweder Sweatshirts oder dicke Pullover. Eine rechteckige Rasenfläche erinnerte an den Campus einer Universität, doch hier befand sich in der Mitte ein Springbrunnen mit einer Statue, die aussah wie die Jungfrau Maria.

Maya stellte die Frage, die sie seit einigen Minuten beschäftigte. »Was ist das für ein Ort?«

Der Wachmann deutete auf die Jungfrau Maria. »Ob Sie's glauben oder nicht, aber bis in die späten Siebziger war es ein Kloster.«

Sie glaubte es.

»Damals waren hier überall Nonnen.«

»Im Ernst?«, sagte Maya und bemühte sich, nicht zu sarkastisch zu klingen. Wer sollte sich auch sonst in einem Kloster aufhalten? »Und was ist es jetzt?«

Er runzelte die Stirn. »Das wissen Sie nicht?«

»Nein.«

»Wen besuchen Sie?«

»Christopher Swain.«

»Es ist nicht meine Aufgaben, etwas dazu zu sagen.«

»Bitte.« Ihr Tonfall veranlasste ihn, den Bauch einzuziehen. »Ich will nur wissen, wo ich bin.«

Er seufzte, um den Eindruck zu vermitteln, darüber nachzudenken, und sagte dann: »Dies ist das Solemani Recovery Center.«

»Recovery.« Ein Euphemismus für eine Entzugsklinik. Das erklärte alles. Welche Ironie! Die Reichen übernahmen einen schönen, abgelegenen Ort, an dem Nonnen gewohnt und vermutlich ein Armutsgelübde abgelegt hatten. Wenn man sich diesen Ort heute ansah, war von einem Armutsgelübde nichts mehr zu sehen. Vielleicht war es nicht unbedingt Ironie, aber irgendetwas in der Art war es.

Der Golfwagen hielt vor einem Gebäude, das wie ein Wohnheim aussah.

»Wir sind da. Gehen Sie einfach durch diese Tür.«

Sie wurde von einem weiteren Wachmann hereingelassen und, wie sie erwartet hatte, durch einen Metalldetektor geschickt. Dahinter begrüßte sie eine lächelnde Frau und schüttelte ihr die Hand.

»Hallo. Ich heiße Melissa Lee. Ich bin Moderatorin hier im Solemani.«

»Moderatorin.« Noch so ein Allzweck-Euphemismus.

»Christopher hat mich gebeten, Sie zu ihm in den Wintergarten zu bringen. Kommen Sie bitte mit.«

Melissa Lees Absätze klackerten und hallten durch den leeren Flur. Abgesehen von diesem Klackern war es ruhig wie in einem Kloster. Wenn man das wusste – und das tat man, wenn man täglich hier arbeitete –, wie kam man dann auf die Idee, diese Ruhe durch die Wahl seiner Schuhe zu stören? Waren sie Teil der Dienstkleidung? War es Absicht? Wieso trug sie nicht einfach Sneaker oder so etwas?

Und warum dachte sie über so nebensächliche Dinge nach?

Christopher Swain stand auf, um sie zu begrüßen, und war so nervös, als wären sie zu einem Date verabredet. Er trug einen gut geschnittenen schwarzen Anzug, ein weißes Hemd, eine schmale schwarze Krawatte, dazu einen dieser Bärte, die sorgfältige Planung erforderten, um so ungeplant zu wirken, und eine Skater-Frisur mit blonden Strähnchen. Er sah gut aus, auch wenn diese Attraktivität etwas zu bemüht wirkte. Der Grund für seinen Aufenthalt in dieser Einrichtung hatte Falten in sein Gesicht geätzt. Das gefiel ihm vermutlich nicht. Vermutlich ging er mit Botox oder Collagen dagegen an. Maya fand allerdings, dass sie seinem ansonsten sehr privilegierten Aussehen etwas Charakter verliehen.

»Kann ich Ihnen etwas bringen?«, fragte Melissa Lee.

Maya schüttelte den Kopf.

Melissa lächelte ihr zu und sah Swain an. Mit rührend besorgter Stimme fragte sie: »Sind Sie sicher, dass ich gehen soll, Christopher?«

»Ja, bitte.« Es klang zaghaft. »Ich glaube, das ist ein wichtiger Schritt für mich.«

Melissa nickte. »Das glaube ich auch.«

»Wir müssen das unter vier Augen besprechen.«

»Schon klar. Ich bleibe für alle Fälle in der Nähe. Falls etwas ist, rufen Sie einfach laut.«

Melissa lächelte Maya noch einmal schwach zu und ging. Sie schloss die Tür hinter sich.

»Wow«, sagte Swain, als sie alleine waren. »Sie sind wirklich wunderschön.«

Maya wusste nicht, was sie dazu sagen sollte, also hielt sie den Mund.

Er lächelte und musterte sie unverhohlen von oben bis unten. »Sie sind umwerfend und haben gleichzeitig diese Aura der Unerreichbarkeit. Als stünden Sie über allem.« Er schüttelte den Kopf. »Ich wette, Joe konnte Ihnen nicht einen Moment lang widerstehen. Liege ich richtig?«

Es war nicht der Zeitpunkt, die Feministin zu geben oder beleidigt zu sein. Er musste weiterreden. »Ja, so ungefähr.«

»Lassen Sie mich raten. Joe ist mit einer billigen Anmache an Sie herangetreten, irgendwie witzig, vielleicht ein wenig selbsterniedrigend und wehrlos. Stimmt auch, oder?«

»Ja, das stimmt.«

»Er hat Sie einfach umgehauen, oder?«

»Ja.«

»Oh, Mann, dieser Joe. Der Kerl war mehr als charismatisch, wenn er es darauf angelegt hat.« Wieder schüttelte Swain den Kopf, sein Lächeln schwand jedoch. »Er ist also wirklich tot? Joe, meine ich?«

»Ja.«

»Ich hab das nicht gewusst. Hier drinnen gibt's keine Nachrichten. Keine sozialen Medien, kein Internet, keine Außenwelt. Einmal am Tag dürfen wir unsere E-Mails checken. Da habe ich Ihre Nachricht gesehen. Als ich sie gelesen hatte … Also, mein Arzt sagte, es sei in Ordnung, wenn ich die Zeitungsartikel lese. Ich muss sagen, dass ich schockiert war, von Joe zu hören. Wollen wir uns setzen?«

Der Wintergarten war offenbar eine relativ neue Errungenschaft, die versuchte, sich in das alte Ambiente einzufügen, was nicht ganz gelang. Es wirkte alles etwas zusammengeflickt, mit der Buntglas-Kuppel und natürlich ein paar Pflanzen, allerdings weniger, als man in einem als Wintergarten ausgewiesenen Raum erwartete. In der Mitte standen sich zwei Ledersessel gegenüber. Maya setzte sich in den einen, Swain in den anderen.

»Ich kann einfach nicht glauben, dass er tot ist.«

Ja, dachte Maya, das hörte sie öfter.

»Sie waren dabei, oder? Als er erschossen wurde.«

»Ja«, sagte Maya.

»In den Zeitungsartikeln stand, dass Sie unverletzt entkommen konnten.«

»Ja.«

»Wie?«

»Ich bin davongelaufen.«

Swain sah sie an, als könnte er das nicht ganz glauben. »Das muss beängstigend gewesen sein.«

Sie sagte nichts.

»In den Artikeln hieß es, es sei ein misslungener Raub gewesen.«

»Ja.«

»Aber wir wissen beide, dass das nicht stimmt, oder Maya?« Er fuhr sich mit den Fingern durch die Haare. »Sie wären nicht hier, wenn es einfach ein Raubüberfall gewesen wäre.«

Sein Verhalten fing an, sie zu verunsichern. »Im Moment«, sagte Maya, »versuche ich nur, die Einzelteile zusammenzufügen.«

»Einfach unfassbar«, sagte er. »Ich kann's immer noch nicht glauben.«

Er lächelte seltsam.

»Was können Sie nicht glauben?«

»Dass Joe tot ist. Tut mir leid, dass ich so darauf herumreite. Es ist nur, dass er … Ich weiß nicht recht, ob es passend wäre zu sagen, dass er so ›voller Leben‹ war … Das ist so abgedroschen, oder? Sagen wir lieber, dass Joe vor Lebenskraft strotzte. Verstehen Sie? Er wirkte so stark, so mächtig, wie eine Feuersbrunst, die außer Kontrolle geraten war und so sehr wütete, dass man sie nicht löschen konnte. Er schien fast – ich weiß, dass das lächerlich klingt – unsterblich zu sein.«

Maya rutschte in ihrem Sessel ein wenig nach vorne. »Christopher?«

Er blickte aus dem Fenster.

»Sie waren in der Nacht auf der Yacht, als Andrew über Bord gefallen ist.«

Er rührte sich nicht.

»Was ist mit seinem Bruder Andrew wirklich passiert?«

Swain schluckte. Eine Träne löste sich aus seinem Auge und lief die Wange hinab.

»Christopher?«

»Ich habe es nicht gesehen, Maya. Ich war unter Deck.«

Sein Ton war eisig.

»Aber Sie wissen etwas.«

Noch eine Träne.

»Bitte verraten Sie es mir«, sagte Maya. »Ist Andrew wirklich von Bord gestürzt?«

Seine Worte klangen wie ein Stein, der in einen Brunnen fiel. »Ich weiß es nicht genau. Aber ich glaube nicht.«

»Was ist dann passiert?«

»Ich glaube …«, setzte Christopher Swain an, bevor er tief durchatmete, um noch einmal all seine Kraft und Entschlossenheit zusammenzunehmen, und noch einmal neu ansetzte: »Ich glaube, Joe hat ihn vom Boot gestoßen.«

DREISSIG

Swain umklammerte beide Lehnen seines Sessels.

»Es hat angefangen, als Theo Mora auf die Franklin Biddle Academy kam. Oder vielleicht ist es mir da erst aufgefallen.«

Sie hatten ihre Sessel enger zusammengeschoben, saßen jetzt fast Knie an Knie, brauchten einfach eine gewisse körperliche Nähe in diesem Raum, in dem es immer kälter zu werden schien.

»Wahrscheinlich denken Sie, es ginge um das alte Klischee, dass die Reichen nicht wollen, dass die Armen ihre Elite-Institutionen besudeln. Kann man sich ja auch lebhaft vorstellen, oder? Wie wir reichen Jungs uns zusammengerottet haben und auf den armen Theo losgegangen sind oder ihn schikaniert haben. Aber so war es nicht.«

»Wie war es dann?«, fragte Maya.

»Theo war witzig und aufgeschlossen. Er hat nicht den Fehler gemacht, sich zurückzuziehen oder vor uns zu katzbuckeln. Er hat sich sofort gut eingefügt. Alle mochten ihn. In den meisten Dingen schien er gar nicht groß anders zu sein als wir. Ich weiß, dass viele Leute Reiche und Arme für grundsätzlich verschieden halten, aber Kids – und das waren wir, zumindest dachte ich das – wollen eigentlich nur dazugehören und mit den anderen abhängen.«

Er wischte sich über die Augen.

»Und es hat natürlich nicht geschadet, dass Theo ein fantastischer Fußballspieler war. Nicht nur ein guter, sondern ein fantastischer. Ich war begeistert. Wir hatten in dem Jahr die Chance, alle Titel zu gewinnen. Nicht nur den Internatstitel in Pennsylvania, was wir dann auch geschafft haben, sondern den Highschool-Titel, wo auch die großen staatlichen und städtischen Highschools mitspielen. So gut war Theo. Er konnte von überall treffen. Und genau das war womöglich das Problem.«

»Wieso?«

»Für mich war er keine Bedrohung. Ich war Mittelfeldspieler. Für seinen Zimmergenossen und besten Freund Andrew auch nicht. Andrew war Torwart.«

Swain hielt inne und sah Maya an.

»Aber Joe war auch Stürmer«, sagte sie.

Swain nickte. »Ich will nicht sagen, dass er Theo gegenüber offen feindselig aufgetreten ist, aber ... Ich kannte Joe seit der ersten Klasse. Wir sind zusammen aufgewachsen. Wir waren immer Kapitäne der Fußballteams. Und wenn man so viel Zeit mit einem Menschen verbringt, ergibt sich manchmal die Gelegenheit, hinter die Fassade zu blicken. Und so habe ich auch seine Zornausbrüche erlebt. Seine Wutanfälle. Als wir in der achten Klasse waren, hat Joe einen Jungen mit einem Baseballschläger krankenhausreif geschlagen. Ich weiß gar nicht mehr, worum es ging. Ich weiß nur noch, dass wir ihn zu dritt von dem armen Jungen wegziehen mussten. Joe hatte ihm den Schädel gebrochen. Ein Jahr später wollte ein Mädchen, das Joe mochte, Marian Barford, mit Tom Mendiburu zum Ball gehen. Zwei Tage vorher ist im Chemieraum ein Feuer ausgebrochen. Tom ist gerade noch lebend rausgekommen.«

Maya schluckte die aufsteigende Galle hinunter. »Und er wurde nicht angezeigt oder so etwas?«

»Sie haben Joes Vater nicht mehr kennengelernt, oder?«

»Nein.«

»Er war ein Angst einflößender Mann. Angeblich war er mit ein paar finsteren Gestalten befreundet. Na ja, jedenfalls wurde eine Entschädigung gezahlt, ein paar, sagen wir, zwielichtige Freunde der Burketts schauten vorbei und forderten einen zum Schweigen auf. Außerdem, tja, Joe war gut darin. Er hinterließ nicht viele Spuren. Wir hatten vorhin schon darüber gesprochen, wie charmant er sein konnte. Er konnte unglaublich gut Reue und Zerknirschung vortäuschen. Er entschuldigte sich. Er flehte einen an. Er war reich und mächtig und konnte seine dunkle Seite wenn nötig extrem gut verstecken. Ich muss Sie noch einmal daran erinnern, dass ich ihn praktisch mein Leben lang kannte. Und selbst ich habe solche Situationen höchstens vier- oder fünfmal erlebt. Aber wenn …«

Wieder stiegen ihm Tränen in die Augen.

»Wahrscheinlich fragen Sie sich, was ich an einem Ort wie diesem mache.«

Das hatte sie nicht. Sie war davon ausgegangen, dass er von irgendetwas abhängig war und hier Hilfe suchte. Was sonst? Eigentlich wollte sie, dass er weitererzählte, aber vielleicht brauchte er diese Abschweifung, und dann wäre es ein Fehler, ihn zu unterbrechen.

»Ich bin«, sagte er, »wegen Joe hier.«

Sie versuchte, nicht das Gesicht zu verziehen.

»Ich weiß, schon klar, eigentlich erwartet man von mir, die Verantwortung für meine Handlungen zu übernehmen. Darauf legen hier alle großen Wert. Und es stimmt auch, dass ich dazu neige, eine Abhängigkeit durch die nächste zu ersetzen. Ich war schon mehrmals hier: Alkohol, Pillen, Kokain … suchen Sie sich was aus. Aber ich war nicht immer so. In der

Schule wurde ich gehänselt, weil ich höchstens ein Bier getrunken habe. Es hat mir einfach nicht geschmeckt. Im letzten Schuljahr habe ich es mal mit Marihuana versucht. Davon ist mir schlecht geworden.«

»Christopher?«

»Ja.«

»Was ist mit Theo passiert?«

»Es sollte ein Streich sein. Hat Joe zumindest gesagt. Ich weiß nicht, ob ich ihm das geglaubt habe oder nicht, aber … ich war so ein Schwächling. Korrigiere: Ich bin immer noch ein Schwächling. Joe war der Anführer. Ich war ein Mitläufer. Andrew auch. Aber ehrlich, was sollte schon groß passieren? Ein Streich. An Highschools wie der Franklin Biddle Academy ist so etwas an der Tagesordnung. Am Abend haben wir uns also auf Theo gestürzt. Wissen Sie, was ich meine? Wir sind in sein Zimmer gegangen – Joe und ich, Andrew war ja schon da –, haben ihn überwältigt und nach unten getragen.«

Er starrte ins Nichts, »Thousand Yard Stare«, dann breitete sich ein seltsames Lächeln auf seinem Gesicht aus. »Soll ich Ihnen was sagen?«

»Was?«

»Theo hat mitgespielt. Als hätte er verstanden, was los ist. Man spielte ihm einen Streich. Das gehörte dazu. So cool war er. Ich erinnere mich, dass er gelächelt hat, Sie wissen schon, als ob alles in Ordnung wäre. Und dann haben wir ihn nach unten gebracht und auf den Stuhl gesetzt. Joe hat ihn gefesselt. Wir haben ihm geholfen. Wir haben gelacht, und Theo hat so getan, als würde er um Hilfe rufen und so weiter. Ich weiß noch, dass ich einen Knoten locker gelassen habe. Joe ist hingegangen und hat ihn festgezogen. Und dann, als Theo gefesselt war, hat Joe einen Trichter herausgeholt. Sie kennen die Dinger. Zum Trinken? Er hat ihn Theo in den Mund gesteckt, und ich weiß noch, dass Theos Augen sich plötzlich veränderten. Als ob… ich weiß nicht… vielleicht hat er es plötzlich begriffen. Es waren noch zwei andere Jungs dabei. Larry Raia und Neil Kornfeld. Alle haben gelacht, und Andrew hat Bier in den Trichter gekippt. Wir haben Theo angefeuert. ›Trink, trink.‹ Und den Rest sehe ich immer wie in einem Traum. Einem Albtraum. Als könnte ich immer noch nicht glauben, dass das wirklich passiert ist, aber irgendwann hat Joe angefangen, Schnaps statt Bier in den Trichter zu kippen. Ich weiß noch, wie Andrew sagte: ›Halt, Joe, hör auf…‹«

Seine Stimme versiegte.

»Wie ging's weiter?«, fragte Maya, obwohl es jetzt offensichtlich zu sein schien.

»Plötzlich hat Theos Bein angefangen zu zucken. Als ob er einen Anfall hätte oder so.«

Christopher Swain fing an zu weinen. Maya wollte ihm die Hand auf die Schulter legen. Gleichzeitig wollte sie ihm auf die Schnauze hauen. Sie tat nichts von beidem, sondern blieb einfach sitzen und wartete ab.

»Bis gestern hatte ich die Geschichte noch nie erzählt. Niemandem. Aber nach Ihrer E-Mail… meine Ärztin kennt jetzt einige Teile davon. Daher hielt sie es für gut, wenn ich mit Ihnen rede. Aber in dieser Nacht, na ja, das war der Moment, in dem mein Leben aus den Fugen geraten ist. Ich hatte unglaubliche Angst. Ich wusste, wenn ich etwas verrate, bringt Joe mich um. Nicht nur damals. Auch heute noch. Selbst jetzt. Ich fühle mich immer noch…«

Maya versuchte, ihn zum Weiterreden zu bewegen. »Und was dann? Haben Sie die Leiche in die Kellerecke geschleppt?«

»Joe war das.«

»Aber Sie waren dabei, oder?«

Swain nickte.

»Dann hat Joe ihn also alleine getragen?«

Er schüttelte den Kopf.

»Wer hat Joe geholfen?«

»Andrew.« Er blickte auf. »Joe hat Andrew gezwungen, ihm zu helfen.«

»Ist Andrew daran zerbrochen?«

»Ich weiß es nicht. Vielleicht wäre Andrew auch so zerbrochen. Andrew, ich … wir waren danach nicht mehr dieselben.«

Javier Mora hatte recht gehabt. Andrew war nicht von der Trauer in den Tod getrieben worden, sondern von Schuldgefühlen.

»Und was ist dann passiert?«

»Was hätte ich tun können?«

Er hätte viele Möglichkeiten gehabt, aber Maya war nicht hier, um ihn zu verurteilen oder ihm zu vergeben. Sie wollte Informationen. Weiter nichts.

»Ich musste das Geheimnis für mich behalten. Also habe ich alles in mich hineingefressen. Ich habe versucht, mein normales Leben fortzuführen, aber nichts war mehr wie vorher. Meine Noten gingen in den Keller. Ich konnte mich nicht konzentrieren. Da habe ich angefangen zu trinken. Ja, ich weiß, dass das wie eine willkommene Ausrede klingt …«

»Christopher?«

»Ja?«

»Sechs Wochen danach waren Sie alle zusammen auf dieser Yacht.«

Er schloss die Augen.

»Was ist passiert?«

»Was soll schon passiert sein, Maya? Kommen Sie. Sie wissen jetzt, was los war. Erzählen Sie es mir, setzen Sie das Bild zusammen.«

Maya beugte sich vor. »Sie sind also zusammen auf dem Boot unterwegs nach Bermuda. Alle trinken. Sie selbst vermutlich am meisten. Zum ersten Mal seit Theos Tod treffen sich alle wieder. Auch Andrew. Er war in Therapie, die ihm aber nicht geholfen hat. Die Schuld droht ihn zu verschlingen. Also trifft er eine Entscheidung. Ich weiß nicht, wie das genau gelaufen ist, Christopher, also können Sie es mir vielleicht erzählen. Hat Andrew euch bedroht?«

»Nicht bedroht«, sagte Christopher. »Eigentlich nicht. Er hat nur … Er hat uns angefleht. Er konnte nicht schlafen. Er konnte nichts essen. Herrje, er sah furchtbar aus. Er sagte, wir müssten die Sache gestehen, weil er nicht wüsste, wie lange er diesem inneren Druck noch standhalten könnte. Ich war so betrunken, dass ich kaum begriffen habe, was er wollte.«

»Und dann?«

»Dann ist Andrew raus aufs Oberdeck gegangen. Um Abstand von uns zu bekommen. Ein paar Minuten später ist Joe ihm gefolgt.« Swain zuckte die Achseln. »Ende der Geschichte.«

»Sie haben das nie jemandem erzählt?«

»Nie.«

»Die anderen beiden, Larry Raia und Neil Kornfeld …«

»Neil wollte in Yale studieren. Er hat es sich anders überlegt und ist nach Stanford gegangen. Larry ist zum Studium ins Ausland gegangen, glaube ich. Wahrscheinlich nach Paris. Wir haben die Highschool wie benebelt beendet und uns dann nie wieder gesehen.«

»Und Sie haben dieses Geheimnis all die Jahre für sich behalten?«

Swain nickte.

»Und warum jetzt?«, fragte Maya. »Warum sind Sie jetzt bereit, die Wahrheit zu sagen?«

»Das wissen Sie.«

»Nein, ich bin mir nicht sicher.«

»Weil Joe tot ist«, sagte er. »Weil ich mich endlich sicher fühle.«

EINUNDDREISSIG

Christopher Swains Worte klangen ihr noch in den Ohren, als sie zum Gästeparkplatz zurückging.

»*Weil Joe tot ist …*« Im Endeffekt lief alles auf die Nanny-Cam hinaus, oder? Darüber musste sie jetzt nachdenken. Es gab drei Möglichkeiten, die das, was sie auf der Nanny-Cam gesehen hatte, erklärten:

Erstens und am wahrscheinlichsten: Jemand hatte das mit irgendeinem Photoshop-Programm hergestellt. Technisch kein Problem. Sie hatte das Video nur kurz gesehen, aber so etwas ließ sich leicht herstellen.

Zweitens und fast ebenso wahrscheinlich: Maya hatte sich eingebildet oder halluziniert, Joe gesehen zu haben, oder ihr Gehirn hatte sie auf irgendeine andere Art ausgetrickst und so ein Bild des lebenden Joe hervorgezaubert. Eileen Finn hatte ihr öfter Videos mit optischen Täuschungen geschickt. Man glaubte, etwas zu sehen, dann wurde die Kamera ein kleines Stück zur Seite gedreht, und man erkannte, dass das Auge ein bestimmtes, aber vollkommen falsches Bild ergänzt hatte. Wenn man Mayas Posttraumatische Belastungsstörung, ihre Medikamente, die Ermordung ihrer Schwester, die Schuldgefühle, die sie deshalb plagten, den Abend im Central Park und den ganzen Rest hinzufügte … Wie könnte sie diese Möglichkeit ausschließen?

Drittens und am unwahrscheinlichsten: Joe war irgendwie noch am Leben.

Wenn *zweitens* die Antwort war und sich das alles nur in ihrem Kopf abspielte, konnte sie wenig dagegen tun. Sie musste trotzdem weitermachen, weil die Wahrheit, selbst wenn sie nicht befreiend war, doch dabei half, die Welt wieder ins Lot zu bringen. Wenn aber entweder *erstens* (Photoshop) oder *drittens* (Joe lebte) die Antwort war, bedeutete das vor allem eins:

Jemand versuchte, sie massiv zu verarschen.

Und wenn entweder *erstens* oder *drittens* zutraf, bedeutete das mit ziemlich großer Sicherheit noch etwas: Isabella hatte gelogen. Sie hatte Joe auf dem Nanny-Cam-Video gesehen. Und es gab nur einen einzigen Grund dafür, dass Isabella leugnete, Joe gesehen zu haben, Maya Pfefferspray ins Gesicht gesprüht und die SD-Karte mitgenommen hatte, um damit zu verschwinden, und der war ziemlich banal: Sie steckte da mit drin.

Maya stieg in ihren Wagen, ließ den Motor an und startete ihre Playlist. Die Imagine Dragons rieten ihr, nicht zu nahe zu kommen, drinnen sei es dunkel, weil sich dort die Dämonen versteckt hielten.

Die hatten ja keine Ahnung.

Sie klickte auf die App des GPS-Senders, den sie an Hectors Pick-up angebracht hatte. Erstens, wenn Isabella an der Sache beteiligt war, handelte sie bestimmt nicht alleine. Das war einfach nicht ihre Art. Ihre Mutter Rosa, die auch auf der Yacht gewesen war, steckte bestimmt mit drin. Und auch ihr Bruder Hector. Zweitens – verdammt, was dachte sie heute mathematisch – war es natürlich möglich, dass Isabella weit weg war, Maya bezweifelte das jedoch. Bestimmt war Isabella irgendwo in der Nähe. Das Problem war nur, sie zu finden.

Sie nahm die Pistole aus dem Handschuhfach, prüfte die Sender-App, die ihr verriet, dass Hectors Pick-up momentan im Dienstbotenbereich von Farnwood parkte. Maya klickte auf den Chronik-Button und sah, wo der Pick-up in den letzten Tagen gewesen war. Der einzige Ort, der nicht recht in den Dienstplan eines Gärtners zu passen schien, war eine Siedlung in Paterson, New Jersey, die er regelmäßig besuchte. Natürlich könnte er dort Freunde oder eine Freundin haben. Aber irgendwie glaubte Maya das nicht so recht.

Und jetzt?

Selbst wenn Isabella sich dort versteckte, konnte Maya nicht einfach hinfahren und an die Tür klopfen. Sie musste vorausschauend handeln. Es ging ans Eingemachte. Die meisten Antworten hatte sie. Jetzt musste sie noch den Rest herausbekommen und die Sache ein für alle Mal zu Ende bringen.

Ihr Handy klingelte. Auf dem Display sah sie, dass es Shane war.

»Hallo?«

»Was hast du getan?«

Sein Tonfall erschütterte sie bis ins Mark.

»Wovon sprichst du?«

»Detective Kierce.«

»Was ist mit ihm?«

»Er weiß Bescheid, Maya.«

Sie sagte nichts. Der Raum schien sich um sie zusammenzuziehen.

»Er weiß, dass ich die Kugel für dich getestet habe.«

»Shane …«

»Claire und Joe wurden mit der gleichen Waffe erschossen, Maya. Wie zum Henker kann das sein?«

»Shane, hör mir zu. Du musst mir vertrauen, okay?«

»Das sagst du immer wieder. ›Vertrau mir.‹ Wie eine Art Mantra.«

»Das müsste sich eigentlich von selbst verstehen.« Sinnlos,

dachte sie. Sie hatte im Moment keine Chance, es ihm zu erklären. »Ich muss los.«

»Maya?«

Sie beendete das Telefonat und schloss die Augen.

Lass gut sein, sagte sie zu sich selbst.

Als sie die ruhige Straße entlangfuhr, war sie noch abgelenkt von Shanes Anruf, von dem, was Christopher Swain ihr erzählt hatte, und mit all den Gefühlen und Gedanken beschäftigt, die in ihrem Kopf rotierten.

Vielleicht erklärte auch das, was als Nächstes passierte.

Ein Transporter kam aus der Gegenrichtung auf sie zu. Die von Bäumen gesäumte Straße war schmal, daher zog sie langsam etwas nach rechts, damit der Transporter bequem vorbeifahren konnte. Der schwenkte vor ihr allerdings plötzlich nach links und schnitt ihr so den Weg ab.

Maya trat hart auf die Bremse, um nicht mit dem Transporter zusammenzustoßen. Ihr Körper wurde nach vorne gerissen, vom Sicherheitsgurt zurückgehalten, während die Instinkte übernahmen:

Sie wurde angegriffen.

Der Transporter hatte die Straße vor ihr komplett blockiert, also versuchte sie den Rückwärtsgang einzulegen, als sie das Klopfen an ihrem Seitenfenster hörte. Ein kurzer Blick verriet ihr, dass eine Pistole auf ihren Kopf gerichtet war. Am Rand ihres Blickfelds sah sie noch eine Gestalt an der Beifahrerseite.

»Es ist alles in Ordnung.« Die Stimme war durchs Fenster kaum zu hören. »Wir tun Ihnen nichts.«

Wieso stand der Mann so plötzlich neben ihrem Auto? Aus dem Transporter konnte er nicht sein. Dafür hätte die Zeit nicht ausgereicht. Offenbar handelte es sich um einen sorgfältig geplanten Überfall. Jemand hatte gewusst, dass sie im Solemani Recovery Center war. Sie befanden sich in einer ruhigen

Straße mit sehr wenig Verkehr. Also hatten die beiden Männer sich vermutlich hinter Bäumen am Straßenrand versteckt. Dann hatte der Transporter ihr den Weg abgeschnitten, und sie waren aus ihrem Versteck gekommen.

Maya blieb ganz still sitzen und überlegte, welche Optionen sie hatte.

»Bitte steigen Sie aus und kommen Sie mit uns.« Option eins: Greif zum Schalthebel und leg den Rückwärtsgang ein. Option zwei: Zieh die Waffe aus dem Hüftholster.

Das Problem bei beiden Optionen war offensichtlich. Der Mann hatte eine Pistole auf ihren Kopf gerichtet. Und sein Freund am anderen Fenster womöglich auch. Sie war nicht Wyatt Earp, und dies war nicht der O.K. Corral. Wenn der Mann bereit war, auf sie zu schießen, hatte sie keine Chance, die Pistole oder den Schalthebel rechtzeitig zu erreichen.

Also blieb nur Option drei: Aussteigen …

In diesem Moment sagte der Mann mit der Waffe: »Kommen Sie. Joe wartet schon.«

Die Schiebetür zum Laderaum des Transporters glitt ein Stück zur Seite. Maya saß in ihrem Wagen, hatte beide Hände am Lenkrad und spürte ihr Herz in der Brust schlagen. Die Schiebetür wurde nur halb geöffnet. Maya kniff die Augen zusammen, konnte aber im Laderaum nichts erkennen. Sie wandte sich an den Mann mit der Pistole.

»Joe …?«, sagte sie.

»Ja«, sagte der Mann, plötzlich mit freundlicher Stimme. »Kommen Sie. Sie wollen ihn doch sehen, oder?«

Zum ersten Mal blickte sie dem Mann ins Gesicht. Dann sah sie den anderen Mann an. Er hatte keine Waffe in der Hand.

Dritte Option …

Maya fing an zu weinen.

»Mrs Burkett?«

Durch ihre Tränen sagte sie: »Joe…«

»Ja.« Die Stimme des Mannes wurde eindringlicher. »Öffnen Sie die Tür, Mrs Burkett.«

Immer noch weinend tastete Maya unsicher nach dem Entriegelungsknopf. Sie drückte ihn, zog am Türgriff. Der Mann trat zurück, damit die Tür aufschwingen konnte. Er richtete immer noch die Waffe auf sie. Maya fiel halb aus dem Wagen. Der Bewaffnete wollte ihren Arm ergreifen, aber Maya, die immer noch mit den Tränen kämpfte, schüttelte den Kopf und sagte: »Nicht nötig.«

Sie richtete sich auf und taumelte auf den Transporter zu. Der Bewaffnete ließ sie gehen. In diesem Moment wusste Maya Bescheid.

Die Schiebetür wurde etwas weiter geöffnet.

Vier Personen, überschlug Maya. Der Fahrer, der Schiebetür-Öffner, der Mann an der Beifahrerseite und der Bewaffnete.

Als sie auf den Transporter zuging, zahlten sich ihre Ausbildung, die vielen Übungsstunden in Simulatoren und Schießanlagen aus. Sie empfand eine seltsame Ruhe, einen fast Zen-artigen Zustand. Sie fühlte sich wie im Auge eines Hurrikans. Jetzt passierte es, auf die eine oder andere Art, ob sie lebend oder tot aus dieser Sache herauskam, sie war vorbereitet und handelte vorausschauend. Natürlich hatte sie ihr Schicksal nicht selbst in der Hand – diese Denkweise war Unsinn –, aber ihr Training und ihre Vorbereitung gaben ihr eine beruhigende Selbstsicherheit.

Immer noch leicht taumelnd drehte Maya den Kopf ein kleines Stück – nur ein ganz kleines bisschen –, denn was sie jetzt sah, würde über ihr weiteres Vorgehen entscheiden. Der Bewaffnete hatte sie nicht festgehalten, als sie aus dem Wagen stieg. Genau deshalb hatte sie die falschen Tränen vergossen und die Hysterische gespielt. Um zu sehen, wie er reagierte. Er war darauf reingefallen. Er hatte sie losgelassen.

Er hatte sie nicht abgetastet.

Daraus ergaben sich drei Schlussfolgerungen:

Sie sah nach hinten. Der Mann hatte tatsächlich die Pistole sinken lassen. Er hatte sich entspannt. Er betrachtete sie nicht länger als akute Bedrohung.

Erstens: Niemand hatte den Mann gewarnt, dass sie bewaffnet sein könnte …

Maya hatte ihr Vorgehen geplant, seit sie in Tränen ausgebrochen war. Sie hatte die Tränen als Waffe eingesetzt – die Kidnapper sollten sich entspannen, sie unterschätzen, ihr vor dem Aussteigen noch etwas Zeit geben, damit sie ihr weiteres Vorgehen exakt planen konnte.

Zweitens: Joe hätte gewusst, dass sie bewaffnet sein würde …

Sie hatte die Hand schon an der Hüfte, als sie losrannte. Es gab eine amüsante Tatsache, die den meisten Menschen nicht bekannt war. Es war schwierig, ein bewegliches Ziel mit einer Handfeuerwaffe zu treffen. Ausgebildete Polizisten verfehlten ihr Ziel in 76 Prozent aller Fälle bei Schüssen auf Entfernungen zwischen einem und drei Metern. Bei Zivilisten lag die Fehlschusswahrscheinlichkeit bei über 90 Prozent.

Also bewegte man sich.

Maya blickte hinter den Transporter. Dann, ohne zu zögern, ins Stolpern zu geraten oder den Gegner zu warnen, duckte sie sich, machte eine Rolle, zog dabei die Glock aus dem Holster, und als sie wieder hochkam, hatte sie die Pistole direkt auf den Bewaffneten gerichtet. Der Mann hatte das beobachtet und wollte noch reagieren, doch es war zu spät.

Maya zielte mitten auf seine Brust.

Im wahren Leben schoss man nie, um einen Gegner zu

verwunden oder kampfunfähig zu machen. Man richtete die Waffe mitten auf die Brust, das größtmögliche Ziel, weil so die größte Chance bestand, dass man überhaupt irgendetwas traf, wenn man sein Ziel verfehlte. Und dann schoss man einfach weiter.

Genau das tat Maya.

Der Mann ging zu Boden.

Drittens, die Schlussfolgerung: Joe hatte die Männer nicht geschickt.

Mehrere Dinge geschahen gleichzeitig.

Maya machte eine weitere Rolle, blieb weiter in Bewegung, damit sie kein festes Ziel darstellte. Sie drehte sich zu dem anderen Mann um, der auf der Beifahrerseite gestanden hatte. Sie riss die Glock hoch, war schussbereit, doch der Mann ging hinter ihrem Auto in Deckung.

Bleib in Bewegung, Maya.

Die Schiebetür des Transporters wurde zugeknallt. Der Motor heulte auf. Maya befand sich direkt hinter ihm, nutzte ihn als Deckung, falls der andere schießend hinter ihrem Auto hervorkam. Hier konnte sie natürlich nicht bleiben. Der Transporter würde jeden Moment losfahren, wahrscheinlich rückwärts. Wahrscheinlich würde der Fahrer versuchen, sie zu überrollen.

Maya reagierte instinktiv.

Flieh.

Der Bewaffnete lag am Boden. Die Männer im Transporter waren in Panik geraten. Und der letzte Mann hatte sich hinter ihrem Wagen versteckt.

Im Zweifel immer das Einfachste tun.

Maya hielt sich so gut es ging hinter dem Transporter, lief aber in Richtung Wald. Der Transporter schoss nach hinten, hätte sie fast erwischt, aber Maya blieb seitlich davon, und dann, als der Weg zum Mann an der Beifahrerseite vollständig vom Transporter versperrt war, drehte sie sich um und rannte die letzten Schritte auf die Bäume zu.

Nicht anhalten …

Der Wald war zu dicht, um sich beim Laufen umzudrehen und nach hinten zu sehen, aber irgendwann duckte sie sich hinter einen Baum und riskierte einen kurzen Blick. Der Mann, der sich hinter ihrem Auto versteckt hatte, folgte ihr nicht. Er sprintete direkt zum Transporter und sprang in den fahrenden Wagen. Dann war das Wendemanöver beendet, und der Transporter schoss mit quietschenden Reifen die Straße zurück.

Sie hatten den Bewaffneten verletzt am Straßenrand zurückgelassen.

Von dem Augenblick an, in dem Maya sich weggerollt hatte, bis jetzt waren nicht einmal zehn Sekunden vergangen.

Und weiter?

Die Entscheidung war sofort getroffen. Sie hatte keine Wahl. Wenn sie den Notruf wählte oder auf die Polizei wartete, würde sie festgenommen werden. Sie war im Park gewesen, als Joe erschossen wurde, hatte Tom Douglass gefunden, dazu die ballistischen Tests … Und jetzt war ein Mann mit ihrer Pistole erschossen worden – dafür würde sich keine schnelle Erklärung finden lassen.

Sie lief zurück zur Straße. Der Bewaffnete lag mit gespreizten Beinen auf dem Asphalt. Vielleicht verstellte er sich, was Maya allerdings nicht glaubte. Trotzdem hielt sie ihre Waffe auf ihn gerichtet, als sie auf ihn zuging.

Nicht nötig. Er war tot.

Sie hatte den Mann getötet.

Keine Zeit, darüber nachzudenken. Jeden Moment konnte hier ein Auto vorbeikommen. Schnell durchwühlte sie seine

Taschen und zog sein Portemonnaie heraus. Sie hatte jetzt keine Zeit nachzusehen, wer er war. Sie überlegte, ob sie sein Handy mitnehmen sollte – ihr eigenes konnte sie nicht mehr benutzen –, aber natürlich war das viel zu riskant. Schließlich dachte sie darüber nach, die Pistole mitzunehmen, die er noch in der Hand hielt, aber wenn alles schiefging, war das der einzige Beweis dafür, dass sie in Notwehr gehandelt hatte.

Außerdem hatte sie ihre Glock.

Sie hatte alles in Gedanken durchgespielt. Die Leiche des Bewaffneten lag nah am Straßenrand. Es war also kein Problem, sie den knappen Meter weiterzuziehen, sodass er die Böschung hinunterrollte.

Sie hielt kurz Ausschau, ob kein Wagen kam, dann tat sie es.

Es fiel ihr leichter, als sie erwartet hatte. Vielleicht gab das Adrenalin ihr Kraft. Die Leiche rutschte sofort die Böschung hinunter, bis sie gegen einen Baum prallte.

So war er zumindest erst einmal nicht mehr zu sehen.

Natürlich würde die Leiche gefunden werden. Vielleicht in einer Stunde, vielleicht in einem Tag. Auf jeden Fall hatte Maya sich so Zeit verschafft.

Sie lief zu ihrem Auto und stieg ein. Ihr Handy spielte verrückt. Shane versuchte sie zu erreichen. Und Kierce fragte sich vermutlich auch, was zum Teufel da eigentlich vorging. In der Ferne sah sie ein Auto auf sich zukommen. Maya blieb ruhig. Sie ließ den Wagen an und trat sanft aufs Gas. Sie war nur eine von vielen Besuchern im Solemani Recovery Center. Falls sich irgendwo in der Nähe Überwachungskameras befanden, würden sie einen davonrasenden Transporter zeigen und dann, ein oder zwei Minuten später, einen normal fahrenden BMW, für dessen Anwesenheit es eine Erklärung gab.

Tiefe Atemzüge, Maya. Einatmen, ausatmen. Beugen, strecken …
Fünf Minuten später war sie wieder auf dem Highway.

Maya sah zu, dass sie etwas Abstand zwischen sich und die Leiche brachte.

Sie stellte ihr Handy aus, und dann, weil sie nicht sicher war, ob man es noch orten konnte, zerschlug sie es am Lenkrad. Nach rund fünfzig Kilometern hielt sie auf dem Parkplatz eines CVS-Drogeriemarkts. Sie durchwühlte das Portemonnaie des Bewaffneten. Kein Ausweis, aber er hatte 400 Dollar in bar dabei. Perfekt. Maya war knapp bei Kasse und wollte keinen Geldautomaten benutzen.

Mit dem Geld kaufte sie drei Einweg-Handys und eine Baseballkappe. Sie betrachtete ihr Gesicht im Spiegel der Kundentoilette. Eine Katastrophe. Sie wusch sich so gut sie konnte und band sich einen Pferdeschwanz. Nachdem sie die Kappe aufgesetzt hatte, sah sie halbwegs präsentabel aus.

Wohin würden die Entführer fahren?

Wahrscheinlich stellten sie keine Bedrohung mehr dar. Möglich, dass sie zu ihrem Haus fahren und sie dort erwarten würden, aber eigentlich glaubte Maya nicht, dass sie ein so großes Risiko eingingen. Vermutlich war der Transporter gestohlen, ein Mietwagen oder hatte gefälschte Nummernschilder oder so etwas, sodass sie wahrscheinlich einfach Feierabend machten.

Trotzdem hatte sie nicht vor, nach Hause zu fahren.

Sie rief Eddie an. Er meldete sich nach dem zweiten Klingeln. Sie sagte ihm, wo sie sich treffen könnten. Er wollte sich sofort auf den Weg machen und stellte glücklicherweise keine Fragen. Auch das barg ein gewisses Risiko, es schien ihr aber gering zu sein. Trotzdem kontrollierte sie ihre Umgebung ganz genau, als sie sich dem *Growin' Up* näherte. Interessanterweise war er fast genauso positioniert, wie man eine Army-Stellung positionieren würde. Man konnte ihn im Normalfall nicht ungesehen erreichen. Außerdem gab es mehrere Sicherheitskordons. Natürlich könnte sich jemand den Weg freischießen, aber mit den durch Summer gesicherten Türen am Eingang und zu jedem Zimmer konnte man blitzschnell die Polizei rufen – und das Revier war nur einen Block entfernt.

Noch einmal umkreiste sie den Kindergarten.

Sie folgte Eddies Wagen, als sie ihn auf den Parkplatz fahren sah. Die Glock steckte wieder im Hüftholster. Eddie parkte. Maya parkte daneben, stieg aus und setzte sich neben ihn auf den Beifahrersitz.

»Was ist los, Maya?«

»Du musst dich hier anmelden, damit du Lily abholen kannst.«

»Und was war das für eine Nummer, von der du mich gerade angerufen hast?«

»Lass uns das hier einfach erledigen, okay?«

Eddie sah sie an. »Weißt du, wer Claire und Joe umgebracht hat?«

»Ja.«

Er wartete. Dann sagte er. »Aber du sagst es mir nicht.«

»Im Moment nicht, nein.«

»Weil …?«

»Weil ich keine Zeit habe. Weil Claire wollte, dass ich dich beschütze.«

»Vielleicht will ich ja gar nicht beschützt werden?«

»So läuft das nicht.«

»Und warum nicht? Wird langsam Zeit, dass ich dir helfe.«

»Im Moment«, sagte sie, »kannst du mir am besten helfen, indem du mit mir da reingehst.« Sie öffnete die Tür. Mit einem schweren Seufzer stieg Eddie aus. Als er ihr dabei den

Rücken zuwandte, stopfte Maya einen Umschlag unten in seine Laptop-Tasche. Dann stieg auch sie aus.

Miss Kitty drückte den Summer, sodass sie den Kindergarten betreten konnten, und half ihnen dann beim Papierkram. Während sie das Ausweisfoto von Eddie machte, blickte Maya in den sonnengelben Raum und entdeckte ihre Tochter dort. Als sie Lily sah, wurde ihr plötzlich leicht ums Herz. Lily trug eins von Mayas alten Hemden als Kittel, und ihre Hände waren mit Farbe beschmiert. Das kleine Mädchen lächelte breit. Maya stand nur da und spürte, wie eine Hand in ihre Brust griff und ihr Herz zusammenpresste.

Miss Kitty trat hinter sie. »Wollen Sie reingehen und sie begrüßen?«

Maya schüttelte den Kopf. »Sind wir hier fertig?«

»Ja. Ihr Schwager kann Ihre Tochter jetzt jederzeit abholen.«

»Ich muss nicht anrufen, um ihm die Erlaubnis zu erteilen?«

»So wollten Sie es doch, oder?«

»Ja.«

»Also haben wir es so eingerichtet.«

Maya nickte, ohne den Blick von Lily abzuwenden. Sie betrachtete ihre Tochter noch einmal, dann wandte sie sich ab. Sie sah Miss Kitty an. »Danke.«

»Alles okay mit Ihnen?«

»Mir geht's gut.« Sie sah Eddie an. »Wir sollten jetzt gehen.«

Als beide draußen auf dem Parkplatz waren, bat Maya Eddie, ihr kurz sein Handy zu leihen. Er gab es ihr widerspruchslos. Sie loggte sich über die Website bei ihrer GPS-Sender-App ein.

Hectors Pick-up war wieder in Paterson.

Gut. Zeit, weiter vorausschauend vorzugehen. Sie überlegte, ob sie Eddie bitten sollte, sein Handy behalten zu dürfen, hatte dann aber Angst, dass das jemand herausbekommen und sie verfolgen könnte. Sie gab es ihm zurück.

»Danke.«

»Erzählst du mir irgendwann, was hier vorgeht?«

Als sie ihre Autos erreichten, sagte Maya: »Warte noch.« Sie öffnete die Heckklappe ihres Wagens, suchte den Werkzeugkasten und nahm einen Schraubenzieher heraus.

»Was machst du?«, fragte Eddie.

»Ich tausche unsere Nummernschilder.«

Sie glaubte nicht, dass Kierce schon eine Fahndung nach ihr eingeleitet hatte, aber es schadete nicht, wenn man übervorsichtig war. Maya fing vorne an der Stoßstange an. Eddie nahm eine Fünfcentmünze aus der Tasche, benutzte sie als Schraubenzieher und machte sich hinten an die Arbeit. Nach zwei Minuten waren sie fertig.

Sie wollte in ihren Wagen einsteigen. Eddie blieb einfach stehen und sah sie an.

Maya wartete einen Moment. Es gab tausende Dinge, die sie ihm erzählen wollte – über Claire, über Joe, über alles. Sie öffnete den Mund, aber gerade sie musste wissen, dass nichts Gutes dabei herauskommen würde. Heute nicht. Jetzt nicht.

»Ich liebe dich, Eddie.«

Er schirmte seine Augen mit der Hand vor der untergehenden Sonne ab. »Ich liebe dich auch, Maya.«

Sie stieg in den Wagen und machte sich auf den Weg nach Paterson.

ZWEIUNDDREISSIG

Sie fand Hectors Dodge Ram auf einem Parkplatz vor einem Hochhaus an der Fulton Street in Paterson.

Maya parkte an der Straße und ging durchs Tor. Sie prüfte die Türen des Pick-ups in der Hoffnung, dass eine von ihnen nicht verschlossen sein könnte. Kein Glück. Sie überlegte, was sie tun sollte. Sie hatte keine Möglichkeit festzustellen, wo Hector sich im Gebäude aufhielt. Sie wusste noch nicht einmal, ob er wirklich bei Isabella war oder nicht. Es war zu spät, sich darüber Gedanken zu machen. Ihr Plan war ganz simpel.

Sie würde Hector dazu bringen, ihr zu erzählen, wo Isabella war.

Also stieg Maya wieder in ihren Wagen und wartete. Sie behielt den Eingang des Hochhauses im Auge und sah nur gelegentlich zum Pick-up, falls Hector aus einer anderen Richtung kommen würde. Eine halbe Stunde verging. Sie hätte gern irgendeinen Internetzugang gehabt – sie wollte sehen, ob Corey bereits wie erwartet Einzelheiten über EAC Pharmaceuticals gepostet hatte –, aber ihr Smartphone war zerstört, und mit den Einweg-Handys konnte man nur telefonieren oder SMS verschicken und empfangen. Sie hätte jedoch darauf gewettet, dass die ersten Posts bereits online waren. Das würde auch das versuchte Kidnapping erklären. Vermutlich hatte Corey Teile der Story gepostet, und jetzt versuchte jemand, wahrscheinlich ein Burkett, sämtliche Spuren zu beseitigen.

Hector erschien in der Tür.

Maya hatte ihre Pistole schon in der Hand. Hector hob den Schlüsselanhänger und drückte auf den Autoschlüssel. Die Blinker des Pick-ups leuchteten kurz auf, und die Türen wurden entriegelt. Hector sah besorgt aus, allerdings hatte er auch früher eigentlich nie wirklich entspannt oder gar glücklich gewirkt.

Mayas Plan war ganz einfach. Folg Hector zu seinem Wagen. Schleich dich an ihn heran. Halt ihm die Pistole ins Gesicht. Zwing ihn, dir von Isabella zu erzählen.

Es war kein sehr ausgefeilter Plan, aber für mehr war einfach keine Zeit.

Doch als Maya sich auf den Weg machte, sich von hinten an den Pick-up anschlich, zeigte sich, dass all das unnötig war.

Auch Isabella kam aus dem Hochhaus.

Bingo.

Maya duckte sich hinter den Wagen. Was jetzt? Sollte sie warten, bis Hector losfuhr, und dann zuschlagen? Wie würde Hector reagieren, wenn sie Isabella in seiner Anwesenheit eine Pistole vor die Nase hielt? Nicht gut, dachte sie. Er hatte ein Handy. Er könnte die Polizei rufen oder laut schreien oder … die Sache irgendwie versauen.

Nein, Maya musste warten, bis er weg war.

Hector stieg in seinen Wagen. Geduckt lief Maya bis zum nächsten Fahrzeug. Sie sorgte dafür, dass man die Pistole nicht bemerkte, und hoffte, dass sie niemand hier herumschleichen sah. Und wenn schon, vielleicht würde es verdächtig wirken, aber mehr auch nicht. Sie rechnete nicht damit, dass jemand die Polizei rief, aber das Risiko musste sie eingehen.

Isabella ging nach links.

Halt. Moment mal.

Maya war davon ausgegangen, dass Isabella nur mit herausgekommen war, um sich von Hector zu verabschieden oder vielleicht noch ein paar Worte mit ihm durchs Wagenfenster zu wechseln. Aber so war es nicht.

Isabella stieg auf der Beifahrerseite ein.

Maya hatte jetzt zwei Möglichkeiten. Erstens: Sie konnte zu ihrem Auto zurückgehen und sie verfolgen. Sie dachte ernsthaft darüber nach, fürchtete aber, dass sie sie verlieren würde und dann ohne ihr Smartphone nicht in der Lage wäre, sie ausfindig zu machen.

Zweitens …

Schluss jetzt.

Sie rannte zum Pick-up, riss die Hintertür auf, stieg ein und drückte Hector den Lauf ihrer Pistole an den Hinterkopf.

»Hände ans Lenkrad.« Sie richtete den Lauf der Waffe kurz auf Isabella, bevor sie ihn wieder an Hectors Kopf hielt. »Du auch, Isabella. Hände aufs Armaturenbrett.«

Beide starrten sie einen Moment lang schockiert an.

»Sofort.«

Langsam legten die beiden ihre Hände auf Lenkrad und Armaturenbrett, wie sie es verlangt hatte. Dann fiel ihr ein, wie sehr sie Isabella bei ihrem letzten Aufeinandertreffen unterschätzt hatte. Also streckte Maya die Hand aus und griff nach ihrer Handtasche.

Sie sah hinein.

Ja, Pfefferspray und Handy waren da.

Hectors Handy lag im Becherhalter. Maya schnappte es sich und warf es in Isabellas Handtasche. Dann überlegte sie, ob Hector bewaffnet war. Sie hielt ihre Glock weiter auf ihn gerichtet und tastete die üblichen Stellen kurz ab. Nichts. Sie zog den Wagenschlüssel aus dem Zündschloss und steckte auch den in die Handtasche. Schließlich ließ sie die Handtasche vor sich auf den Boden fallen. Im selben Moment sah sie etwas und zuckte zusammen. Eine Farbe hatte ihre Aufmerksamkeit erregt…

»Was wollen Sie?«, fragte Isabella.

Auf dem Boden hinter dem Fahrersitz lag ein Kleiderhaufen.

»Sie können doch nicht einfach eine Pistole…«

»Schnauze«, sagte Maya. »Wenn ihr zu laut atmet, puste ich Hector den Kopf weg.«

Ganz oben auf dem Haufen lag ein graues Sweatshirt. Sie schob es mit dem Fuß zur Seite und hätte vor Wut fast abgedrückt, als sie sah, was darunterlag. Es war das wohlbekannte waldgrüne Hemd mit Button-down-Kragen.

»Rede«, sagte Maya.

Isabella musterte sie mit finsterem Blick.

»Letzte Gelegenheit.«

»Ich habe nichts zu sagen.«

Also fing Maya an zu reden. »Hector ist ähnlich gebaut wie Joe. Also hat er vermutlich Joes Rolle in eurem Video übernommen. Du hast ihn ins Haus gelassen. Er hat die Szene gespielt. Lily kannte Hector. Sie wäre bereitwillig zu ihm gegangen. Dann habt ihr einfach ein Video genommen, auf dem Joes Gesicht…« Dieses Lächeln. »Mein Gott, es ist aus unserem Hochzeitsvideo.«

»Von uns erfahren Sie nichts«, sagte Isabella. »Sie bringen uns nicht um.«

Schluss jetzt. Maya umklammerte die Pistole fester und schlug Hector den Metallgriff so hart auf die Nase, dass man hörte, wie sie brach. Hector heulte auf und griff sich ins Gesicht. Blut sickerte zwischen seinen Fingern hervor.

»Vielleich bringe ich euch nicht um«, sagte Maya, »aber die

erste Kugel geht in seine Schulter. Die nächste in den Ellbogen. Die dritte ins Knie. Also redet!«

Isabella zögerte.

Maya holte aus, und diesmal schlug sie Hector die Pistole seitlich aufs Ohr. Er stöhnte und sank zur Seite. Instinktiv nahm Isabella die Hände vom Armaturenbrett, um ihrem Bruder zu helfen. Maya fuhr ihr mit der Pistole übers Gesicht, steckte so viel Kraft hinein, dass es wehtat, aber keinen ernsthaften Schaden anrichtete.

Trotzdem blutete jetzt auch Isabella.

Dann drückte Maya den Lauf ihrer Pistole gegen Hectors Schulter und drückte leicht auf den Abzug.

»Halt!«, rief Isabella.

Maya rührte sich nicht.

»Wir haben es getan, weil Sie Joe getötet haben.«

Maya bewegte sich immer noch nicht. »Wer sagt das?«

»Das spielt doch keine Rolle.«

»Du glaubst also, ich hätte meinen eigenen Mann getötet«, sagte Maya und deutete mit einer Kopfbewegung auf die Pistole in ihrer Hand. »Wie kommst du dann auf die Idee, dass ich nicht auf deinen Bruder schießen würde?«

»Es war unsere Mutter.«

Hector hatte geantwortet.

»Sie hat gesagt, dass Sie Joe umgebracht haben. Und wir sollten ihr helfen, das zu beweisen.«

»Und wie?«

Hector richtete sich auf. »Haben Sie ihn nicht umgebracht?«

»Wie solltet ihr Rosa helfen, Hector?«

»Sie haben recht, ich habe mich als Joe verkleidet. Wir haben die Szene von Ihrer Nanny-Cam aufnehmen lassen. Dann habe ich die SD-Karte nach Farnwood gebracht. Die Familie hatte einen Photoshop-Experten besorgt. Nach einer Stunde war ich wieder zurück, und Isabella hat die SD-Karte wieder in den Bilderrahmen gesteckt.«

»Stopp«, sagte Maya. »Woher wusstet ihr, dass ich eine Nanny-Cam habe?«

Isabella schnalzte missbilligend. »Am Tag nach der Beerdigung haben Sie plötzlich einen digitalen Bilderrahmen, auf dem Familienfotos sind? Ich bitte Sie. Sie sind die einzige Mutter, die ich kenne, die keine Fotos von ihrer Tochter im Haus hat. Sie hängen nicht einmal Lilys selbst gemalte Bilder auf. Als ich den Bilderrahmen gesehen habe … für wie dumm halten Sie mich?«

Maya erinnerte sich, wie gut Isabella auf den Videos gewesen war, dass sie die ganze Zeit gelächelt hatte und immer voller Begeisterung bei der Sache war. »Und was dann … habt ihr Rosa davon erzählt?«

Isabella sparte sich die Antwort.

»Dann war das mit dem Pfefferspray wohl auch ihre Idee.«

»Ich wusste nicht, wie Sie sich verhalten würden, wenn Sie das Video gesehen hatten. Ich sollte Ihnen nur die SD-Karte abnehmen. Damit Sie das Video niemand anders zeigen konnten.«

Sie wollten sie isolieren.

»Für den Fall, dass Sie es mir zeigen würden«, fuhr Isabella fort, »sollte ich so tun, als hätte ich nichts gesehen.«

»Warum?«

»Was glauben Sie?« Es war offensichtlich. »Ich sollte Fehler machen, ich sollte an meiner geistigen Gesundheit zweifeln …«

Maya verstummte. Sie blickte jetzt an ihnen vorbei, direkt durch die Windschutzscheibe des Pick-ups. Isabella und Hector sahen erst sie an, dann drehten sie sich um, weil sie wissen wollten, was Mayas Aufmerksamkeit auf sich gezogen hatte.

Direkt vor dem Pick-up stand Shane.

»Wenn ihr euch bewegt«, sagte Maya zu Hector und Isabella, »erschieße ich euch.«

Sie öffnete die hintere Tür, stieg aus, drehte sich um und griff noch einmal in den Wagen, um Isabellas Handtasche herauszunehmen. Shane blieb stehen und wartete. Seine Augen waren gerötet.

»Was machst du da?«, fragte er.

»Sie haben mir eine Falle gestellt«, sagte Maya.

»Was?«

»Hector hat Joes Kleidung getragen. Dann hat jemand Joes Gesicht hineinkopiert.«

»Dann ist Joe …«

»Tot. Ja. Wie hast du mich gefunden, Shane?«

»GPS.«

»Ich hab kein Handy bei mir.«

»Ich hab an deinen beiden Autos Sender angebracht«, sagte Shane.

»Warum hast du das getan?«

»Weil du nicht rational gehandelt hast«, sagte er. »Und zwar schon vor der Geschichte mit der Nanny-Cam. Das musst du zugeben.«

Maya sagte nichts.

»Und ja, ich habe Dr. Wu angerufen. Ich dachte, vielleicht könnte er dich dazu bewegen, die Therapie wiederaufzunehmen. Und ja, ich habe die Sender an deinen Autos angebracht, für den Fall, dass du Hilfe brauchst. Als Kierce mich dann wegen der ballistischen Tests kontaktiert hat und du nicht zurückgerufen hast …«

Maya blickte zum Pick-up. Keine Bewegung.

Tiefe Atemzüge …

»Ich muss dir was erzählen, Shane.«

»Über die ballistischen Tests?«

Sie schüttelte den Kopf. *Beugen, strecken …*

»Über den Tag in al-Qa'im.«

Shane sah sie verwirrt an. »Was ist damit?«

Sie öffnete den Mund, schloss ihn wieder.

»Maya?«

»Wir hatten schon ein paar Männer verloren. Gute Männer. Ich war nicht bereit, noch weitere zu verlieren.«

Tränen schossen ihr in die Augen.

»Ich weiß«, sagte Shane. »Das war unsere Mission.«

»Und dann haben wir diesen SUV gesehen. Und ich höre, wie unsere Jungs um Hilfe betteln, während der SUV auf sie zufährt. Das Ziel war programmiert. Wir hatten die Situation gemeldet. Aber sie haben uns keine Genehmigung zum Angriff erteilt.«

»Stimmt«, sagte Shane. »Sie wollten sich vergewissern, dass es keine Zivilisten waren.«

Maya nickte.

»Also haben wir gewartet«, sagte Shane.

»Während unsere Jungs um ihr Leben flehten.«

Shanes Mundwinkel zuckten. »Es war hart, sich das anzuhören. Ich weiß. Aber wir haben das Richtige getan. Wir haben gewartet. Wir haben uns an die Vorschriften gehalten. Es war nicht unsere Schuld, dass die Zivilisten gestorben sind. Als wir dann die Bestätigung bekamen …«

Maya schüttelte den Kopf. »Wir haben nie eine Bestätigung bekommen.«

Shane sah sie an.

»Ich habe deinen Funk ausgeschaltet.«

»Was … was willst du damit …?«

»Joint Operations Command hat gefunkt, dass wir warten sollen.«

Er schüttelte den Kopf. »Wovon sprichst du?«

»Sie haben uns keine Freigabe erteilt. Sie glaubten, mindestens eine Person im SUV sei ein Zivilist, möglicherweise minderjährig. Sie haben gefunkt, dass die Wahrscheinlichkeit bei fünfzig Prozent liege, dass die Leute im SUV der Feind seien.«

»Und du hast trotzdem gefeuert«, sagte Shane.

»Ja.«

»Warum?«

»Weil mir die Zivilisten egal waren«, sagte Maya. »Unsere Jungs waren mir wichtig.«

»Herrgott, Maya.«

»Ich habe eine Entscheidung getroffen. Ich wollte nicht noch einen von unseren Leuten verlieren. Nicht während meiner Mission. Nicht, wenn ich etwas dagegen tun konnte. Mir war es egal, ob Zivilisten sterben, ob es Kollateralschäden gibt. Es hat mich nicht interessiert. Das ist die Wahrheit. Ihr glaubt, ich hätte diese schrecklichen Flashbacks, weil ich mich wegen der toten Zivilisten schuldig fühle. Ganz im Gegenteil, Shane. Ich habe sie, weil ich mich *nicht* schuldig fühle. Die Toten verfolgen mich nicht. Was mich verfolgt, Shane, was ich nicht loswerde, ist die Gewissheit, dass ich wieder ganz genauso handeln werde, wenn ich noch einmal in eine solche Situation gerate.«

Jetzt hatte Shane Tränen in den Augen.

»Man muss kein Psychiater sein, um das zu verstehen. Ich bin jede Nacht gezwungen, die Situation aufs Neue zu durchleben – kann aber am Ausgang nichts ändern. Deshalb werde ich diese Flashbacks nie wieder loswerden, Shane. Nacht für

Nacht sitze ich in diesem Hubschrauber. Nacht für Nacht suche ich nach einer Möglichkeit, diese Soldaten zu retten.«

»Und jede Nacht tötest du wieder diese Zivilisten«, sagte Shane. »Oh, Gott…«

Er breitete die Arme aus und ging auf sie zu, aber sie wies ihn zurück. Damit würde sie absolut nicht klarkommen. Schnell drehte sie sich um und sah in den Pick-up. Isabella und Hector hatten sich nicht von der Stelle gerührt.

Es war Zeit loszulegen.

»Was hat Kierce dir erzählt, Shane?«

»Joe und Claire wurden mit derselben Pistole erschossen«, sagte Shane. »Du wusstest das bereits, oder? Kierce hat es dir erzählt.«

Maya nickte.

»Mir hast du es aber nicht erzählt, Maya.«

Sie sparte sich die Antwort.

»Du hast mir alles erzählt, außer von den Ergebnissen der ballistischen Tests.«

»Shane…«

»Ich dachte mir schon, dass du auf eigene Faust versuchst, Claires Mörder zu finden. Die Polizei hatte nichts auf die Reihe bekommen. Ich dachte mir auch, dass du irgendetwas herausbekommen hattest.«

Maya ließ den Pick-up nicht aus den Augen. Weniger um Hector und Isabella zu beobachten, sondern vielmehr weil sie Shane nicht in die Augen sehen konnte.

»Du hast mir die Kugel gegeben, *bevor* Joe erschossen wurde«, sagte Shane. »Du hast mich gefragt, ob sie aus der Waffe stammt, mit der Claire ermordet wurde. Sie stimmten überein. Du hast mir allerdings nicht erzählt, woher du diese Kugel hattest. Und jetzt erfahre ich, dass Joe mit derselben Waffe getötet wurde. Wie kann das sein?«

»Es gibt nur eine Möglichkeit«, sagte Maya.

Shane schüttelte den Kopf, aber er wusste es schon. Sie sah ihm in die Augen und hielt seinem Blick stand.

»Ich habe ihn getötet«, sagte Maya. »Ich habe Joe getötet.«

DREIUNDDREISSIG

Maya trug Hectors Baseballkappe und saß am Steuer seines Pick-ups. Sie fuhr durch das hintere Tor nach Farnwood und dann weiter zum Hauptgebäude. Es war dunkel. Sie sah zwar ein paar Wachleute, die Sicherheitsmaßnahmen waren jedoch ziemlich lax. Keiner stoppte den wohlbekannten Dodge Ram Pick-up oder kümmerte sich anderweitig um ihn.

Shane passte auf Hector und Isabella auf, damit sie niemanden vor Mayas Besuch auf dem Anwesen warnen konnten. Mit dem Einweg-Handy rief Maya das *Leather and Lace* an und ließ sich mit Lulu verbinden.

»Ich kann nichts mehr für Sie tun«, sagte Lulu.

»Ich glaube doch.«

Nachdem sie aufgelegt hatte, parkte Maya an der Seite des Hauptgebäudes. Sie schlich durch die Dunkelheit nach hinten und versuchte es an der Küchentür. Sie war nicht abgeschlossen. Das Haus war ruhig und leer. Es brannte kein Licht. Maya trat kurz an den Kamin. Dann setzte sie sich allein ins vordere Wohnzimmer und wartete. Zeit verging. Ihre Augen gewöhnten sich an die Dunkelheit.

Sie sah die Vergangenheit in Form von grellen Schnappschüssen, und es war der erste dieser Schnappschüsse, auf dem sie sah, wie sie den Waffentresor öffnete, der alles verändert hatte. Bei ihrem ersten Heimatbesuch nach Claires Tod war sie zum Grab gefahren. Joe hatte sie begleitet. Er hatte sich seltsam verhalten, was ihr aber damals nicht groß aufgefallen war. Trotzdem fragte sie sich, wie es um ihn stand, überlegte, wie wenig Zeit sie eigentlich miteinander verbracht hatten während der kurzen, heftigen Romanze, mit ihrem Dienst und seiner Arbeit. Verdacht geschöpft hatte sie allerdings trotzdem nicht.

Hatte sie damals schon gedacht, dass sie den Mann eigentlich nicht besonders gut kannte? Nein, das dachte sie erst im Nachhinein.

Das Öffnen des Waffentresors hatte alles verändert.

Maya war eine Pedantin, wenn es um ihre Waffen ging. Sie hielt sie blitzsauber. Daher wusste sie eins sofort, als sie die beiden Smith-and-Wesson-686-Revolver herausnahm: Einer von ihnen – der aus dem Geheimfach – war benutzt worden.

Nach ihrer Rückkehr hatte Joe wiederholt darauf hingewiesen, wie sehr er Schusswaffen hasste und dass er kein Interesse habe, mit ihr zur Schießanlage zu gehen, und dass er wirklich wünschen würde, dass sie ihre Pistolen nicht im Haus aufbewahrte.

Kurz gesagt, er beteuerte zu viel. Rückblickend kam es Maya seltsam vor, warum ein Mann, der keinerlei Interesse an Waffen hatte, seine Fingerabdrücke im Sicherheitssystem des Waffentresors hinterlegen wollte. »Für alle Fälle«, hatte Joe gesagt. »Man kann nie wissen.«

Es gab Momente im Leben, in denen sich alles veränderte. Wieder war es wie eine dieser optischen Täuschungen. Man sah etwas, dann verschob sich der Perspektive ein ganz kleines Stück, und alles veränderte sich. So hatte Maya sich gefühlt, als sie diesen Revolver in der Hand hielt, den jemand zu reinigen versucht hatte, der offensichtlich nicht wusste, was er tat.

Es war ein Tiefschlag. Ein Betrug der schlimmsten Art. Sie hatte mit dem Feind geschlafen … sie kam sich wie eine Idiotin vor, wenn nicht schlimmer. Trotzdem ergab es auf eine schreckliche, furchtbare Art irgendwie Sinn.

Sie wusste Bescheid.

Selbst als sie in der Verleugnungsphase war, wusste sie, dass diese Waffe, ihre Waffe, ihre Schwester getötet hatte. Sie hatte es schon gewusst, bevor sie auf den Schießplatz gegangen, damit geschossen und Shane die Kugel gebracht hatte. Sie hatte es sogar schon gewusst, bevor sie Shane überredet hatte, die Kugel heimlich mit der .38er zu vergleichen, die in Claires Schädel gefunden worden war.

Joe hatte Claire umgebracht.

Trotzdem bestand die Möglichkeit, dass sie sich irrte. Es bestand die Möglichkeit, dass ein cleverer Auftragsmörder den Waffentresor geknackt, ihre Waffe benutzt und sie zurückgelegt hatte. Es bestand die Möglichkeit, dass Joe doch nicht der Täter war. Deshalb hatte sie die beiden Smith and Wesson 686 ausgetauscht, hatte den außerhalb von New Jersey gekauften Revolver, den Joe aus dem Geheimfach des Tresors genommen hatte, gegen den in New Jersey gekauften und daher registrierten ausgetauscht, der offen im Tresor platziert gewesen war. Sie hatte sichergestellt, dass die anderen Waffen nicht geladen waren und dass auch keine Munition für sie vorhanden war …

Nur der Smith and Wesson im Geheimfach war geladen.

Sie fing an, Joes Sachen zu durchwühlen, und hinterließ absichtlich Hinweise darauf, dass sie das getan hatte. Er sollte merken, dass sie ihm auf der Spur war. Sie wollte sehen, wie er reagierte. Um so viele Informationen zusammenzutragen, dass sie ihn zwingen konnte, ihr zu sagen, warum er Claire ermordet hatte.

Ja, Kierce hatte recht gehabt. Maya hatte Joe an dem Abend angerufen, nicht umgekehrt.

»Ich weiß, was du getan hast«, hatte sie gesagt.

»Wovon sprichst du?«

»Ich habe Beweise.«

Sie hatte ihn aufgefordert, sich mit ihr im Central Park zu treffen. Sie war vor ihm da gewesen und hatte die Umgebung inspiziert. Dort fielen ihr zwei zwielichtige Gestalten auf, die am Bethesda-Brunnen vorbeigingen – später sollte sie erfahren, dass sie Emilio Rodrigo und Fred Katen hießen. An der Art, wie Rodrigo sich bewegte, erkannte sie, dass er eine Waffe trug.

Perfekt. Sündenböcke, die dafür niemals verurteilt werden konnten.

Als sie sich trafen, gab sie Joe reichlich Chancen.

»Warum hast du Claire getötet?«

»Sagtest du nicht, du hättest Beweise, Maya. Du hast nichts.«

»Ich werde Beweise finden. Ich werde keine Ruhe geben. Ich werde dir das Leben zur Hölle machen.« In diesem Moment zog Joe den geladenen Smith and Wesson 686, den er im Geheimfach des Waffentresors gefunden hatte. Er lächelte ihr zu. Zumindest hatte sie den Eindruck. Wahrscheinlich war es zu dunkel, um das zu erkennen, außerdem starrte sie auf den Revolver. Aber jetzt, als sie sich das, was passiert war, noch einmal durch den Kopf gehen ließ, hätte sie schwören können, dass Joe gelächelt hatte.

Er richtete die Waffe mitten auf ihre Brust.

Alles, was sie vorher gedacht hatte – das Gerede darüber, dass sie Bescheid wüsste –, war vergessen, als sie sah, wie der Mann, den sie zu lieben gelobt hatte, bis dass der Tod sie scheide, eine geladene Waffe auf sie richtete. Sie hatte es gewusst, und doch hatte sie es nicht geglaubt, nicht akzeptiert – nicht so richtig, das alles musste ein Irrtum sein, und wenn sie ihn unter Zugzwang setzte, würde herauskommen, was sie übersehen hatte, dass sie sich entsetzlich geirrt hatte.

Joe, der Vater ihres Kindes, war kein Mörder. Sie hatte ihr Bett und ihr Herz nicht mit einem Killer geteilt, der ihre Schwester gequält und umgebracht hatte. Es bestand immer noch die Möglichkeit, dass es für das Ganze eine plausible Erklärung gab.

Bis er abdrückte. Hier, allein im dunklen Wohnzimmer, schloss Maya die Augen.

Sie erinnerte sich noch an Joes Gesichtsausdruck, als sich der Schuss nicht löste. Er drückte noch einmal ab. Dann noch einmal.

»Ich habe den Schlagbolzen entfernt.«

»Was?«

»Ich habe den Schlagbolzen am Hahn entfernt, sodass sie nicht schießt.«

»Spielt keine Rolle, Maya. Du wirst niemals beweisen können, dass ich sie getötet habe.«

»Du hast recht.«

Dann hatte Maya ihren anderen Smith and Wesson gezogen, den, mit dem Joe Claire umgebracht hatte, und dreimal auf ihn geschossen. Die ersten beiden Schüsse waren absichtlich nicht tödlich gewesen. Sie war eine ausgebildete Scharfschützin. Die meisten kleinen Gauner waren das nicht. Wenn sie ihn mit dem ersten Schuss tödlich getroffen hätte, wäre das zu offensichtlich gewesen.

Kierce: *»Die erste Kugel traf die linke Schulter Ihres Mannes, die zweite streifte das Schlüsselbein.«*

Sie hatte einen Trenchcoat und Handschuhe getragen, die sie in einem Heilsarmee-Laden gekauft und bar bezahlt hatte. Alle Schmauchspuren würden sich auf diesen Kleidungsstücken festsetzen. Sie riss sie herunter und warf sie in Abfalleimer auf der anderen Seite der Mauer und auf der 5th Avenue.

Sie würden nicht gefunden werden, und selbst wenn man sie fand und jemand auf die Idee kam, sie auf Schmauchspuren zu untersuchen, würde man sie nicht zu ihr zurückverfolgen können. Dann beugte sie sich herunter, umarmte den sterbenden Joe und achtete darauf, dass möglichst viel Blut auf ihre Bluse tropfte. Sie steckte beide Revolver in ihre Handtasche. Dann taumelte sie zurück in Richtung Bethesda-Brunnen.

»Hilfe … bitte … helfen Sie mir … mein Mann wurde …«

Niemand durchsuchte sie. Warum auch? Sie war ein Opfer. Alle waren damit beschäftigt gewesen, sie auf mögliche Verletzungen zu untersuchen und die Mörder zu verfolgen. Das Durcheinander machte sich bezahlt. Sie hatte die Handtasche wegwerfen wollen – außer den Waffen war sie leer –, doch im Endeffekt war das nicht nötig gewesen. Sie hatte die Tasche einfach behalten und schließlich mit nach Hause genommen. Die Mordwaffe warf sie in einen Fluss. Beim registrierten Smith and Wesson setzte sie den Schlagbolzen wieder ein und legte ihn zurück in den Tresor. Das war die Waffe, die Kierce mitgenommen und getestet hatte.

Maya wusste, dass die ballistischen Tests ihre »Unschuld« beweisen und die Polizei verwirren würden. Joe und Claire waren mit derselben Waffe getötet worden. Für Claires Mord hatte Maya ein bombensicheres Alibi – sie war im Auslandseinsatz gewesen –, also konnte sie unmöglich für einen der beiden Morde verantwortlich sein. Der Gedanke, zwei Unschuldige – Emilio Rodrigo und Fred Katen – in das ganze Theater mit hineinzuziehen, gefiel ihr zwar nicht, andererseits war einer von ihnen tatsächlich bewaffnet gewesen. Sie wusste auch, dass die Anklage aufgrund ihrer Aussage, dass die beiden Sturmhauben getragen hätten, im Sande verlaufen würde. Sie würden nicht wegen Mord in den Knast gehen.

Verglichen mit dem, was sie in der Vergangenheit getan

hatte, waren die Kollateralschäden an den beiden unbedeutend.

Der ganze Fall war ein unauflösbares Chaos, und genau das hatte Maya beabsichtigt. Claire war ermordet worden, und der Mörder hatte seine Strafe bekommen. Ende der Geschichte. Der Gerechtigkeit war gewissermaßen Genüge getan. Maya hatte nicht alle Details herausbekommen, aber sie wusste genug. Sie und ihre Tochter waren in Sicherheit. Doch dann hatte das Nanny-Cam-Video noch einmal alles verändert.

Von ihrem Sessel im Wohnzimmer aus hörte Maya den Wagen vorfahren. Sie blieb sitzen. Die Haustür wurde geöffnet. Sie hörte, wie Judith erzählte, wie langweilig die Veranstaltung gewesen war. Neil war bei ihr. Und Caroline. Die drei kamen zusammen herein.

Judith schaltete das Licht ein und schnappte laut nach Luft.

Maya blieb einfach sitzen.

»Mein Gott«, sagte Judith. »Ich habe mich fast zu Tode erschreckt. Was machst du hier, Maya?«

»Ockhams Rasiermesser«, sagte Maya.

»Wie bitte?«

»Unter den möglichen Theorien sollte man sich für diejenige entscheiden, die die wenigsten Hypothesen benötigt.« Maya lächelte. »Kurz gesagt, die einfachste Antwort ist meistens die wahrscheinlichste. Joe hat die Schießerei nicht überlebt. Du wolltest nur, dass ich das glaube.«

Judith sah ihre beiden Kinder an, dann wandte sie sich wieder Maya zu.

»Du hast dir die Nummer mit der Nanny-Cam ausgedacht, Judith. Du hast Rosas Familie erzählt, dass ich Joe umgebracht habe, aber du hattest einfach keine Beweise. Also wolltest du etwas Bewegung in die Sache bringen.«

Judith versuchte gar nicht erst, es abzustreiten. »Und wenn

es so wäre?« Ihre Stimme klang eisig. »Es ist nicht verboten, einen Mörder fangen zu wollen, oder?«

»Nicht, dass ich wüsste«, stimmte Maya ihr zu. »Natürlich hatte ich von Anfang an einen Verdacht. Du versuchst, Menschen zu manipulieren. Du hast deine Karriere darauf aufgebaut, Menschen zu beeinflussen.«

»Das waren psychologische Experimente.«

»Wortklauberei. Aber ich habe Joe sterben sehen. Ich wusste, dass er nicht am Leben sein konnte.«

»Ach, aber es war dunkel«, sagte Judith. »Du könntest dich geirrt haben. Du hast Joe zwar irgendwie ausgetrickst. Hast ihn dazu gebracht, zu dieser Stelle im Park zu kommen. Aber vielleicht hatte Joe ja auch einen Trick in der Hinterhand. Vielleicht hatte er deine Kugeln durch Platzpatronen ersetzt oder so etwas Ähnliches.«

»Das hatte er aber nicht.«

Neil räusperte sich. »Was willst du, Maya?«

Maya beachtete ihn nicht, konzentrierte sich weiter auf Judith. »Selbst wenn ich euch nicht abgenommen hätte, dass er noch lebt, selbst wenn ich nicht unter dem Druck zusammengebrochen wäre und kein Geständnis abgelegt hätte, dir war klar, dass ich irgendeine Reaktion zeigen würde.«

»Natürlich.«

»Ich hätte gemerkt, dass mich jemand kirre machen will. Und dann hätte ich mir die Sache genauer angesehen. Vielleicht würde ich dabei einen Fehler machen, und du könntest mich wegen Mordes drankriegen. Ich könnte irgendwie ins Straucheln geraten. Außerdem musstest du herausbekommen, was ich wusste. Und alle haben in Mommys kleinem psychologischen Experiment mitgespielt. Caroline hat mir die Lüge aufgetischt, dass sie glaubt, ihre Brüder wären am Leben und Kierce würde von der Familie Geld nehmen. Reine Erfindungen. Aber es stürzte gerade so viel auf mich ein. Die Nanny-Cam, die fehlende Kleidung, die Anrufe. In dieser Situation würde jeder anfangen, an seiner geistigen Gesundheit zu zweifeln. Das habe ich auch getan. Ich hätte verrückt sein müssen, nicht wenigstens darüber nachzudenken, ob ich dabei war, den Verstand zu verlieren.«

Judith lächelte ihr zu. »Warum bist du hier, Maya?«

»Ich habe eine Frage an dich, Judith.«

Sie wartete.

»Woher wusstest du, dass ich Joe getötet habe?«

»Dann gibst du es zu?«

»Klar. Aber woher hast du es gewusst?« Maya sah erst Neil, dann Caroline an. »Hat sie dir erzählt, wie sie dahintergekommen ist, Caroline?«

Caroline runzelte die Stirn und sah ihre Mutter an.

»Ich wusste es einfach«, sagte Judith. »Eine Mutter weiß so etwas.«

»Nein, Judith. Du wusstest, dass ich ihn getötet habe, weil du wusstest, dass ich ein Motiv hatte.«

Caroline sagte: »Wovon spricht sie?«

»Joe hat meine Schwester ermordet.«

»Das ist nicht wahr«, sagte Caroline im Tonfall eines bockigen Kinds.

»Joe hat Claire umgebracht«, sagte Maya. »Und deine Mutter hat es gewusst.«

»Mom?«

Judiths Augen blitzten. »Claire hat uns bestohlen«, sagte sie.

Caroline: »Mom …«

»Mehr noch, Claire hat versucht, uns alle zu vernichten – den Namen Burkett, die Familie und unser Vermögen. Joe wollte sie nur aufhalten. Er hat versucht, sie zu überzeugen.«

»Er hat sie gefoltert«, sagte Maya.

»Er ist in Panik geraten. Das muss ich zugeben. Sie wollte ihm nicht sagen, was sie getan hat. Diese Information wollte sie ihm nicht geben. Ich will sein Verhalten nicht rechtfertigen, aber deine Schwester hat damit angefangen. Sie hat versucht, diese Familie zu zerstören. Du, Maya, müsstest das verstehen. Sie war der Feind. Den Feind bekämpft man mit aller Kraft. Man setzt sich mit allen Mitteln zur Wehr. Man zeigt keine Gnade.«

Maya spürte, wie die Wut in ihr aufstieg, ließ sie aber nicht die Oberhand gewinnen. »Du dumme, dumme, böse Frau.«

»Hey.« Neil kam seiner Mutter zu Hilfe. »Das reicht jetzt.«

»Du verstehst das nicht, oder Neil? Du glaubst, Joe hätte das Familienvermögen verteidigt. Du glaubst, dass es um die Sache mit EAC Pharmaceuticals ging?«

Neil sah seine Mutter auf eine Art an, die Mayas Vermutung betätigte. Fast hätte sie gelacht. Sie sah Judith an.

»Das hat Joe dir so erzählt, richtig? Dass Claire alles über den Pharmabetrug herausbekommen hätte. Und als um dich herum alles zusammenbrach, Neil, hast du kein Vertrauen mehr in Mommys Plan gehabt. Du bist in Panik geraten und hast mir die Kidnapper auf den Hals gehetzt. Du wolltest herausbekommen, was ich wusste. Und du hast den Kerlen von meiner angeschlagenen Psyche erzählt. Sie sollten mir sagen, dass Joe auf mich wartet, denn dann würde ich … was? … zerbrechen?«

Neil starrte sie mit unverhohlenem Hass an. »Zumindest hätte es dich weiter geschwächt.«

Judith schloss die Augen. »Wie dämlich kann man sein«, murmelte sie.

»›Joe wartet‹, hat der Kerl gesagt. Und das war dein Fehler,

Neil. Weißt du, wenn Joe dahintergesteckt hätte, wenn er mir Männer auf den Hals gehetzt hätte, hätte er ihnen gesagt, dass ich eine Waffe trage. Sie wussten aber nichts davon.«

»Maya?«

Das war Judith.

»Du hast meinen Sohn umgebracht.«

»Er hat meine Schwester umgebracht.«

»Er ist tot. Gegen ihn kann man keine Anklage mehr erheben. Aber gerade haben drei Zeugen dein Geständnis gehört. Wir werden dich vor Gericht bringen.«

»Du verstehst das nicht«, sagte Maya. »Joe hat nicht nur meine Schwester umgebracht. Er hat Theo Mora getötet…«

»Das war nur ein Dummejungenstreich, der aus dem Ruder gelaufen ist.«

»Er hat Tom Douglass umgebracht.«

»Das kannst du nicht beweisen.«

»Und er hat seinen eigenen Bruder umgebracht.«

Alle erstarrten. Ein paar Sekunden lang herrschte Totenstille. Es war so leise, als würden selbst die Möbel die Luft anhalten.

»Mom?« Das war Caroline. »Das ist nicht wahr, oder?«

»Natürlich nicht«, sagte Judith.

»Es ist wahr«, sagte Maya. »Joe hat Andrew getötet.«

Caroline wandte sich an Judith. »Mom?«

»Hör nicht auf sie. Das ist eine Lüge.«

Aber Judiths Stimme zitterte leicht.

»Ich war heute bei Christopher Swain, Judith. Er hat mir erzählt, dass Andrew kurz vor einem Nervenzusammenbruch stand und dass Andrew allen auf dem Boot erzählt hat, er werde wegen Theo zur Polizei gehen. Dann ist Andrew allein aufs Oberdeck gegangen. Und Joe ist ihm gefolgt.«

Schweigen.

Caroline fing an zu weinen. Neil sah seine Mutter an, als würde er um Hilfe flehen.

»Das bedeutet nicht, dass Joe ihn umgebracht hat«, sagte Judith. »Vielleicht gaukelt dir eine der schrecklichen Fantasien in deinem kranken Hirn vor, dass es so ist, aber du selbst hast mir gesagt, was passiert ist. Du hast mir die Wahrheit erzählt.«

Maya nickte. »Dass Andrew gesprungen ist. Dass er Selbstmord begangen hat.«

»Ja.«

»Und dass Joe es gesehen hat. Das hat Joe mir erzählt.«

»Ja, natürlich.«

»So war es aber nicht. Joe und Andrew sind gegen ein Uhr nachts aufs Oberdeck gegangen.«

»Richtig.«

»Aber Andrew wurde erst am nächsten Morgen als vermisst gemeldet.« Maya legte den Kopf auf die Seite. »Wenn Joe gesehen hätte, wie sein Bruder über Bord springt, dann hätte er sofort Alarm geschlagen.«

Judiths Augen weiteten sich, als hätte man ihr in den Magen geschlagen. Jetzt erst begriff Maya. Auch Judith hatte es nicht wahrhaben wollen, hatte ihr Wissen verleugnet. Sie hatte es gewusst und doch nicht gewusst. Faszinierend, wie fest wir die Augen vor so deutlich sichtbaren Tatsachen verschließen konnten.

Judith sank auf die Knie.

»Mom?«, sagte Neil.

Judith fing an zu wimmern wie ein verwundetes Tier. »Das kann nicht stimmen.«

»Es stimmt«, sagte Maya und stand auf. »Joe hat Theo Mora umgebracht. Er hat Andrew getötet. Er hat Claire getötet. Er hat Tom Douglass getötet. Wie viele hat er noch umgebracht, Judith? In der achten Klasse hat er einem Mitschüler einen Baseballschläger über den Kopf gezogen. In der Highschool hat er versucht, einen Jungen wegen eines Mädchens zu verbrennen. Joseph senior hat das erkannt. Deshalb hat er Neil die Leitung der Firma übergeben.«

Judith schüttelte nur weiter den Kopf.

»Du hast einen Killer großgezogen, genährt und beschützt.«

»Und du hast ihn geheiratet.«

Maya nickte. »Das habe ich.«

»Glaubst du wirklich, dass du dich so in ihm hättest täuschen können?«

»Ich glaube es nicht nur. Ich weiß es.«

Judith, die immer noch kniete, blickte zu ihr auf. »Du hast ihn exekutiert.«

Maya sagte nichts.

»Das war keine Selbstverteidigung. Du hättest ihn vor Gericht bringen können.«

»Ja.«

»Stattdessen hast du beschlossen, ihn zu ermorden.«

»Du hättest wieder versucht, ihn zu beschützen, Judith. Das durfte ich nicht zulassen.« Maya ging einen Schritt in Richtung Ausgang. Neil und Caroline wichen zurück. »Aber jetzt wird alles herauskommen.«

»Dann«, sagte Judith, »gehst du lebenslänglich ins Gefängnis.«

»Ja, schon möglich. Aber dann wird auch die Sache mit EAC Pharmaceuticals an die Öffentlichkeit kommen. Es ist vorbei. Euch bleibt nichts mehr.«

»Einen Moment«, sagte Judith. Sie stand auf.

Maya blieb stehen.

»Vielleicht können wir einen Deal machen.«

Neil sagte: »Mom, wovon sprichst du?«

»Psst.« Sie sah Maya an. »Du wolltest Gerechtigkeit für

deine Schwester. Die hast du bekommen. Und jetzt sitzen wir hier alle zusammen.«

»Mom?«

»Hör einfach zu.« Sie legte Maya die Hände auf die Schultern. »Wir geben Joe die Schuld am Skandal mit EAC Pharmaceuticals. Wir deuten an, dass das der Grund für seine Ermordung gewesen sein könnte. Verstehst du? Niemand muss die Wahrheit erfahren. Der Gerechtigkeit wurde Genüge getan. Und vielleicht … vielleicht hast du recht, Maya. Ich … ich bin Eva. Ich habe Kain genährt, der Abel getötet hat. Ich hätte es wissen müssen. Ich weiß nicht, ob ich mit mir und meinem Versagen leben oder jemals Wiedergutmachung leisten kann, aber wenn wir einfach alle einen kühlen Kopf bewahren, kann ich meine beiden anderen Kinder vielleicht noch retten. Und auch dich kann ich retten, Maya.«

»Es ist zu spät für irgendwelche Deals, Judith«, sagte Maya.

»Sie hat recht, Mom.«

Das war Neil. Maya drehte sich zu ihm um und sah, dass er eine Pistole auf sie gerichtet hatte. »Aber ich habe eine bessere Idee«, sagte er zu Maya. »Du hast Hectors Pick-up gestohlen. Du bist in unser Haus eingebrochen und bist bestimmt bewaffnet. Du hast zugegeben, dass du Joe umgebracht hast, und jetzt willst du uns umbringen. Ich erschieße dich allerdings gerade noch rechtzeitig und rette uns so. Wir schieben Joe den EAC-Skandal trotzdem in die Schuhe, aber wir müssen nicht den Rest unseres Lebens fürchten, dass uns jemand in den Rücken fällt.«

Neil sah seine Mutter an. Judith lächelte. Dann nickte Caroline. Die Familie hatte sich zusammengefunden.

Neil schoss drei Mal.

Wie passend, dachte Maya. Genauso oft hatte sie auch auf Joe geschossen.

Maya brach zusammen, lag mit ausgebreiteten Armen und Beinen auf dem Rücken. Sie konnte sich nicht bewegen. Sie hatte erwartet, dass ihr kalt werden würde. Aber das tat es nicht. Sie nahm die Stimmen um sich herum nur noch bruchstückhaft wahr.

»... wird niemand je erfahren ...«

»Durchsuch ihre Taschen ...«

»... keine Waffe ...«

Maya lächelte und blickte zum Kamin.

»Warum lächelt sie?«

»Was ist das, auf dem Kaminsims? Es sieht aus wie ein ...«

»Oh, nein ...«

»Maya blinzelte noch einmal, dann schlossen sich ihre Augen. Sie wartete darauf, dass die Geräusche – die Hubschrauber, die Schüsse, die Schreie – ihren Angriff starteten. Aber sie kamen nicht. Diesmal nicht. Nie wieder.

Es gab nur Dunkelheit, Stille und dann, endlich, Frieden.

VIERUNDDREISSIG

Fünfundzwanzig Jahre später

Die Fahrstuhltür schließt sich langsam, als ich eine Frauenstimme höre, die meinen Namen ruft. »Shane?«

Ich strecke die Hand aus, um die Fahrstuhltür aufzuhalten. »Hallo Eileen.«

Sie betritt lächelnd den Fahrstuhl und küsst mich auf die Wange. »Lange nicht gesehen.«

»Zu lange.«

»Gut siehst du aus, Shane.«

»Du auch, Eileen.«

»Ich habe gehört, dass du ein künstliches Kniegelenk bekommen hast. Alles gut verlaufen?«

Ich wische ihre Bedenken mit einer kurzen Geste beiseite. Wir lächeln beide.

Ein guter Tag.

»Wie geht's den Kindern?«, frage ich.

»Großartig. Habe ich dir schon erzählt, dass Missy am Vassar College unterrichtet?«

»Sie war schon immer klug. Genau wie ihre Mutter.«

Eileen legt eine Hand auf meinen Arm und lässt sie dort liegen. Wir beide sind immer noch Singles, obwohl es damals einen Moment zwischen uns gab... Schluss damit. Den Rest der Fahrstuhlfahrt verbringen wir schweigend.

Mittlerweile haben Sie alle das Video aus der Nanny-Cam

gesehen, die Maya über dem Kamin in Farnwood platziert hatte – früher nannte man es »viral werden« wenn eine Sache sich so schnell verbreitete –, also erzähle ich Ihnen jetzt den Rest der Geschichte, soweit ich sie kenne. Nachdem Maya mich an jenem Abend dazu überredet hatte, Hector und Isabella im Auge zu behalten, rief sie jemanden an, der mit *Corey the Whistle* zusammenarbeitete. Den Namen dieser Person habe ich nie erfahren. Keiner hat das. Sie haben einen Livestream der Nanny-Cam ins Netz gestellt. Kurz gesagt, die ganze Welt konnte mit ansehen, was an diesem Abend im Haus der Burketts passierte. *Corey the Whistle* war vorher schon eine ziemlich große Nummer – damals steckte diese Art von Transparenz noch in den Kinderschuhen –, aber hinterher war seine Website weltberühmt. Ich persönlich war zwar noch sauer auf ihn, weil er unsere Mission in Verruf gebracht hatte. Aber letztlich nutzte Corey Rudzinski die Publicity, die Maya ihm verschafft hatte, für viel Gutes. Verängstigte, verletzte, machtlose Menschen, die immer Angst gehabt hatten, die Wahrheit zu sagen, fassten plötzlich Mut und wagten sich an die Öffentlichkeit. Korrupte Regierungen und Geschäftsleute stürzten.

Letztendlich war es Mayas Idee gewesen: Lasst uns vor der ganzen Welt in Echtzeit die Wahrheit enthüllen. Dieses Ende hatte allerdings niemand erwartet.

Ein Mord vor den Augen der Welt.

Die Fahrstuhltür öffnet sich.

»Nach dir«, sage ich zu Eileen.

»Danke, Shane.«

Als ich ihr den Flur entlang folge, noch immer humpelnd mit dem neuen Kniegelenk, spüre ich, wie das Herz in meiner Brust anschwillt. Ich muss zugeben, dass ich im Lauf der Jahre immer emotionaler geworden bin. Ich neige inzwischen dazu, in den schönen Momenten des Lebens zu weinen.

Als ich das Krankenzimmer betrete, sehe ich zuerst Daniel Walker. Er ist 39 Jahre alt und gut einen Meter neunzig groß. Er arbeitet drei Stockwerke weiter oben als Radiologe. Neben ihm steht seine Schwester Alexa. Sie ist 37 und hat selbst ein Kind. Alexa beschäftigt sich mit Digitaldesign, wobei ich nicht genau weiß, was das eigentlich ist.

Beide begrüßen mich mit Umarmungen und Küssen.

Eddie ist auch da, mit seiner Frau Selina. Eddie war fast zehn Jahre lang Witwer, bevor er wieder heiratete. Selina ist eine wunderbare Frau, und ich bin froh, dass Eddie nach Claire noch einmal sein Glück gefunden hat. Eddie und ich schütteln uns die Hände und machen dieses Männerding mit der halben Umarmung.

Dann blicke ich zum Bett, wo Lily ihre neugeborene Tochter im Arm hält.

Kawumm. Mir explodiert das Herz in der Brust.

Ich weiß nicht, ob Maya an jenem Abend, als sie zu den Burketts ging, wusste, dass sie sterben würde. Sie hatte ihre Waffe im Auto gelassen. Ein paar Leute vermuten, dass sie das getan hat, damit die Burketts es nicht als Notwehr darstellen konnten. Schon möglich. Maya hat mir einen Brief hinterlassen, den sie am Abend vor ihrem Tod geschrieben hatte. Eddie hatte auch einen bekommen. Eddie sollte Lily großziehen, wenn ihr etwas zustoßen sollte. Eddie hat das wunderbar hingekriegt. Sie schrieb, sie hoffe, Daniel und Alexa würden gute ältere Geschwister für ihre Tochter sein. Das waren sie und noch einiges mehr. Ich wurde Lilys Patenonkel, Eileen ihre Patentante. Maya wollte, dass wir weiter eine Rolle in ihrem Leben spielten. Das taten Eileen und ich, aber sie hatte Eddie, Daniel, Alexa und später Selina. Ich glaube, Lily hätte uns gar nicht gebraucht.

Ich war immer in ihrer Nähe – bis heute –, weil ich Lily

mit einer Hingabe liebe, die ein Mann eigentlich nur für seine eigene Tochter empfindet. Aber das hat vielleicht noch einen anderen Grund. Lily ist wie ihre Mutter. Sie sieht aus wie ihre Mutter. Sie verhält sich wie ihre Mutter. In ihrer Nähe zu sein, etwas für sie zu tun – haben Sie einen Moment Geduld mit mir – ist die einzige Möglichkeit, Mayas Nähe zu spüren. Das mag vielleicht selbstsüchtig sein, aber Maya fehlt mir. Manchmal, wenn ich Lily nach einem Baseballspiel oder einem Kinobesuch oder so etwas nach Hause bringe, fühle ich mich fast so, als müsste ich schnell weiter zu Maya, um ihr alles über den Tag zu berichten und ihr zu versichern, dass es Lily gut geht.

Albern, oder?

Lily sieht mich von ihrem Bett aus an und lächelt mir zu. Es ist das Lächeln ihrer Mutter, wobei ich es selten so strahlend gesehen habe.

»Guck mal, Shane!«

Lily kann sich nicht an ihre Mutter erinnern. Das macht mich fertig.

»Gut gemacht, Kleine«, sage ich.

Die Leute reden natürlich über Mayas Verbrechen. Sie hat Zivilisten getötet. Sie hat, so nachvollziehbar ihre Gründe auch gewesen sein mögen, einen Mann exekutiert. Hätte sie überlebt, wäre sie ins Gefängnis gekommen. Das steht außer Frage. Also hatte sie womöglich den Tod einem Leben im Gefängnis vorgezogen. Vielleicht wollte sie aber auch nur sicherstellen, dass die Burketts wirklich erledigt waren und sich nicht mehr in das Leben ihres Kindes einmischen konnten, statt in einer Zelle zu verrotten und nichts dagegen tun zu können. Ich weiß es nicht. Allerdings hatte Maya mir gegenüber behauptet, sie habe wegen der Sache in Übersee keine Schuldgefühle gehabt. Das glaube ich inzwischen nicht mehr so recht. Diese schrecklichen Flashbacks machten ihr Nacht für Nacht das Leben zur Hölle. Menschen, die keine Schuldgefühle haben, werden aber doch nicht von ihren Taten heimgesucht, oder?

Sie war ein guter Mensch. Mir ist egal, was die Leute sagen.

Eddie hat mir einmal erzählt, er habe manchmal gespürt, dass der Tod ein Teil von Mayas Leben war, dass der Tod sie verfolgt habe. Das ist eine seltsame Art, es auszudrücken. Aber ich glaube, ich habe ihn verstanden. Nach dem, was im Irak passiert war, gelang es Maya nicht, die Stimmen zum Schweigen zu bringen. Der Tod war bei ihr geblieben. Sie hat versucht weiterzugehen, aber der Tod blieb in ihrer Nähe, tippte ihr immer wieder auf die Schulter. Er ließ sich nicht abschütteln. Wahrscheinlich hat Maya das erkannt. Wahrscheinlich wollte sie ganz sichergehen, dass der Tod Lily nicht folgte.

Maya hat Lily keinen Brief hinterlassen, den sie in einem bestimmten Alter öffnen sollte, oder so etwas. Sie hat Eddie nicht gesagt, wie er sie erziehen sollte oder warum sie ihn für diese Aufgabe gewählt hatte. Sie hatte es einfach gewusst. Sie hatte gewusst, dass er die richtige Wahl war. Und das war er. Vor vielen Jahren hat Eddie mich nach meiner Meinung gefragt, was er Lily wann über ihre biologischen Eltern erzählen sollte. Wir wussten es beide nicht. Maya hat oft gesagt, dass Kinder nicht mit einer Gebrauchsanweisung kommen. Sie hat es uns überlassen. Sie hat uns vertraut, dass wir das Richtige tun würden, wenn es an der Zeit wäre. Schließlich haben wir Lily alles erzählt, als sie alt genug war, es zu verstehen.

Die hässliche Wahrheit, hatten wir beschlossen, war besser als eine hübsche Lüge.

Dean Vanech, Lilys Ehemann, stürmt ins Zimmer und küsst seine Frau.

»Hey, Shane.«

»Glückwunsch, Dean.«

»Danke.«

Dean ist beim Militär. Ich wette, das würde Maya gefallen. Das glückliche Paar sitzt auf dem Bett und bestaunt sein Kind, wie es sich für frischgebackene Eltern gehört. Ich blicke zu Eddie hinüber. Er hat Tränen in den Augen. Ich nicke.

»Opa«, sage ich zu ihm.

Eddie kann nicht antworten. Er hat diesen Moment verdient. Er hat Lily eine gute Kindheit geschenkt, und dafür bin ich dankbar. Ich werde immer für ihn da sein. Ich werde auch immer für Daniel und Alexa da sein. Und natürlich werde ich immer für Lily da sein.

Das hat Maya ganz genau gewusst.

»Shane?«

»Ja, Lily.«

»Möchtest du sie in den Arm nehmen?«

»Ich weiß nicht. Ich bin da etwas ungeschickt.«

Doch davon will Lily nichts wissen. »Du kriegst das schon hin.«

Sie kommandiert mich herum. Wie ihre Mutter.

Ich trete ans Bett, und sie reicht mir das Baby, achtet darauf, dass der winzige Kopf in meiner Armbeuge liegt. Mit wachsender Ehrfurcht starre ich auf das Baby hinunter.

»Wir haben sie Maya genannt«, sagt Lily.

Ich nicke, weil ich kein Wort herausbekomme.

Maya – meine Maya, die alte Maya – und ich haben eine Menge Menschen sterben sehen. Wir haben darüber gesprochen, dass der Tod das Ende ist. Das war es dann, hat Maya immer gesagt. Man stirbt. Es ist vorbei. Aber jetzt bin ich mir da nicht mehr so sicher. Jetzt schaue ich hinunter und denke mir, vielleicht hatten Maya und ich in diesem Punkt unrecht.

Sie ist hier. Ich weiß es.

DANKSAGUNGEN

Der Autor (das bin dann wohl ich) möchte sich bei folgenden Personen bedanken: Rick Friedman, Linda Fairstein, Kevin Marcy, Pete Miscia, Air Force Lieutenant Colonel T. Mark McCurley, Diane Discepolo, Rick Kronberg, Ben Sevier, Christine Ball, Jamie Knapp, Carrie Swetonic, Stephanie Kelly, Selina Walker, Lisa Erbach Vance, Eliane Benisti und Françoise Triffaux. Ich bin sicher, dass sie Fehler gemacht haben, aber lassen wir Nachsicht mit ihnen walten.

Der Autor (immer noch ich) möchte außerdem folgende Personen würdigen: Marian Barford, Tom Douglass, Eileen Finn, Heather Howell, Fred Katen, Roger Kierce, Neil Kornfeld, Melissa Lee, Mary McLeod, Julian Rubinstein, Corey Rudzinski, Kitty Shum und Dr. Christopher Swain. Diese Leute (oder ihre Freunde oder Partner) haben großzügig an Wohltätigkeitsorganisationen meiner Wahl dafür gespendet, dass ihre Namen in diesem Roman auftauchen. Wenn Sie sich in Zukunft beteiligen möchten, besuchen Sie HarlanCoben.com oder schreiben Sie an giving@harlancoben.com, um mehr zu erfahren.

Schließlich bin ich irrsinnig stolz darauf, ein *USO (United Service Organizations) Tour Veteran* zu sein. Viele einfache Soldaten und Soldatinnen haben offen mit mir geredet, unter der Bedingung, dass ich ihre Namen hier nicht nenne. Sie haben mich aber gebeten, ihre Anerkennung den vielen tapferen Veteranen (und ihren Familien) auszusprechen, die immer noch an psychischen Verletzungen leiden, weil sie sich freiwillig einer Armee angeschlossen haben, die sich seit mehr als einem Jahrzehnt in einem Krieg befindet.